スターリンの子供たち

離別と粛清を乗りこえて

STALIN'S CHILDREN

オーウェン・マシューズ◆著
山崎博康◆訳

白水社

党人。ボリス・ビビコフの党員証に使われた公式写真。
1936年撮影。
チェルニゴフ地方党委員会議長に
任命されて間もないころで、当時33歳。

「常人でなく巨人を」。
ハリコフ・トラクター工場の青年労働者たちと記念撮影に収まるビビコフ(前列右から2人目)。
1932年ごろの撮影。

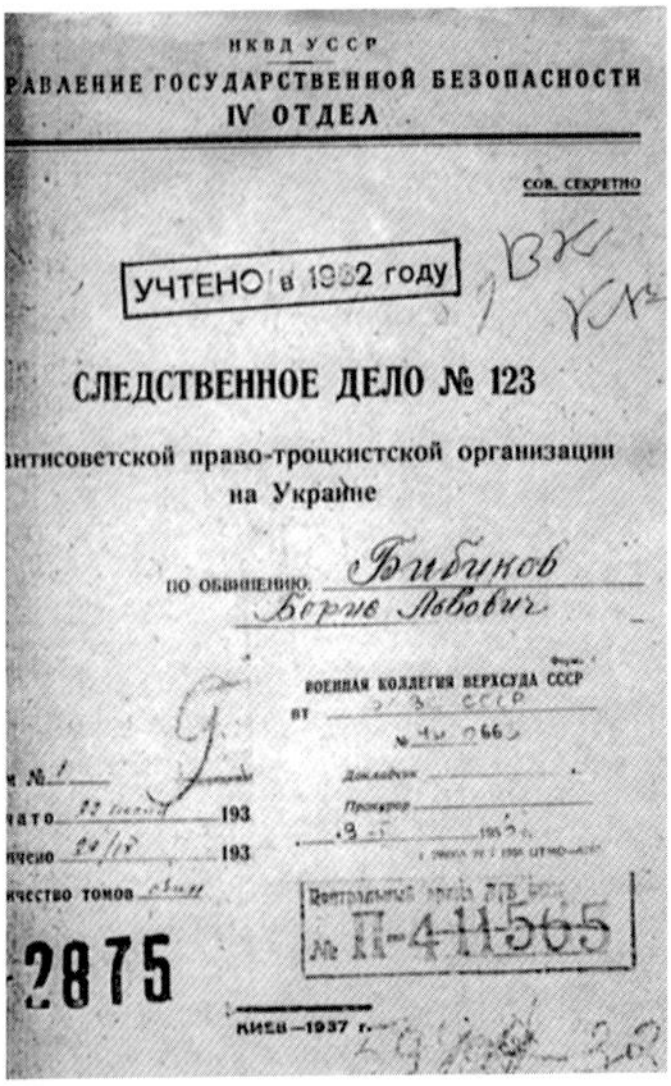
НКВД УССР
РАВЛЕНИЕ ГОСУДАРСТВЕННОЙ БЕЗОПАСНОСТИ
IV ОТДЕЛ

СОВ. СЕКРЕТНО

УЧТЕНО в 1932 году

СЛЕДСТВЕННОЕ ДЕЛО № 123

нтисоветской право-троцкистской организации
на Украине

по обвинению: Бибиков
Борис Львович

ВОЕННАЯ КОЛЛЕГИЯ ВЕРХСУДА СССР

2875

КИЕВ—1937 г.

「ファイル、極めて重要なファイル」。
「ウクライナにおける
反ソビエト右翼=トロツキスト組織」をめぐる
事件番号123に関わる
NKVD(内務人民委員部)ファイルの表紙。
ボリス・ルヴォヴィチ・ビビコフの名前が
妙に入念なカッパープレート体で書き込まれている。

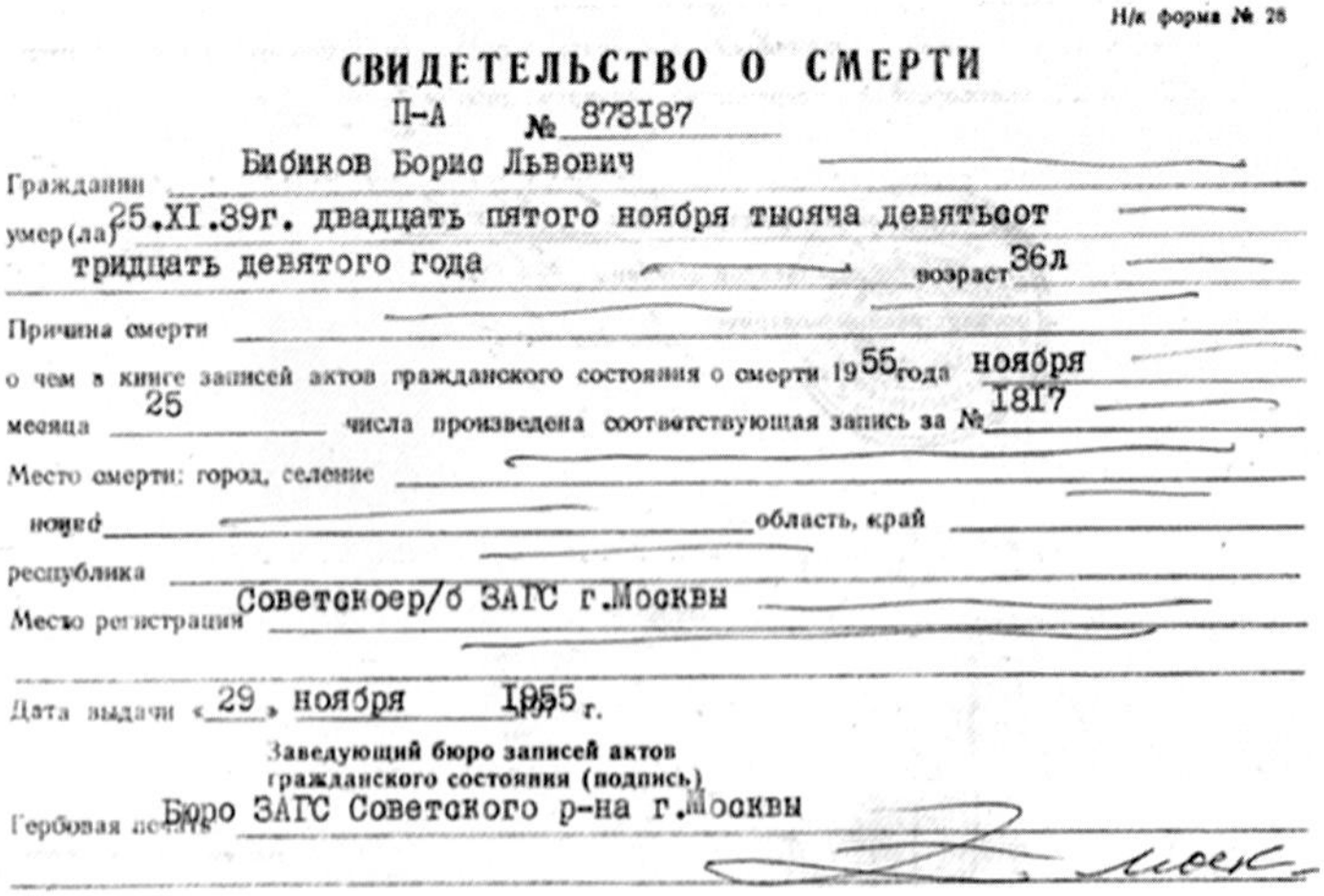
Н/к форма № 28

СВИДЕТЕЛЬСТВО О СМЕРТИ

П-А № 873187

Гражданин Бибиков Борис Львович

умер (ла) 25.XI.39г. двадцать пятого ноября тысяча девятьсот тридцать девятого года возраст 36л

Причина смерти

о чем в книге записей актов гражданского состояния о смерти 1955 года ноября месяца 25 числа произведена соответствующая запись за № 1817

Место смерти: город, селение

район область, край

республика

Место регистрации Советскоер/б ЗАГС г.Москвы

Дата выдачи «29» ноября 1955 г.

Заведующий бюро записей актов гражданского состояния (подпись)

Гербовая печать Бюро ЗАГС Советского р-на г.Москвы

ボリス・ビビコフの最初の死亡証明書。死因や死亡場所は空欄のまま。

当局は1988年になってようやく真相――ボリス・ビビコフが1937年10月14日にキエフ近郊の某所で射殺され、共同墓地に埋葬されたこと――を認めた。

レーニナ12歳(右)とリュドミラ4歳のビビコワ姉妹。
1938年初頭、ヴェルフネ・ドニエプロフスクの児童施設で。
二人とも頭はシラミ予防のため丸刈りに。人形は写真家の撮影備品。

「善良な人々を忘れないで」。
ヴェルフネ・ドニエプロフスク孤児院所長
ヤコフ・アブラモヴィチ・ミチニクと
レーニナの長女ナディア。1950年撮影。
ミチニクはレーニナとリュドミラが1937年11月、
ドニエプロペトロフスクに最初に到着した際、
二人が離ればなれになるところを救った。
ドイツ軍が進撃してきた1941年には
リュドミラを含む残存孤児を艀に乗せ、
ドニエプル川を下らせることで子供たちの命を救った。

「ありがとう、同志スターリン、
わたしたちの幸せな子供時代に」。
氏名不詳の友人とレーニナ(右)。
1938年、ヴェルフネ・ドニエプロフスクで。

大尉アレクサンドル・ワシン。1942年撮影。
レーニナに結婚を申し込んでから間もなく、
スモレンスク近郊で彼の乗った車が
地雷爆発に遭ったため、
のこぎりで片足切断を余儀なくされた。

空軍中将の制服姿で写真に収まる
ボリスの兄ヤコフ・ビビコフ。
1970年代撮影。

レーニナ（左）と氏名不詳の友人。1940年代後半にモスクワで。

モスクワ近郊サルティコフカの孤児院で撮影された
リュドミラの珍しい写真。
1949年、不自由な脚の治療のため
モスクワのボトキン病院で数度手術を受けた時期に。

「わたしに翼が生えた」。
1957年秋、モスクワのヴヌコヴォ空港で
フランスの俳優ジェラール・フィリップが
北京から到着するのを劇場仲間とともに待つ
リュドミラ(右から3人目)。
彼は『赤と黒』の本に
「リュドミラへ、モスクワの太陽の思い出に」と
書いた。

ロシア北部で休暇中のリュドミラ。1965年撮影。

カール・マルクスのひ孫
シャルル・ランゲが
マルクス・レーニン主義
研究所を訪問。
通訳を務める
リュドミラ(中央)。

友人ガリーナ・
ゴロヴィツェルと並ぶ
リュドミラ(右)。
1962年、
スタロコニュシェンヌイ
小路のリュドミラの部屋で。
この写真は
バレエダンサーの友人と
結婚した東ドイツ人の夫が
撮影した。

在モスクワ英国大使館の館員たち。1958年秋撮影。
マーヴィン・マシューズはグレーのアストラハン帽をかぶった姿で、最後列（中央）に。
大使のサー・パトリック・レイリーの愛犬、黒のラブラドールが最高の場所に収まっている。

「冒険が素晴らしいことにもなりうる」。
モスクワのサドヴォ・サモチョーチナヤ通りにある外交官アパートでポーズを取るマーヴィン。
1958年撮影。

1958年、オックスフォードを流れる
イシス川のほとりで。

若き特別研究員。
1957年、セント・アントニーズ・カレッジで
ジュニア・フェローシップの資格を得た直後の
マーヴィン。

1959年春、モスクワ近郊クスコヴォに日帰り旅行に出かけたマーヴィン。

細い折り襟にネットタイ。
大使館の売店で手に入れたゴロワーズで一服。
1959年、モスクワで羽を伸ばすマーヴィン。

「絶妙な偶然」。

バザールでケバブをほおばるワジム・ポポフ。

マーヴィンが初めて知り合ったKGBの「友人」だ。

1959年、ウズベキスタンのブハラで。

「怖いのは水面下に潜むものだ」。
1960年4月、KGBと旅を共にしたバイカル湖で地元の集団農場長と春の氷上に立つマーヴィン。

「マシューズ、あの恩知らずの奴め」。
マーヴィンへの工作を担当したKGB将校、
アレクセイ・スンツォフ。
社会主義による驚異の数々を見せるため
マーヴィンを旅に案内したが、
祖国を裏切るよう仕向けた説得工作には失敗した。
この写真は未亡人インナ・ワジモヴナが1998年、
マーヴィンに提供した。

片隅で。1964年、セント・アントニーズ・カレッジの同窓生らと記念撮影に収まるマーヴィン(前列右端)。
彼のロシアへの冒険はやがてオックスフォードでの学問の道に致命的な打撃をもたらすことになる。

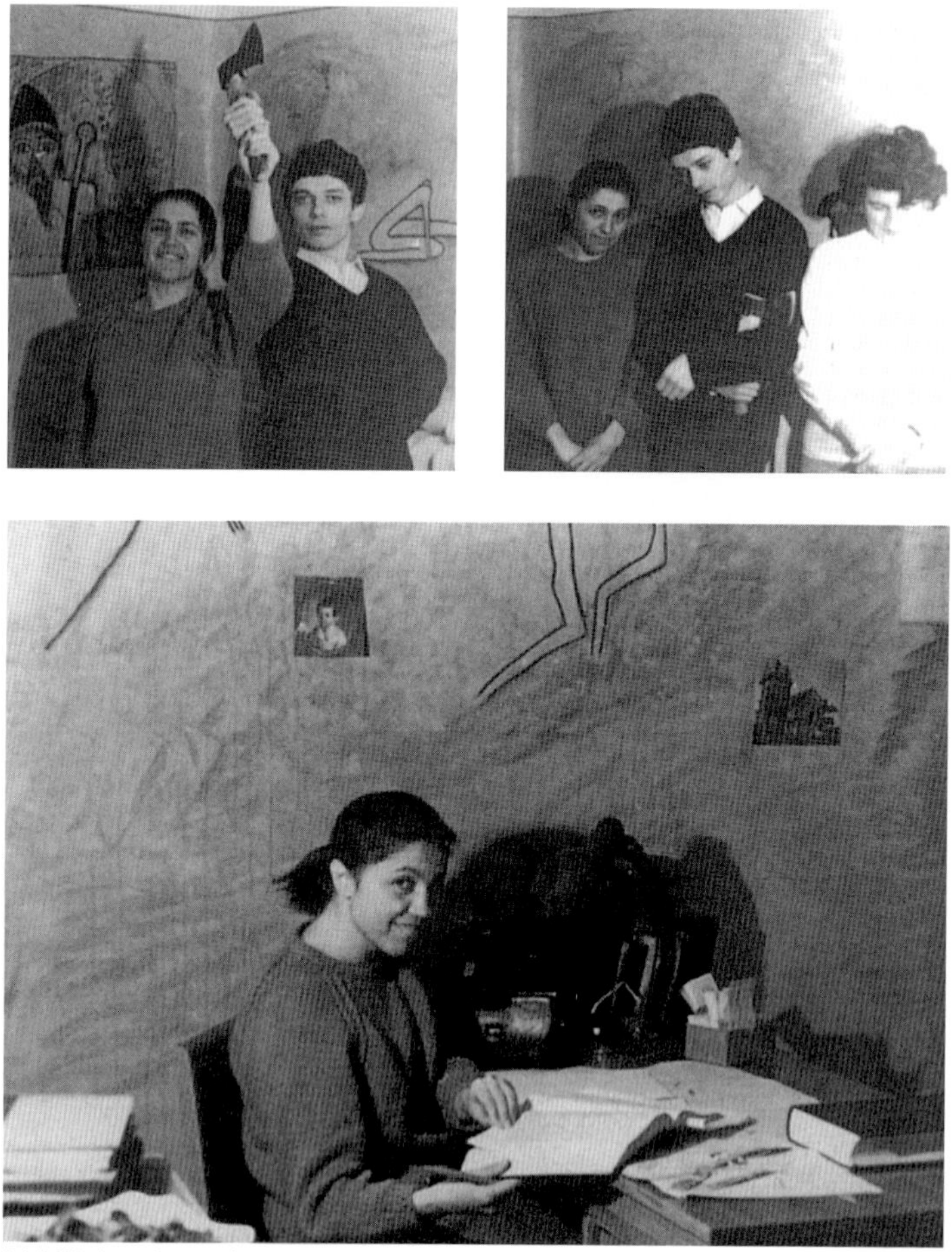

「水を得た魚のようでした」。
リュドミラがマルクス・レーニン主義研究所を解雇された後の転職先となった科学アカデミー図書館で。
上段左は同僚のエリック・ジュークとともに労働者と集団農場の農婦の英雄像を茶化したポーズ。
上段右はロダンの「カレーの市民」を真似た姿。下段は机で仕事中のリュドミラ。

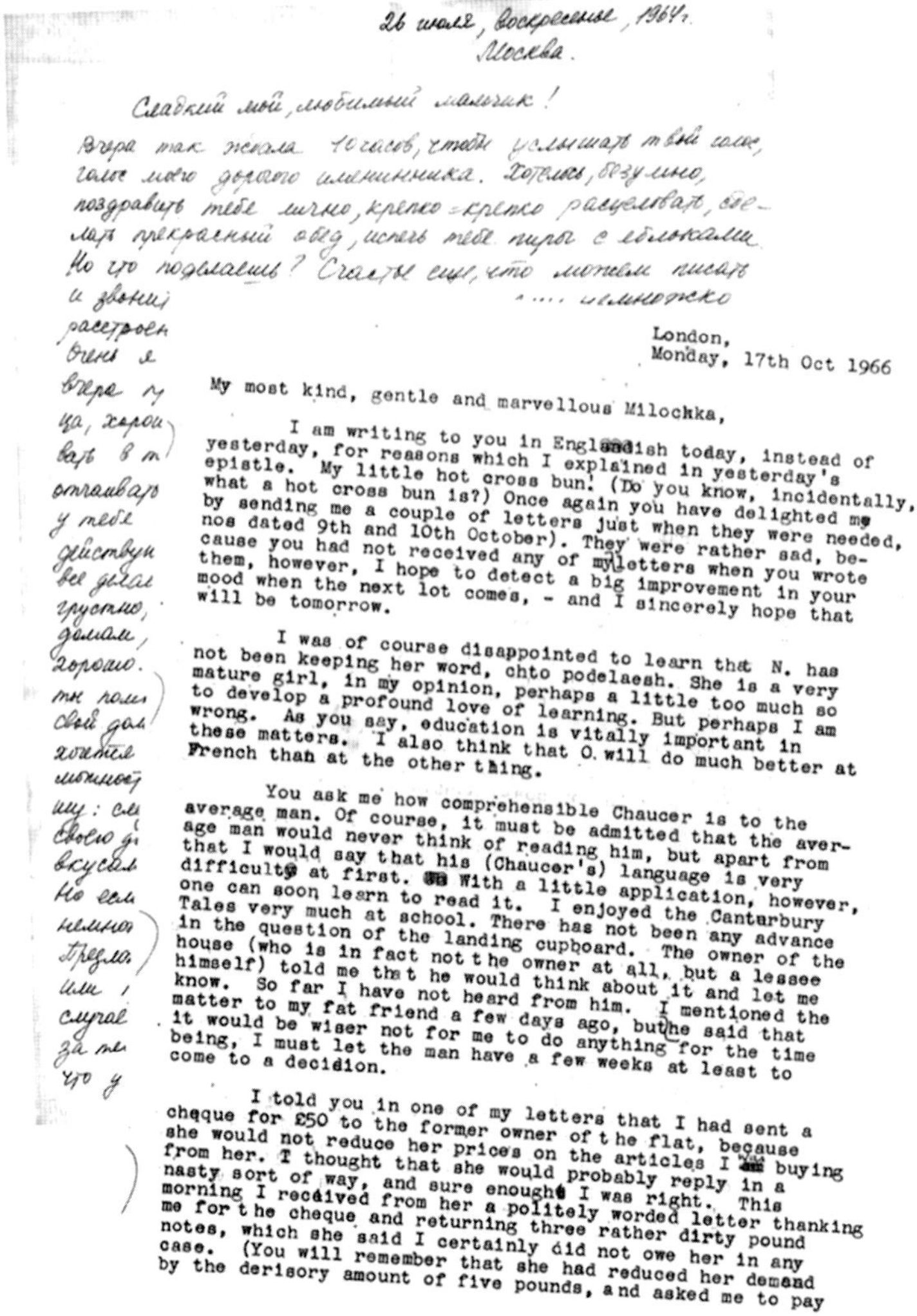
26 июля, Воскресенье, 1964 г.
Москва.

Сладкий мой, любимый мальчик!

Вчера так ждала 10 часов, чтобы услышать твой голос, голос моего дорогого именинника. Хотелось, безумно, поздравить тебя лично, крепко-крепко расцеловать, сделать прекрасный обед, испечь тебе пирог с яблоками. Но что поделаешь? Счастье ещё, что можем писать и звонить ..... именинника

расстроен
очень я
вчера ту
ца, хорош
вать в т
отчаивать
у тебя
действуи
все делал
грустно,
домам,
хорошо.
ты поль
свой дом
хочется
можност
ищ: см
Свою ді
вкусам
Но если
немног
представ
или
случае
за не
что у

London,
Monday, 17th Oct 1966

My most kind, gentle and marvellous Milockka,

I am writing to you in Englandish today, instead of yesterday, for reasons which I explained in yesterday's epistle. My little hot cross bun! (Do you know, incidentally, what a hot cross bun is?) Once again you have delighted me by sending me a couple of letters just when they were needed, nos dated 9th and 10th October). They were rather sad, because you had not received any of my letters when you wrote them, however, I hope to detect a big improvement in your mood when the next lot comes, - and I sincerely hope that will be tomorrow.

I was of course disappointed to learn that N. has not been keeping her word, chto podelaesh. She is a very mature girl, in my opinion, perhaps a little too much so to develop a profound love of learning. But perhaps I am wrong. As you say, education is vitally important in these matters. I also think that O. will do much better at French than at the other thing.

You ask me how comprehensible Chaucer is to the average man. Of course, it must be admitted that the average man would never think of reading him, but apart from that I would say that his (Chaucer's) language is very difficult at first. With a little application, however, one can soon learn to read it. I enjoyed the Canturbury Tales very much at school. There has not been any advance in the question of the landing cupboard. The owner of the house (who is in fact not the owner at all, but a lessee himself) told me that he would think about it and let me know. So far I have not heard from him. I mentioned the matter to my fat friend a few days ago, but he said that it would be wiser not for me to do anything for the time being, I must let the man have a few weeks at least to come to a decision.

I told you in one of my letters that I had sent a cheque for £50 to the former owner of the flat, because she would not reduce her prices on the articles I was buying from her. I thought that she would probably reply in a nasty sort of way, and sure enough I was right. This morning I received from her a politely worded letter thanking me for the cheque and returning three rather dirty pound notes, which she said I certainly did not owe her in any case. (You will remember that she had reduced her demand by the derisory amount of five pounds, and asked me to pay

「こちらから送り続ける手紙はわたしの心臓の血で書かれたものです」。

1963年、リュドミラがマーヴィンに宛てた手紙。下にあるのがリュドミラの手紙。

上は「ミーラチカ」の愛称で呼びかけたマーヴィンの手紙。

What about our Russian fiancées Mr. Ambassador?

by BRIAN PARK

TWO ENGLISHMEN who have waited four years to marry Russian women had a face-to-face confrontation with the Russian Ambassador, Mr. Mikhail Smirnovsky, in a London street.

Five days ago university lecturer Mr. Mervyn Matthews, 36, and car-worker Mr. Derek Deason, 38, who have become close friends because of their joint problem, were walking down South Audley Street, Mayfair, London, talking about their fiancées still in Russia.

SOUTH WALES —— EVENING POST - 20 JUNE 68

S.vansea man's 'surly' reply from Russians

By EVENING POST REPORTER

was the description given today by Mr. Mervyn a man and lecturer in Russian at the University of tion he has received from the U.S.S.R. embassy in London.

Mr. Matthews visited the embassy three weeks ago and left a letter pleading with the Ambassador to intercede in Moscow on his behalf so that he can marry Ljudmila Bibikova, whom he began courting when doing research work at Moscow University.

It was shortly after their attempt to marry in 1964 that Mr. Matthews, whose mother lives in Aberdyberthi-street, Hafod, Swansea, was ordered out of Russia.

'POST' CUTTING

Mr. Matthews said today that three days after his visit to the embassy, he received a telephone call to say that he could expect an acknowledgment of his letter. But now he has had the acknowledgment, which was bitterly disappointing.

It came from the consular department of the embassy and in the envelope was his "open" letter delivered on June 4, the envelope in which it had been contained, some press cuttings about the letter which Mr. Matthews had sent a couple of days later, and a short letter in Russian.

Among the cuttings, said Mr. Matthews today, was the 'Post' Man's Diary report in the Evening Post dated June 4, which had had pride of place on top

"I find this negative and surly response of the embassy both puzzling and distressing.

"It is indeed strange that the

when he was asked why his Government would not allow the men to marry their sweethearts. He said: "You must not create difficulties."

Mr. Matthews said: "I don't know how he would feel if he'd been kept apart from someone he loved and I told him we would have to see about that."

The doors of the Chaika car—a Russian version of a Rolls-Royce—slammed shut and it drove off.

Mr. Deason—whose fiancée, Elenara Ginsburg, 38, is a Moscow schoolteacher—said: "It was one of the most heartening things that has happened for a very long time. At least it proved the Russians are well aware of our continuing fight to get married."

The fight is a two-capital affair.

「スウォンジー出身者がロシアから受け取った『素っ気ない』回答」と報じる『サウス・ウェールズ・イヴニング・ポスト』紙。

上は「大使閣下、ロシア人フィアンセたちはどうなるのか？」の見出しを掲げる『サンデー・エクスプレス』紙。

モスクワで再会。
1969年10月、
2度目となった
結婚式直前の
マーヴィンとミラ。

結婚。
クレムリンを背景に
ポーズを取るミラ、
マーヴィン、
エレオノラ・ギンズブルク
（左から）。
1969年11月1日、
二人の結婚式の後、
英国大使館で開かれた
お祝いの茶会を終えて。

「わたしはお伽の国を
訪れた」。
リュドミラと
マルタ・ビビコワの
間に立つ筆者。
1976年の夏、ロンドンで。
マルタは自分用のシーツを
持ってきた。

1978年、
ワシンのダーチャで。
バブカ・シムカ(後列左)、
リュドミラ、レーニナ、
サーシャ、筆者、
いとこのマーシャ。

マーヴィンとリュドミラ。
2006年、ロンドンで。

スターリンの子供たち——離別と粛清を乗りこえて

わたしの両親へ

スターリンの子供たち――離別と粛清を乗りこえて◆目次

プロローグ

その書類に署名した手は町を破壊し……
死の世界を倍加し、国土を半減させた。
ディラン・トマス

ウクライナ中心部の黒土地帯にあるチェルニゴフの旧ソ連国家保安委員会（ＫＧＢ）本部。その地下室の棚に、ぼろぼろになった茶色のボール紙の表紙がついた分厚いファイルが横たわっている。そこには一・四キロもの書類があり、一枚一枚に念入りに番号がついて、綴《と》じ込まれている。ファイルはわたしの母の父親であるボリス・ルヴォヴィチ・ビビコフを扱ったものである。その名前は奇異に思えるほど精巧なカッパープレート体で書かれている。その名前のすぐ下には、「最高機密。内務人民委員部。ウクライナにおける反ソビエト右翼＝トロツキスト組織」と印刷した表題が付いている。

ファイルは、わたしの祖父が一九三七年の夏が秋に変わるころに生きていた時期から、スターリンの秘密警察の手で死を迎えるまでの成り行きを記録している。わたしはそのファイルをキエフの薄汚れた一室で、祖父の死から五十八年後に見た。ファイルはわたしの膝にずしりと置かれ、膨れ上がった紙は気味の悪いほど陰湿な気配を漂わせていた。かすかに饐《す》えたじゃこうの臭いがした。

ファイルのページは大半が薄っぺらな半透明用紙の官製書式でできており、タイプライターで強く打ち込まれたため所々は穴が空いていた。厚紙の野暮なメモ用紙のしおりが数枚差し込まれている。最後のほうには染みの付いた手書きの薄い便箋が何枚かある。祖父が人民の敵であることを認めた供述書だ。七十八番目の書類は彼がキエフの非公開法廷で下された死刑判決を読み、了解したことを確認する受理証である。なぐり書きの署名は彼がこの世に刻印した最後の行為なのだ。最後の文書は擦り切れた謄写版印刷の紙切れで、死刑判決の言い渡し翌日の一九三七年十月十四日に、死刑が執行されたことを確認している。執行者の署名はぞんざいななぐり書きである。ファイルをまとめた注意深い官僚主義者たちが祖父の埋葬地を記録するのを無視したため、この紙の束こそはボリス・ビビコフが地上に残した遺骸に匹敵するものなのだ。

ロンドンのピムリコ地区オルダニー通り七番地の屋根裏に、しゃれた旅行トランクがある。端正な黒塗りの文字で「W.H.M.Matthews, St Anthony's College, Oxford, АНГЛИЯ〔アングリア、ロシア語で「英国」〕」と書かれている。そこにはラブストーリーが入っている。いや、中身はたぶん愛だろう。

トランクには日付順にていねいに積み重ねた数百通に上る両親のラブレターが詰まっている。それは一九六四年に七月に始まり、一九六九年十月で終わる。多くは薄い航空便用の紙を使い、ほかには品のいい色の便箋に何枚も書き綴っている。半分は母、リュドミラ・ビビコワが父に宛てた手紙で、丸みを帯びた筆記体で書いてあり、いかにも女性らしい。父が母宛に書いた手紙は大半がタイプライターで書かれている。送る手紙は一通ごとにカーボンコピーを取っておきたかったからだ。ただ、どれも下のほうには飾り立てた署名の上に手書きのメモが付いていて、時にはかわいい小さな絵が添えてある。しかし、父が手書きでしたためた手紙は緻密で几帳面な、非常に正確なキリル文字でしっかり書かれている。

両親が冷戦という巡り合わせによって引き離された六年の間、二人は毎日、時として一日に二通も手紙を書いた。父の手紙の発信地はノッティンガム、オックスフォード、ロンドン、ケルン、ベルリン、プラハ、パリ、マラケシュ、イスタンブール、ニューヨーク。母はモスクワ、レニングラード、そして家族の別荘があるヴヌコヴォから書き送った。手紙は両親が日々の生活で何をしたか、どんなことを考えたかを事細かに綴っている。父はノッティンガムの霧のかかった夜に孤独な一間の部屋で腰かけ、夕食のカレーやささいな学問上のいさかいについて書き連ねた。母はモスクワのアルバート街に程近い小さな部屋で思いを募らせ、友人たちとの会話やバレエ観劇、読んでいる本のことを書いた。

あるときは両親の手紙のやりとりがあまりに親密なので、読んでいるとのぞき見しているような気持ちになる。別離のつらさが高じて、手紙が震えているように思えるときもある。二人は一九六四年の冬と春にモスクワでともに過ごした数カ月のささやかな出来事や話し合ったこと、散歩したことを語り合っているのだ。共通の友人や食事、映画についてのおしゃべりもある。しかし、何といっても手紙に横溢しているのは喪失感、孤独感であり、愛の偉大さである。母が「愛は山々を動かし、世界を回転させることもできる」と書いているほどだ。それに、手紙が苦痛に満ちてはいても、両親の人生で最も幸せな時期を記述しているのだ。

屋根裏はわたしの子供時代の部屋で、鍵のかかったトランクに手紙が入っているのは軒下の箱部屋だ。そこから一メートルもないところで十八年間、寝起きしたのだ。両親が声を荒げているのを階段越しに聞いたのもここだ。今、屋根裏部屋の床に腰を下ろして、手紙をめくりながら、両親の愛が存在するのはここなのだと思い至った。「どの手紙もわたしたちの魂の一片です。どれも失ってはいけないものです」。母は別離から間もない苦悩の時期に書いた。「あなたの手紙はあなたの一部。あなたの命の、あなたの吐息の、あなたの鼓動の小さな一片をわたしに送り届けています」。こうして二人はその魂のほとばしりを手紙に綴った——苦痛、願望、愛情のこもった膨大な手紙であり、その手紙の連なり、リレー書簡は六年間ほとんど途絶えることもなく、ヨーロッパを横断する郵便列車で夜ごと行き来したのだ。「わたしたちの手紙が旅をすると、魔法の力が付くのです……そこに手紙の強さが宿るのです」とミラは書いた。「どの行もわたしの心臓に流れる血です。どれだけ注ぎ込もうと尽きることはありません」。しかし両親は二人が再会するときには、既に愛の余力がほとんど残っていないことを知った。愛のすべてはインクに振り向けられ、数千枚もの書簡に綴られた。それが今では、ロンドンのテラスハウスの屋根裏部屋にあるトランクの中に丁寧に束ねたまま置かれている。

わたしたちは合理的な精神で物を考えると思っているが、実際には血で考えているのだ。わたしはモスクワで、自分の周囲の至るところで血を引いていることに気がついた。ロシアでは成人になった初期の大半を過ごした。両親の性格形成には経験がはっきりものを言った。わたしは、その経験という数々の根っこに幾度となく足を取られるのを感じた。両親のたどった生涯の残響が亡霊のようにわたしの心に不意に現れることが絶えずあった。それは新奇さと現代性に満ちていると思い込んでいた都市のリズムにも不変のまま残る事柄なのである。冬の地下鉄に漂う湿ったウールの臭い。外務省の異様なほど巨大な建物が霧に突っ込む飛行機のように輝くとき、アルバート街から離れた裏通りにたたずむ雨模様の夜。上下に揺れる小さな機体の窓から見える樹海に浮かぶ島のようなシベリアの町明かり。タリンの埠頭に吹く海風の香り。そして、モスクワ滞在が終わりに差しかかったころ、突如として身を突き刺すように気がついたことだが、タバコの煙と会話があふれ、ムッとする空気の中で友人たちと囲んだテーブルの隣席に座っていた、まさしくその女性をわたしは愛していた。そこはアルバート街近くのアパートの台所だった。

もっとも、わたしが暮らしたロシアは両親が見知ったロシアと比べると極めて異質なところだ。両親のロシアとは厳しく統制された社会だった。そこでは異端の思想は犯罪であり、隣人たちの仕事はだれもが知り、しきたりにあえて歯向かう成員には誰であれ集団が道義の面で強力なテロルを加える。わたしのロシアは漂流する社会だった。七十年に及ぶソビエト体制下でロシア人たちは自らの文化、宗教、神をあらかた失い、その多くは魂をも喪失した。しかし、少なくともソビエト国家はイデオロギーの空白を大胆な神話や厳格な規範によって満たすことで埋め合わせをした。民衆に対しては食料を供給し、教育を施し、衣類を与え、揺り籠から墓場まで生活を取り仕切った。さらに重要なのは、民衆のためを思っていたことだ。共産主義者たち――わたしの祖父のような男たち――は新しい種類の人間を創造しようと試み、民衆から伝来の信仰を取り払い、代わりに市民的義務や愛国心、従順さを詰め込んだ。しかし、共産主義イデオロギーが剝ぎ取られると、時代遅れの一九五〇年代の道徳性は、お払い箱となった神話学のブラックホールの中に消えた。民衆はテレビに登場する心霊治療家や日本の終末論的なカルト教団に、はては嫉妬深い古来の正教の神を信じた。しかし、ロシアに新たに生まれたほかの信仰の中で、何よりも奥深いところにあったのは、紛れもなく底無しのニヒリズムである。不意に、一切のルール、一切の禁制のたがが消えてなくなったのだ。何から何までが、外に繰り出し可能な限りわしづかみにするだけの大胆さと仮借ない気構えを備えた人間たちの方になびいた。

至るところは廃墟だが、不死鳥は皆無に近い。大半は「ナロード」、すなわち自らのうちに引きこもり、かつての習慣を続け、世界を震撼させたとてつもない衝撃に目を向けない民衆である。仕事、学校、車、ダーチャ（別荘）、家庭菜園、テレビ、夕食用のソーセージとポテト。国家崩壊後のロシアがしばしば思い起こさせたのは、置き去りにされた試験室に閉じ込められ、科学者たちが明りを消して国外脱出した後も、ずっと砂糖水の入った容器にむなしく鼻をすり付ける実験用ラットがひしめく迷宮だった。

ロシアの一部知識人はこれを「レボルーツィヤ・フ・サズナニイ」、意識革命と呼んだ。しかし、そう説明することにはならなかった。実際には革命ではなかったのだ。わずかな少数者だけがその日を選び、その日をつかみ取り、自らを再び目標にまい進させ、すばらしい新世界に適合させる想像力を持ったに過ぎないからだ。残りの人々にとっては、むしろ静かな内部崩壊に近かった。崩れ落ちるホコリタケ、人生のもろもろの可能性を突如内部で破裂させるようなもので、革命ではなく、貧困と混乱への緩やかな沈下であった。

ロシア滞在中の大半は筋書き《ナラティヴ》のない物語の中に、すなわち、モスクワがわたしの楽しみのためにこの人生に繰り広げてくれる、絶え間なく変わる幻想のスライドショーの中に自分がいるものと思っていた。事実、わたしはゆっくりと自分を巻きつけていく血の知覚という冷たいクモの巣に捕らわれていたのだ。

わたしは両親から離れるためにモスクワに来た。ところが、そこでわたしは両親を見いだした。長い間、それに気づかず、あるいは見ようとはしなかったのではあるが。これはロシアとわたしの家族、われわれを生み出し、解放し、鼓舞し、さらに解体同然にした場所に関する物語である。そして、突き詰めれば、逃避に関する、すなわちわれわれ全員がいかにロシアから脱出したかに関する物語である。たとえ、われわれ全員が――ウェールズ人の父にロシアの血は流れておらず、英国で育ったわたしにもその血はないにせよ――熱病のように血流に感染した、何らかの内なるロシアを自らの体内に依然としてとどめているとしても、である。

第1章 最後の日

わたしが信じるのはひとつだけだ。人間の意思の力である。
ヨシフ・スターリン

わたしは英語より先にロシア語を話した。帽子をかぶり、ブレザーに半ズボン姿で英国のプレップ・スクール（進学準備校）に通うまで、ロシア語で世界を見た。言語に色彩があるとすれば、ロシア語は母が一九七〇年代に身に着けたドレスの強烈なピンクであり、母がモスクワから持ってきた古いウズベキスタン製ティーポットの暖かい赤、キッチンの壁に掛かったロシアの木製スプーンに塗られたけばけばしい黒と金だった。父と話した英語は、父の書斎に敷かれたカーペットの落ち着いた緑、父のツイード・ジャケットの色あせた茶色だった。ロシア語は親密な言葉、母に話しかける温もりのある肉体的で飾り気のない、私的な暗号だった。それはキッチンと寝室の言語であり、その臭いは温かいベッドにこもった空気、ほかほかのマッシュポテトだった。英語は儀礼的で大人の言語。勉強し、父の膝の上で絵本の『ジャネットとジョン』を読む言葉だった。そこにはゴロワーズやコーヒー、父が集めた蒸気エンジン模型のコレクションに付いたエンジン油の臭いがあった。

母はたぐいまれな民俗叙事詩『ルスランとリュドミラ』のようなプーシキンの物語を読んで聞かせ

る。陰険な悪と明るく輝く英雄たちがロンドンの小さな応接間で夜毎、魔法に呼び出されては、ヴィクトリア駅に到着する列車が遠くできしませる音に中断されもした、暗いロシアの森にまつわる超自然の世界は、父が呼び起こすのとは比べものにならないほど、生き生きとわたしの子供時代そのものを蘇らせてくれた。「そこにはロシアの魂がある。そこではロシアの臭いがするのだ」。巨大な緑の樫の木が立つ海沿いの不思議な大地について、プーシキンはそう書いた。樫の木の周りには対になった黄金の鎖があり、鎖の上を黒猫が歩き、絡まった梢に人魚が泳ぐ。

一九七六年の焼けるような夏の終わりに、祖母マルタがロンドンのわたしたちを訪ねてきた。わたしは四歳六カ月だった。エクルストン・スクエアにある庭園の芝生は熱波で黄色に変色していた。歩道が焼け付き、イチゴ・キャンデーの香りが漂う夏だった。わたしは脚に大きな黄色の花を縫い付けた、ベージュ色をしたお気に入りのコーデュロイのダンガリーを履いていた。わたしは祖母の重苦しさ、かびくさいロシアの臭い、柔らかく丸まるとした顔を覚えている。写真を眺めると、祖母は居心地悪そうで、体格が大きく、怒りを浮かべ、男性的に見える。身をよじらせたずだ袋のようにわたしを抱え、そのかたわらで母が不安そうな面持ちでほほ笑んでいる。祖母はぞんざいに叱りつけ、何をするのか先も読めず、張り詰めた気配もあって、わたしを怖がらせた。応接間の窓際でアームチェアに座り、何時間も一人で無言のままでいる。わたしが膝に上ろうとすると、追い払うこともあった。

エクルストン・スクエアに一緒に行ったある日の昼下がり、母がほかの母親たちとおしゃべりを交わし、祖母はベンチに腰を下ろしていた。わたしは一人で泥棒ごっこに興じ、プラスチック製の警官のヘルメットをかぶり、カウボーイの拳銃を突き立て、庭園を走り回った。祖母の後ろにしのび寄ってベンチの背後から飛び出し、両手首に手錠をかけようとした。手錠を閉じようとする間、祖母は身動きせずに座っていた。ふと見上げると、祖母は泣いていた。わたしはこちらにやって来た母に駆け寄った。祖母と母は長いこと一緒に座り込み、わたしはやぶに隠れた。それから、わたしたちは帰宅したが、祖母は声も立てず、まだ涙を流していた。

「びっくりしないでね」と母が言った。「手錠はおばあさんが牢屋に入れられていたころのことを思い出させるの。それで、泣いているのよ。でも、それは遠い昔の話。もう何ともないわ」

母は人生の大半を空想の未来のために生きた。彼女の両親が監獄に連れて行かれたのは三歳のときだった。そのときから母はソビエト国家に育てられた。この国家が魂ではないにせよ、彼女の精神をソビエト式に形成したのである。彼女の世代はこう告げられた。輝ける夜明けはまさしく地平線上にある。だが、アステカ文明のように生き血を流し、偉大なる大義のために個々の意思を犠牲にすることによってのみ到達可能である、と。「素朴なソビエト人民は至るところで奇跡をなしとげている」。これは一九三〇年代に流行った歌の一節で、母は官僚的な愚かさや粗野な振る舞いといった事例に出くわすと、よく引き合いに出す。それも決まって痛烈な皮肉を込めて。しかし深い意味においては、不可能に見える障害を克服できるのは個人だという考え方が母の人生を形づくったのだ。

彼女の父親ボリス・ビビコフは同じことを信じた。数千人の男女を鼓舞し――そして脅迫し――まさに文字どおりのぬかるみを土台として巨大な工場を建設した。母の場合もそれに引けを取らない特筆すべき奇跡をやってのけた。揺るがぬ信念だけをたよりにソビエト国家という巨大な怪物全体と対峙し、そして勝利した。

わたしは母が小さいとは決して思わない。確かに小柄で身長百五十センチ足らずのちっぽけな存在ではある。しかし、とてつもない個性を持つ女性なのだ。彼女の存在感は動きの領域で言えば、大きな家でも数軒分にあふれてしまう。泣いているのをよく見たことはあるが、途方に暮れる姿は一度もお目にかかっていない。弱々しさが極まったときでさえ、自分自身の力に疑いを持つことは決してない。一人物思いにふけったり、わたしの世代が送った自己中心的な暮らしをしたりする時間は彼女にはないのだ。ただ鉄の自己規律を一身に課して、他者の人間的な過ちに対しては赦しを与える心の広さを持ち合わせている。物心のついたわたしの幼少時代から、母の言い分は、人生のすべては闘い取らなければならないものであり、いかなる失敗も基本的には意思の欠如なのだ、ということである。一生を通じ、母は非妥協的な要求を自らに課し、その要求を満たした。「わたしたちは信用に値する生き方をしなければならない。闘わなければ」と母は父に書き送った。「わたしたちには弱音を吐く権利はない……。人生は一瞬のうちにわたしたちを押しつぶす。だれもわたしたちの叫びを聞いてくれない」

　母は恐ろしいほど機知に富み、利発な人でもある。もっとも、彼女のそうした側面をいつも見ることができるのは、人の集まりに加わるときに限られる。客人を迎えた夕食の席に着くと、彼女の声ははっきりとした強い口調になり、つや消しの確信を込めて勢いよく明瞭な英語で自分の意見を述べ立てる。

「すべては相対的なのよ」とちゃめっ気たっぷりに言い放つ。「スープ皿に髪の毛一本でもあれば余計なもの。頭に髪の毛一本では足りないわね」。こうも宣《のたま》う。「ロシア語には再帰動詞が多すぎる。ロシア人は病的に無責任だからよ！　英語なら“I want”“I need”と言うでしょう。ロシア語ではこれが『欲求が生じた』『必要が持ち上がった』となるの。文法は心理の反映よ！　幼稚な社会の心理！」

　母がしゃべっていると、ヌレーエフからドストエフスキー、カラムジン、ブロークへと苦もなく行き交い、鼻先で嘲ったり素っ気なく手を振って遮ったかと思えば、称賛のあまりハッと息をのみ、両手を胸に当て熱狂的に拍手し、レーシングカーのドライバーがコーナーを曲がるときのように新しい話題に切り替えていく。「ふん、ナボコフなんて！」。こう言っては口をすぼめて片眉をつり上げ、居合わせた全員に知らしめるのだ。この作家が手に負えない気取り屋で、冷たく残酷な偽りの人物なのだ、と彼女が見なしていることを。「ああ、ハルムスよ」。空に向かって手のひらを差し出してそう言うと、ここにこそロシアの不条理とその情念、日々の悲劇にかかわる真の理解者がいると伝えることになる。母の世代の多くのロシア知識人がそうであるように、彼女は祖国の文学がぎっしり詰まったカスバ〔北アフリカのアラブ諸都市に特徴的な住宅密集の旧市街地〕には完璧に精通し、土地の娘のように路地を行き来しているのだ。わたしはいつも自分の母親に敬服している。しかし、彼女が畏怖の念を抱いて座を取り仕切っているときなどは、心底彼女を誇りに思うのだ。

ミラン・クンデラは、「人が権力に立ち向かう闘いとは、忘却に対する記憶の闘いである」と書いた。この物語を叙述する際、母はまさしくその通りである。わたし自身が幼少のころ、母が自分の子供時代を語ることはめったになかった。しかし、大人になってから尋ねると、母は芝居がかった物言いもなく心置きなく語り始めた。いま彼女は驚くべき冷静さと率直さをもって自身の人生を回想する。しかし同時に、わたしがその物語を書くとあまりに恐ろしく気の滅入る内容にならないかと心配している。母は子供時代を語りながら、「暗黒面だけではなく、善良な人々のことを書いてね」とわたしに言った。「人間の寛大さにあふれていたし、魂のこもった素晴らしい人たちがたくさんいたのよ」

母の物語を始める前に紹介したい彼女の最後のイメージがひとつある。七十二歳のことである。彼女は食べ物がふんだんに置かれ、陽光がまだら模様を描く食卓に着いている。わたしたちはイスタンブールに近い島の友人宅を訪ね、マルマラ海を見下ろす涼しいテラスでくつろいでいる。母はいつものように椅子に横向きになって腰かけている。幼少時に患った結核で臀部に障害を負ったためだ。ホストのトルコ人作家は古代の海神のように琥珀色に日焼けしている。彼はワインを注ぎ、自分で採ってきたイガイを盛った皿と腕のいいコックがつくった料理を配っている。

母はくつろぎ、最高に魅力的だ。ゲストにはトルコのバレエダンサーがいる。ダンサーらしく手脚の長い体つきをした背の高い美人だ。彼女と母はとても熱心にバレエを語り合っている。わたしがテーブルの端でホストに話しかけている。そのときだ。母の声の調子が変わる。ドラマティックなことは全くなく、トーンの変調に過ぎない。しかし、わずかな変化がテーブルで交わされるさまざまな会話を遮り、同席者たちが向き直って耳を傾ける。

母は一九四三年に疎開した戦時中の孤児の町、ソリカムスクについて語っているのだ。児童であふれた登校先の教師が、教室で配る昼食用の地味な黒パンのトレーを持ってきて、パンのかけらは孤児のために残しておくようにと児童たちに伝える。彼らも全員が餓死寸前なのにである。

母はこの話を取り立てて哀感に訴えるのでもなく、さりげなく語って聞かせる。誰の顔を見るのでもない。苦痛の笑みとしか言いようのないものが表情に浮かぶ。二本の人さし指を差し出した小さな手ぶりでトレーにあるパンのかけらのサイズを示してみせる。目には涙があふれている。ダンサーも泣き始め、母を抱き寄せる。この話は前に聞いたことではあるが、人生と運命とが織りなすありふれた奇跡にわたしは感動を覚えるのだ。戦時中の冬の教室に通う腹を空かせた子供が、暑い昼下がりにわれわれとともに居合わせている同じ人物であるということに。それは、あたかも彼女が戦争と飢餓の遠い別世界からなに不自由ない現代の生活に加わったかのようである。

一九九〇年代末期のモスクワの夏。夕方でもまだ明るい。フルンゼンスカヤ河岸通りに面した伯母レーニナの台所。わたしはガルガンチュア風の脂っこい夕食の後、広い窓の敷居に腰かけてタバコを吸っている。この食事ではわたしが堪能したことに満足してもらうまで、最低五回は称賛の言葉を述べさせられるのが常である。レーニナは娘たちが買ってくれたドイツ製の電気湯沸かし器には見向きもせず、古いほうろうのヤカンでお湯を沸かしている。

母の姉であるレーニナは彼女らの母親マルタとそっくりなずんぐり型で、でっぷりしたお尻に大きな胸。背中は世界の厄介事の重みを一身に背負って曲がっている。マルタ譲りの射抜くような青い瞳の持ち主だ。母もそうだし、わたしも、息子のニキータも同じだ。しかし、気性で言えば、レーニナは社交的な父親ボリス・ビビコフに似ているように見える。レーニナは台所のテーブルの周りに人を集めてはおしゃべりし、噂話をし、人の興味をそそるのが好きだ。誰かにコネを付け、電話をかけまくって他人の暮らしに段取りを付けては悦に入る。視聴者参加番組の最中にテレビ司会者を震え上がらせ、店の支配人にじかに脅しをかける手立ても見事なものだ。威勢のいい声を持つ肝っ玉の女性なのだ。それでいて、命を落としかねない病歴も数知れず、それを話題にすることを好む。

お茶を注ぎながらレーニナはお気に入りの話題を切り出す。甥のたどった波乱万丈の恋物語だ。少女っぽい色恋への関心から彼女の目は輝く。レーニナ扮する遠慮のない老女の演技はだいぶ前から見慣れてはいる。それは、外部世界との闘いやもめ事、スキャンダルといった日々のドラマに設置した堅牢な武器庫の中のひとつの武器なのである。彼女が本当にしたいことと言えば、テーブルの端に置いたストールに前かがみに腰をおろして、肘をテーブルに置き、らんらんと輝く目で甥をじっと見つめ、最近の出来事の仔細を聞くことだ。淫らな話の断片に触れると、口汚い女のように甲高い声を発して笑う。

「あなたは運がいいわよ。こんなことはあなたの母親には話さないもの」と声を立てて笑う。奇妙なことに、自分の娘たちをしょっちゅう叱り飛ばしているのに、毎週聞いているわたしたちのゴシップ談義でわたしを批判することはめったにない。その代わり、世故に長けた物言いで口をはさみ、それも皮肉なアドバイスをよく聞かせる。伯母レーニナとは、半世紀も年が離れているにもかかわらず真の友人であり、心置きなく話せる仲だ。

レーニナは細部にわたる驚異的な記憶の持ち主である。彼女とのやりとりは現在形で始まるが、現在形の話は束の間であってすぐに論じきってしまう。彼女の注意を長く保つには生彩も劇的要素ものの足りないのである。彼女は過去に遡って漂い、ある話から次の話へと止めどなく移り行く。記憶の道筋をたどって夜ごと散策に出かけるのである。その記憶とは、占いに使うウィージャ盤にのせたコップのように、さまざまな物語や声色によって、あれこれと引き出された彼女の心模様なのだ。

齢を重ね、動きが鈍く目も悪くなるにつれて、彼女の想像力はますます鮮明になるようだ。過去は現在よりも身近となってくる。夜には死者が訪れ、彼女はうめく。死者たちは彼女を決して一人にはしない――夫や両親、友人たち、二十六歳でガンのため死んだ孫のマーシャがこぞって議論し、おだてては哄笑し、やかましく責め立てたりして、日常を営んでいる。あたかも彼らは死んでいることに気づいていないようである。レーニナは夢の中で止めどなく過去を見ている。「映画のようだわ」と彼女は言う。人生の最後が迫るにつれ、その始まりはますます生気を取り戻すように思える。細部が浮かび上がり、会話や出来事、物語、人生の断片が短編映画の映像のように見えてくる。それを彼女は書きとめる。次にわたしがやって来るときに話すためだ。登場人物については今ではこちらも知っているので、いちいち紹介するまでもないことはレーニナも分かっている。

「ヤーシャ伯父さんのことや彼のメルセデスで誘い込んだ娘たちのことで覚えていることを話したかしら？　ワーリャが言ったこととか」。レーニナが電話で尋ねてきた。わたしにはすぐ分かった。

大叔父のヤコフが一九四六年にベルリンから持ち帰った、世にも知られた不滅の車について彼女が話してくれたことや、この車が大伯母を激怒させたことだと。「ワーリャは怒り心頭に発して家にあった植木鉢を残らずヤーシャに投げつけたのよ。台所の食器類もね。周りで皿が何枚も割れているのに、ヤーシャは笑いをこらえることができなかった。ワーリャの怒りが頂点に達したのはそのことなのよ！」

レーニナは会話や声のトーン、人物でもって世界を見ている。わたしの母親は読書家だが、そんな妹ほど本を読まない。レーニナは台所のテーブルを舞台とし、入れ代わり立ち代わりの友人たち、頻みごとに来る人々、かつての学生、隣人、肉親たちを観客とした役者なのだ。

リュドミラとレーニナの物語は別の台所で始まる。一九三七年の真夏、チェルニゴフ中心部にある瀟洒で天井の高いアパートでのことである。高窓が開け放たれ、デスナ川からそよぐ風を取り込んでいた。隅で三歳の母がぼろ人形で遊んでいる。伯母のレーニナは広い窓の敷居にもたれて通りを見やり、父親の大型黒塗り公用車パッカードを眺めている。大きい知的な瞳を持つ丸顔の十二歳。モスクワの雑誌をまねて作った、お気に入りの白い綿のテニススカートをおしゃれに着こなしていた。外にはレールモントフ通りの平らな木立の向こうに中世にできたチェルニゴフの要塞があって、大聖堂の黄金の円屋根が見える。

台所のテーブルではレーニナの母マルタが、夫ボリスのために中身たっぷりの弁当づくりにかかり切りだ。ローストチキン、ゆで卵、キュウリに何枚かのビスケット、それと新聞紙に包んだ塩ひとつまみ。これをまとめて耐油紙でくるむ。ボリスは駅に行く途中に立ち寄ってかばんを手に取り、それから黒海沿岸のガグリにある共産党の保養地に向かい休暇を取る予定だ。

マルタは取り立ててだれに言うでもなく、ボリスはまた遅れて、と小言をもらしているが、彼が遅れるのは毎度のこと、ただの常習に過ぎない。ボリスは仕事に忙殺され、休暇が始まるその日になっても朝の休憩を取ることさえできない。いつも家族のためよりは党委員会のために時間を割いているようなのだ。

マルタは背の高いがっしりした体格の女性だが、ロシアの農婦がしばしば母性とともに獲得する肥満型に既になりかけている。身に着けた衣装は輸入物の綿で、丁寧に縫い込んだ飾りが付いている。マルタの声はいつもがみがみ言い立てているように聞こえる。間に入ってくれる父が留守のため、一週間は母とだけ過ごすことになることが怖いレーニナには、そう思えるのだ。流し台には一家の我慢強い家政婦ワーリャがいる。逞しい体格の田舎娘だ。ロシアの農村女性の伝統的な衣装であるゆったりめのサラファンを着て、前にのりの利いたエプロンをピンで留めている。ワーリャは玄関の端にある戸棚の類いの中で寝泊まりしたが、実入りはあったし食事付きだ。だからマルタには耐えたし、険悪にもなった。ワーリャはレーニナと目が合うとウィンクした。その間にマルタは台所から飛び出し、ぶつぶつ言いながら、広い玄関口に置かれたボリスのかばんをあらためた。

リュドミラ──短縮形でミラ──は姉のレーニナには子犬と同じくらい忠実で、姉の姿が視界にないと嫌がった。姉妹は父親とは共謀関係にあった。マルタが嫌い、理解できなかった相互防衛協定である。

レーニナは窓辺で、父親の黒い大型車が角を曲がり、アパート・ブロック前の車寄せに進むのを見た。階段に靴音が聞こえ、ボリスがアパートに飛び込んだ。彼は強健な男で太り気味。若はげで頭は剃っている。自意識過剰なほどプロレタリアの衣服を身に着け、夏は質素な麻のシャツ、冬はしま模様の入った水兵のチョッキを着る。実際の三十四歳よりはかなり老けて見える。既にこの町ではナンバー2の高官となり、共産党地区委員会の宣伝・扇動担当書記を務める。党内で出世街道を走る著名な政治扇動家、レーニン勲章保持者であり、いずれキエフか、あるいはモスクワで重要ポストに就く前段として地方組織で修業を積んでいるのだ。場所はいとわず出向いていく男だ。妻のやかましい小言や助言の長広舌は無視して、素早く二人の娘にお別れのキスをした。

「いい子にしておいで。お母さんと妹の面倒を見るんだよ」と彼はレーニナに囁いた。

彼はとっさに抱き締めて妻を黙らせ、別れの言葉を二言三言交わすと、荷物がびっしり入ったかばんと弁当をつかみ階下に走った。レーニナが窓に駆け寄ると、父の運転手が車のそばに立ちタバコを吸っているのが見えたが、ボスが石階段を下りてくるのを耳にするとタバコをポイと投げ捨てた。愛するパパが車に乗り込む。レーニナは必死に手を振った。すると、父は直ちに手を振り返す。挨拶というより全身で表す圧倒的な仕草であった。これが父を見た本当に最後となった。

マルタは夫を見送った後、階段手前を横切って、隣人たちにおかしなことはないかどうか見に行った。家族が朝方に仕事に出かける際にドアを閉めるいつもの音を聞かなかったし、だれも昼食時に帰宅していない。マルタが戻ると、レーニナは母が青ざめ緊張していることに気づいた。隣人宅の呼び鈴を鳴らしても返事がなかったのだ。それからドアに貼り付けた押印の紙が目に留まった。人民内務委員部（NKVD）の印章付きである。マルタはそれが何を意味するか直ちに悟った。ビビコフ家の隣人たち、すなわちマルタの夫とは同僚の家族が深夜に逮捕されていたのだ。

翌朝、幼いリュドミラに着物を着せているとき、マルタの目には疲労が見て取れた。娘たちの頭に綿の夏用帽子《クローシュ》をかぶせ、買い物に無理やり連れ出すマルタの声には有無を言わせぬ響きがあった。

市場へ行く途中、マルタは幼いリュドミラの靴ひもを締めるため立ち止まった。しゃがんでいると、レーニナと同じ年ごろの少女がものも言わず近づいた。マルタの耳元に身をかがめ何ごとか囁き、足早に立ち去った。マルタは立ち上がることもできず、銃で撃たれた動物のように歩道に跪《ひざまず》き、へたり込んだ。母を助け上げようとする娘たちに恐怖が走った。マルタはすぐさま気を取り直し、立ち上がると家に引き返した。追いつこうとしてつまずいたリュドミラを引っ張りながら。何年も後になって、マルタはあの少女が話したことをレーニナに伝えた。「今夜、やつらが捜索令状を持ってやってくるよ」。その子が何者なのかは誰も知らない。彼女を差し向けたのは誰なのかも。

アパートに戻ってマルタは泣き始めた。十二年の結婚生活で夫と離ればなれになったのは一度きりだ。二人が出会った直後にボリスが赤軍に入隊し家を空けたのだ。そして今度は夫が消えた。二人が築き上げた世界は空中分解しかけている。

マルタが台所の余り物で急ぎこさえた夕食の後、子供たちはその晩、腹を満たされぬままベッドに入った。後にレーニナに語ったところでは、マルタは眠ることもできず、夜の半分は洗い物をしながら過ごした。それから開けた窓際に腰を下ろし、車の音がしないかじっと耳を傾けた。彼女は夜の明ける直前に眠りに落ち、その音は全く聞こえなくなった。

マルタはドアを叩く鋭いノックで起こされた。腕時計を見た。ちょうど午前四時を回った後だ。部屋着のガウンを羽織って、ドアを開けた。外には四人の男が立ち、全員が黒の革ジャケット姿。拳銃ベルトを付け、革の長靴を履いている。上官が捜索令状と夫の逮捕令状を見せ、ビビコフは在宅かと聞いた。マルタは「いえ、出かけています」と答え、必死に説明を求めた。男たちは彼女を押しのけ、アパートの捜索に着手した。子供たちは飛び交う声に目を覚まし、リュドミラは泣き出した。一人の男が子供部屋のドアを開けると、明かりをちょっと点け、周囲を見回してから静かにしろと命じた。リュドミラはレーニナのベッドに潜り込み、泣き疲れて再び寝入った。取り乱したマルタがやって来て、隣の部屋で引き出しをくまなく調べ、戸棚を空にする物音を聞きながら、子供たちをなだめた。

男たちは十二時間も居座り、ボリスの書斎で本もファイルもことごとく調べ尽くした。彼らはマルタが台所に入って、子供たちに食べさせることも許さなかった。レーニナは四人の顔立ちを、「彼らが着ていた革コートのように硬い」ものだったと記憶している。四人のＮＫＶＤ要員はマルタにサインさせた書類を一箱分も没収して捜索を終えると、アパートの四部屋を封印し、まだ寝間着姿のマルタと子供たちを台所に押し込んだ。ドアがバタンと閉まると、マルタは涙を浮かべ床に崩れ落ちた。リュドミラとレーニナも泣き叫び、母を抱き締めた。

マルタは何とか気を取り直して浴室に入り、濡れた衣服を絞って水気を取った。浴室の鏡をのぞいて顔をぬぐい、レーニナに妹の世話をするように言って家を出た。彼女は地元のＮＫＶＤ本部に走って行った。自分たちの家族は何らかのひどい間違いによる犠牲者だと確信していたのだ。彼女は夜遅く帰宅した。当てもなく打ちひしがれて。パニックに陥った十数人もの妻たちの一人にすぎないことを除けば、分かったことはほぼ皆無だった。こうした妻たちは、無表情な受付係を取り囲み、行方の知れない夫について質問を浴びせても、現在は「取り調べ中」であり、皆さんには追って連絡すると告げられるだけなのだ。

マルタは当時、知らなかったが、夫はまだ自由の身で、南方に向かう一等寝台車でくつろぎながら、党のサナトリウムで過ごす有給休暇に、無邪気にも期待を膨らませていたのである。

第2章 「常人ではなく巨人を！」

青年諸君、計画を達成しよう！
ボリス・ビビコフが工場のトイレの壁にチョークで書いたスローガン

ボリス・ビビコフの写真で廃棄を免れたのはわずか二枚にすぎない。一枚は一九三二年ごろにハリコフ・トラクター工場で撮影された非公式な集合写真だ。爽やかな表情をした若さあふれる労働者二十数人の前で、角刈りの青年の肩に腕を回し地面に座っている。ビビコフは坊主頭でしわくちゃの開襟シャツ姿。彼の世代の党幹部なら多くが影響を受けたプロレタリア・スタイルだ。写真に写ったほかの誰とも違って、彼には笑顔がなく、鋭い眼差しが際立つ。

もう一枚の写真は党員証にあったもので、一九三六年初頭の撮影だ。ビビコフは襟元をボタンで留めベルトをつけた党幹部のシャツを着用、ここでも画像から意図的にじっと睨みつけている。への字型の口元にはこのうえない冷酷さが窺える。彼は徹頭徹尾、共産党人間なのである。ポーズの取り方もそうだが、カメラの前で身構えることもない時代が来る前の生まれであることからすれば、その仮面は完璧に近い。どちらの写真もこの人間を窺わせるものはない。かくありたしと望む人間が写っているにすぎないのである。

ビビコフは過去を抹殺した人間として死んだ。同じ年ごろ、同じ階級の多くの人々と同様、彼は恥ずべき肌であるかのようにそれまでの自分を断ち切り、ホモ・ソビエティクス、すなわち新たなソビエト人間として生まれ変わった。彼は自分自身を手際良くつくり替えた。そのためNKVDの取調官たちが、一九三七年の夏から秋まで「肉挽き器」にかけて引き出した供述を念入りに年代順に並べても、彼の足跡をたどる手がかりはほとんど探り出すことはできなかった。入党する以前の写真、書類、人生の記録は一切なかった。

ビビコフの家系は女帝エカチェリーナに使えた将軍の一人、アレクサンドル・ビビコフの末裔である。アレクサンドルはエメリヤン・プガチョフ率いる一七七三年の農民反乱を平定、この功績により女帝に重用され貴族の称号を得た。反乱鎮圧は女帝が命じたがごとく行われ、過酷を極めた。国家に敢然と反旗を翻した数千人もの反逆者に対しては即刻、絞首刑や鞭打ち刑が科せられた。

ボリス・ビビコフは一九〇三年、ないしは一九〇四年にクリミア地方で生まれた――NKVDのファイルでは前者、母親の出生届けでは後者の年号が記された。小地主だった父親のレフは、ボリスと二人の兄弟ヤコフ、イサークが幼少のころに死亡した。ビビコフは父のことを決して語らなかった。母親のソフィアは裕福なクリミアの商家出身のユダヤ人で、その父ナウムは製粉機と穀物倉庫を所有していた。このことはビビコフが自分の逮捕令状に記載する際の奇妙な「職業」、すなわち「製粉工」に該当する可能性があった。ボリスは英語の知識があり、内戦に加わったこともない。彼の前半生で分かっているのはこれしかない。ビビコフの兄弟で第二次世界大戦を生き延びたのはヤコフだけで、一九七九年まで存命だったが、彼も同様に強迫観念に取りつかれていた――自分の経歴や処刑された兄弟に触れることは一度もなかった。ビビコフ兄弟にとっては未来あるのみで、過去は振り返らないのである。

わたしは祖父が英雄だったとは思わない。しかし、英雄的な時代を生きた。そうした時代が規模の大小を問わず偉大さというものに人々を突き動かした。ボリシェビキ革命のスローガンは平和、土地、パンである。当時、このメッセージは野心的かつ理想的な男たちにとっては新鮮で活力にあふれ、予言的な言葉で表現されているように思えたに違いない。党幹部たちは世界史における前衛にほかならない。十月革命が古いロシアを一掃した直後のある時点で、ビビコフは「旧階級」に属した多くの人々と同様、ある種の空想的な啓示を得たようだ。あるいは、おそらく――今となっては知る由もないが――それこそが野心や虚栄、強欲への衝動だったのだ。彼の相続財産であった母方の祖父が所有したクリミアの小さな製粉帝国は一九一八年に国有化された。モスクワやペトログラードにいた彼の大いなる親族たちは、多くが国外に逃亡するか階級の敵として逮捕された。ボリシェビキはロシアの新たな支配者であった。精力的で知性ある青年が栄進を遂げる道は、一刻も早く勝ち組に加わることだった。

しかし、わたしたちに残された唯一の証人はレーニナである。その証言とは、彼女の父親は高潔で無私無欲の人物だったというものだ。仮にその通りではないとしても、レーニナの言葉にはそれ自体、感情に訴える一種の真実がある。したがって、新たな世界が建設途上にあり、ボリスの想像力は新鮮かつ先端的で典雅でもある壮大な未来像に圧倒され、それゆえ彼と二人の兄弟ヤコフ、イサークはその計画に心の底から身を投げ打ったのだと言えよう。

内戦が終わる最後の年に、ボリスはクリミアの港シンフェローポリに開設された上級党学校に入学する。ボリシェビキ自体が大変驚いたことに、彼らは大帝国を勝ち取ってしまったのだ。その支配に当たるため新世代の人民委員を養成するのが学校の目的だ。マルクス・レーニン主義理論と宣伝・扇動の基礎を一年間学んだ後、わたしの祖父は一九二四年五月、二十一歳の若き扇動者として入党。必要とあればどこでも革命に奉仕する気構えだった。

後に判明したことであるが、革命の最も差し迫った喫緊の必要性とは退屈なものだった。ボリスは夏物トマトとナスビの収穫作業を監督するため、クルマン・キミルチに誕生したばかりの集団農場に派遣された。ここはクリミア半島の高地にあり、かつてのタタール人居住地にドイツ系住民が二世紀にもわたって住み着いている。ボリスが将来の妻マルタ・プラトノブナ・シチェルバクと出会ったのはその地の夏、ほこりっぽい野原であった。

マルタ・シチェルバクがボリスと会う数週間前になるが、彼女は妹アンナをシンフェローポリ駅のホームに残し、死なせてしまった。

少女二人は西ウクライナのポルタワ近郊にある生まれ故郷の村を出て、クリミア地方の農場での夏季労働を探しに行く途中だった。マルタは既に二十三歳。同世代の農村の娘なら嫁ぐはずの適齢期をとっくに過ぎていた。二人の家族は十一人姉妹。兄弟二人は幼少期に死んだ。父親のプラトンが娘ばかりの子沢山は天罰にほかならないと考えたのはまず間違いないし、喜んで二人を追い出したに過ぎないと思われる。

マルタは、ウクライナのステップ地帯にある極貧の村で、そこに潜む陰湿な猜疑心と断続的な虐待の中で成長した。しかし、ロシアの農民生活を取り巻く厳しい基準に照らしてさえも、姉妹たちにはマルタが短気で嫉妬深い厄介者に思えた。マルタが故郷の村で伴侶を見つけることができなかったのはなぜか。そして彼女とアンナが余計者と見なされ、自分で食い扶持を探すよう放逐されたのはどうしてなのか。こうしたことは彼女の性格が説明しているかもしれない。マルタの心にはたくさんの傷跡がある。父親による拒絶はその中でも最初の、そしてたぶん最も深い傷跡となった。これが不可解で悪意に満ちた災いに発展していくことになる。

マルタとアンナはシンフェローポリにたどり着くまで、少なくとも一週間はローカル列車を乗り継ぎ、農産物の輸送トラックをヒッチハイクしたりして、疲労困憊していた。うだるような暑さの鉄道駅ホームにひしめく群集の中で、アンナは失神した。青くなって震える少女の周りに人々が集まった。だれかが「チフスだ！」と叫び、パニックが広がった。マルタは妹から後ずさりし、向きを変えるや群集とともに逃げ出した。

マルタは若かったし、怯えていた。家族が住む木造農家での堪え難い、遠慮のない暮らしから抜け出て初めて独りぼっちになったのだ。悪名高くおぞましくもある地元チフス病院のひとつに隔離されでもしたら、それだけで恐怖を抱いても何ら不思議はないだろう。しかし、妹を置き去りにする決断をしてしまったことは彼女を終生苦しめることになる。残酷にも彼女が罰を受けた原罪である。恐怖に駆り立てられたのは疑いないし、混乱もあってマルタは熱病に冒されプラットホームに倒れ込んだ十代の少女について一切の記憶を断ち切った。彼女は群集に混じって西方に向かう一番列車に乗り込んだ。

母娘が恐怖の半生を生き抜いてから何年も経った後、マルタは娘のレーニナに自分の妹の推定死亡にまつわる話を聞かせた。しかし、マルタはその出来事をさりげなく語った。何ら疚《やま》しいことはないと装って。彼女の心の中で何かが壊れたのだ。あるいは、恐らくそんな出来事は全く起こりもしなかったことなのだ。

年端もいかない子供ではあったが、わたしは祖母のマルタが怖かった。彼女は一九七六年にわたしたちのところにやってきた。ソ連を出国したのはこれが初めてで、二度となかった。飛行機に乗るのも初めてだ。英国へ旅立つ前に経験した最も長い旅といえば、グラーグ（強制収容所）の囚人としてカザフスタンへ列車で移動したときであり、そこからまた引き揚げてきたときだ。ロンドンへ携えてきた重いスーツケースには分厚い綿のベッドシーツ一式を詰め込んであった。それがソ連旅行者の習いなのだ。

マルタが動くと、自分の体が重荷であるかのように手足はひどく難義に見えた。家ではこれ以上の安物はないと思えるソ連製プリント柄のワンピースを着て、重苦しいカーペット地のスリッパを履いている。外出の際はかび臭いツイードのツインセットを着る。ほほ笑むことはほとんどない。家族の夕食の食卓を囲むときも表情は険しく感情を表に出さない。あたかも自分の娘が享受するブルジョア的な贅沢は承服しかねるかのように。一度こんなことがあった。わたしがナイフとフォークをドラムスティックのようにしてみせたとき、マルタはいきなり怒り始め、叱りつけた。わたしは大泣きして涙でひりひりするほどだった。彼女が帰国しても残念とも思わなかった。別れを告げる彼女が情愛を込めて泣き崩れたので、わたしのほうが戸惑った。マルタはわたしの母に向かって「もう二度と会うことはないわね」と言った。その通りだった。それ以上、言葉を交わす時間はなかった。外で父がオレンジ色のフォルクスワーゲン・ビートルに乗って彼女を待っており、ヒースロー空港まで送り届けた。

わたしは今、マルタのことをしきりに考える。自分の心の中で彼女のイメージを育ててきた伝聞なり成人期の知識なりの積み重ねを一切剝ぎ取り、自分自身の記憶を思い起こそうと努めている。ボリス・ビビコフが結婚した可愛らしく陽気な女性を想像してみる。わたしの母のような生き生きとして前向きの活力にあふれた娘をいかにして持つことができたのか、不思議に思う。マルタの人生破壊に関する物語をいくつか解明してみて、わたしは思うのだ。彼女の魂に何らかのねじれが生じ、それが全エネルギーと生命力を人生に振り向けさせたのではないかと。彼女は世の中を憎み、幸せを奪い取られたことで周囲の誰彼を問わず幸福の破壊を図った。彼女を知ったのはわたしが幼少のころだ。しかし、その当時でさえ、わたしは彼女の目に生気がなく、抱擁にも強ばったものを感じ取った。どこか不気味で何か壊れたものがあった。

シンフェローポリ発の列車はマルタを西方のクルマン・キミルチへと運んだ。聞けば、仕事ならありつけるとのことだった。そこで、彼女はほこりだらけのプラットホームに降り立ち、集団農場の事務所に向かった。夏の移動労働者用向けの粗末な宿舎で簡易ベッドを渡された。ここが若き人民委員ボリス・ビビコフとの出会いの場となった。

マルタとビビコフとを結び付けたのは革命的な結婚である。彼は出世街道まっしぐらの、教育ある新しい革命エリートのメンバー、かたや彼女は紛れもなくプロレタリアの資格を備えた素朴な農村娘だ。ビビコフの選択には計算の要素があったかもしれない。あるいは、もっと可能性が高いのは妊娠に迫られた結婚だったのではないか。蒸し暑い夏の夜にクリミアの牧草地に生い茂った草むらで交わした、夏の秘め事による結果である。

最初の娘は二人が一九二五年三月に「署名」――民事婚を意味する新しい隠語――して七ヵ月後に生まれた。ビビコフは先ごろ亡くなった革命指導者レーニンにちなんでレーニナと名づけた。レーニナが八ヵ月のときに、父ビビコフは兵役のため赤軍に入隊する。マルタは夫が送ってくる何通もの手紙をレーニナに見せては、そこを指さし「お父さん」と言うのだ。

ビビコフが帰還したとき、レーニナは二歳。見知らぬ男が家に入ってきたので、泣き出した。マルタはお父さんが戻ってきたのよと言って聞かせる。小さなレーニナは違うと言い張る。あの人はお父さんじゃない。そう言って、マルタが夫の手紙を保管しているブリキの箱を指さした――お父さんは箱の中にいるのだ。まるでこの幼子はボリスがいずれ家を出て、家族から姿を消す日――そして手紙の束の中に戻ってくる日を子供なりに予感しているかのようであった。

ボリス・ビビコフの人生が本当にはっきり見えるようになるのは一九二九年になってからである。レーニナの父に関する最も鮮明な記憶はこのときに始まる。ビビコフが職務に打ち込み、自らをある種の偉大なるものへと押し上げたプロジェクトが発足したのもこの年だ。この年の四月、第十六回共産党大会は初の国民経済発展五カ年計画を承認する。内戦に勝利し、党書記長ヨシフ・スターリンは最大の政敵レフ・トロツキーを追放していた。計画は戦争と革命に破壊されたロシアの廃虚から社会主義国家を樹立するため党が策定した壮大な構想であった。計画はただの経済プロジェクトではない――それはビビコフのような若き信奉者にとって輝ける社会主義の未来を描く青写真にほかならなかった。

計画の鍵は人口の八〇パーセント以上を占め、党が危険なほど反動的と見なした農民たちを社会主義化することであった。革命は圧倒的に都市型であり、知識人による教条的なものであった――ビビコフ自身がその典型だ。土地所有という革命への冒瀆的な願望を捨てず、家族や一族、教会に強い愛着を抱く農民たちは、彼らの魂に及ぶ党の独占支配に真っ向から挑戦した。党の計画は田舎を「穀物工場」に、そして農民を労働者に変えることが狙いである。

「十万台のトラクターがムジーク、すなわち農民を共産主義者に変えるであろう」とレーニンは書いた。できるだけ多くの農民が都市に動員されれば、善良なプロレタリアになる。土地にとどまる者は広大で効率的な集団農場で働く。農場の効率化を図り、労働力を都市向けに解放するうえで必要とされたのがトラクターであった。一九二九年の春蒔き期間中に、ウクライナ全土で稼働していたトラクターはわずか五台にすぎない。残りの労働は人馬が行った。広大な黒土地帯は幾世代にもわたって季節ごとの緩やかな鼓動と、人が動物と一体となった労働のリズムとに合わせて動いてきたのであり、それは依然として変わらなかった。

これを、党が変えようというのだ。スターリンはロシア南央の穀物ベルト地帯の中心地に巨大なトラクター工場を二カ所建設するよう自ら命じた。ひとつは帝国のパン籠であるウクライナのハリコフに、もうひとつはカザフスタン西部の広漠たるステップ地帯の端にあるチェリャビンスクに。党はスローガンもつくった。「われわれは第一級の機械を製造する。農民意識なる処女地を一段と徹底的に耕していくために!」

ハリコフ・トラクター工場、略称KhTZは市外の原野にある低木地に建設されることになった。そのプロジェクト、途轍もない野心の規模といったら驚くべきものである。建設初年時に党は二億八千七百万兌換ルーブルを拠出、労働者一万人、馬二千頭、鉄十六万トン、鉄鋼十万トンを投入した。煉瓦は基礎用に掘り起こされた粘土で作る予定だ。地面の整地段階で敷地内にあった器具は機械式のコンクリート・ミキサー二十四基と砂利粉砕機四台だけだった。

労働力は圧倒的多数が土地を奪われた未熟練の農民たちだ。大半は馬が挽く脱穀機以外に機械などというものを見たことがない。煉瓦職人はロシア式ストーブのつくり方は知っていても煉瓦建築の知識はない。大工はイズバ、つまり丸太小屋を斧で建てる方法は知っているが、宿舎は建てたことがない。

この時代については英雄的な口調で語るほうが適切なようだ。ビビコフが自分自身と自らの使命をそのように見立てていたからだ。プロジェクトが記録的なスピードで完成を見たのはもちろんのこと、これが始動したこと自体、建設に当たった人々の断固たる信念と熱狂的なエネルギーの証しである。後の世代のソ連官僚主義者とは異なり、KhTZの党員たちは机仕事の人間ではなかった。公式報告に見られる誇張を考慮せずとも、当惑し、無表情で、半ば餓死状態に置かれた農民に混じって党員たちが泥にまみれて働いたという報告は確かに裏付けられている。それにも増して、彼らは自ら労働者になっただけではなく、共産主義の信奉者そのものに変貌したのだ。適切な機材も熟練労働者もいない中で、粘土質の原野を九千万個の煉瓦に変え、その煉瓦から巨大な工場を建設したのは純粋な信念――それと紛れもない恐怖――にほかならない。党の揺るがぬ意思はいかにして不可能な見通しに打ち勝つことができるのか。このプロジェクト全体がそれを実証することになるはずだ。

ビビコフとその家族は、ハリコフ中心部のクイビシェフ通り四番地の大きな共同アパートに住んだ。かつてブルジョアが暮らした建物の中にあり、出世階段を上る党の当局者にふさわしい豪華な部屋だ。アパートは子供のないユダヤ人夫婦アブラム・ランペルと妻ローザとの相部屋だ。アブラムはエンジニア、ローザは料理が抜群にうまい。マルタは、娘たちが自分のつくったものよりローザの料理のほうが好きなのではないかと嫉妬の入り交じった疑念を抱く。それは農村育ちゆえの反射的な反ユダヤ主義の影響でもある。

ビビコフは工場で何日も行方知れずになる。レーニナが会えることもめったにない。公用車が早朝、ビビコフを迎えに来る。帰宅するのは夜遅く、レーニナが寝込んだ後だ。それでも週末には貴族出身の奇麗な若い教師についてドイツ語を学ぶ時間はとれるのだ。夫はこの教師と関係を持っているのではないか。マルタがそう睨むので、ビビコフは授業にレーニナを連れて行く。手をつなぎながら「巨人」工科大学を通って。途中でレーニナに菓子を買ってやる。ドイツ語教師には手に接吻をして挨拶する――公衆の面前なら許し難いブルジョア式の仕草だ。それからレーニナには読書するよう本を与え、自分は教師の部屋に入ってドアを閉める。

夕方には工場の同僚をアパートに連れてくることもある――工場の党委員会議長ポタペンコ、ハリコフ党委員会議長マルキタンらのような連中だ。ビビコフは酒もタバコもやらないが、レーニナの記憶では父は座の盛りたて役だった。偉大なザヴォジーラ――文字通り偉大なねじ巻き、扇動家のことで、時計のねじを巻くという意味の単語ザヴォジッチから派生した――と彼女は呼んでいる。「わたしは指導者の子であることが誇りだった――父は指導者だったの」とレーニナは回想する。「父には人々を熱狂させる魔力があったわ」

魔術的かどうかはさて置き、ビビコフが巨大工場の建物で狂信者とは紙一重の熱狂を帯びて仕事をしたのは確かなようだ。同僚の一人が後にレーニナに教えてくれた。ビビコフは労働者を鼓舞するため洗面所の壁に「青年諸君、計画を達成しよう!」とチョークで書くのだ。ビビコフは田舎や除隊となった赤軍部隊で人集めに走る運動も担当した。労働力増強のためである。列車、キャラバン隊そして車を乗り継ぐ地方遊説では何人かの労働者を伴い、KhTZ称賛の演説をする。大半が文字の読み書きができない聴衆のために色鮮やかな絵付きボードを備えて行う。ビビコフが帰宅するときは衣類も汚れ、疲労困憊だ。レーニナは覚えている。父が宿泊先の農家からシラミを持ち帰った。それで母マルタが文句を言いながら、ガスストーブにほうろう製の鍋をかけ、父の下着を煮沸している光景だ。

一九七七年、工場の公式社史が刊行された。執筆者の名前はない。しかし、その著者は元工場幹部らしく、KhTZ創設当時の重要な時期について明確な証言を与えている。社史が伝えるヒロインの一人はワルワラ・シメル。建設現場で働く兄を頼って辺鄙な村からハリコフに出てきた農村娘だ。彼女が工場で働いた時期はストロイカ、すなわち建設プロジェクトの影響を受けたプロレタリア階級の進歩を示す象徴となっている。社史によると、ワルワラはトラクターを初めて見て驚愕し、点検作業では両手や顔が油脂まみれとなった。その様子を「黄色いゴム靴を履いて嘲りの表情を浮かべた若い男」が観察していた。現地を取材に訪れた外国特派員だった。この男は変わりようのないロシアの後進性を確信し、見下す態度を取る西側の寓意となる。

「象徴的だ！」と外国特派員は言った。「農村娘がトラクターを点検している。それがどうした。顔を汚しただけではないか。もう一度言おう。何度でも繰り返そう――この工場建設は非現実的なプロジェクトである。この娘には心から助言したい。時間を無駄にせず家に戻って料理しなさい――あれは何と言いましたっけ――キャベツ入りのシチーを」

社史によれば、人々は「党やコムソモール（共産主義青年同盟）の呼びかけに応えて連邦全土から馳せ参じた。彼らは全力を挙げて熱狂的にその任務に取り組んだ人民であり、真の情熱家である。彼らは工場建設の基礎的な屋台骨となり、社会主義経済の堅固な基礎づくりに当たる行動的闘士たちの前線を形成した」。

現実は違った。現場に参集した農民たちの大半は、発足間もないソビエト国家が国民に仕掛けた戦争から逃げ惑う飢餓状態の避難民だった。

「党がクラーク（富農）の搾取傾向を規制する政策から、階級としてのクラークを一掃する政策へと転換するのは当然である」。一九三〇年一月五日付の党中央委員会布告はそう述べている。ユダヤ人問題の最終的解決を策定した一九四二年のヴァンゼー会議覚書のほうが有名だ――しかしソビエト共産党のクラーク絶滅宣告は、二倍の犠牲者を出すことになるのである。

軍部隊が動員され、農民を土地から追い立て、彼らの「ため込んだ」穀物を都市向け、輸出用に没収した。NKVDの将校も加わり、クラークと疑いがかかった者たちを摘発した――クラークといっても実際は隣人より幾分か農耕に精を出す農民、あるいは農業集団化の措置に抵抗する農民を指した。内戦の恐怖から残虐になった赤軍は同じ精神状態で農民に敵対する戦争に乗り出した。即決の処刑が行われ、村々は焼かれた。住民たちは真冬に強行軍で連行されるか、家畜用トラックに押し込められ、ソ連全土の大規模な奴隷労働キャンプに移送された。移送される人々は監視兵から「白い石炭」と呼ばれた。

「それは第二次内戦であった――この度は農民が敵だった」とアレクサンドル・ソルジェニーツィンはその叙事詩的な大作で、当時のテロルに関する「文学的探求」の書となった『収容所群島』の中で書いた。「それはまことに重大な転換点となった。その言い回しが示すように、大規模な切断であった。壊れたものが何だったのか、われわれは教えられていないだけだ。壊れたのはロシアの背骨だった」

仮想の戦争――仮想というのは一方の側が非武装だったからだ――が起きた一冬を経た一九三〇年初頭までにウクライナにおける農場の半分は強制的に集団化された。一九三〇年三月二日にスターリンは党機関紙『プラウダ』に記事を載せ、冬期の数ヵ月に及ぶ暴力と混乱については「成功に浮かれた」地方幹部の責任だと論難した。実際には、地方党員たちは困惑し士気を失った。農民は大挙して新しい集団農場を放棄した。この制度と代表者らに対する農民の抵抗は激しさを増し、スターリンでさえ一時的中止を命じざるを得ない段階に発展した。

至るところの農村で繰り広げられた戦慄の事態にもかかわらず、ビビコフや党幹部らは大トラクター工場の建設を推進する道を選んだ。

「ツバメの群れが遠い温暖な地から戻って来たとき、ヒバリが空中でさえずり始め、大地が穏やかな太陽の下で雪解けを迎えたとき、ステップ地帯はシャベルで煌めき始めた」。『プラウダ』の社説で公式史観を語る執筆者は鳴り響くような言葉でこう書いた。しかし、状況は厳しい。労働者の作業チームは馬不足のため、掘り出したばかりの粘土を大量にソリに乗せて引っ張った——ロシアの馬は一九三四年までに何と半数が食料飢饉のために、あるいは復讐に燃えた農民により屠畜処分となったのである。大工たちは粗削りの労働者用宿舎百五十棟を急ごしらえで建てた。仮設の地下窯では最初の煉瓦を焼き、煉瓦工場本体の煙突をつくった。新しく敷設した線路には鉄道馬車二輛が運び込まれ、一輛は浴室用に、もうひとつは移動式診療所になった。作業所の床板からは泥水が噴き上げた。毎日夕方には宿舎の外に泥でずぶ濡れになった靭皮繊維の靴がずらりと並ぶ。春の日差しで乾かすためだ。徐々にではあるが、建設用地となった粘土質の原野から工場の壁が立ち現れてきた。

ソ連全土で繰り返し起きていたのは奇跡である。ウラル地方のマグニトゴルスクやシベリアのトムスクにある巨大な製鉄都市は、草木も生えないステップに命令で建設された。スヴェルドロフスクには巨大な重機械プラント、ウラルマシュができた。チェリャビンスクにはChTZの略称で知られる大トラクター工場。そして「ステップの艦船」と呼ばれるコンバイン式収穫機械の工場。ウクライナではクリヴォイ・ログとザポロージエに新規の金属工場が登場。ドネツク盆地では無煙炭の新炭鉱ができつつある。初の五カ年計画では毎日、工場一棟、集団農場百十五カ所が新設された。モスクワのポリトビューロー（党政治局）から指令が飛んだ一見空想的なプロジェクトは全土で現実に変わりつつあった。確かに国家は、革命の敵を断罪するに際してはその冷酷さを立証した。失敗の代償は間違いなく厳しいものがある。しかし、数々の工業化の奇跡が恐怖だけで生み出されたとは考えにくい。洪水のようなプロパガンダ用写真にはほほ笑む幸せな労働者が写っているが、そうした写真の背後に真理の輝きがあったとわたしは思う。ほんのわずかな張り詰めた瞬間であれ、巨大プロジェクトに関わる人々には男女を問わず、自らつくり上げているものへの猛々しい真の誇りが開花したのだ。

五カ年計画が始まって一年と経たない一九三〇年の晩夏には工場の基礎的構造が整った――壁、広大なガラス張りの屋根、何本もの煙突、溶鉱炉、道路、線路とが。『テンプ』、すなわち「速度」という紙名の工場新聞が発刊され、労働者に生産性の向上と作業の迅速化を呼びかけた。ビビコフは編集長を務め記事を連載し、読み書きの能力が高い労働者から選抜し意欲的な記者向けの講座で教えた。政府機関紙『イズベスチヤ』に記事を掲載してもらったこともある。レーニナは記事が掲載された日の朝、父が興奮して新聞スタンドで何部か買ったのを覚えている。残念ながら、当時掲載された記事の大半は無署名だったし、その時期の保管紙面は多くが戦時中に消失した。そのため、ビビコフがどのようなことを書いたかは謎だ。

アレクサンドル・グリゴリエヴィチ・カシタニェルは一九三一年、『テンプ』で見習いとして働いた。その彼が一九六三年、リュドミラに手紙を送り、ビビコフの思い出を伝えた。「あの当時、あなたの父上の名は工場全体に鳴り響いていました。同志ビビコフの演説は工場のフロアや集会、建設現場で聞きました。どれも力強く挑戦的な演説だったのを覚えています。激動の時代でした。新聞名そのものがトラクター工場の労働者の抱いた思いを反映しています。来れ、無駄な時間はない、ペースを保て！ あなたは父上を誇りに思っていい。レーニンを守る真の兵士でしたから。父上の輝かしい思い出をあなたの胸に刻んでください！」

党機関紙『プラウダ』は〔フルシチョフ政権下でビビコフが公式に名誉回復を果たした後の〕一九六六年二月、ＫｈＴＺに関する記事を掲載、壮大な工場誕生に沸いた当時の雰囲気を呼び起こす。「わたしは（労働者）チェルノイワネンコの家で日曜日を過ごした。話は工場における現下の作業のことで持ちきりだった」と無署名の記者が書いている。「しかし思い出となると必ず一九三〇年代に引き戻されるのだった。いかなる時代だったことか！　ソビエト社会主義共和国連邦における工業化の一大叙事詩が幕開けを告げたのである！　われわれはKhTZの人々を、当時の暮らしぶりを思い起こした。いかめしい風貌ではあるが、分け隔てのない気高い心根の所長スヴィストゥン。党の大衆扇動家ビビコフ――彼は陽気で魂のこもった同志。難題が襲いかかろうと若い人々を鼓舞することができる。記録的な速さで屋根に板ガラスをはめ込む作業であろうが、床にタールを塗る、あるいは新しい機械を取り付けるときであろうが、どんなときだってそうだ――それも命令によらず、単に彼の確信から来る情熱によってなされるのだ。『彼らは紛れもなく並の人間ではなかった』。チェルノイワネンコが感情を抑えたうつろな声で言った。『彼らは巨人でしたよ』と」

プロジェクトを計画通り進めるため、ビビコフは一見矛盾したように思われる「社会主義競争」に挑む――基本的に労働者がシフトごとに分かれ、だれが最大の作業量をこなせるか競うレースだ。彼は労働者から選ばれた人物に英雄称号を与えた。「自ら模範を示すことにより、ほかの労働者を偉大な労働行為へと駆り立て、真の英雄として工場の歴史入りを果たした者たち。伝説の人民よ」

ビビコフや『テンプ』宣伝部門によってつくり上げられた英雄にはドミトリー・メルニコフのような人物がいる。彼は十四トンの米国製掘削機「マリオン」の組み立てに当たり、製造元の説明書にある二週間ではなく、六日間で仕上げた。あれこれの驚異的な行為は、職場中に張り出される謄写版印刷の壁新聞『ステン・ガゼーティ』に紹介された。逆に作業に追いつけない人物は同僚たちに告発された。「わたしはクズメンコ作業班のコンクリート注入担当だが、Xの無能力により三時間も無駄にした」。一九三〇年末の壁新聞に載った掲示内容である。「作業班の英雄労働者たちに対しては、Xが自腹を切って無駄にした時間分の支払いをするよう求める」

しかし、こうした奨励策にもかかわらず、一九三〇年十月の革命十三周年記念日が近づき、工場の完成期限が迫る中、作業は立ち遅れた。作業班長たちはビビコフ所属の党委員会による推奨を受け、ブラスバンドを付けて作業班単位で競争させる「突撃夜勤」を計画する。

工場の労働者や管理部門はたちまち競争に取りつかれた。歩調を合わせて国家規模の新聞キャンペーンが展開され、奇跡的な（そして一段と奇抜な）業績の数々を余すところなく報じた。絶え間なく続く『プラウダ』報道が定めた主要な考え方のひとつは、外国人にあっと言わせ、彼らの予測を狂わせることにある。負けじとばかり、KhTZは間もなく独自の記録を樹立した。

「［労働者たちは］『カイザー』社セメント・ミキサーの生産性に関する外国専門家の計算にも反駁を加えた」とKhTZ工場史は誇らしげに記録している。「例えば、ツァイリンガー教授はこの機械一台では一シフト八時間でコンクリート二百四十杯以上生産することは不可能と主張した。しかし、当トラクター工場の共産主義者たちはこの基準をしのぐことを決めた」。四百人がシフトに就き、大胆にも二百五十杯を生産する。「外国の専門家およびその理論はわれわれの規範とはならない」と作業長G・B・マルスニンは『テンプ』紙記者に豪語した。

工場のブラスバンドは今や毎晩夜通しで演奏。機械ホールにそれが鳴り響き、KhTZにあるカイザーのコンクリート・ミキサー六基の騒音をかき消す。作業長が現場を飛び回り部下にハッパをかける。数カ月して新たな記録が生まれ、三百六十杯を樹立、さらに四百五十二杯を達成する。コンクリート注入労働者の全連邦集会がハリコフで開かれ、KhTZの驚くべき記録を称賛した。外国のコンクリート混合物専門家でいわく付きのツァイリンガー教授自身がオーストリアから来訪し、驚嘆の面持ちで視察した――「確かに、皆さんはやり遂げている。これは事実だ」。『テンプ』が伝える教授の言葉だ。

煉瓦積み作業にもいろいろな奇跡があった。アルカジー・ミクニスはコムソモール出身の熱狂的な青年だ。仕事を終えても現場に残りベテランの作業ぶりを観察、空き時間には煉瓦積みの専門誌を読む。たちまちベテランと肩を並べ、シフト単位で煉瓦積み八百個のノルマを達成した。特別に編成された「突撃夜勤」の際は、一シフトで四千七百個を積み上げた。『テンプ』が誇らしげに報じる。「アメリカをも凌ぐものだ」と。彼はキエフのある工場が後援した休暇行事に招かれ、地元の煉瓦積み工に自分の技を披露、六千八百個を積んだ。うわさが世界中に広がり、ドイツのチャンピオンが自分の目で確かめたいとハンブルクからやって来た――ミクニスとの競争に挑んだものの、シフト前半を過ぎたところでギブアップした。それでも、ミクニスは止めなかった。彼は自らの記録を更新、一日で一万千七百八十個を積み上げた。いささか現実離れしているが、従来の世界記録の三倍である。素早い煉瓦積み――どうやら四秒に一個の速度で十二時間ぶっ通しの作業をこなす――を極めた奇跡的な技に対して、ミクニスはレーニン勲章を授与された。

新記録達成では飽き足りないかのように、ビビコフは夜間講座を設け、工場労働者の「社会主義的意識の水準向上」に乗り出す。一九三一年春までに労働者の大半が機械工や技師としての資格を得るため自発的に夜間講習に参加した。一年前の彼らは粘土を掘り起こす飢餓農民だった。シフトが終わると、食堂に行くにも講習前に体を洗うにも押し合いへし合いとなった。運のいい労働者五百人はスターリングラードやレニングラードにまで派遣され、その地の工場に導入された新しい専門的な工作機械の扱い方を学んだ。ビビコフは恒常的に帰宅が遅くなることについて辛抱強い妻に様々な言い訳をしたが、その一つが作業長や管理部門の上級グループ向けのマルクス・レーニン主義講座で自ら教鞭を執るほか、大衆集会や一般党員対象の政治経済講演を行っているというものだった。熱心さの度合いに差はあるにせよ、何列も居並ぶ聴衆が、縞の水兵シャツを着て演台に立つ精力的なはげ頭の男を見上げ、スポンジの如くがむしゃらに知識を吸収する光景が思い浮かぶ。彼らは歴代ロシアに受け継がれた古来の、やはり嫉妬深くもある神とともに成長してきた。その神をマルクスとレーニンが徐々に押しのけたとも想像できよう。

一九三一五月三十一日、党政治局で工業部門を統括するセルゴ・オルジョニキーゼが、ほぼ完成した工場施設にうやうやしく迎えられた。彼は七月三十一日までに建物を完成させ、その直後には直ちに生産ラインを設置するよう命じた。期日通りに作業は完了した。間に合わなければ暗黙の処罰がある以上、それも驚くに当たらない。

一九三一年八月二十五日までに初の試作トラクターが組み立てラインから現れる。九月二十五日、工場の所長が党中央委員会に電報を送り、KhTZは計画通り十月一日に全面的な生産を開始する態勢にあると伝えた。鍬入れからちょうど十五カ月後に当たる。

巨大な機械ホールには二万人が開所式のために集まった。デミャン・ベドヌイは「プロレタリア詩人」で、このペンネームは貧者デミャンを意味したが、その彼が式典を詩作で記録するため参加、モスクワの要人代表団も出席した。複葉機が上空を飛び、「五カ年計画の巨人に万歳」と題した詩を載せたビラを播いた。黄色のゴム長靴を履いた外国特派員も居合わせた。「前と同じく見下したような態度だが、今度は自信に欠けていた」。彼があざ笑った農村娘ワルワラは工場の学校に通い続け、今では立派な圧延工である。

全ウクライナ国民経済中央委員会議長グリゴリー・イワノヴィチ・ペトロフスキーがテープカットの後、ホールに入場。工場の音楽隊が「インターナショナル」を奏でる中、カーネーションで覆われた輝くばかりの赤のトラクターに乗り込んだ。運転するのは優勝者の女性労働者マルシャ・ブガーエワだ。後には十数台のトラクターが続いた。『テンプ』の開所記念特別号によれば、集団農場で働く一人の男が叫んだ。「同志諸君――しかし、これは奇跡だ！」

ソ連の風刺雑誌『クロコヂル』〔ワニの意〕は工場幹部の電報を一語一語そのままに掲載した。「十月一日　ハリコフ・トラクター工場開設　工場開設祝典への編集代表の出席を招請――工場所長スヴィストゥン。党書記ポタペンコ。工場委員会議長ビビコフ」。この雑誌は開設を称え、「ハリコフ・トラクター工場の建設者に寄せて」という特別の詩を作った。

すべての人へ、すべての人へ、建設の英雄たちへ、
われらの数ある偉大な勝利のひとつに加わった者たちへ
ハリコフ・トラクターの建設に従事してきた者たちへ
クロコヂルより熱烈な挨拶を送る！
開設の報に接し喜びに圧倒されたクロコヂルは
あなた方に顎を垂れておじぎする
あなた方はボリシェビキの恩恵により課題を達成した
ハリコフはその速度を裏切ることはなかった
偉業である！　一年と三カ月とは！

しかし、あまねく知れわたった祝典の背後にあって、農村地域ではさらなる破局が広がりつつあった。ＫｈＴＺのトラクターは、集団化による荒廃が進んで破滅的となった一九三一年の収穫期に威力を発揮するには登場が遅すぎた。計画された「穀物工場」による生産は同じ地域が五年前に産出した量の半分にすぎない。農民が土地と家屋の喪失から守る唯一の手だては、自分たちの家畜を解体処分

し、人民委員がやって来る前に命綱の食料をできるだけ沢山腹に収めてしまうことだった。赤十字社の目撃証言は農民が「食料に酔い」、狂気で眼が虚ろになり、自滅的な暴食行為に走り、その結末もわきまえていた様子を報告している。

当然のことながら、農民たちが新たな国家主導の農場で働くのは不承不承だった。にもかかわらず国家は都市を賄うためだけでなく、ＫｈＴＺのようなプロジェクト向けの外国製機械を購入するため、外貨稼ぎの輸出用として穀物供出を要求した。ソ連の技師たちが米国やドイツに派遣され、蒸気ハンマーや鋼板圧延機、トランク数個分のソビエト金貨を量産するプレス機を買い付けた。すべて大恐慌時の価格で穀物を売って得たものだ。ＫｈＴＺの米国製蒸気ハンマーは、これをめぐってビビコフが後に破壊工作を問われることになるが、購入価格が四万兌換ルーブルもした。百万人を三日間養うのに十分な穀物ほぼ千トン分に相当する。

一九三一年十月、ソ連政府はたかだか千八百万トンだった収穫量全体のうち七百七十万トンを徴用した。大半はソビエト権力の拠点である都市部に供給されたが、二百万トンは西側への輸出に回された。その結果、二十世紀でも最大級の飢饉が起きたのである。

一九二九年と一九三〇年に行われた土地収用では、村々は既に飢餓に苦しんでおり、もし人民委員たちに抵抗しようものなら、彼らは懲罰として見つかる食料は丸ごと没収した。今や一九三〇年の冬が始まり、ウクライナ全土とロシア南部に空腹が襲いかかった。数百万人の農民が避難民と化し、都市に殺到、キエフやハリコフ、リボフ、オデッサの街頭で息も絶え絶えになった。飢餓地帯を通過する列車には襲撃を避けるため武装衛兵が配置された。ロシアの世紀に付きまとう最も忌まわしいイメージのひとつは、虚ろな表情をした農民がウクライナのある市場の露店で、バラバラにされた子供たちの死体を食肉として売っているところを撮った写真だ。

集団農場のできた真新しい広大な平原には、強制収容所と同じく周囲に監視塔がある。トウモロコシ泥棒を監視するためだ。トウモロコシを盗むと最低でも十年の強制労働を命じる法律が導入された——ハリコフのある裁判所は一カ月間でトウモロコシ泥棒千五百人に死刑判決を言い渡した。監視塔で配置に就くのはピオネール、すなわち共産少年団員〔十歳から十五歳までの子供が対象〕だ。十四歳のパヴリク・モロゾフは一九三〇年、国民的英雄となる。クラークの資産を地元の集団農場に引き渡さないとして、自分の父親を当局に告発したのだ。タレコミ役のパヴリクはその後、不当ではなかろうが、自分の祖父に殺害された。この若い革命的殉教者の物語は『プラウダ』の一面を飾り、彼の英雄主義を取り上げた本や歌が次々に登場した。

「始まりはほとんど抽象的に見える。意識の範囲に収まりそうもない。そうした非人間的で想像を絶する悲惨さ、恐るべき厄災があった」とボリス・パステルナークはウクライナを訪れた後に書いた。ハンガリー出身の若き共産主義者アーサー・ケストラーは「沈黙に覆われた荒漠たる大地」を見る。英国の社会主義者マルコム・マガリッジはキエフ行きの列車に乗った。そこで目にしたのは飢餓にのたうつ人々だ。「わたしが言わんとするのは究極の意味での飢餓である。栄養不足ではない」と彼は記した。それだけにとどまらない。マガリッジは、実際には存在した穀物の供給が餓死寸前の農民による暴動を未然に抑え込むため動員された軍部隊向けに行われていることを知る。苦々しい思いの理想主義者マガリッジは、「あまりにおぞましく、将来の人々が過去に実際起きた出来事とは信じがたく思えるほどの、史上最大の醜悪な犯罪のひとつ」を目撃したのだと確信し、ソ連を後にした。

党政治局員ニコライ・ブハーリンのような不屈の革命家たちでさえ、震え上がった。「革命の最中にあって、わたしは敵には見られたくもない物事を目撃した。それでも一九一九年は、一九三〇年から一九三二年にかけての出来事とは比べるべくもない」とブハーリンは書いた。一九三八年の大粛清で銃殺刑に処せられる直前のことである。「一九一九年の闘いはわれわれの生活のためであった……しかし、その後にわれわれが行ったのは、完全に無防備な男たちを妻子とともに大量抹殺することだった」

飢饉は単なる災難にとどまらなかった――それは農民に対し意図的に用いた武器であった。「この地の支配者はだれなのか、それを農民に見せつけるために飢饉は必要だった」とある党高官が、計画部門の党官僚であり一九四九年に米国に亡命するヴィクトル・クラフチェンコに語った。「あれで数百万の命を犠牲にした……しかし、われわれは戦争には勝ったのだ」

ビビコフもまた、飢饉を見ていたに違いない――げっそりこけた顔、むくんだ腹、生気を失った目を。彼は党務や工場の業務出張で専用の黒塗りパッカードか、警護付きの一等車に乗るかして頻繁に回廊地帯を旅した。地方行政当局の秘密命令で特別のトラックが夜のウクライナ諸都市をパトロールし、村々から這い出してきた農民の遺体を収容するのを見ていたに違いない。ハリコフ郊外に位置するKhTZの周囲に張り巡らせた有刺鉄線にまでたどり着いた農民も多数いたはずだ。気をつけて見なければ、周辺に繰り広げられた戦慄の光景は朝までには跡かたもなくなっているのだ。ジョージ・バーナード・ショウは慎重に段取りを整えた一九三二年のウクライナ視察の後、「ロシアでは栄養不良の人は一人として見かけなかった」と言い切った。ピュリツァー賞を取った『ニューヨーク・タイムズ』の特派員ウォルター・デュランティは飢饉報道を反ソビエト宣伝と一蹴した。党にとって、餓死していく農民は思いやりよろしく死んでくれるまでは無視して構わない――そして忘れ去られる、単なる革命の廃棄物にすぎなかったのである。党指導者たちは業績達成のために支払った代償ではなく、輝くばかりの成果にのみ世界が目を向けることを望んだ。

ビビコフは家族には何も分からないようにしておいた。レーニナが当時のハリコフを振り返ると、思い出すのは果物や野菜にあふれたバザールのことや、工場の食堂で手に入れたソーセージと子供たちに用意したいくつもの菓子箱を携えて帰宅する父のことだ。彼女には何かおねだりをした記憶がない。宵闇が迫る中、ビビコフは紙でくるんだソーセージをかばんに詰め込みながら、何を考えたのだろうか。夜ともなれば、飢えに苦しむ人々の群れがさ迷い歩くのだ。ありがたいことに、あれはよそ事、身内に関わることではないとビビコフは思っていたのではないか。わたしはそう確信している。

二年前に始まる激動の集団化は、革命の階級敵クラークに対する戦争と説明することもできるだろう。しかし今ではこれらの敵は一掃され、未来の集団農場が発足した。けれども、イデオロギー盲従の手合いでさえ、労働者と農民の国家がその国民に食料を与えることができないでいる、痛いほど明白なことに目を背けることは、まずできないことであった。それ以上に、栄光に満ちた工業化の成果にもかかわらず、社会主義の夢全体がますます強制力をもって保持されているのも同様に明らかなことだった。既に一九三〇年十月に労働者の自由移動を禁じる法律ができ、かつての農奴制のように農民は土地に、労働者は工場に縛り付けた。一九三二年十二月には国内旅券が導入された。飢餓民の都市への脱出を阻むためだった。

ビビコフは、社会主義の夢が悪夢となっていくことがますます裏付けられる現実を目の当たりにしても、なお宗旨変えをしない。そのことが彼を冷笑的にするのだろうか。それは窺い知れない。なによりも党路線には従わざるを得ないからだ。別の道を選ぶとすれば、飢餓民に加わることか、あるいはそれ以上に悪いことになりかねない。とはいえ、大人になってから一貫して闘いの目標としてきた楽園に恐るべきひびが生じていることを理解するだけの知性は、はっきりと備えていた。

彼の世代の多くがそうであったように、自らも二十世紀最大の異説に確信を抱いていた。それは、気高い博愛精神に仕える従僕の心に、ブルジョア的感傷主義の余地はないというものだ。党は究極的にはこの混沌状況から素晴らしい新世界を築き上げるはずだ。おそらく彼はそう信じた。あるいは、独善をやや控えて、自らの務めは近代的な工業国家への転換を手助けすることにより、飢饉や過酷な貧困にあえぐロシアの後進性を克服するため全力を尽くすことにあると確信していたのだろうか。しかし、もっと人間的な説明を加えたほうが可能性は高いかもしれない。声高に発言し破滅のリスクを冒すよりは、神話に寄り添って生きること、党の崇高な知恵をひたすら信じていくことのほうがはるかに楽だったからだ。

けれども、一九三一年から三二年にかけての冬、ビビコフが目にした飢饉の猛威にさらされる国土は、彼を根底から変えてしまったようだ。党は常に正しい。それは間違いない——しかし党の戦術は少なくとも緩和してよいのではないか。スターリンの強硬路線がもろに生み出した恐怖の実態を見たウクライナ党指導部の多くと同様に、ビビコフもさらなる破局が回避されるのであれば、スターリン支配は柔軟にすべきだと確信するに至った。これを公言する機会は十八カ月後に訪れる。わたしの母となる次女のリュドミラ・ボリソヴナ・ビビコワが誕生する直前のことであった。

第3章 ある党幹部の死

それは遠い昔のこと。起こりもしなかったことなのだ。
エウゲニア・ギンズブルク

一九三四年一月初めの数日間、ビビコフは身重の妻を家に残し、職務上オブザーバーとして第十七回全連邦共産党大会〔一月二十六日から二月十日まで開催〕に出席するため、工場幹部数人とともに特別列車でモスクワに出向いた。ビビコフが妻マルタと政治を議論したことは一度もなかったため、夫が命を賭す反抗的行為に打って出る決意を固めていたことなど、マルタには知る由もなかった。

大会は「勝者の大会」、集団化の勝利への祝賀、五カ年計画の輝かしい達成、革命の強化と位置付けられている。しかし、公式には党の成功を称えていても、一般党員の間には疲労感がまん延していた。ビビコフは多くの党員と同様、ロシア南部の大半になお続く飢饉を終息させなければならないと強く感じている。五カ年計画は確かに達成された。だが、夢想家であるよりは実務管理者である草の根レベルの党員たちは男女を問わず、常軌を逸した変革の速度に持ちこたえるのは不可能なことをその目で見抜いていた。けれども、世情に疎い扇動者であるスターリンは、破滅的な結果が明白なのにもかかわらず、生産力増強、収穫高向上、集団化推進への精力的な取り組みを呼びかけた。

大会の場で公然たる異論は出なかった。しかし、これまで重要視されなかった書記長ポストを梃子に築き上げた権力の座からスターリンを追放し、より穏健なセルゲイ・キーロフを後釜に据える話はあった。レニングラード党書記キーロフは当時、スターリンよりはまだ一枚上手だった。キーロフは内戦時代の英雄だ。かつてはレーニンの盟友であり、党から見ればトロツキー以来最大の雄弁家であった。

ビビコフはウクライナから参加した仲間たちの多くとともに、うわべだけの公開性の精神に勇気づけられた。結束して挑む偉大な実験の将来をめぐっては、対等な者同士で活発なイデオロギー論争を交わして然るべきだという感覚である。彼らは集団化の速度を落とすキーロフ提案にもろ手を挙げて賛成する。それは致命的な過ちだった。既に被害妄想に捕らわれたスターリンの心中では、集団化の無謀な速度を緩和しようとするキーロフの試みは、革命を率いるイデオロギー上の指導性への許し難い侮辱であり、挑戦であった。スターリンはだれがどのように票を投じたのか忘れはしなかった。復讐は四年かけて行われた。十七回党大会への代議員千九百六十六人のうち、千百八人が大粛清により命を落とすことになる。大会はお馴染みの起立しての拍手と未来のさらなる偉業に向けた檄文をもって締めくくった。ビビコフは立ち上がり、ほかの出席者たちとともにスターリンと政治局に拍手を送った。しかし、大会の結果は政治的には未決着であった。キーロフはスターリンに対して表立った反旗を翻そうとはしなかった。もっとも、スターリンが押しも押されもしない党指導者になり切れていないのも明らかだった。党の将来をめぐって率直さを旨とする議論は、党を永久に解体することになるゴルバチョフ時代まで二度と行われることはなかった。

ビビコフの次女リュドミラは、父親が党大会から戻った直後の一九三四年一月二十七日に生まれた。父親は長女にレーニンにあやかった名を付けたが、次女に対しては一部の追従者たちと違って、意識的にスターリナの名を与えなかった。

この年は工場管理の激務に明け暮れ、スターリンがひそかに企んでいた政治の黙示録に関わる兆候はまったく見受けられなかった。しかし、一九三四年十二月二日の夕方、父親が涙を浮かべて帰宅したことをリュドミラは記憶している。彼は居間の革製ソファに身を投げ出し、両手で頭を抱えたまま身じろぎもせず長い間横たわっていた。

「ムイ・プロパリ」。ビビコフは妻に静かに語りかけた。「われわれは負けたのだ」と。

一体どうしたの、とレーニナは母親に尋ねた。マルタはそれには答えず、娘を寝室に行かせた。その前夜、セルゲイ・キーロフはレニングラードのスモーリヌイ学院にある（地区）党本部でひとりの暗殺犯に射殺された。ビビコフは敬愛する男の死に涙しながら、「われわれは負けたのだ」と言った。だが、彼が泣くのは自分自身のためか。負け組に身を寄せすぎて犯した自らの過ちに対する怒りからなのか。プロレタリア的武骨さを身に着けているにせよ、ビビコフは政治的動物だったはずだ。それも、上昇志向の成長株として時の風向きをとらえる感覚を備えた党委員会の人物である。ソファに身を委ねつつキーロフ追慕の涙に震えるビビコフは、今では危険視される一月の会話を内心振り返り、喋り過ぎだったかと思い巡らせていたに違いない。

ハンマーがすぐさま振り下ろされたわけではない。スターリンもまた、キーロフの葬儀に際しては人前で泣いた。そして棺を担ぐ代表を務め、国民服喪の先頭に立った。スターリンが党大会で見分けた、党の心臓部に潜む敵どもに対する復讐に出るには、時間はたっぷりあるのだ。

地方レベルでは、党機関は順調に機能し続けた。ハリコフ・トラクター工場（ＫｈＴＺ）の生産水準は飛躍的な向上を見せ、ウクライナ飢饉は幸いにも収まった——数百万人に上る死者にはもはや食い扶持の必要がなくなった事情によるだけであったとしても。ビビコフはＫｈＴＺ管理部門で働くほかの三人とともに、レーニン勲章を授与された。授賞番号三〇一の豪華なビロード製箱入りである。授賞は栄進を公的に認める前触れであった。一九三五年末に、期待した昇進を果たす。なだらかな起伏のあるウクライナ北部の農業地帯、チェルニゴフ州書記である。ビビコフは三十二歳になったばかりで、将来のさらなる昇進を目指す出世街道をまい進中であった――目指すはおそらくウクライナの、あるいは全連邦の党中央委員会メンバー入りか。もしかしたら、それ以上に高い地位か。

ハリコフの煙を吐き出す巨大な煙突群やブレーキのきしむ鉄道分岐点を過ぎると、チェルニゴフは立ち遅れた旧来のロシアに一歩引き戻されたように見えたはずだ。チェルニゴフのクレムリンには中世の大寺院がいくつもあり、ゆったりと流れるデスナ川の岸辺の高台にそびえている。樹木の生い茂る緑地公園が町の中心部にまで続き、夏ともなると、大気は街頭のポプラ並木から舞い上がる花粉で覆われる。チェルニゴフの富裕な商人たちが建てた低層の装飾付き家屋が今も建ち並び、その一帯は革命前のブルジョワ風の佇まいをとどめている。この町には堂々たる教会が幾つも残り、どういうわけかボリシェビキによるダイナマイト爆破を免れた。チェルニゴフがあまりに辺鄙なところに位置していたため、おそらく宗教施設の全面的掃討を被らずに済んだのであろう。未来の社会主義が建設途上にあった東ウクライナの大工業地帯からも遠く離れている、取り残された町だったのだ。しかしビビコフは、党の新たな職務を首尾よく果たしていけば置き去りにされることなどないと確信していた。

ビビコフ一家は特権身分の暮らしぶりだった。一九三〇年代初頭のスパルタ型の党倫理は勢いを失いつつあった。党内エリートは素早く特権を手に入れ、一般市民よりも優位に立っていた。マルタは党専用の食料雑貨店で買い物をし、ビビコフは黒海沿岸に特別に建設されたサナトリウムで休暇を過ごす権利を得た。ビビコフは毎月、《インスナブ》、すなわち「外国製品供給」店で輸入食料や繊維製品、靴類を入手できるクーポン券セットをマルタに手渡す。一家は立派な家具を備えた四部屋の広いアパートに引っ越した。その家具はチェルニゴフの新たな支配者たちの使用に供するため、ある富裕な商家から没収したものだった。そこでワーリャは、ビビコフ家の平鍋がぴかぴかになるまで煉瓦の粉末でごしごし磨きをかけた。

ビビコフは書斎の高い天井まで届く書棚をいくつか取り付け、大きな革製ひじ掛け椅子で読む書物を収めた。彼は職場からの帰宅途中に地元の書店に立ち寄っては娘たちのために子供用の本を、自分用にはイデオロギーの研究書を買い求めた。マルタがレーニナを叱りつけると、娘は忍び足でビビコフの書斎に入り込み、膝によじ登ってしくしく泣く。「娘にがみがみ言うのは止めよう」と彼は言う。「それより、われらの連邦を強化しようじゃないか」。それは目下、党で語られるうたい文句に引っかけた冗談であった。

チェルニゴフに移って迎えた最初の冬、ビビコフ家の娘たちは、ハリコフにいるかつての隣人に誂えてもらった錬鉄製のソリで町中をとりこにした。クレムリンは滑降にはうってつけの場所である。その急こう配の土を盛った城壁のたもとに、うらやむ子供たちが珍しいソリを一目見ようと群がったのだ。夏になると、マルタはモスクワのファッション画を模して、白いおしゃれな釣り鐘型の帽子を娘たちにつくってやり、輸入品の柄物コットンでワンピースを縫い上げた。マルタはエリート夫人としての新しい地位にふさわしいように、自分を「マラ」と呼び始めた。「マルタ」ではあまりに農民風に聞こえる——プロレタリア独裁の地では珍奇な俗物根性——と感じたためだった。ビビコフは相変わらず仕事の虫だったが、自宅の台所で党の同志たちとのおしゃべり——飲酒ではなく——にもっと多くの時間を割くようになった。彼は新築なった劇場の定期入場券をマルタとレーニナのために購入したが、自分が足を運ぶことはできなかった。毎晩九時まで仕事をするため、その時間になると既に舞台がはねたも同然だったからだ。

レーニナは愛する父親と密かな絆が持てた当時の日々ほど、幸せを感じたことはない。「今ではその絆がはっきり分かるの」。彼女はほぼ一生涯の時期を経て、わたしにこう語る。「夢のように思えるの。本当にあったことだなんて信じられないくらいよ」

ビビコフは火遊びに手を出す——あるいはより大胆に女と戯れる——ほどのゆとりが持てるようにさえなった。レーニナはマルタが台所でビビコフを怒鳴り散らし、何人もの愛人たちについて夫を罵倒していたことを覚えている。全党員が不純分子一掃のため党員証の書き換えを求められた。わたしたちが今手元に持っているビビコフの肖像写真が撮られたのは、そのころだ。一九三六年一月のことである。おそらく彼の決然とした表情は、自惚れと自画自賛の形跡をも示しているのだ。

しかし、ウクライナ小都市での暮らしが表向き正常には見えても、その背後ではこの国がいつの間にか狂気に陥ろうとしていた。内務人民委員部（ＮＫＶＤ）は目下、冷酷かつ残忍なニコライ・エジョフの指導下にあり、新たな内戦の幕開けに備えていた。この度の内戦は白衛軍や農民に対するものではない。党自体の内部に潜む最も陰湿な全人民の敵、裏切り者との戦いなのだ。

長年の経歴と道義上の権威をもってすれば、スターリンの地位に挑戦することも可能な古参ボリシェビキがまず狙われた。レフ・カーメネフとグリゴリー・ジノビエフはともにレーニン創設時の政治局メンバーだが、一九三六年八月にモスクワで行われた見世物裁判に不動の姿勢で臨み、激高した検事総長アンドレイ・ヴィシンスキーによる誹謗を浴びられる中、帝国主義のスパイであることを自白した。「破壊者」、すなわち工業化推進策に対する妨害活動に問われた幹部技師らも公開裁判にかけられた。彼らは社会主義の勝利を覆そうとする反革命組織のメンバーであることを告白した。スターリンの政敵レフ・トロツキーは反革命とされた組織の指導者だが、既にイスタンブールに近いブユカダ島に脱出していた。間近に迫った大粛清の言辞と戦術とが繰り返し予行演習を重ね、洗練の度を高めていた。

一九三七年までウクライナは、軍や知識人階級、政府といったモスクワに基盤を置くエリートの抹殺を図る見世物裁判が及んでこない、相対的には聖域の地であった。しかし、ウクライナこそは、スターリンからトロツキー主義と潜在的反対勢力の巣窟と見なされていたのである。そこは、スターリンが極めて慎重に組み立ててきた治安装置の力が最終的に全開したとき、彼の怒りの矢面に立たされることになる。

一九三七年二〜三月開催の党中央委総会の場で、スターリンの反対派は最後の絶望的な抵抗を試み、彼の権力独占に抗議した。その会議直後にウクライナ党指導部の五分の一が追放された。ビビコフは『プラウダ』で素っ気ない発表を読み、最悪事態の到来を恐れたに違いない。初夏までに身近な同僚たちがNKVDから尋問のための呼び出しを受け始めた。戻ってきた者はほとんどいなかった。民衆は本能的に引きこももり、夏の暴風雨に遭って家路を急ぐ歩行者のように、身を寄せ合って自衛の沈黙を決め込んだ。レーニナは突如、雰囲気が一変したことに気づく。父親は疲れた表情を見せ、いつもの陽気さはかなり失せた。階段の吹き抜けで交わす党幹部夫人たちの気さくなうわさ話も神経質な社交辞令と化した。一九三七年七月、ビビコフがグルジアの黒海沿岸の町ガグリにある党専用サナトリウムへの夏期旅行を準備したときは、ほっと胸をなで下ろす思いだったはずだ。

わたしはどんよりとした十二月のある朝、現在はウクライナ治安機関の本部になっているキエフの旧NKVD庁舎の陰鬱な一室で、時代を経てくずれた、祖父に関わるNKVDファイルを収めた茶色の厚紙カバーを開いた。二百六十ページにも膨らんだそのファイルは、陳腐な官僚主義と骨身に染みる痛切さとが背中合わせとなった、独特なロシア的境界線上に存在した。それは、愚劣極まる卑小さ(コムソモール＝共産主義青年同盟の会員証の没収、ブローニング自動小銃と二十三連発の銃弾の押収、レーニナの青年ピオニール休暇旅行バウチャーの没収)と有無を言わさぬ衝撃性とが寄せ集まったものであった。震撼させられたのは、微細で判読しがたい筆跡による幾つもの染みが付いた、明らかに拷問を受けて書かれた長い自白記録、検事総長ヴィシンスキーが署名した正式の告発状、死刑判決が執行されたことを証明する走り書きの署名付き紙片だ。書類、伝票、ノート、受理証――すべては悪夢のごとき自己消耗的な官僚主義による道具立てである。ひとりの人生に匹敵する書類の束なのだ。

最初の書類は、ほかの文書と同様に命に関わるもので、チェルニゴフ地方検察官の決定がタイプ打ちしてある。「反革命トロツキスト組織および組織的な反ソビエト活動」に関与した疑いにより、「ボリス・L……・ビビコフ、チェルニゴフ地方党機関管理局長」の逮捕を承認するという内容で、取り調べ期間中は保釈を認めずに身柄を拘束するよう勧告している。ミドルネームは空欄のまま。まるでビビコフのことを知らないか、彼の事犯には関知しない人物がリストから書き写したかのようだ。文民検察官の決定に対しては同じ日にNKVDが逮捕認可を与えて後押しし、これが複雑な官僚組織に弾みをつけた結果、七月二十二日までに地方検察官が交付した正式な逮捕令状となった。警官コシチュルシン――あるいは、そんな感じの名前だ。ほとんど判読不能な、読み書きがあまりできない人物の手書きなのだ――は「チェルニゴフ市内で」ビビコフを見つけるよう命令された。それは失敗に終わる――ビビコフは既にガグリへ向かう途上にあった。当局は七月二十七日、ついに彼を取り押さえたうえ、チェルニゴフに連れ戻しNKVDの拘置所に収容した。

彼は鏡の反対側に身を移し、日常の世界から死刑囚の境遇に突き落とされた瞬間、何を思ったのか、どんなことを語ったのか、今となっては知る由もない。彼が一切口をつぐみ、既に自分は死んだ者と見なし諦観の境地で屈服したのならば、はるかに楽だったはずだ。しかし、彼の性格がそれを許さなかった。彼は闘士であり、命を懸けて闘った。悲しいかな、自らの死が党によって既に運命づけられていたことは知らずじまいだった。党員として全能の意志に逆らうことなど不可能なことは知っていたに違いない――その後数カ月経ったある時点で彼が党官僚であることを止め、ほんの短い時間だが見当違いの大胆さを発揮して偽りによる生き方を拒否し、ただの人間に変わったことをわたしたちは知っているのだが。

アレクサンドル・ソルジェニーツィンは『収容所群島』の中で、自らが逮捕されたときの被疑者としての孤独、狼狽、混乱ぶりを描き、その夏にソ連各地の収容所がたちまちあふれんばかりに送り込まれた男女の恐怖と憤りを綴る。「あの装置全体が全面的に唯一絶対の意志を支えた」とソルジェニーツィンは書いている。「わが兄弟よ。軟弱となって必要以上に自白した者たちを責めないでほしい。彼らに真っ先に非難を浴びせることは止めてほしいのだ」

エウゲニア・ギンズブルクが大粛清時代に経験した彼女自身の逮捕と、十八年に及ぶ獄中生活を綴った身の毛もよだつ証言、「旋風の中へ」は、悪名高いNKVDの「コンベヤ」について書いている。囚人たちは捜査官チームから入れ替わり立ち替わり、休みなく尋問を受け、食事も睡眠も奪われ、延々と続く説教と暴行、屈辱を受ける。それは自白に署名するか、自ら書き連ねるかするまで終わらない。最初に口を割ったものは、まだまだ屈しない囚人たちと対立関係に置かれる。結束を破るためだ。囚人たちは抵抗しても無駄だと通告される。一人が自白すれば、それだけを根拠に残りも銃殺となる可能性があると。彼らの妻子も脅しを受ける。意志の固い根っからの共産主義者が革命のために署名せよと説得される場合もある――お前の党がそれを求めているのだ！　党に逆らう気なのか？　おとり役の囚人が仲間たちに自白を呼びかける――これが君たちの命を、家族の命を救う唯一の方法だ！ソルジェニーツィンは、誠実な共産主義者が仲間の囚人たちにつぶやく言葉を詳述している。「ソビエトの尋問を支持するのがわれわれの義務だ。目下は戦闘状況なのだ。われわれは自ら責めを負うべきだ。われわれには温情がありすぎる。増大する堕落に今こそ目を向けよ。卑劣極まる密かな戦争が進行中だ。ここでさえ、われわれは敵どもに包囲されているのだ」

騙し討ちに遭い、拷問にさらされ、苦痛と当惑の世界に生きた党員ビビコフは、一度きりだが党の命令に従うことを拒否、耐えられる限り身の潔白を頑強に主張した。しかし、囚人たちのほぼ全員がそうしたように、彼もついに自白した。

ビビコフは逮捕から十九日で最初の自白調書に署名した。これだけ長期間、持ちこたえたのは驚くべきことである。しかし、それにもかかわらず、ソ連に対する犯罪を平謝りに認め文書の形で自白した。自ら建設に尽力した工場への破壊工作。トロツキスト主義者の工作員確保。国家への敵対宣伝。命を捧げてきた党を裏切ったことを認めたのだ。最も身近にいた同僚たちがビビコフを巻き込み、彼のほうも同じことをした。彼の仲間とされたメンバー二十五人のうち一人として自白を拒否したものはいなかった。

最初の自白は一九三七年八月十四日付である。ビビコフがファイルの中で口を開いたのはこれが初めてだ――無味乾燥な官僚用語の中で初めて肉声をうかがわせる。彼が自白する犯罪は奇怪にして仰天するほど信じ難い内容であり、陳腐な法律用語からグロテスクな悪夢の言葉に変わる急展開には吐き気を催す気分になったほどだ。

「尋問調書。被疑者ビビコフ、ボリス・ルヴォヴィチ。一九〇三年生まれ。元党員。問：自らの手で本日作成した供述書でお前は反革命テロ組織への参加を認めた。誰によっていつ、いかなる状況下でこの組織に誘い込まれたのか？」

「答：一九三四年二月にわたしはハリコフの元党第二書記イリインから反革命テロ組織に勧誘を受けた……われわれは党務の際に頻繁に会った。一九三四年に何度か会合を重ねたときに、わたしは農業や労働者の賃金などに対する党政策の正当性に疑問を呈した。一九三四年二月には委員会の会議後にイリインがわたしを書斎に招き入れ、率直に話し合いたいと言った。トロツキスト一派の組織のメンバーになるよう持ちかけられたのはこのときだ」

調書はタイプされ、ビビコフが書類の下に署名した。走り書きで署名したときに彼の胸に去来したものは何か。その手がかりは文書に何も残されていない。

しかし、単なる自白がひとつあるだけでは事足りない。官僚主義は全土の地方、地域単位で人民の敵を摘発する割り当て分達成のため、さらなる人名と詳細を要求する。ごった煮のばかげたソープオペラを仕立てる台本作家よろしく、取調官たちはあれこれの配役を探してはそれぞれの事犯を裏付け、新たな材料で筋立てを補強する。ビビコフの最初の自白はひと息入れることも許さない。取調官は続ける。しかしある時点に至り、ビビコフの心中で何かが邪悪と戦慄とに逆らったに違いない。彼は自分の歩む先を必死に正気の世界に引き戻そうと試みるのだ。そうした反逆の瞬間が、薄くて簡素なファイルの紙幅を通して、沈黙の叫びのように鳴り響く。

「フェダーエフに対する問」。ビビコフが、同僚の「共謀者」である元ハリコフ地方委員会議長と初めて「対決」したときの、素っ気ない記録文書にはこうある。「ビビコフについて知っていることを話したまえ」

「フェダーエフの答：『ビビコフと二度話した際に、彼にトロツキー主義活動の組織に参加する用意があることを確認しました。最後の話し合いで、われわれはＫｈＴＺにトロツキー主義グループを設立することで一致しました……』」
「ビビコフに対する問：『被疑者フェダーエフの供述を認めるか？』」
「ビビコフの答：『いや、それは嘘だ。われわれは一度もそんな話はしていない』」
「この供述はわれわれの前で読み上げた。内容に間違いはない。［署名］フェダーエフ。被疑者ビビコフは署名を拒否」

しかし結局は、彼の反抗も無駄に終わる。立ち会ったのは、あの対決の取り調べに当たったＮＫＶＤ中尉スラヴィンとチャルコフ、それとフェダーエフ本人だけだ。フェダーエフはおそらく恐怖のあまり、ビビコフの立場が自虐的な愚劣の極みとは全く異なることに思いが至らなかったのだろう。ビビコフは最終的には全面的に自白した。

「われわれはハリコフ・トラクター工場において、車輪型トラクターの生産には欠かせない高価で複雑な機械に対する破壊工作を決定した……」とビビコフは染みの付いたちっぽけな文書に書き付けた。三番目にして最後となる詳細な自白である。「われわれは技師コズロフを説得し、機械が長期間稼働不能となるようその内部に工具を残しておかせた。機械だけで金貨四万もした。全土でわずか二台しかないうちのひとつだ……われわれはＫｈＴＺで戦争用の大砲一発を溶鉱炉に撃ち込み、二、三カ月間は使えなくなるよう謀議をめぐらせた……わたしは自分の代理イワン・カヴィッキーに誘いかけ、われわれの組織に加えた……われわれは槌と鎌トラクター基地向けの注文履行を遅らせることにより、ＫｈＴＺの業務を損なおうと試み、さらには労働者の賃金支給に遅延を生じさせた」

欄外には自分の筆跡で不可解な書き付けがある。指示されて書き付けたようだ。「誰が、何を、いつ?」、「もっと正確に」、「どの組織か?」と。

「われわれの邪悪な反革命行動は主任技師ギンズブルクが警戒に当たったため、ようやく回避された」と最後の自白は結んでいる。「こうしてわたしはわが党を裏切った。ビビコフ」

文書は注意深く下半分が引き裂かれていた。破れた上には何かなぐり書きの形跡がある。書き手が自分に対して署名した死刑判決を絶望のあまり、かき消そうとしたかのようだ。

その後、彼の声は消える。ほかの被疑者がビビコフの名に言及した文書の抜粋がある——連座した十六人の自白で、大文字表記の名前の間には紙が突き抜けるほどの怒りのコンマを打ち付け、細心の注意を払ってタイプされている。「ゼリンスキー、ブツェンコ、サポフ、ブラント、ゲンキン、ビビコフ……」

彼は一九三七年十月十三日、キエフに置かれた軍事法廷の秘密協議の場で裁判にかけられた。三人の判事による通称「トロイカ」法廷で、労農「ソビエト」体制の転覆、阻害、弱体化を狙ういかなる活動も適用対象とする、ソビエト刑法第五十八条により被告の事犯を非公開で審理する。法廷の判決は長文にして細部にわたるが、大半は自白調書に含まれた破壊工作活動の供述内容を一言一句そのまま引いた繰り返しである。しかし、判決はさらに罪状を付け加え、こう結論づけた。「ビビコフは『k. r.』[コントル・レヴォルツィオンナヤ(反革命)の語が頻繁に登場するためタイピストが省略形を使用]のトロツキー・ジノヴィエフ主義テロ組織のメンバーであった。その組織は一九三四年十二月一日、同志キーロフに対する悪辣な暗殺を決行し、その後も党・政府指導者に対するテロ行為を計画、実行した……われわれは被告を極刑に処す:銃殺刑および財産没収。　署名　A・M・オルロフ、S・N・ジダーナ、F・A・バトネル」

ビビコフは法廷が言い渡した判決と量刑を読んだことを確認する書式に署名した。彼の肉筆で最後に記録された言葉である。国家版による自らの生涯の物語を盛り込んだファイルに官僚的な整然とした承認を与えて。それが党への奉仕に捧げた人生の最終章であった。

いわゆる「生存」ファイルは、その呼び方からしてそらぞらしさの極みだが、七十九ページに及ぶ文書の最後の用紙は謄写版で刷った四つ折り大の紙片になっていて、紙の基底部にはぞんざいなハサミの切り込みがある。法廷の判決が執行されたことを確認する印だ。処刑がいつ、あるいはどのように行われたのか窺わせるものはない。いつものやり方は「九グラム」だった。後頭部に撃ち込むピストルの弾の重さだ。指揮官の署名は判読できない。日付は一九三七年十月十四日となっている。

わたしがキエフでファイルを調べていた二日間、ウクライナ保安局の若い士官アレクサンドル・パナマリョフが一緒に座り、ほとんど判読できない筆記体による手書きの文章を読み、法律用語を説明してくれた。顔が青白い聡明な男で、年齢はわたしとほぼ同じ。母親と同居しているように見えるタイプの物静かな青年だ。彼は取り澄ました職業的な無愛想とは裏腹に、読む内容にはわたしとほとんど同じくらい心を動かされたようだ。

「恐ろしい時代でした」、と彼は静かな口調で言った。花こう岩でできた旧NKVD庁舎の巨大な建物がそびえ立つ夕暮れ時のヴォロディミルスカヤ通りで、一服しながら休憩していたときだった。「あなたのお祖父さんは体制信奉者でした。しかし、訴追した側も信奉者だったとは思いませんか？　あるいは銃殺した男たちも？　あなたのお祖父さんは自分が逮捕される以前から人々が銃殺されていたことを知っていました。しかし、それを堂々と公言しましたか？　あの状況に置かれたら、われわれだって何をしでかしたか分かるものですか。われわれが同じ試練にまた直面することがないように願いたいものです」

ソルジェニーツィンはかつて同じ疑問を提起した。「わたしの人生が異なる展開をたどったとしたら、こうした執行人に成り下がる可能性はなかったのだろうか？　それほど事が単純ならよいのだが！　悪人どもがどこかで知らぬ間に悪事をはたらいているだけなら、彼らを隔離し始末してしまえば済むことだろうが。しかし、善と悪とを区別する線はどの人間でも心臓の中に分け入っているのだ。一体だれが自分の心臓を一片でも進んで切り取ろうとするだろうか？」

ビビコフ自身、地下の独房で過ごしたとき、あるいは最後の瞬間に監獄の壁に向かったとき、処刑人の論理を自分の理性で完璧に理解していたはずだ。そしておそらく——そうだとも——党に入った初期の時代に異なる人物との出会いがあり、別の後見人を得たとすれば、彼自身処刑人となったのかもしれないのだ。彼は党がウクライナにもたらした飢饉について、敵対分子を一掃するためには必要と言い逃れていたのではなかったか？　彼は自らを至高の倫理規範に律せられた革命の選良の一人と見なしていたのではなかったか？　自分の理解を超えたところで邪悪にして異質な力に捕らわれたビビコフは、決して潔癖ではなかった。それどころか、彼は大衆扇動家であり、新たな倫理観を体現する狂信家だった——的外れであろうと、一段と崇高な大義のために己の人生をかけるように求めたのが、この倫理観だった。

「いや、彼らが独房にあって政府のあらゆる行動に擁護を唱えたのは芝居のためでもなく、偽善から取り繕ったのもない」とソルジェニーツィンは書いている。「彼らがイデオロギー論争を必要としたのは、自分たちこそ正しいという感覚にしがみつくためだった——そうでなければ、狂気と紙一重であった」

民衆が歴史の建材ブロックとなるとき、知識人は道義的責任を放棄することがあり得る。実際、粛清――ロシア語で「チストカ chistka」、すなわち「洗浄」――とは実行する側にすればなにか英雄的なことであった。巨大な工場建設がビビコフにとって英雄的だったように。違いはビビコフが物質的な煉瓦とコンクリートで個人レベルの革命を成し遂げたのに対し、NKVDの煉瓦は人民の敵であり、処刑室に送られる人間一人ひとりが社会主義という巨大な建造物をつくる一片の煉瓦であった。ある大義のためにひとりの死を容認すると、すべての死を許すことになる。

ある意味で、ビビコフはおそらく多くの民衆よりも犯罪的だ。彼は幹部党員であった。彼のような幹部が命令を出し、リストを作成した。末端の取調官は上司に従ったのだ。それでは、指示された通りにする以外になかったことを踏まえると、取調官は悪いのだろうか。拷問にかけてビビコフら幹部から自白を引き出したチャヴィン中尉のような人物は、目的が手段を正当化すると部下に教えた幹部らに劣らず犯罪的だったのだろうか？　NKVD創設者フェリクス・ジェルジンスキーの有名な言葉に惹かれて職務に就いた者は、聖人にもなれれば悪党にもなり得る――そして、この機関はそれ相応のサディストや変質者たちを取り込んでいても、それ以上の人間を惹きつけたのは明らかだ。しかし、彼らは異質でもなければ、外国人でもない。人間であり、犠牲者と同じ細胞組織から成り、同じ血を受け継ぐロシア人である。「このオオカミ種族はわれわれ民衆のどこから出現したのか？」とソルジェニーツィンは問いかける。「この種族は本当にわれわれ自身の根っこから生じてくるのか？　われわれ自身の血からか？　まさしくそうなのだ」

これが大粛清の背景に潜む偽りのない陰湿な特質であった。見知らぬ二人を一部屋に放り込んで、一方を犠牲者に他方を処刑人とし、一方が他方を殺すよう納得させるといった単純なものではなく、双方にこの殺人が何らかの崇高な目的にかなうと確信させるのだ。こうした行為が怪物によって、つまり戦争や集団化の恐怖から精神が凶暴化した人間によってなされると想像すれば、分かりやすい。しかし事実は、人道的な理想と立派な信条とを十分に併せ持つ普通のまともな男女が同胞の殺戮を正当化し、その行為に加わることさえ厭わなかったのだ。「悪をなすには人間は何よりもまず自分の行いが善であると確信しなければならない」とソルジェニーツィンは書いている。「あるいはそれが自然法に合致した熟慮の行為であると」。こうしたことが起こり得るのは、人が政治的な物品、冷徹な計算における単位になり、その生死があらかじめ計画され、一トンの鋼鉄やトラック一台分の煉瓦のように扱われるときに限られる。これこそ疑いもなくビビコフの信念であった。彼はその信念に従って生き、そして死んだ。

わたしには封印された一部のファイルがあった。約三十ページに上る「名誉回復調査」は、一九五五年に大粛清の犠牲者への全面的見直しの一環としてフルシチョフが推進したもので、慎重に紐で括られていた。なんとか説得したところ、わたしと同様、興味津々のパナマリョフはこっそりと紐をほどき、封印部分のページをめくった。

禁断のページは、ビビコフの尋問に加わったNKVD要員に関わるものであった。半世紀を経てなお、ウクライナ保安局は自己保身を図っている。このファイルはビビコフの名誉回復に備えた取調官の命令で作成された。しかし、NKVD将校たち自身に尋問するのは不可能だった。一九三八年末までに彼らは全員射殺されてしまったからだ。

「ウクライナNKVDの元職員テイテル、コルネフおよびゲプレル……は証拠のでっち上げと反ソビエト活動により裁きを受けた」と文書のひとつは述べている。「取調官サモフスキー、トゥルシキンおよびグリゴレンコ……は反革命活動により刑事裁判にかけられた」と別の文書が記している。

被告やＮＫＶＤ取調官をはじめ、ビビコフ逮捕の二日後に彼を党から除名する命令に署名した地元党書記マルキタンに至るまで、ファイルに名前が登場するほぼ全員が一年以内に殺害された。大粛清はその仕掛け人をも餌食にしたのだ。わたしたちに残された彼らの生きた証と言えば、分厚い沈黙の書類にかすかに響く、わずかなこだまだけだ。

ファイルの最後の文書はスタンプと番号付きだ。近親者にＮＫＶＤ機密文書の閲覧を認めるウクライナの法律を行使し、祖父のファイルが見たいとその年の夏にウクライナ保安局宛に申請した、わたしの手紙だった。ファイルは綴《と》じ紐が慣れた手つきで慎重にほどかれ、書類束の最後に通し番号を打ったわたしの手紙が綴じ込まれている。それゆえ運命のファイルに加わった最後の署名はわたしということになった。手紙の下のほうにある走り書きがそれだ。

第4章 逮捕

ありがとう、同志スターリン、わたしたちの幸せな子供時代に。
一九三六年の宣伝ポスター向けスローガン

わたしはモスクワで数年間過ごした後でさえ、相反する時代が綾なす奇妙なまだら模様の中にいる感じをどうしても振り払うことができなかった。妙に歴史的な気配があるのだ。革長靴と乗馬ズボンの兵士たち、頭にスカーフを着けた老婦人《バーブシュカ》、ドストエフスキーの世界から飛び出したボロをまとった髭面の浮浪者、お決まりのクロークとダイヤル式電話、毛皮の帽子、運転手とメイド、ラードを塗ったパン、レジ代わりの算盤、インクの染みた新聞、薪煙の臭い、郊外にある屋外トイレ、農民《ムジーク》が血の付いた斧で牛肉を捌いて山積みにしたトラックから買った肉。ある生活のリズムは父の時代、さらには祖父の時代と比べても当時と全く変わっていないようだ。

祖父が一九三七年七月に入り込んだ悪夢の世界を、垣間見たと思える瞬間がわずかにあった。数時間だが、わたしはその世界を目にし、臭いをかぎ、触れてみた。それがどんなものであったのか、少なくとも肉体的に感覚をつかむにはおそらく十分だった。祖父の頭と心の中ではどうだったのか、それはわたしが決して立ち入りたくはないところだ。

一九九六年一月、祖父のファイルを調べにキエフを訪ねてから一カ月後のある晩のことだ。わたしは雪がぱらつく中を《ホテル・メトロポーリ》に向かって歩いていた。タクシーを拾おうとしていて、三人組の男が後をつけているのに気づかなかった。黄色い羊皮コートの袖がわたしの顔面に襲いかかってきて初めて彼らが近づいてきたことを知った。顎に強烈なパンチを食らったのはその後だ。痛みは感じなかった。ただ列車が揺れるような振動を覚えた。二、三分だろう、バレエでも踊るような奇妙な瞬間があり、立ち上がってはまた倒れた。前に這ったが、男たちは殴り続けた。鼻を守ろうと毛皮の帽子を顔に押し当てると、濡れた毛皮の臭いがした。

それから道路に横たわったわたしは、赤のラダ〔ソ連製乗用車〕を見た。泥のこびり付いた前輪と汚れたヘッドライトが音をきしませて雪の中を突進して来たのだ。ありそうにもないことが起きた。大きなギプスを左足につけた男が車から姿を現し、何か叫んだ。三人組は突然、狼狽した様子になり、何も手出しはしていない風を装って、その場から離れ始めた。車の男はわたしを助け上げると、走り去った。

そのときだ。警察のジープが一台、現場を回って来た。わたしは手を挙げて車を止めた。そして、ドアを開けて先ほど起きた状況をもごもご伝えると、車に乗り込んだ。襲撃した男たちを追った車がネグリンナヤ通りに入って速度を上げた瞬間、わたしの頭は突如はっきりとし、警察のドライバーと歩調を合わせて時間のギアがいきなり、最低速から最高速に切り替わった。オホトヌイ・リャートまで来たとき、三人組が地下鉄ルビャンカ駅のそばで雪遊びに興じているのが見えた。ジープは八レーンの車道を見事にターンし反対側に滑り込んで止まった。

三人組は何らあわてず、陽気に酔っぱらい、笑みを浮かべながら、国内旅券を取り出そうとした。通常の身元確認だと思っていたのだ。二人はアジア風の顔つきをしたタタール人、もう一人はロシア人だ。彼らはわたしがジープから這い出るのを見て、表情が凍りつき、縮み上がったようだ。「こいつらです」。わたしは三人組を指さし、芝居がかったように言った。タタール人二人はジープ後部の小さな檻に押し込められた。わたしに殴りかかってからわずか十数分しか経っていなかった。

警察署には汗と小便と絶望とが入り交じった、相も変わらぬロシア監獄の臭気が染み込んでいた。壁は上のほうが代わり映えのしない淡いベージュ、下のほうは焦げ茶色だ。わたしを襲った二人は受付の隅にある鉄格子部屋に座っている。両手で頭を抱え、互いにぶつぶつ言い合っては、時折わたしのほうを見上げた。

主任の巡査部長は防風ガラスで仕切った奥にいる。その小部屋は同じ室内でも一段高い。机には大判のヴィクトリア朝風の台帳が何冊かのほか、スタンプ一式、書類用紙が一束、ファンタの缶でつくった灰皿が置かれている。彼は表情も変えずにわたしの詳細な調書を見ると、受話器を取り上司に電話した。その瞬間から襲撃犯の運命は確定したと思う。わたしは外国人だ。ということはこの一件が適切に処理されなければ警察には厄介なことになる――領事が外務省に抗議し、書類仕事は宙に浮く。

事件担当となった捜査官はスヴェトラーナ・チモフェーエヴナ。モスクワ刑事捜査局の中佐だ。自信に満ちた貫禄ある女性で、男を腰抜けか減らず口か峻別することに慣れた、射抜くようなふてぶてしい目つきでわたしの品定めをした。ロシア要人の受付窓口には例外なくドーベルマンのように待ち受けているタイプの、どっしりとして物怖じしない中年女性の一人である。この種の女性がチケット売り場を支配し、ホテルのフロントデスクを威圧している。

調書の詳細については二人で一語一語何度も確認し終えた後、スヴェトラーナ・チモフェーエヴナは深く敬意を込めてプロトコル、すなわち「公式供述書」と標題の付いた空欄の紙片を取り出し、わたしの証言を公式記録にとどめる作業に取りかかった。わたしは一ページごとに下に署名し、誤りは一つ一つ伝えた。ようやく彼女はジェーラ、すなわち「刑事事件」とタイトルの付いた空のフォルダーに手を伸ばし、茶色のボール紙カバーに被疑者の詳細な調書を丁寧に綴じ込んだ。ファイルが始動した。この瞬間から、わたしと襲撃者たち、捜査官は全員がファイルに従属する身になった。

それから三日間、わたしはスヴェトラーナ・チモフェーエヴナの呼び出しを受け、軽い脳震とうで朦朧とした状態で、よろめきながら警察署に通った。日中の警察署はさらに気の滅入るところだった。コンクリートの建物は低層の二階建て。汚いぬかるみにごみ容器が散乱し、野良犬が何匹もうろつく中庭にある。わたしは襲撃事件のあった晩、一緒にいた警察官たちと会った。その一人がわたしに確信を抱かせることを言った。「われわれは確認した。あいつらは楽しくやっている」とこっそりつぶやいたのだ。わたしは罪深い戦慄を覚えた。復讐心である。

陽当たりのない四階のアパートで気まぐれに取る長い睡眠。警察署での長い昼下がり。双方の間で、わたしはつんと鼻に来る闇の世界にどういうわけか滑り込んでしまったようだった。そこでは、捜査官のペンが膨大な量の紙の上を次から次へと這っていくのを際限なく見詰めている。わたしの頭はずきずきし、ペンの這う作業を終わらせたがっている。わたしは夜、その光景を夢に見た。強迫観念に取りつかれたように這うペン以外には目もくれない、発熱を帯びた脱力感の夢である。肉体のない片手に握られ、代わり映えのしない強烈なランプの光に照らされて安っぽい役所用紙に凹みをつくる、そのペンの動きにだけ目を奪われているのだ。

三日目にわたしは――しかし、何だかこの三日ではかなり長く思えた。夢か現実か定かでない役所仕事の悪夢のことである――便座が盗まれていて刺激臭を放つ警察官用トイレを通って、磨り減った階段を上っていく老人のように感じた。スヴェトラーナ・チモフェーエヴナがいた。彼女に会って以来、制服姿を見るのは初めてだ。

「われわれはこれからオチナヤ・スタフカを行います」と彼女が言った。「オチナヤ・スタフカ」とは対面のことで、ロシアではよくある捜査手続きだ。被疑者が被害者・告訴人と対面し、双方の供述調書を互いに読み上げるのだ。彼女は膨らんだファイルを取り上げると、わたしを階下の大教室のように見える部屋へ案内した。一段高い演壇に向き合う形で何列ものベンチが部屋いっぱいに並んでいる。二人は黙って指定の位置に着席した。わたしは机の木目を凝視した。

襲撃犯たちは音もなく入ってきた。警官がドアを閉めるまで気づかなかったほどだ。彼らはどちらも手錠をかけられ、頭を垂れたまま身を固くして足を引きずるように歩いている。最前列のベンチにどっかりと座ると、疚しいことをしでかした生徒のようにおずおずとわたしたちのほうを見上げた。彼らはカザン出身のタタール人兄弟だと、スヴェトラーナ・チモフェーエヴナが言った。いずれも子供のいる既婚者で、モスクワ在住。わたしが想像していたより若く、小柄だった。

「マシューズ、あんたを傷つけたとしたら、許してほしい。どうかお願いだ。俺たちにできることがあれば何でも……」。背丈が低い、年上のほうが切り出した。しかし、スヴェトラーナ・チモフェーエヴナが遮った。彼女は上出来とは言えないわたしの供述調書を読み上げた。四つある調書の中で最も長いもので、次いで医学所見に移った。襲撃犯たちは黙って耳を傾けた。弟のほうが頭を抱えた。彼ら自身の証言は文章がわずか五つしかない。酔っていて何があったのか覚えていない、全面的に非を認め改悛の念を表すというものだ。個々の供述確認が終わった際に、無様な瞬間があった。彼女が被疑者に書類を渡して署名を求めたときだ。手を貸そうと、わたしは机上の書類をさらに前方に押し出した。彼らが手錠をはめられたまま署名できるようにするためだ。二人は署名するごとに丁寧にお辞儀をした。

「何か言いたいことは?」

まだ黄色いコートを着た兄のほうがしゃべり出した。最初は物静かで、取り繕った親しげな声だ。わたしの目を見据えて話すが、こちらは話の内容を聞くのを止めた。ただ、その声の調子を感じ取り、表情を読んだ。彼は放免してほしいと懇願した。わたしは顔が凍りつき、引きつったような笑みを返した。相手はさらに前かがみになった。うろたえた様子が声に出ているのが見て取れる。それから、跪いて泣いた。兄は大声で泣き、弟は声も立てずに泣いた。

その後、二人は退室した。スヴェトラーナ・チモフェーエヴナが何か言ったが、わたしには聞き取れなかった。彼女はもう一度繰り返し、わたしの肩に触れた。部屋を出ようと言っていたのだ。わたしは告訴取り下げについて何かつぶやいた。彼女は深くため息をつき、げんなりしたように言った。人生の厳しい現実を子供に諭すようにして、それはできないと。愚かで些細な犯罪をしでかした愚かで取るに足りない庶民を長年取り締まってきたとはいえ、彼女は心の通わない女性ではない。犯罪者の妻たちが涙するのを見てきたとしても、重大な改悛にも値しない瑣末な事件であって放免にしてしまおうとしていることが分かっていても、今回はわきまえていたのだ――この日の午後は報告書類一式をタイプで作成し、被疑者二人は裁判まで拘置延長にすべしと勧告する手はずのことを、である。

わたしたちは今や全員がこの作業に取り込まれたわけだ。その推進力、研削盤で回る砥石車に。わたしが外国人であるため、何事もすべて文書化することになる。ファイルだ。それも極めて重要なファイルである。わたしたちは全員が今後、その行程を一歩一歩たどって行かざるを得ない。文書化されてしまった事柄に、記載漏れはあり得ないのである。

襲撃犯の二人はロシアで最も悪名高い監獄のひとつであるブトゥイルスカヤ収容所に十一カ月半、裁判期日待ちのまま拘置された。わたしはついに法廷への喚問を受けたが、怖じ気づいて出廷できなかった。代わりに友人が出向き、わたしの弁明を提出。そこで、兄弟が二人とも収容所で結核にかかったと聞いた。被害者不在のままであっても、二人は有罪となり、未決勾留期間に見合った判決が言い渡された。彼らは職を失い、二人の家族はタタルスタンに引き払ってしまっていた。判決を聞いたときには、わたしたちの人生が避けようにも避けきれず激突してしまったあの夜の衝撃が、さらには記憶さえもが既に薄れていた。わたしは自分に言い聞かせようと試みた。勤務先の報道ルームに飛び交う多種多様な恐ろしい話の中で、この件は消えてしまったのだと。こうも言い聞かせた。わたしの机に積み上げられていく新聞が日々、無実の人々の苦難を伝える恐るべき話を満載しているのに、有罪となった男たちの運命を嘆くのは筋違いだと。

しかし、あの二人がわたしの前にひれ伏したときに感じた戦慄と罪悪感の記憶は深く沈潜し、わだかまりとなった。多くのロシア人たちも心の内に同じようなどす黒いどろどろしたものを抱えていて、それはトラウマや罪の意識、意図的忘却がつくり上げているのではないかとわたしは考えている。そのどろどろしたものが豊かな堆肥を作り、そこに彼らの享楽主義や背信、それぞれの快楽や裏切りといったものすべてが根を張っているのだ。わたしが成長期に接した過保護のヨーロッパ人たちにとっては事情が異なる。彼らの多くが親の無関心、配偶者による虐待、あるいは個人的な失敗に苦しんできたのだと確信しているにせよ、である。いや、平均的ロシア人なら十七歳にして既に、多くの英国の友人が生涯で経験する以上に本物の虐待や絶望、腐敗、不正を目にしてしまうのだ。新生ロシアの嫌な側面をさまよった数年間の経験からわたしはそう結論づけた。そしてロシア人たちは、生き延びて幸せになるためには、葬り去り、意図的に無視すべき事柄をあまりにたくさん抱え込んでいる。彼らの快楽と放縦との度合いが強烈過ぎるとしても不思議ではない。苦しみの質に見合ったものでなければならないのだ。

ビビコフ家の住まいであるチェルニゴフのアパートが捜索を受けてから数日間はまったく音沙汰がなかった。ビビコフは休暇先から戻らなかった。NKVDは何か動きがあり次第、マルタには連絡すると言い続けている。ワーリャは田舎の親類宅に帰された。そして、マルタと娘二人はアパートの寝室と台所で暮らした。ほかの部屋はすべて施錠、封印されたためだ。マルタは財布に残った現金で食料を買い、まだアパートにいる隣人たちから施しを受けた。

ビビコフの同僚たちは何も分からなかった——事実、彼らの多くが姿を消し、残る者たちは怯えるか、NKVDがすぐ誤りを正すものと無邪気に確信していた。

マルタがウクライナでは夏のおやつにしているサクランボのスープを娘たちに用意して出かけたとき、パニックになったことがあった。マルタは再度、NKVD庁舎に消息を聞きに行っていた。レーニナは父親から贈られた本を読んでいて、妹のリュドミラがサクランボの種をすべて鼻の穴深く詰め込みすぎて取り出せなくなっているのに気づかなかったのだ。

「わたしは貯金箱よ」とリュドミラは姉に言いながら、次々と種を押し込んだ。母親が帰宅して大騒ぎとなった。リュドミラは大急ぎで病院に運ばれ、こうした目的のための備えかと思える長い鉗子を手にした怖い看護師に種を取り出してもらった。レーニナはきちんと面倒を見ていなかったと、きつい平手打ちを食らい、泣き出した。父親のところに行って慰めてもらうこともできないからだった。

気をもむ日々が二週間ばかり続いた後、マルタは残された唯一の方策を決断する。それはレーニナをモスクワに送り、仲の良かった夫の兄弟たちの元に行かせることだった。果たして彼らはコネを使って実際に何が起きたのか手がかりを見いだすことができるのだろうか？　マルタには切符を買う金がない。そこで台所から対になった銀製スプーンを取り出してナプキンに包み、駅に向かった。夜遅くチェルニゴフを通るキエフ－モスクワ間の急行列車のひとつを選び、女性車掌に座席の確保を頼み込んだ。車掌は手荷物用の棚にレーニナを乗せ、動くなと言った。マルタにはスプーンは取っておくようにと言った。列車が出発するとマルタはプラットホームを駆け出し、速度を上げる列車に追いつけなくなるまで走った。

十年前、マルタの父親は彼女を生まれ故郷から追い出した。彼女はシンフェローポリの駅のプラットホームで瀕死の妹を見殺しにした。今、長女をモスクワまで乗せた列車の明かりが闇夜に消えていくのを見つめながら、マルタは自分のつくり上げた新しい家族が崩壊していくことに気づいた。彼女は電報局に行き、夫の親族宛てにレーニナがモスクワに向かっていることを伝えた。それから歩いて帰宅すると、台所の床に敷いた毛布の上で寝ていたリュドミラを腕に抱きかかえた。後にレーニナに当時の自分をこう語った。「傷ついた動物のようなうめき声を上げた」と。

レーニナは、モスクワのクルスキー駅でボリスの弟である叔父イサークの出迎えを受けた。もう一人の兄弟で空軍将校のヤコフはウラジオストクに近いハバロフスクの極東参謀部で軍務に就いており、ボリスが逮捕されたことはまだ知らなかった。イサークは二十三歳、ディナモ航空エンジン工場で働く前途有望な技師だ。彼は若い姪を抱き締め、市電に乗って、ビビコフ兄弟の母親ソフィアと暮らす小さなアパートに着いてから、話を聞くことにしようと言った。彼らは台所でレーニナの話を黙って聞いた。レーニナは泣き出し、父親がどんな悪いことをしたのか分からないと泣きじゃくった。イサークは大丈夫だと努めて慰めた。それは全くの誤解であり、解決できる人物を知っていると。

翌日、イサークはディナモ工場の友人に話した。彼は工場に常駐するＮＫＶＤの政治将校でもある。最近までＮＫＶＤ高級将校の私的警護に当たった。政治将校は昔からの同僚に聞いて、そつなく「ひどい間違い」と呼ぶ問題の解決を図るための面談の段取りができるか探ってみると言った。

二日後、イサークは早めに帰宅すると、レーニナに最高の夏服を着るように伝え、市電の停留所まで手を引いて行った。彼らは言葉を交わすこともなくルビャンカ広場にあるNKVD本部に向かった。ルビャンカ自体は巨大なブルジョア建築で、かつては革命以前に営業した保険会社が入っていた。一九三七年までに建物は拡充され、地下室はかなり大きな刑務所と尋問センターに模様替えする。このセンターは大粛清時代に夜毎摘発される新たな犠牲者たちであふれ返った。イサークと姪は正面玄関を入り、受付の軍曹に国内旅券を提示すると、上階の待合室へ通された。深緑色をしたNKVDの制服に身を包み、ズボンと革長靴姿の男が現れイサークに手短に声をかけた——明らかに面談をお膳立てしたあの友人である。

二人がついに執務室に案内された。レーニナは当初、部屋にはだれもいないと思った。とてつもなく大きな黒ずんだ木製机に明るいランプが置かれている。外から夏の日差しが差し込んでいるのに、分厚いカーテンが半分引かれただけだ。窓は高く、絨毯は厚い。そのとき、彼女は机の背後にメガネをかけた禿げかけの小さな頭があるのに気づく。将軍は「森の小人のようだ」とレーニナは思った。

森の小人はイサークと少女を見上げ、来訪の理由を尋ねた。イサークは口ごもりながら説明し始めた。善良にして忠実な共産主義者である兄が何らかの手落ち、不注意により、おそらくは国家の敵一掃に摘発側として熱心すぎるあまり逮捕されてしまったと。将軍は耳を傾けながら、机から薄っぺらのファイルを取り上げ、イサークが話している間もページをめくり、ひと言告げた。「ラズベリョムシャ」——「片付けよう」。面談はこれで終わった。イサークは身震いしてレーニナを連れ帰り、翌日、彼女をチェルニゴフに戻る列車に乗せた。数日後、マルタは台所用品をかき集めて売り払い、姉のフェオドシャ宅に身を寄せるためクリミア行き列車の切符を母子三人分買った。しかし出発前にNKV

Dのチェルニゴフ本部に所在先を登録しなければならない。誤解が正されて、夫が無人アパートに戻ったときに心配しないようにするためだ。

冬が迫ったのに、まだ何の知らせもない。マルタと娘たちはシンフェローポリ郊外にあるフェオドシャの狭い木造家屋の台所に住み込んだ。チェルニゴフでは恵まれた党内エリートの家族の一員として過ごしたが、後ろ盾を失った今の暮らしはどん底だ。マルタは感染症の子供病院で看護師の職を得て、病院の食べ残しを娘たちのために持ち帰る。

クリミアの気候はロシアのヨーロッパ部と比べればずっと温暖だ。しかし冬はセヴァストーポリ湾の冷たい海風を運んでくる。隙間風の入るフェオドシャの家は「ブジュイカ」という小型の金属製ストーブで暖を取る――「ブルジョア風」のストーブで、すぐに暖がとれ火傷するほどだが、朝までに冷えてしまう。娘たちはマルタが病院にいる日中は使わないように言われている。そこで窓際に座り、セーターを着込んで縮こまる。そして家を囲む小さな果樹園に雨が降るのをじっと見ているのだ。

人生はほかのどこかにある。時の流れが鈍いこの時期、レーニナはそう思った。チェルニゴフで暮らしたときの賑わい、隣人や級友たち、そしてひっきりなしに訪れては夜更けまで台所に座り込む役人や同僚たちを懐かしく思う。そして、誰よりも恋しく思うのは避難場所であり最良の友人でもあった父のことである。父はどこかで元気に生きている。彼女と同じく、娘がいなくて寂しい思いをしている。そのことを思わなかった日は一度もない。

リュドミラは常に物静かな子だった。今は引きこもりになったようだ。フェオドシャの台所では床の隅に座り、レーニナの寝床となるトランクの側で人形遊びをしている。口やかましい母や伯母とは距離を置こうとしているのだ。マルタは帰宅が遅く、疲れ切っている。髪の毛は乱れ放題だ。夫が逮捕されてからというもの、彼女はまったく外見を気にしなくなった。

十二月初め、リュドミラは麻疹に罹った。食べ物か、あるいは母親が病院で着ている衣類からうつったらしい。熱が上がったので、マルタは看病のため家にとどまった。彼女はレーニナを薬局に行かせ、咳止めの辛子軟膏と腫れた目のための目薬を取り寄せた。

リュドミラの発熱から三日目か四日目の晩、ドアを鋭くノックする音が聞こえ、フェオドシャが開けに行った。ベルトに拳銃を付けた黒い制服の男数人が押し入って来て、「市民ビビコワ」に会わせろと要求した。台所のドアを開けると、リュドミラを抱きかかえたマルタがよろよろと立ち上がった。「起きろ!」と一人がレーニナに命じ、トランクを押し開けた。その上で寝ていた彼女は毛布とともに振り落とされた。マルタは金切り声を上げて叫びだし、警官に掴みかかった。警官は払いのけ、三歳の娘を抱いたままのマルタを開いたトランクに突き倒した。レーニナは叫び声を、皆が叫んでいる光景、母親がトランクから必死で立ち上がろうとする姿を覚えている。次々と展開する悪夢の中で立ち現れるおぞましい茶番劇の一こまである。NKVD要員はマルタの両腕を後ろ手にして縛り上げたうえ、寝間着姿のまま家から庭に連れ出した。路上に出ると、彼らはマルタを警察車両二台のうち「黒いカラス」(護送車)——外で待機していたのである——に乗せた。別の警官が子供二人を連れて後に続いた。リュドミラは腕に抱え、レーニナは手を引いて。通りに着くと、レーニナは男の手を振りほどいて、母親の元に駆け寄ろうとしたが、取り押さえられ、妹とともに二台目の車に押し込まれた。車が走り出すと、レーニナは高熱に浮かされた小さな妹をしっかり抱き締めた。妹は火がついたように泣きじゃくっていたからだ。通りの端に差しかかった二台の車はそれぞれ別の方向に向きを変えた。姉妹はこれ以後十一年間、母親とは生き別れとなる。

わたしの息子ニキータは、この本を執筆中の時点ではマルタが逮捕されたときのリュドミラとちょうど同じ年ごろ――四歳に二カ月足りない年齢だ。丸顔でくしゃくしゃの黒髪。祖母のリュドミラ譲りの印象的な青い目をしている。レーニナは数週間前にわたしたちが訪ねたとき、ニキータをあまりにきつく抱き締めたため息子が泣き出したほどだ。リュドミラとそっくりなので、我慢できなかったのだという。「わたしは十二歳で母親になったのよ。本当の母親が連れ去られてしまったから」とレーニナは言った。「リュドミラはわたしの最初の子。ニキータは幼いリュドミラなのよ」

ニキータが遊ぶのを眺めていて、時折――親たちなら大抵そうなのだろうが――不意に襲う漠然とした不合理な恐怖を感じることがある。息子が花壇の中で遊び回り、カタツムリを探したり球根を掘ったりして夢中になっているとき、この子がひょっとして死んでしまうのでないか、どういうわけか連れ去られてしまうのではないかと恐れるのだ。またあるときは、夜遅くなって酒に酔い、遠く離れたところで、モスクワ離任後は人生のかなりの期間を過ごしたバグダッド、あるいはほかの荒涼とした地獄のような場所の出張先にいるとき、わたしが死んだら息子はどうなるのかと想像する。息子が生き永らえたとしても、わたしのどんなことを覚えているのか、理解してくれるとしたら、泣いたりしたら、とあれこれ思い巡らすのだ。息子を失ったらと考えるだけでぞっとして眩暈がする。わたしはあの晩のマルタのことをよく考えることがある。そして、もしニキータがわたしの手元から見知らぬ者たちに拉致されたとしたら、どう思うのか想像してみる。しかし、それは想像もつかないことだ。

NKVD要員は、レーニナとリュドミラをシンフェローポリの未成年犯収容所に連行した。二人は国が扱いを決めるまでとどめ置かれることになる。大粛清の恐るべき論理により、「人民の敵」の家族はその異端信仰に病気のごとく汚染されたと見なされる。古いロシアのことわざに曰く。「リンゴはリンゴの木から遠くには落ちない」。それゆえ、十二歳と三歳になる二人の子供たちは父親の原罪に苦しんでいるものと見なされる。父親と同様、子供たちは党によって歴史のくずとなるべく運命づけられているのだ。

収容所は照明が悪く、尿や石炭酸石鹸、コールタール軟膏の臭いが鼻につく。レーニナが忘れられないのは、二人の詳細を書き留めた男たちの顔や、自分たちが放り込まれたうえ、わらを敷き詰めた床に自分用の場を確保するように言われた満杯状態の監房に漂う酸性の臭い、廊下に鳴り響く警備犬の高吠えである。彼女はうめき声を発する幼い妹を抱き締めながら、泣き疲れて寝入った。

ミラも母親が逮捕された夜のことを覚えている。過去を遡って最も遠くまでたどり着ける鮮明な記憶がこれである。彼女は人形を抱き、寝間着姿で立っている。兵士が彼女を押し出す。そして誰もが泣き叫んでいる。三年と十カ月の短い期間に彼女が過ごした何不自由ない家族の暮らしの中で、父親に肩車をしてもらったかすかな記憶を除けば、思い出せることは何もない。これ以降、レーニナは幼い妹の代理母となった。やにわに暗転し理解を超えた世界の中で、二人の脅える子供が身寄りもなく取り残された。

第5章 監獄

われわれ、ロシアの恐怖時代の落とし子は、忘却する力を持ち合わせていない。
ゲオルギー・イワノフ

一九九五年夏、ノヴォスロボツカヤ通りの朝は霧がかかり生暖かい。わたしは取材ノートを後ろポケットに入れ、ブチルスカヤ監獄の門に立った。入り口は美容サロンと商店に挟まれおり、場所を間違えたかと思った。しかし、通りに並び立つ殺風景なソビエト建築群の間にある黒ずんだ回廊を抜けると、奇妙な閉鎖世界があった。ブチルスカヤは巨大な要塞だ——何本かの見張り塔と銃眼付きの胸壁を備え、屋上の周囲はカラスの群れが旋回する文字どおりの要塞で、エカチェリーナ女帝によって建設された。農民反乱者エメリヤン・プガチョフをはじめ、女帝が帰化した国に捕らわれた夥しい数の犯罪者を収監するためだ。

通りの外はモスクワの夏の埃っぽい熱気が既に気温を上げている。しかし、わたしたちがアーチ付きの狭い玄関を通されると、六月の熱気はたちまちひんやりした湿っぽさに変わり、だれか別人の汗のように肌や衣類に付着する。管理棟の中でさえ、酢キャベツや安物洗剤、じっとり湿った衣類の放つ金属臭が充満している。

わたしが訪ねた監房は約十八メートル×四・五メートルの間取り。警備員がドアを開けた途端、男性の悪臭、汗と尿の混じった鼻を突く臭いが噴き出した。最初は囚人たちが来訪者を見てみようとドアのほうに群がってきたのかと思った。それから、中をのぞき込むと、彼らがドアの側から厳重に閉じた鎧戸のほうに押し寄せ、外界の窺えるわずかな隙間に密集しているのが見えた。監房は満員の地下鉄車両のようだ。二段の木製棚に寝具が備えてあり、それぞれ壁側に沿って胴体が並ぶ。腱膜瘤の足が列になって棚から突き出ている。中央のスペースも人の群れだ。下着しか身に着けていない裸体の男ばかりで、寝台に寄りかかるか、腰かけている。トランプ遊びに興じているものもいるが、横になった男たちは大半が眠っていた。残りは立ったままで身動きもできない。天井から吊した物干しロープには濡れた洗濯物がぶら下がっている。部屋の隅には汚物のあふれたちっぽけなトイレと蛇口がひとつ。室温、湿度ともかなり高いので、吸い込むのもつらい。密集した人間が放つ凄まじい臭気に、わたしは吐き気を催した。

監房に足を踏み入れると、警備員がドアから眺めていた。不文律がある、と彼は後で言った。中で暴力沙汰か殺傷事件が起こらない限り、看守は監房には決して立ち入らないのだと。

監房には百四十二人いた。いずれも目はくぼみ虚ろだ。脚部や胴にはノミに喰われた跡や傷口がある。ほぼ半数は痰の絡んだ咳や結核性の咳をする。べたつく床の上では、けんかが絶えない。自然光はない。窓は閉めたきりで、新鮮な空気を取り込む小さな通風口が二箇所あるだけだ。照明といえば、薄暗い電球が四個。それが点るのは一日十六時間だ。

わたしは二、三の囚人と手短に話してみようと試みた。しかし、胸と胸がぶつかるほど不自然な間隔で見知らぬ人物と話すのは何とも居心地が悪く、語る言葉もなかった。そのときも、それ以後も囚人を人間として見る、あるいは一般庶民と見なして接することはわたしにはできなかった。彼らは別の現実に移行してしまっているのだ。人間以下の、動物の群れに近い何かに変えられてしまったということだ。仮にそこから抜け出せても、体の一部となって永久につきまとうのではないかと思える。わたしがたとえ彼らの中に分け入ったとしても、所詮は外側に身を置いて中をのぞき込んだに過ぎない。モスクワの老朽化した侘びしい動物園の貧弱な動物に共感できないのと同様、彼らに共感を抱くことはできなかった。ロシアに記者として赴任する以前も、あるいはそれ以後でも、このときほど強烈に自分が単に足を踏み入れただけなのだと感じたことはない。

彼らの顔は人生が丸ごと内部破裂を起こし、異臭を放つ一メートルほどの居住空間に封じ込められた人間の顔だ。彼らは、監房を押し退けていくわたしを十五センチくらいの距離から凝視する。しかし、わたしが彼らの眼差しを覗き込んでも、相手が見返すのは、わたしが絶対に越えることのできない、そもそも不可能な距離からなのだ。

一九三八年初頭のあるとき、レーニナとリュドミラを撮った一枚の写真がある。レーニナは坊主頭を覆うためスカーフをかぶり、リュドミラはお下げ髪の付いた手作りの縫いぐるみをしっかりつかみ、白い綿のワンピースに帽子姿。レーニナは額が広く優美な口元をした瞳の大きな可愛い少女。やはり坊主頭で、ニットのベストと無色のシャツを着て、丸顔の少年のように見えるリュドミラは、姉の胸に頭を傾けている。レーニナのかすかな笑みは物言いたげで、戸惑いを覚えるほど大人っぽい。両姉妹は悪夢に取りつかれ、ただならぬ面持ちだ。二人の目は子供の目ではない。写真はわたしの机の上にある。見慣れてはいるのだが、この写真を見るたび胸に込み上げてくるものを禁じ得ない。

監獄に入って最初の日の明け方、同房の子供たちがレーニナに二人の投獄理由を知りたがった。彼らはいずれも年ごろの娘たちで、多くは窃盗犯や売春婦だった。新入りが犯罪者ではなく、人民の敵の子供たちを指す「政治系」にすぎないと聞いて、彼らはレーニナをいじめ、すすり泣くのを見ては嘲笑を浴びせた。吠え立てるシェパードを連れた看守がもう一人を伴って監房のドアを開け、静かにするようにと命じた。彼らは食堂に集められ、スープ一杯を受け取るため小窓のところに整列した。レーニナが小窓から離れようとしたとき、年長グループの一人がボウルの底をはたく。スープは床にこぼれた。新入りに対する通過儀礼である。レーニナは腹を空かせたまま監房に戻った。数時間後、監獄の医師がやって来て麻疹に罹ったリュドミラを診断、直ちに監獄の病院に収容した。レーニナはいじめ集団の中にひとり取り残された。

二、三日してレーニナは日課の教練時間に妹への見舞いを許された。年長グループに取り上げられた後の食事の残りは、肉切れであれ角砂糖であれ、できるだけ取っておいてはパンツの中に隠し、リュドミラの体力維持のために渡してやるつもりだ。伯母のフェオドシャが食料の入った包みを差し入れてくれることもある。レーニナは道路を見下ろす鉄格子の窓から、紐でつないでその包みを引き上げるのだ。ミラはその紐と食料の包みを覚えている。夜中にベッドを濡らして叱られたことや姉のレーニナが四六時中泣いていたことも。

二人が監獄に送り込まれてから三週間経った十二月下旬のことである。レーニナが真夜中に目を覚ますと、監房の天井が煙に包まれている。ドアが開き、動転した看守が少女たちに中庭に出るよう命じた。年長の何人かが建物に放火し、これに紛れて脱走しようとしたためだった。看守たちに放たれた犬が運動場に誘導される少女たちに噛みついた。その夜の騒動があって以来、レーニナは今に至るも犬を怖がる。彼女らが寒さの中で震えているところへ、消防車数台が到着した。リュドミラも担架に乗せられ、監獄病院から避難するほかの子供たちとともに外に連れ出された。
監獄は一晩中燃えた。明け方までに全焼し、使い物にならなくなった。少女らは庭でも監視下に置かれ、凍え死にそうになる。荷台が空のトラックが車列を組んで到着し、子供たちを二十人ずつのグループに分けて移送し始めた。レーニナとリュドミラは最後方のグループの一台に乗った。行き先は州内でも遠隔地にある孤児院のうちのひとつだ。トラックは、幌から吹き込む寒風に震える空腹の子供たちを乗せ、ひたすら北へと走った。やっと降ろされたのはドニエプロペトロフスクの孤児配送センターだった。レーニナとリュドミラは寒さと震えで青ざめた。それは堪え難いほどだったので、話すこともできなかったことをレーニナは覚えている。彼らは広いホールに集められたが、そこは既にスペイン共和国派の子供たちで満杯だった。内戦から逃れるためソ連に疎開してきたのだ。祖国から遙か遠い地にやって来たスペインの子供たちは、地方の孤児院に割り振られるの待つ間、泣き叫び恐怖に脅えていた。

　疲れ切った担当官が新入り組の護衛から名前と年齢のリストを受け取った。彼はリュドミラにはほかの年少グループと一緒に行くように告げ、レーニナには脇にどいて順番を待つよう命じた。レーニナは跪き、護衛たちに妹を連れて行かないでと懇願し、彼らの豚革ブーツにしがみつく。必死に頼み込むその言葉を平服姿の男がドア枠に寄りかかって聞いていた。六十五年後にモスクワのアパートの台所でこの話を語り聞かせるレーニナは、難義そうに体を動かし、腕組みして台所のドアに寄りかかり、その光景を再現して見せた。その男は歩み寄り、護衛の肩にそっと手を置き、「わたしが連れて行く」と言うと、しゃがみ込んでレーニナが床から立ち上がるのを手助けした。

　男はヴェルフネ・ドニエプロフスクに新たに建設された大規模な児童施設の所長、ヤコフ・アブラモヴィチ・ミチニクだった。この施設は、路上生活の子供や未成年犯、孤児たちを千六百人を更生し、男女の新たなソビエト人に作り替えるため創設された。その晩、リュドミラと年少組に加えて十二歳のレーニナの一行はバスでその孤児院へ連れて行かれた。到着すると、子供たちはシャワーを浴び、シラミ取りの後、丸坊主にされた。寄宿棟は年齢別の割り当てだ。リュドミラは他の子供とは仕切られた廊下の隅の病室棟に入り、レーニナは妹のベッド脇に折り畳みベッドが与えられた。看護師や監督官はスペインの子供たちから靴や人形を没収し、自分たちの子供用に持ち帰った。レーニナは、スペインの子供たちが故郷の形見である大切な人形を奪われて泣きじゃくった光景を今でも夢に見る。彼らは夜通し「ママ」と泣き叫んだ。

逮捕、投獄のショックが薄れるにつれて、ヴェルフネ・ドニエプロフスクは比較的に幸せな場に変わった。食べ物はあるし、教師たちも親切だ。孤児院に収容された当初、リュドミラは砂場の湿った砂に両足を突っ込み火照る熱を冷まそうとした。数週間もしないうちに彼女の麻疹は直った。しかし、結核性関節炎に罹っていることが判明、既に免疫機能が低下していたため、症状は急速に広がった。

レーニナは毎日放課後に、地元病院の感染症病棟に収用された幼い妹を見舞った。リュドミラは椅子の上に立ち、窓から身を乗り出して手を振り、姉と話す。ある日、レーニナがやって来ると、リュドミラは目を赤くして黙りこくっている。仲良しだったスペイン人のファアン、隣のベッドに寝ていた「ファアンチク」が夜中に連れ出され、どこに消えてしまったのかだれも教えてくれないのだ。看護師がレーニナに話したところでは、ファアンは結核で死んだという。リュドミラが入院したとき病棟にいた十八人の子供は一人残らず、次々と死んでいった。生き延びたのはわたしの母親一人だけだった。

レーニナはモスクワの親類に手紙を出すことができなかった。住所を思い出せなかったからだ。仮に思い出せたとしても、親類が人民の敵の子供たちをあえて救おうとすることなど無理な話だった。彼女はシンフェローポリの伯母フェオドシャに手紙を書いたが、伯母は来なかった。とはいえ、伯母は妹マルタの消息を伝えてきた。彼女の説明によると、マルタはカザフスタンと呼ばれる地域に送られ、カルラーグ、すなわち矯正収容所という名の囚人キャンプに収容された。その住所は郵便箱の番号だった。レーニナは孤児院から地元の学校まで毎日約五キロの道のりを歩いて通う。自由時間には教師たちの家の床洗いをし、それと引き換えにタマネギ、薫製のブタ脂身数きれ、砂糖、リンゴをもらい受けた。砂糖とリンゴは入院中のリュドミラに届けるのだ。しかし、タマネギは手元に置く。十個たまると、小さな小包に収める。彼女は茶色の紙包みに慎重にカザフスタンの郵便番号を書き入れた。雑用をさらにこなして切手代を稼ぎ、孤児院から送った。数カ月後、マルタから返事が届いた。娘に小包への謝礼を述べていたが、タマネギをひとつずつ紙に包まなかったのは「浅はか」だと書いていた。実のところ、タマネギは凍りつき、腐ってしまったのだという。とは言うものの、彼女はリュドミラの安否を気遣い、回復を願った。早めに二人を引き取りに行きたいとも約束した。戦争が終わるまでに、レーニナが母親から便りを受け取るのはこれが最後となった。

わたしの母親には、子供のころおもちゃと遊んだ記憶がない。例外はチェルニゴフから持ってきたテディ・ベアだが、これも児童監獄でなくしてしまった。ヴェルフネ・ドニエプロフスクで撮った写真の人形は撮影者の小道具だ。撮影が済んだら持っていくことはできないと言われて、リュドミラが泣き出したことをレーニナは覚えている。

リュドミラは絵を描くことには夢中だった。しかし、彼女が言うには「才能の持ち合わせ」はまるでなかった。病気をしたにもかかわらず、非常に早い時期から読むことを覚え、すぐに孤児院の図書室で借りた本を病室に持ち込んでは、長時間独りぼっちで読書にふける日々を過ごすようになる。数々の本、そして言葉に包み込まれた素晴らしい世界が友だちの代わりをしてくれた。彼女が潑剌とした自分の心に作り上げた空想の人生を生きる術を学んだのは、幼少期を中断させた病院内でのことであり、それも数ヵ月にわたって無為を強いられた期間中のことだったのである。プーシキンの物語に登場する不思議で陰鬱な森、アラビアの千夜一夜物語にあるバグダッドの寝静まった家々の上空を飛ぶ魔法の絨毯、船乗りシンドバッドが遭遇した驚きの怪物たち、そしてイワン・ビリビンが挿絵を手がけたロシア古来の雄々しい騎士と魔法使い——これらは彼女が子供時代の想像の世界に逃げ込む場であった。いつかは旅するより良き場がどこか遠くにあると知ればこそ、彼女を取り巻く過酷にして愛のかけらもない、消毒液の臭い漂う世界も以前よりは耐えられる。大人の女となって不自由な両脚がやっと治癒した後も、もうひとつ魅惑の人生があるという力強い展望——そして人生とは努力と純粋な意志の力で勝ち取れるのだという意識——が彼女から消えることは決してなかった。

レーニナは孤児院である夢を見た。白いブラウスに青年ピオネール団の赤いタイを付けている。子供たちの何人かが彼女に向かって叫ぶ。「あなたのお父さんよ！　やつらがあなたのお父さんを連れ出している！」。彼女は外に走り出し、ライフル銃を持つ三人の男に引き連れられた父を背後から見る。彼らは孤児院の端にあたる大河ドニエプルの切り立った土手まで父を連行した。父がその端で長い間立ち尽くす。その姿を眺めるレーニナは金縛りに遭って凍りつく。男三人はそれから父に対して無言のまま銃を発射する。父は倒れ、土手を転がり落ちた。レーニナが父の夢を見たのは後にも先にもこれきりだった。

一九三八年が年の瀬を迎えるころ、リュドミラは幼稚園に通えるほどに回復した。しかし入退院は繰り返し、細胞組織をどんどん削り取る粗っぽい手術を重ねた。右脚の骨が結核のために腐っていったのだ。彼女は重々しく脚を引きずりながら歩いた。とは言え、快活にして利発であり、姉思いの子だった。孤児院は思い出をたどれる唯一の世界。彼女はそこである種の幸せをつかんだのである。

レーニナにとってはもっと厳しいものだった。それ以前の暮らしが彼女を悩ませ始めたからだ。教師たちからは両親が「人民の敵」であり、処罰を受けていると聞かされた。そうした話は忘れようとしたはずだ。教室に肖像画が掛かっているスターリン叔父さんは児童たちを今も見守っている。レーニナは子供たちと一緒に歌った。「ありがとう、同志スターリン、わたしたちの幸せな子供時代に」。しかし、愛する父と再び会える可能性に疑念を抱くことなど依然としてなかった。教師たちが「明るい未来」について語れば、レーニナは父との再会を思い描いた。

ウクライナ東部のステップ地帯は平坦で、これといった特徴もない。世界全体の大きさに匹敵するほどの巨大な空が広がる大地である。夏になるとレーニナは子供たちとドニエプル川のほとりによく出かけ、ゆったりと流れる広大な川で水浴びをしたり、泥だらけの土手から這うようにして川に滑り込んだりしたものだ。孤児院生活の厳格なリズムはレーニナに内省の余地を与えなかった。同じように親を失った子供たちが数百人もいる中で、ビビコフ姉妹はほかの大多数と比べればまだ恵まれていた。二人は少なくとも互いに手を携える相手がいたからだ。

しかし、姉妹がヴェルフネ・ドニエプロフスクで見いだした平穏も、今度ばかりは木っ端みじんに打ち砕かれた。

一九四一年の夏、レーニナは十六歳、リュドミラは七歳である。リュドミラは新学期の開始を待ち遠しく思っている。レーニナはのりの利いたおしゃれな制服が自慢の青年ピオネール団上級メンバーだ。朝はたいていパレードがある。様々な学級の児童が整列し、耳障りな録音のソ連国歌に合わせてソ連国旗が旗用ポールに掲揚される中、年長の子供二人が儀仗兵役を務める。レーニナと子供たちが大型のベークライト・ラジオの前に恭しく座り、ソ連国営放送の児童向け番組で進歩をうたう演説や説教に耳を傾けることもある。その後、大人たちはドイツがフランスや英国に対して引き起こした戦争に関する夜のニュースをこっそりと聞く。しかし戦乱は遠隔の地の出来事であり、退廃的な資本主義世界が自閉的になったがゆえの断末魔に思える。ソ連とドイツは二年前に不可侵条約を結んでいる。戦争はドニエプル平原から遙かかなたのよそ事なのだ。

うだるような夏だった。ステップの風が乾燥した畑から舞い上がる砂ぼこりの雲に吹き込み、孤児院の建物や運動場の樹木を微粒子の茶色い幕で覆った。ドイツ軍がソ連・ポーランド国境に集結した際も、子供たちにとっては焼けつくような日々の生活はふだんと変わることなく続いた。

その後、一九四一年六月二十二日になってヒトラーはバルバロッサ作戦という暗号名の奇襲攻撃をかけ、たちまちソビエトの抵抗を粉砕した。姉妹には全く与り知らないところで、技師だった叔父イサークはパイロットとなったが、開戦から数日後に、戦闘機ポリカルポフの操縦席で作戦行動中に白ロシア〔現ベラルーシ〕上空で撃墜され、死亡した。ドイツ軍進撃に先立ち空域掃討に出た、戦闘機メッサーシュミットの大群に裏をかかれ撃破されたのだ。叔父の埋葬地はおろか、埋葬されたのかどうかさえついぞ家族はつかめなかった。

レーニナとリュドミラは、ドイツ軍侵攻のニュースを数日後になって初めていかめしい教師たちから聞いた。彼らは既にラジオで聞いていた。赤軍が英雄的に侵略者を撃退しつつあるという発表だった。それは事実に反する。十日後にはミンスクは陥落した。六月二十七日までにドイツ軍二個師団がソ連領内約三百二十キロの地点まで進撃した。モスクワまで三分の一の距離だ。八月二十一日までにドイツ軍はモスクワ－レニングラード間の鉄道線を突破。パンツァー師団はウクライナの小麦畑を貫いて快進撃を続け、スターリングラードやコーカサスの油田地帯に迫った。

キエフは九月二十六日に陥落した。数日後、遠くからの砲声が風に乗って東方に運ばれ、ヴェルフネ・ドニエプロフスクで聞こえるようになった。レーニナの授業中にトラック数台がやって来て年長組の孤児たちを塹壕掘りに動員した。児童たちは本を置いてできるだけ速やかにトラックに乗るよう命じられた。レーニナはすぐに戻れるし、夕食の時間にだって間に合うと思った。妹は年少組の学級にいたが、姉が出て行く姿は見なかった。

レーニナがヴェルフネ・ドニエプロフスクに戻ることはなかった。塹壕掘りの児童分遣隊は市の郊外に連れて行かれ、そこで数日間黒土を掘っては取っ手四個付きのトレイに運び上げた。手押し車の代わりにロシア人が使う道具だ。数日後、ドイツ軍の進撃に伴い彼らは東方に後退を始める。眠れるときには寝た。慌てて疎開した工場の床に置いたずだ袋の上で、あるいは掘り出したばかりの柔らかい土の上で。ドイツ軍の攻勢が迫る前に日中は塹壕を掘り、夜は歩いて戻る毎日だ。孤児院に戻れるはずもないし、後に残したリュドミラやほかの子供たちの消息も知りようがない。

リュドミラ自身はこの後の出来事をほとんど覚えていない。彼女の当時の記憶はレーニナのそれが鮮明なのに対して曖昧なようだ。レーニナはその話を戦後になって聞いた。ひとりは、年長組が塹壕掘りに駆り出された日に雑用係で後に残った級友から。もうひとりは、またも孤児院所長のヤコフ・ミチニクからだった。彼は友人であり恩人ともなった人である。

十月初め、前線がヴェルフネ・ドニエプロフスクに近づくとともに、孤児院や病院にいた子供たちは取り残された。使える移動手段はすべて動員されていた。爆撃が迫ってきたのに伴い、最後に残った職員は移動可能な唯一のルート――孤児院の敷地の端を通るステップの大河――を通って子供たちを避難させることを決めた。孤児院の所長は、馬で引っ張りながら河川を走るようにつくられた、大型の艀《はしけ》二つを地元の集団農場から徴発した。残る四十人の子供たちをここに乗せた。それから、暮れなずみ、砲撃が空に閃光を放つころに、残った職員六人が子供たちを満載した艀を川面に浮かべ、水流がこれをとらえて闇の中へと運び去るまで、竿を使って押し出した。

第6章 戦争

死ね。しかし、退いてはならぬ。
ヨシフ・スターリン

艀はドニエプル川の緩やかな流れに乗って一晩中漂流した。明け方、川の東岸にある村の近くに乗り上げた。地元の農民たちはまだ手押し車や馬を持っている。孤児院の所長は子供たちを乗せてくれるよう話をつけ、ザポロージエを走る線路の端に一番近いところまで運んでもらった。ドイツ軍の侵攻が迫り、町が騒然とする中、ミチニクは地元当局に面倒を見てもらうため子供たちを預けた。子供たちはほかには見当たらない——戦争を生き延び、レーニナがそうしたように、大人として好奇心と感謝の念を持ってここにやって来た数人を除けば。ザポロージエで子供たちは、ドイツ軍が進撃する前に逃げ出す人々で大混乱となった途方もない規模の流れに加わった。

一九四一年秋から冬にかけて、赤軍が退却した混乱の最中に避難したときのリュドミラ自身の記憶は途切れ途切れに表れる風景である。覚えているのは、高い窓辺に立ち、平坦な景色を眺め渡したこと。遠くで白い巨大な閃光を放ちながら爆弾が落下するのを見つめ、床板を通して振動を感じたことだ。雨模様のある秋の日、ぬかるみ道の端をほかの孤児たちと並んで立ち、重い足取りで前線に向かう兵士たちの果てしなく続く隊列にコップの水を差し出したことも。薄っぺらの毛布にくるまって震えながら森の中で何日も夜を過ごし、不気味な森林地帯のしじまに耳を傾けたことも思い出す。

孤児たちはひっきりなしに移動した。サーチライトを浴び爆弾が襲った夜も何度かあった。ある日、がっしりした農作業用の馬車に乗ってほかの子供たちと一緒に旅したことをリュドミラは覚えている。それぞれが小枝を手にしていた。轟音をたてて上空を飛ぶ航空機から身を守るカモフラージュのためだった。馬は図体が大きく鈍重だ。馬具も小枝で覆われた。これがある理由から、わたしの意識で見てとるとき最も鮮烈に残ったイメージである――ほかの子供たちに混じって馬車台に座り、願わくばドイツ軍機から守ってほしいとお守りのように小枝を握り締めるわたしの母。ボルガ地方の広漠としたステップ地帯へと東に向かって去っていく幼い子。身動きもできない独りぼっちの脅えた子。

子供たちは段階的に奥へ奥へとロシアの後背地に疎開した。移動手段が途絶えれば、身元を引き受け、安全な場所へ連れて行ってくれる人を待ちながら、数日間あるいは数週間も過ごした。スターリングラード西方のどこかで、一行はステップを埋め尽くす人と機械の流れに阻まれ、立ち往生した。リュドミラは雪に閉ざされた村で最も過酷な冬の数カ月間を過ごした。納屋からくすねた干しトウモロコシを嚙みしめ、地元の子供たちと食べ物争いをしながら。一九四二年の早春、だれかが窮状にあえぐ小集団を思い出し、一行をボルガ川にほど近い集団農場に連れて行った。ミラは静まり返った肌寒い森でベリーをあさったり、パンの耳と引き換えに農婦の床磨きを手伝ったことを思い出す。

どういうわけか、戦争のちょっとした奇跡だろう、ドイツ第六軍団がスターリングラードに進撃を開始したまさにそのときに、だれかがとびきり豪華な大型の米スチュードベーカー社製トラックに子供たち用の空きを何とかして見つけた。それで子供たちを町まで運び、ドイツ軍が攻め入るわずか数日前にボルガ川にたどり着いた。その日は赤軍の地雷工兵が橋を幾つも爆破した一九四二年八月二十三日の直後だったはずだ。というのは、リュドミラがほかの孤児たちとともに、避難民で船縁《べり》まで一杯になった鋼鉄製の荷船に乗ってボルガを渡ったのを覚えているからだ。あちこちで爆破された橋の桁が信じ難い角度で川に突っ込んでいるのが見えた。町にある学校や公共施設のどこの窓にも、包帯を巻いた負傷兵でひしめいていた。その光景がリュドミラにとっては最も鮮烈な当時の記憶のひとつになった――「兵隊たちはそこに突っ立っていた。全員が包帯でぐるぐる巻きになって。本当にたくさんの兵隊が至るところの窓際にいたのよ」。

ボルガの対岸でリュドミラたちはまたも、足止めを食らった。ドイツ軍の到達前に町の防備を増強する緊急事態下でもそうだった。戦闘が始まって大混乱となった最初の数週間というもの、兵士と兵站物資を戦火の町に移送し、さらに負傷者を連れ戻すには調達可能なあらゆる輸送手段が必要だったのだ。

孤児たちはボルガ川近くの村々で寝泊まりした。リュドミラの記憶では、避難民の群衆は徒歩で彼女のいた村を通り過ぎ、力尽きては原野で眠り込んだ。納屋や農民の掘っ立て小屋に一気に押しかけ、戸口が閉まらないほどだったこともある。彼らのいびきが暗闇に不気味に響き渡り、まるで大地そのものが震えているようだった。夜間に幾度となく空襲があった。ミラは漆黒の爆弾が空中からゆっくりと降下してくる中、ステップ地帯に生える丈の高い草むらに難を逃れて駆け込んだことを覚えている。

昼夜の別なく、馬車が転がるような足取りでこの村を走り抜けていく。村はひどい傷を負った血まみれの兵士たちであふれ、手足を失ったものもいた。夜間はボルガ川が炎上する町の照り返しで赤く輝き、風が東に吹き抜けると、激戦による熱や煙を運んできた。ミラは川面に遺体やその一部が浮かんでいるのを目にした。

ミラは食べ物のことしか頭になかった。子供たちはなりふり構わず振る舞った。自力で生きていくほかはなかった。難民たちの群れに残飯をねだり、包みから小麦や大麦の茎をあさった。ミラたちは枯れ葉をかき集めては粉々にし、道端で見つけた吸い殻のタバコと混ぜた。それをマホルカ（兵士向けの粗悪な刻みタバコ）として、毎日村を通っていく部隊の兵士に売りつけ、角砂糖やパンの塊に換えた。兵士は平たいモンゴル系の顔立ちが多かった。彼らは最寄りの駅頭から日中は行軍し、夜は道端で睡眠をとり、はるばるシベリアからやってきた。そして、容赦なく町に流入する人の波になだれ込んだのだ。

それから半世紀して、わたしは作戦行動中のロシア軍を自ら目撃した。チェチェン共和国のグローズヌイ北方の郊外でロシア軍の前線に立つと、強力な砲撃の嵐が頭上でうなりを上げ、反政府勢力の町がわれわれの周辺で火を噴いた。中心部は苦味のある硝煙に覆われてよく見えない。周辺一帯は度重なる砲撃を浴びて砕けたビルのがれきである。戦闘爆撃機スホイが金切り声を上げ、低空から速攻で一分おきに五百キロ爆弾を発射。それは恐るべき見事さで標的に命中し、轟音を発して爆発した。その音は町を丸ごと叩き落とすに足るほど強力に思われた。爆撃が圧倒的なので、肉体的な存在であるかのように感じる。わたしの足元で巨大なドアが地中の奥深くでズシンと閉まったように轟いたのだ。

わたしは砂だらけの地面を掘り抜いた塹壕でロシア人兵士と数日間過ごし、廃虚と化した家屋につくった野営キャンプでいびきをかく徴集兵たちと並んで寝た。兵士の顔は硝煙と粉塵にまみれている。

彼らは悪態をついてはささいな喧嘩をし、ちょっとした冗談にも騒々しく笑う。ある晩、一緒に缶詰牛肉を食べたときのことだ。若い軍曹が、シューと音を立てる圧力式灯油ランプがともった部屋越しに、手榴弾を投げてよこした。ピンが外れていて、安全用の取っ手はなかった。一瞬、訳も分からず小さな鋼鉄製タマゴに目をこらすと、爆笑が起きた。それは模型だった。

兵士たちは危険と戦争とで正気を失った若者にすぎない。しかし、われわれがパトロールに出かけ、壊れたガラスや崩れたれんがの山を抜けて、家から家へとばたばたと踏み込むときは、戦闘中の歩兵たちが皆そうであるように、無言で緊張している。彼らの手法というのは、発砲を受けるまで前進し、そこで狙撃手を見定めては砲撃で応戦、それから前進基地にできるだけ足早に引き返すというものだ。ロシアの砲手に酔っ払いはいないこと、あるいは一斉射撃の射程は短く定めていることを祈りながら。それはスターリングラードの市街戦以来、ほとんど変わらない戦術だった。われわれが夜、ねぐらに落ち着くと、若い兵士たちが豚皮の長靴を蹴り上げて脱ぎ、靴下の代わりに足に巻き付けた布をほどいてから、毛皮の帽子を間に合わせの枕にする。外ではほかの部隊が攻撃を受けている。われわれは多弾頭ロケット発射台の激しい咆哮がコンクリートの床を通して鳴り響くのを感じた。ろうそくの燃え残りや、兵士たちが胸ポケットに入れて、厚紙フィルター付きのパピロス（タバコ）に火を付けるときに使う木製のマッチ箱に至るまで、この光景は彼らの祖父たちが経験した戦争のときからずっと続いてきたものかもしれない。

今日では、スターリングラード周辺のステップ地帯は人気《ひとけ》もなく、しんと静まり返っている。集団農場の畑は見渡す限り広がり、曲がりくねった畝をつくって耕され、半ば廃虚と化した丸太小屋や細長いコンクリート製の納屋が点在している。大河の遠い岸辺は霧に隠れ、灰色をした緩やかな水流が大きく波打ち、岸辺に打ち寄せてはくだける。巨大な平原と揺れ動く樹木とが、無数の人間をこの地に引き連れ、砂土に流血をもたらした不可解な大動乱について、沈思黙考しているかのように見える。

わたしがスターリングラードから改名したボルゴグラードを訪れたのは、一九九九年の冬であった。重苦しく、魂を打ちのめすほど精彩を欠いている。それが風景に低く垂れ込めた冬空の如く、鬱陶しい薄汚れた降雪のように町を覆っていた。ほかの地方にもある僻地と気が滅入るほどよく似ている。そこでは苦味を加えて濃縮加工した現実が、塩漬けの瓶詰めに入ったピクルスのように、精神を萎めてしまうのだ。

熾烈な戦闘を繰り広げた舞台であるスターリングラード西部の、一部人手を加えた低い丘ママーエフ・クルガンの上に母なるロシアの記念碑が建っている。巨大な剣を振りかざし、復讐、すなわち勝利を呼びかける女性をかたどった、高さ八十四メートルもあるコンクリート製の彫像である。腕も大腿部も力強い若き女性だ。半ば振り向いた姿で子供たちに後に続くよう肩越しに呼びかけている。彼女こそは復讐に燃える女神としてのロシアであり、彼女の権利として、子供たちに対し信じ難い犠牲を求めてやまない、生気みなぎる自然の力としてのロシアなのだ。

一九四二年の冬が終わり、ドイツ軍の進撃がスターリングラードの廃虚の中で行き詰まったころ、当局は迷子の子供たちを一網打尽にして、ボルガ上流域のクイビシェフ（現サマラ）に向け北上するトラックに次々と詰め込んだ。ミラもほかの子供たちと同様に捕まった。彼女はさらに北へと向かう、寒くてすし詰めの列車を覚えている。数千人の子供たちを乗せて、ウラル山脈のふもとにあるペルミに近いソリカムスクの、大規模な孤児収容所に向かう列車だった。

ソリカムスクは戦争に翻弄された人々の世界だった。町全体が官僚の筆先ひとつによって孤児たちであふれてしまったように見えた。その地はリュドミラの呼び方によれば「オオカミの法律」、すなわち生き残りのため相争う子供たちに支配されていた。年長の子供が年下の子に言いつけて昼食時のスープから十グラムの肉片を長めの半ズボンに隠し、台所から出る際に渡すよう仕向けた。年下の子が断れば、「暗闇に押し込む」仕儀となる。毛布をかぶせて殴りつけるのだ。昼食は三つの組に分かれて交代で取った。最年少組が最初で、先生方は子供たちが自分の肉を食べ、年長組に渡すため隠したりしないよう見回った。リュドミラはほかの子供たちと一緒にステップの草を集め、塩をかけて食べた。それは子供たちの体が欲するビタミン補給をし、くる病を免れるには役立った。ミラの胃袋は空腹のため膨れ上がり、足は杖のようにやせ細った。

　思いやりを感じるときはあった。村の学校で教師が、五十グラムのちっぽけなパンを食べないで孤児のために残しておくように、と児童に言ったのだ。とはいえ、村人たちも飢餓同然で、クロハツカダイコンや極小のジャガイモで食いつないでいた。ウラルの短い成育シーズンに栽培できる作物はこれしかなかった。

　一九四三年の夏が来ると、ソリカムスクの子供たちは数百人の群れを成して、町周辺にある沼地と森林の荒涼としたタイガに出かけた。負傷した兵士たちのためにベリーを採るためだ。ミラはタイガの厚いコケに隠れた湿地帯の深い水たまりに落ち込むのが恐かった。あるときの探検では二十五キロも森に分け入り、村人たちが採り尽くしていないベリーのある場所を見つけなければならなかった。ミラはわずか九歳だったが、帰り道では子供たちの大群衆を率いた。不自由な足をひきずりながらも先頭を歩き、「若きピオネール〔共産少年団員〕」の歌を歌った。山ほどのベリーを抱えて孤児院にたどり着くと、ミラの目は肉体的なストレスから深紅色に充血していた。ソリカムスクでのオオカミの法律は彼女にひとつのこと——身体的な弱者が生き抜く唯一の方法とは、人格という純然たる力によって他者の先を行く道を見いだすことである——を教えた。

ドニエプロペトロフスクは一週間の戦闘の後、陥落した。レーニナと年長の孤児たちは彼女の妹や数百万の難民らと同様、徒歩なり馬車やトラックに乗るかして東方に向かった。レーニナの勤労分遣隊が立ち寄るところはどこでも、新たな塹壕や戦車の落とし穴を掘った。

一九四二年の九月上旬、レーニナはスタブロポリ地方にいた。ドイツ軍進撃による最遠到達ラインのすぐ先に位置する。ヒトラーは四百八十キロ北のスターリングラードの戦闘に投入可能な兵力をすべて動員するまで、カフカスとバクー油田への進撃停止を命じていた。レーニナは十数人の年上の子供たちとともに、ある村と隣接の集団農場に置き去りにされた。

レーニナは農場ではさほど役には立たなかった。両手が採掘作業で擦り切れてただれ、今は痛みを伴い、菌に感染していた。農場労働者のひとりが、レーニナにとっては収穫期の仕事となった馬の操り方や、畑で獲れた作物を満載した馬車の引き方を教えてくれた。村の女たちのひとりはアルメニア人だったが、レーニナが彼女の別荘の木製床を石炭酸石鹸の塊とナイフを使って磨き、家の周りの雑用をこなせば、余分な食料をくれた。その女性からは床削りのため切れの悪いナイフを渡されていた。レーニナは話しながら、台所のテーブルの上で親指とほかの指を曲げて、女がくれた短くて切れの悪いナイフの大きさを示した。そして、自分の包帯をした手を熱い石鹸水に浸す格好をしてみせた。

レーニナが床を磨き、その女性が家族の食事をこしらえるときは、おしゃべりをした。女性はモスクワから疎開してきたのだと言った。レーニナも身の上話をして、モスクワの親類との付き合いを聞かせた。主婦がある提案を持ちかけた。市場に出す干し果物を持って彼女の娘と一緒にモスクワに行く気があるのなら、列車の切符を買ってくれるというのだ。戦争のため切符は国内移動用旅券にモスクワに住民登録したスタンプがある市民にしか売られていない。リュドミラとも離ればなれとなってしまった今、家族を捜すことに必死のレーニナは同意した。一週間後、女性の娘とともに、乾燥アプリコットを目いっぱい詰めて膨らむスーツケース八個を二個一組にして布きれで結わえて担ぎ、モスクワ行き列車に場所を確保した。戦闘を避けるためボルガ盆地のはるか東方に迂回して首都に向かった。

クルスキー駅ではアルメニア人のいとこたちが出迎え、レーニナからスーツケースを引き取った。彼らは手を振って別れを告げ、地下鉄のほうに消えた。レーニナはクラスナヤ・プレスニャ通りまでの道を歩き、記憶をたよりに祖母の古いアパートを見つけた。そこはもぬけの殻だった。しかし、四年前に最後に訪ねたときのレーニナを覚えている隣人が何人かいて、祖母といとこの疎開先を教えてくれた。レーニナの伯父ヤコフが暮らしている場所の電話番号を探し出し、街頭の公衆電話に出向いて連絡した。一時間後、ヤコフが空軍参謀の車で駆け付け、レーニナをタガンスカヤ広場近くのアパートに連れて行った。

ヤコフはビビコフの長兄で、情熱的な眼差しやカリスマ性を持ち、女好きなところはボリスと共通している。年を取ってがっしりした体格になり、二重あごに変わったが、一九六九年の引退時の公式写真には誇らしい男が写っており、中将の制服を着た胸には叙勲メダルをいくつも付けている。その姿は祖国に誇りを抱く従僕に見える。

ヤコフはボリスと同じく学業に優れ、革命に触発され、革命が象徴するすべてを体現した。そして根っからのボリシェビキとなった。弟が党内で出世したのに対し、ヤコフは創設間もないソ連空軍に入った。ビビコフが一九三七年に逮捕されたとき、ヤコフは少将になっており、内戦時の英雄で太平洋岸に近いハバロフスクに本部を置く極東軍管区司令官も務めた、ワシーリー・ブルチェル元帥の下で奉職していた。一九三八年十月になると、粛清は既に軍部に及びつつあった。トロツキー派の古くからの盟友であったブルチェルは政治の風向きには敏感だった。彼は副官三人を呼び出し、説明は一切せずに即刻モスクワに向かうよう命じた。ヤコフは直ちに帰宅し、荷造りを止めもせず、身重の妻ワルワラに対し西に向かう次の列車に乗れと伝えた。

ブルチェルは数日後、逮捕され、ルビャンカでNKVD取調官の手により死亡した。ワルワラは列車内で出産したが、モスクワに向かったことにより、家族は粛清をめぐる入り組んだ官僚制の中で首尾よく消えうせた。人民の敵とされた無辜の家族が数百万人も逮捕されながら、党指導部の一部が一番身近な親族の投獄を免れたのは、スターリンの奇妙な論理であった。スターリン体制下の外相ヴャチェスラフ・モロトフの妻は収容所に送られた。独裁者の個人的秘書だったアレクサンドル・ポスクレビシェフの妻は射殺された。「われわれは新しい奥さんを見つけてやる」。スターリンはこの秘書に平然と告げた。

こうしてヤコフは生き延び、一九四二年までに既に中将に昇進した。彼は高級将校向けの瀟洒な建物の大型アパートで暮らしていた。ワルワラと幼い子は新参者にはすげなかった。彼らの反応はおそらく理にかなっていた。処刑され汚名を負わされた党員の娘に居場所を提供すれば、自分たちを恐るべき危険にさらす。それにもかかわらず、ヤコフは姪を置いてやろうと言い張った。ワルワラは家の雑用には臨時の助けになるとしぶしぶ受け入れた。レーニナは一種の無給小間使いになったが、少なくとも快適だったし、親族と一緒になれた。ヤコフはレーニナに叔父イサークの死を告げた。ビビコフやマルタの消息はわからないとも言った。そして、彼らの身に降りかかったことはだれにも言ってはならない、と厳しく釘を刺した。売国奴の兄であるヤコフ自身を同様の運命から救ったのは幸運、それと戦争にほかならなかった。

レーニナは避難の大混乱の中でどのようにしてリュドミラとはぐれてしまったのかを一家に説明した。ワルワラは卑劣にも、妹とまた会えるなんて根拠のない望みは持たないほうがいいとレーニナに言った。

ヤコフはレーニナに、モスクワ北部の郊外にあるホジンスコエ飛行場の無線オペレーターとしての職を確保した。そこでは試験パイロットたちが新型戦闘機ヤクを飛行させるのだ。戦闘機はイサークがかつて勤務したディナモ工場や、ヤコフが軍用調達を担当したラヴォチキン建設局の生産ラインから出来上がってきたばかりのものだ。レーニナは仕事をうまくこなし、パイロットからも好かれた。彼らは試験飛行中に無線電波を通じてレーニナとデュエットを歌ったりした。レーニナは最期のときまで、自分のコールサイン――22305――を覚えていて、もうとっくに忘れているとだれかがほのめかすと憤然としたものだ。彼女は「わたしのコールサインを忘れるくらいなら、それより先に自分の名前を忘れているわよ」と冗談を飛ばした。夜になると、レーニナは伯父の助けを借りて、リュドミラに関する情報を求める申請書を書き、ソ連の孤児問題を管轄する教育人民委員部に直接届けた。しかし、情報は全くなかった。

レーニナはそれからの二年をヤコフ家と過ごした。ヴェルフネ・ドニエプロフスクでの歳月と同じく、ここもある種の平穏があった。ヒトラーの第六軍団がスターリングラードで包囲され、壊滅した後、戦争の潮目が変わり、赤軍が西方への進撃を開始していた。

戦闘がポーランド領内に移り、連合軍がノルマンディーに上陸した一九四四年の夏、ヤコフがレーニナにある仕事を持ってきた。やはり将軍の地位にあるヤコフの同僚が耳にしたところでは、包囲されたレニングラードから数千人の市民とともに避難した際に連絡が取れなくなった将軍の息子が、ウラル地方にある難民となった子女の収容施設にいるというのだ。レーニナの任務は必要書類を携えて施設に飛び、その子をモスクワに連れて帰ることだ。

一週間後、レーニナは連合国支援によって貸与された米国のダグラス輸送機のロシア人乗員とともに、モロトフ（現ペルミ）への軍用便に乗り込んだ。空軍の制服を着込み、パイロット用の帽子を頭の後ろで粋に止めた。彼女が飛行機に搭乗したのは初めてだった。

ペルミでは、ヤコフの親友である地元機体製造工場の工場長が二人用座席の付いた古い戦闘機ポリカルポフを用意していた。レーニナを施設まで乗せ、将軍の息子を連れ帰るためだ。施設の名前はソリカムスクだった。

年季の入った小型のポリカルポフは激しく揺れながら町郊外の仮設飛行場に着陸した。レーニナは若いパイロットと一緒に、泥まみれの街路を抜けて町一番の児童養護施設を訪ねた。そこは低い壁で囲まれ、豪華な装飾の付いた革命前の赤レンガ建築だった。遊び場ではぼろぼろの服をまとった子供たち数百人が走りまわっていた。レーニナが門を通り、建物の玄関に近づいたとき、足の不自由な子が彼女のほうに向かって走ってくるのに気づいた。

「タク・ツェ・モヤ・セストラ・リナ！」とその子がウクライナ語で叫んだ。「あれはわたしの姉さん、リナよ！」

リュドミラは歯がなかった。腹は飢餓のため膨れ上がっていた。レーニナが跪いて妹を抱きかかえると、リュドミラは泣き出し、食べ物をねだった。

「イスチ・ホーチェ！　イスチ・ホーチェ！」――「食べ物が欲しい」と。

レーニナは言葉が出なかった。パイロットは何が起きたのか飲み込めず、あっけにとられてこの光景を眺めた。彼はすすり泣く姉妹を引き離すこともできず、二人とも建物の中に押し込め、施設の所長室に入った。

所長は女性で、レーニナが妹を見つけたと話すと、わっと泣き出した。彼女はレーニナが救出に来た四歳の男児を引き渡したが、ここで一同は悩ましい問題で数時間も待たなければならなかった。パイロットがペルミの上官に電話し、モスクワに連絡を取ってリュドミラを連れ戻す許可を取り付けてもらえないかと要請したためだ。だれかがヤコフを電話で捕まえ――戦時下のロシアでは至難の業である――彼が手を回した。許可が下りた。レーニナは機内の狙撃手席に座り、嘔吐する子供二人を膝上に押し込んでペルミに戻った。

一行は機体製造工場の工場長の同僚のところに泊めてもらった。彼は共同住宅のワンルーム住まいだった。レーニナは子供たちが夜中に起き出してはトイレに行くのに気づいた。彼女は朝方、共同台所から聞こえる激しい怒りの物音で目が覚めた。子供たちは鳥肉とライスがたっぷり入った大型鍋も含め、隣人たちの食料戸棚にあったものすべてを平らげてしまったのだ。モスクワ行きの輸送機に乗り継ぐため飛行場に向かったときでさえ、リュドミラと男児は下痢によるひどい発作を起こした。栄養失調の体が贅沢すぎる食べ物を受け付けなかったのだ。

モスクワに戻ったものの、ヤコフのアパートに病気の子供部屋はなかった。しかし、ダニロフスキー修道院にある、難民化した党員の子弟向け施設にリュドミラを送る手はずは確認した。食料はすべて米国から届いた連合国支援によるもので、想像しがたい豪華さだった。キャンベル社製の缶詰トマト・スープ、コンビーフ、ツナ、濃縮ミルクがあった。中でも一番印象的だったのは巨大な缶入りのハーシー社製粉末チョコレートだ。ミラにはそれがとても美しかったので、今でも頭から離れないほどだ。ブリキ缶のふたを開けると、金色のホイルが貼ってあり、ミラは病院の調理師たちがうやうやしく切り開くのを眺めたものだ。焦げ茶色のチョコレートに埋まっているのは分量を量れるベークライトのスプーンだ。包装が完璧にデザインされているのを見て、リュドミラは驚嘆の念を禁じ得なかった。そして使い捨てスプーンというアイデアは全く理解を超えていた。こんな缶入りチョコレートが届くのは、夢に現れる魔法の別世界からだけだろうとミラには思えるのだった。

第7章 ミラ

我らは生まれた、
お伽噺を現実にするために、時と天空を超えゆくために、
スターリンは我らに授けてくれた、
腕の代わりに鋼の翼を、心臓の代わりに燃えたぎるエンジンを。
「飛行士の行進」一九三〇年代の流行歌

ミラの体は結核症のため依然変形していたものの、たちまち体重が増えた。彼女はダニロフスキー修道院で六カ月過ごし、米国で子供向けに出版された大判カラー刷りのコミックをむさぼり読んだ。十歳になっていた。生き延びたのだ。

一九四五年の春、ミラはモスクワから郊外電車エレクトリチカで短時間の距離にあるマラホフカの疾患児童の特別ホームに移された。そこで彼女は本格的に回復し始めた。腹部は飢餓の影響でまだ膨らんでいたし——「ミラの鼻よりもっと突き出ていた」とレーニナは回想する——左脚はやせ細っていた。しかし、彼女は底なしに快活で、庭で歌を口ずさんだり、ほかの子供たちとけんけん遊びをした。食べ物を確認する当番も買って出た。台所に立って、調理師が大きな缶の米国製コンビーフを開

けるのを注視し、一グラムたりともスープから漏れないよう確認するのだ。素晴らしい米国の食べ物なのにもかかわらず、ミラから飢餓による心理的な傷跡が消えることはなかった。「子供時代の空腹感は一生付きまとうの」とわたしに話した。「本当の満腹感が得られることも決して二度とないのよ」

結局のところ、大飢饉や粛清、戦争を生き抜いた世代の中で、レーニナとミラは幸運に恵まれたと言えるだろう。二人は生き残り、互いに相手を失うこともなかった。周りを見渡せば、多くを失った人々がいるのだ。われわれには生き延びたことが信じ難く思えるほど衝撃的な経験をしながら、姉妹が引き裂かれることもなかったのは、おそらくその幸運のためだろう。一緒にいたスペインの子供たちが死んだとき、ミラは生きていた。レーニナの場合は数千人の子供たちが決してかなわなかった全くの偶然により、妹を発見した。これは感謝してもし切れないほどだ。

加えて、レーニナとリュドミラが生き残ったのは、子供に備わった生来の回復力、刻一刻を生きる能力と何らかの関係があることも疑う余地がない。広い世界には目もくれず、二人は今すぐここでという状況即応型により自らの生を生きた。これが恐らくは絶望と闘う最も強力な武器となったのだ。少なくともミラに関して言えば、彼女が失い、ぼんやり霞んだおぼろげな幼少時の記憶の中に埋もれた過去に対して、これを守る巨大な防護柵としての無知があった——これが監獄や孤児院の現実を当然のこととし、耐えるべきことであっても、少なくとも悲嘆はせず、あるいは納得できるものとしたのである。ミラは肉体的にも精神的にも傷を負ったが、破綻を来したわけではない。ハーシー社製のチョコレートやコンビーフは彼女の体を癒やした。気力は申し分なく、世界に立ち向かう用意が整った。

リュドミラがソリカムスクから戻った直後、アレクサンドル・ワシンと名乗る戦車部隊の若い大尉がタガンスカヤ広場にあるビビコフ家のアパートを訪ねた。ヤコフの妻ワルワラの甥だった。家にはレーニナがいて、遠戚の従兄を恥ずかしそうに迎え入れた。アレクサンドル——サーシャ（愛称）——は健康でハンサムな男。愛嬌のある笑みを浮かべ、大声で笑う。オリーブ・グリーンの制服で、ズボンに軟らかい士官用ブーツをきめ、肩章を付け、角刈りのブロンド髪といった姿は格好良く見える。

レーニナとサーシャは一九三七年、彼女が父の逮捕直後に初めてモスクワを訪れた際に短時間会ったことがある。サーシャはうら若き従妹がどれほど素敵になったかとジョークを飛ばした。レーニナが仕事に出かける際には、地下鉄まで見送ると提案した。半ば冗談気味に地下鉄のエスカレーターで彼女を口説き、喜ばせた。結婚したいと言ったのだ。二人は数日後に再会し、動物園に近いクラスノプレスネンスキー公園で初めてデートした。彼は公園内のカフェに誘った。レーニナがどんな店であれレストランというところに行ったのは生まれて初めてだ。サーシャが心臓発作で亡くなってから三十六年後に、同僚らが偲ぶ会を催したのは偶然にも、同じこのレストランだった。

二週間の交際期間を終え、サーシャは部隊に戻らなければならなかった。出発する前にレーニナにプロポーズした。彼女は受け入れた。

モスクワを離れて三日後、サーシャがスモレンスク西方の戦線に近づいた際、乗っていた車が対戦車地雷に触れた。彼は片足をもぎ取られ、膝のところをのこぎりで切断しなければならなかった。彼はイワノヴォにある大きな軍人用病院のひとつに治療のため送られた。そこからサーシャはレーニナに奇妙な手紙を書いた。火事に遭い、火傷をしたため外見が変わったとフィアンセに知らせ、だれか別の結婚相手を見つけるようにと伝えた。レーニナは手紙を受け取ると、伯父の元へ走った。ヤコフは手を回し、イワノヴォ行きの米ダグラス輸送機にレーニナの座席を確保した。乗員には負傷者をモスクワに連れ戻す準備を指示した。レーニナが病院を探し当て、階段を駆け上がると、下着姿のサーシャが病院の構内で松葉づえを突いて立っているのが見えた。一方の足は火傷ではなく、失われていた。レーニナは彼をモスクワに連れて帰り、三カ月後に結婚した。彼女は十九歳、彼は二十六歳だった。不思議なことに、結婚はほぼ四十年続いたのに、レーニナは彼がどちらの足を失ったのか思い出せないのである。

わたしが記憶するサーシャは図抜けた筋骨隆々の体格で、力強いあごを持ち、思い切りがよかった。豪快に笑い飛ばし、理不尽には我慢のならない態度をとった。いろいろな意味で完璧なソビエト人であり、ぶっきらぼうでも陽気な男。ソ連市民ならだれもが常にそうだったように、物事が立ち行かない事態や、目を背けたくなる状況にぶち当たったときでさえ、必ず良い側面に目を向けた。

わたしが思うに、彼はさまざまな点で年下の義妹リュドミラとは正反対だった。彼女は野心家で妥協を許さないし、自分を取り巻く世界をつくり上げようと不断の努力を重ねる。サーシャはありふれた喜び、すなわち友人や同僚への敬意、小さなアパート、拾い集めた厚板や煉瓦を材料に自分で建てたダーチャ（別荘）に満足する。魅力的な容貌の持つ力も知っている。サーシャは持ち前の男らしさが天からの授かりものであり、男性不足の状況に置かれた女性の世代とこれを分かち合うのは、自分の務めだと思っていたようだ。しかし、恐ろしく焼きもちのレーニナにしっぽを捕まれる理由はまったく与えなかった。「たぶん、あの人は浮気していたのよ」。彼女はサーシャの話になると、うなずくようにそう言っていた。「でもね、わたしが一件たりとも知っちゃいないと決めてかかっていたんだわ」

「大祖国戦争」があと数カ月で終わりを迎える時期のモスクワは、疲弊しきったも同然の町だった。

はるか西方に展開する赤軍は西側連合国に先んじるため、東プロイセンを通過しベルリンへと進撃していた。それに引き換え祖国のほうでは、女子供が戦争で破壊された国土の瓦礫の中で相も変わらぬ飢えと寒さとの戦いをしていた。彼らは前線の男たちを心配していた。ひどい知らせが伝わってくるのを恐れていたので、勝利が確実に迫ったことにはなおさら心打たれるものがあった。

街頭は制服の男であふれ、夜ともなれば真っ暗だった。街灯もほかの物資すべてと同様に配給対象だったためだ。人生は戦争終結までは中断された。だれもが生き抜くことに専念し、あえて将来のことは考えなかった。生存の日々は厚紙のちっぽけな配給券とうわさ話を軸に展開した。ワルワラと娘は食料供給がもうすぐ届くとの約束にすがって街頭の行列に何時間も立った。レーニナは四六時中飢えを訴える可愛い妹リュドミラのために、幾つもの産院を回って何とかミルクを入手した。夜はレーニナとサーシャが大型ラジオの傍に座り、ドイツ語の響きをもつ地名でのソビエトの勝利をよどみなく伝えるアナウンサーに耳を傾けた。二人はそれを当然と感じ、うれしく思った。

ホジンスコエ飛行場で働く多くの女友達が恋人たちを失ったのと違って、レーニナは身勝手なことながら幸せだった。サーシャは生きていたのだ。若いカップルはゲルツェン通りにある革命前のマンションの地下に小さなアパートをあてがわれた。狭苦しく、窓は壁の高いところにあった。しかし、レーニナにとっては少女時代から初めて手にした家だ。新しい小さな家族のために快適にしようと決心した。

台所はレーニナの王国になった。食料は愛の通貨だ。ゲルツェン通りに面したちっぽけなストーブで料理をつくり始めて一生涯のときが経過した後、わたしがフルンゼンスカヤ河岸通りの伯母の台所に腰を下ろすと、彼女はサーシャのために初めて料理を習ったときと同じ食事——酸っぱいキャベツスープ、エンドウ豆スープ、ビーフカツ、そしてフライドポテト——をつくってくれた。わたしが食べていると、じっと見詰め感謝の表情を浮かべる。レーニナとわたしの母にとって、食べ物と幸せとは密接に結びついているものなのだ。

一九四五年一月、リュドミラ十一歳の誕生日の直前だ。彼女はマラホフカの児童養護ホームから退院しても大丈夫なほど回復したと見なされた。しかし、ゲルツェン通りに面したレーニナの一部屋だけのアパートにゆとりはない。レーニナは既に最初の子を身ごもっており、サーシャの妹タマラが台所で折り畳み式ベッドを使って寝ている。レーニナは伯母のワルワラに電話したが、リュドミラを引き受けてはもらえなかった。誰からの電話かと聞く夫に、ワルワラは言った。「電話口にいるのはもうひとりのたかり屋だよ」と。そこでサーシャはリュドミラのために、モスクワから四十キロの郊外にあるサルティコフカの児童養護施設を世話した。リュドミラは段ボール製のスーツケースひとつに米国赤十字から届いた衣類や児童図書、それに人形ひとつを詰めて出かけた。

サルティコフカはのどかで眠気を催すようなところだ。一九八八年、わたしは母と連れだって、けだるいある夏の日の昼下がり、ここを訪ねた。母が子供時代によく利用したように、わたしたちはクルスキー駅からエレクトリチカに乗った。サルティコフカ駅のプラットホームは細長いコンクリートがたった一本。列車が金属音を発してシラカバの森に切り込む狭い渓谷を下っていくと、辺りに響くのは鳥のさえずりと遠くから聞こえるエンジンの回転音だけだ。

「全く何も変わってないわ」。腕を組んで歩き出すと、母が言った。村に走る通りはひとつしかなく、舗装もされていない。木造の家々は緑色かくすんだ黄色のペンキで塗られ、今にも倒れそうだ。通りの突き当たりに孤児院の門があった。バラバラに傾く柵が幾つもの菜園を仕切っていて、ひときわ大きく伸びるヒマワリや鬱蒼と生えるジャスミンの茂みが家並みを半分覆い隠していた。

母が幼年時代の大半を過ごした孤児院の古い建物は森の外れにあった。在籍中の孤児たちが夏季キャンプに出かけていたので、構内はもぬけの殻だ。子供たちが出払ってしまうと、児童施設の持つ物憂げな印象が漂う。それは陽気さも組織化される雰囲気であり、子供の抱える孤独感の切実さである。

とはいえ、ミラはサルティコフカでは幸せだった。彼女が記憶する限り、ほかのどこでもそうだったように。彼女は初めて通常の学校に通い、そこが気に入った。病院のベッドでは無為の時間を強いられたが、そこでの数年間が彼女に読書の楽しみを教えた。レーニナはヤコフの書斎から小説を送り届け、ミラはむさぼるように読んだ。女性校長は厳格で献身的、昔の学校の教師たちは正しいロシア語文法やプーシキンの作品を生徒に教え込む。日曜日には兵士がやって来て、大型軍用トラックで子供たちを近くの映画館に連れて行く。

ミラは年配の農婦の膝に何時間も座っていたのを覚えている。農婦は風呂場のかまどをたき付けながら、子供たちの髪を梳いてシラミを取るのだ。教師のひとり、マリア・ニコラエヴナ・ハルラモワは自分の時間を割き、数時間もわたしの母にロシア文学と歴史を講じてくれた。

母と二人でマリア・ニコラエヴナの家のドアをノックすると、彼女はすぐに母と気づき、突然泣き出した。

「ミーロチカ！　あなたなのよね？」。二人が抱き合っているとき、彼女は何度もそう繰り返した。マリア・ニコラエヴナはわたしたちをお茶と手作りのジャムでもてなしてくれた。それから、わたしたちが台所のテーブルに座ると、彼女は古い書類の束を探し回り、リュドミラに関するものを保存した地元新聞の切り抜き――モスクワ大学入学のニュース、卒業に際して首席に相当する「赤の証書」を受賞したニュース――の入った小さな封筒を取り出した。

「あなたのことはとても自慢だったのよ！」とマリア・ニコラエヴナはつぶやき、老いた母親のような満足しきった表情を浮かべ、いまにも壊れそうなテーブル越しにかつての優等生を見つめた。「あなたのことは何もかも誇りだったわ」

ミラは一時期、数カ月ほどサルティコフカを離れ、モスクワ中心部のボトキン病院で脚部と臀部のつらい手術に耐えた。幼少時の結核症がもたらした変形により、片足がもう一方より十六センチも短かったのだ。ミラが十五歳になったとき、ボトキンの外科医たちは骨を切断し、重しを加えて脚が長くなるようにしなければならなかった。

病棟の息詰まる静寂さからサルティコフカの喧騒に戻ることを許されると、ミラはゲームやグループ活動に身を投じた。彼女はいつもリーダーであり、青年ピオネールの「活動家」であった。ガール・スカウト、あるいはガール・ガイド連盟の共産主義版リーダーで、白いシャツにはその地位を示す特別のバッジを付けていた。「腕の代わりに鋼の翼を、心臓の代わりに燃えたぎるエンジンを」。心をかき立てる当時の歌はそう歌う。ミラは体が不自由でも理想に燃えて生きようと必死だった。

ミラは物おじせず、才気煥発だった。どちらも学校でさえ危険な振る舞いだった。戦争が終わって間もないある日、『ピオネールスカヤ・プラウダ』（影響力のある党機関紙の子供向け新聞）の論説欄を読む必修クラスで、教師が新しい反米的な言辞を朗読した。ミラは通例のピオネール式で——肘を机につけたまま、指を天井に向けて突き立てる——手を挙げ質問した。

「でも、アメリカ人は戦争中、わたしたちを大いに助けてくれたのではありませんか？」とミラ。

教師はびっくりして、ミラを直ちに校長に突き出した。校長は急きょドゥルジナ会議を招集した。党員集会の小型版ともいうべき生徒による非公式な裁判である。従順に集まった級友たちはミラに対し、政治教育には思慮深く臨むべきだと宣告し、正式に問責を加えた。ミラがこうした偽善者たちの裁判に立たされたのはこれだけではなかった。

その当時でさえ、不自由な小さな体には燃え立つ意思が宿っていた。彼女は後に将来の夫、すなわちわたしの父に宛てて、ソ連生活の現実と妥協したり、受け入れることはできないと書き送っている。「暮らしに求めたいのは、わたしの信条の強さを実際に見せてほしいということです」と。「ぜひとも、そうしたい。そうしたい。そうしたい」。同時代の人々が最も切望したのは、何とか暮らしをしのぎ、持てるもので最善を尽くすことだった。そうした世界で、ミラは自らの意思こそが世界に打ち勝てると信じた。詩人エウゲニー・エフトゥシェンコは、彼やミラの世代のアンチヒーローを「同志コンプロミス・コンプロミソヴィチ」と呼んだ。百万の小さなコンプロミス（妥協）を重ねて、ソ連生活の偽善と失望に折り合いを付けて生きる男女諸氏に、冷笑的な賛辞を込めたのだ。ミラはそうした部類の人間ではなかった。

不自由な脚にもかかわらず、ミラは縄跳びの学級チャンピオンになった。彼女はサルティコフカでクラスのためにシラミ取りやハイキング、合唱会、けんけん遊びゲームを催した。ゲルツェン通りに姉を訪ねたときは、町内会のけんけん遊び選手権に参加し、近所の子供たちとアスファルト上にチョークで幾つもますを描いたりした。リュドミラはほとんどいつも、勝者になった。片腕を折り、ギプス包帯を付けて競技に出なければならないときも一度あったが、そのときでさえ、優勝した。

一九四五年五月九日、戦勝のニュースがラジオを通じて厳かに伝えられた。レーニナはディナモ工場でラジオの発表を聞いた。彼女はこのうえない安堵を覚えたのと同時に、凄まじい疲労を感じたことを記憶している。数日後、環状道路ザラトエ・カリツォ（黄金の環）に向かうドイツ軍捕虜のパレードがあり、レーニナはゲルツェン通りの端まで出かけ、直に敵を見た。群衆は無言のまま見つめた。彼女はドイツ軍捕虜の長靴や革ひもの発する強烈な臭いに気づいた。捕虜たちは整然と無表情に歩いた。彼らの後には、ファシストの存在による悪影響を洗い流すため道路に放水するトラックの列が続いた。捕虜たちがよしんば本国に帰還できるとしても、十人に一人もいないだろう。

ヤコフは間取りの大きな、もっと瀟洒なアパートに家族と引っ越した。ドイツから略奪された戦利品のメルセデスを手に入れた。本来ならドイツ各地のロケット研究所を解体し、そっくりモスクワのラヴォーチキン設計局に持ち帰ることに専念する出張中のことだ。メルセデスは大型で馬力のある黒光りする車で、目もくらむ最高級の車種である。ヤコフはモスクワ中を乗り回し、若い女性たちを乗せた。この気晴らしは結局ワルワラの知るところとなり、嫉妬で気も狂わんばかりに逆上させた。捕虜のドイツ人科学者を従えた、発足間もないソ連のロケット計画の長としてヤコフが新しい職務に就いたことで、家族に特権の世界をもたらした。一家はその世界を貧しい親族とはなかなか共有しようとはしなかった。レーニナとミラにとっては、戦時の耐乏時代を引きずる単調な暮らしが戦後数年間は続いた。しかし、紙に書いた派手なスローガンや横断幕にあふれた華やかなパレードがたくさんあり、大きな誇りと達成感がみなぎっていた。胸にメダルを幾つも並べたサーシャと一緒に誕生間もないナディアを伴って散歩に出ると、レーニナはようやく幼少時代の残がいから抜け出たように思えた。

ボリス・ビビコフは「交信の権利はく奪の刑期十年」とする公式の判決によれば、一九四七年六月に釈放されるはずだった。収容所生活と戦争を生き延びた可能性は乏しかったにもかかわらず、レーニナはビビコフが帰還するものと望みをつないだ。

ビビコフ一家は生き延びてきた時代が去った後でさえ、ソビエト体制が本質的には高潔にして公正なのだという素朴な信念を捨てなかった。大粛清の犠牲者に関わる数千万人の親族たちと同様、愛する人は不当な扱いに苦しんだのであり、それは例外的なことだったと一家は信じた。ボリスの母親ソフィアが内務省に書簡を送り、息子の消息を尋ねたときも、正義は最後に勝つとの揺るぎない信念を抱いていた。数年間、何の音沙汰もなかったが、それでもその信念は変わらなかった。しかし、ビビコフ釈放の日が来ても知らせは全くなかった。

一九四八年の冬、二番目の子をはらんだレーニナは、ロシア中央部のカルーガから三十二キロほどの村に住むサーシャの母親プラスコヴィアの元に数カ月間、身を寄せた。そこは新鮮な牛乳が豊富で、村の女性たちがレーニナが出産するまで幼少のナディアの面倒を見てくれるのだ。サーシャはモスクワで法律の勉強をしている。自分で修理したオンボロ自転車とともに毎週土曜の夜にカルーガ行きの列車に乗り、村まで（片足で）自転車をこぎ、家族と一日過ごす。夕方になると自転車で引き返しモスクワ行きの列車に飛び乗るのだ。

ある日、サーシャがKarLag〔カルラーグ、カラガンダ強制収容所の略〕の消印が付いた手紙を持ってきた。封筒はなく代わりに三角形に畳んで中に押し込んである。それが当時のやり方だ。手紙はマルタからだった。そこには、前年の春に収容所から釈放されたが、今は「行政的監禁」下に置かれ収容所近くに住んでいるとある。彼女にはヴィクトルという名の赤ん坊の男の子がいた。その子の父親は聖職者で、収容所では彼の命を救ってやったことがあるという。しかし、聖職者は既に釈放され、シベリアのアルタイ地方に住む自分の家族の元へ去って行った。

マルタは続ける。今はカザフスタンをすぐにも離れる許可が出るのを待っているところだが、国内旅券がないので行き先をどこにしようか思いめぐらせていると。詳しい説明はないが、言わんとすることはレーニナには分かる――マルタの移動書類は政治犯と明記され、居住地域も主要都市へは百一キロ以上近づいてはならないのだ。レーニナの暮らすモスクワの小さなアパートには取って置きの小部屋がある。サーシャの母親プラスコヴィアは言い張った。レーニナはマルタをモスクワに連れて来ることができるよう手を尽くさなければならないと。レーニナは母親に手紙を書き、百一キロ制限は無視し、できるだけ早く首都に来て一緒に暮らそうと伝えた。サーシャは翌日、モスクワから手紙を投函した。

機関車が黒煙と蒸気を噴き上げながらゆっくりとクルスキー駅に入ってきた。車両不足のため列車は客車の代わりに畜牛用車両をつないでいる。マルタは書類が足りずセミパラチンスク発の普通列車の切符を買おうとしても断られた。そこで彼女自身のような旅券のない生ける流木を満載した臨時列車でやって来た。出発に際して、到着予定を知らせる短い電報を娘宛に打った。列車はみすぼらしい乗客の奔流を吐き出した。その大半は五日間の旅で疲労困憊し、なおかつ異臭を放つ元受刑者だ。

レーニナの今でも変わらぬ母親の記憶とは、おしゃれな党幹部夫人としての出で立ちだ。それが今はどうだろう、プラットホームによろめきながら降り立ったマルタは女の浮浪者同然だ。不潔で惨め、身にまとっているのは詰め物が入った受刑者用の黒い上着だ。衣類をくるむ汚れた包みを除けば、手荷物は何一つない。彼女は独りぼっちだった。

二番目の子を宿し、かなり身重となった娘がよたよた近づいてくるのを見て、マルタはかすかにほほ笑んだ。二人は抱き合って泣いた。レーニナは、母親の赤ちゃんはどうなったのか聞いた。「えっ、死んだわよ」とマルタは興味なさそうに答え、出口に向かう群集に分け入った。二人は無言のまま地下鉄に乗った。バリカドナヤ通りに着くと、レーニナは母親を連れて動物園近くの公衆浴場に直行し、体をきれいに洗い流し、シラミも取り除いてもらった。

その晩、レーニナ、サーシャ、夫妻の娘ナディアの住むゲルツェン通りのアパート地階の家に落ち着いたものの、マルタはある種のショックで呆然としたらしい。夫妻が彼女のためにしつらえたベッドは柔らか過ぎる、孫娘の泣き声がうるさ過ぎると文句を言う。夜が更けるころ、レーニナは涙を浮かべ、サーシャが慰めた。マルタが寝つけず、台所にゆっくり入っていったのだ。

翌日、レーニナは郊外電車に乗ってサルティコフカに出向き、リュドミラを連れてきた。娘二人がゲルツェン通りに到着すると、マルタはアパートの玄関脇で今や遅しと待っていた。アパートは長い廊下の一番奥にある。マルタが年下の娘を最初に見たときの姿は、ホールの端に立つ手足の不自由な影法師だった。マルタはリュドミラの名を叫び、少女が体を傾けながら走り寄って来るとうめき声を上げた。リュドミラはそのおぞましい嗚咽を終生忘れなかった——最後に見た自分の娘はぽっちゃりとした幸せなよちよち歩きの子だったのに、十一年も生き別れとなり、再会したときは、脚を引きずるやせ衰えた十四歳の少女を目のあたりにした、嗚咽であった。

マルタは泣きながらリュドミラを長い間抱き締めた。今、その再会を思い返すミラは、当時どんな思いを抱いたのか少しでもたどろうとして頭を振った。全く覚えがないのだ。「たぶん、彼女を抱いた。たぶん『お母さん』と言った。でも、思い出せないの」

ミラにとって「母」という言葉は抽象概念に過ぎなくなっていた。幼少時代に過ごした孤児院の世界にその言葉が入り込む余地はなかった。母親が逮捕されたときの夜の光景とかすかな父親の思い出を除けば、両親に関する記憶は全く持ち合わせていないのである。レーニナが母親の生存と無事を知らせたとき、すぐにカルラーグの母親宛に律義な手紙を書いたことはある。しかし、手紙にしたためた変わらぬ愛の保証といっても、本当は単なるつくりごとだった。ミラは本の知識を除けば、実際の母親がいかなるものなのか、あるいは母親についていかなる感情を持つべきなのか全く分からなかったのだ。

サルティコフカに戻るため午後遅く席を立ったとき、リュドミラに込み上げてきた感情とは、マルタが昔つくってくれた豪勢な食事に対する感謝の念だった。何年か経った後、彼女はフィアンセに書き送った。自分の母親が生きていると初めて聞いたときは涙したのだが、涙は弱さの印だからと必死に堪えたのだと。

マルタはリュドミラに対しては真の母親についぞなれなかった。一九三七年十二月に断ち切られた絆が修復されることはなかった。ミラはレーニナのアパートにたびたびやって来たが、マルタの気の滅入る態度と怒りの暴発にはたちまち耐えられなくなる。マルタがモスクワに来て数カ月もすると、訪問は義理立ての習慣に変わった。週末はマルタとレーニナがサルティコフカに出かけることが多い。レーニナは妹を孤児院から散歩に誘い出す。マルタは公式には依然として人並みには扱われていないため、村にある池のそばで娘たちを待つことになる。彼女らは散歩に出てはおしゃべりをした。マルタは買ったり自分でつくったりした菓子やビスケットを差し入れし、ミラはそれを施設の子供に分け与える。

リュドミラは「犬が餌をくれる人を愛する」ように母親を愛した。イスタンブールのわたしの自宅である夏の晩に、そう話したことがある。「わたしは党やスターリン、人民といったものは理解していた。でも、『母』という言葉は意味がさっぱり分からなかったのよ」

母親が存命ではあるけれど、リュドミラは心の中では相変わらず孤児のままだった。しかし、リュドミラ自身が母親となるずっと前から、母性という強迫観念に取りつかれ、自分ではいかなるタイプの母親になるのだろうかと思い詰めていた。彼女は将来わたしの父親となる相手に宛てた手紙で、まだ生まれてもいない赤ん坊のことや、マルタが経験したように自分が子供を失うことへのおぞましい恐れについて、頻繁に書き送るのである。

「両腕に小さな男の子、わたしたちの息子を抱いて歩いた夢を一晩中見ました」とミラは一九六四年にわたしの父親宛に書いている。「この子はとてもおとなしく優しいのよ。でも道路は歩きにくくて長かったわ。起伏があって地下の迷宮に入っていくの。この子を連れ歩くのは本当に大変でしたが、こんな素晴らしい命あるものを置き去りするなんてできませんでした。この子にあるすべてがあなたのものです。声や鼻、髪の毛、指までもが。訳あってモホヴァヤ通りのモスクワ国立大学の古い建物に赴くと、年配の男性が群集から優秀な子供を選んでいるところでした。わたしの子はその一人になりました。みんな自分たちの子供が選ばれて幸せでしたが、わたしは激しく泣きました。あの子を返してくれるとは思わなかったからです」

ミラはわたしたちが誕生する以前でさえ、自分の子供たちを守るために必要なものを全身で体現していた。しかし、彼女の母親マルタは時折、自らの理不尽な憎悪に駆られるように見えた。ミラがやったことか言ったことなのか何かに苛立ち、マルタは娘につらく当たり「孤児院の役立たず」と吐き捨てたことも一度ならずあった。ヒステリーを起こすとレニーナを「ユダヤ人のがき」と呼び、思いつく限り最も卑劣な監獄言葉で罵倒する始末だ。またあるときは狂乱状態に陥って、自己憐憫と親愛の情を示し、涙をほとばしらせて娘たちにつかみかかった。

マルタは収容所で発狂していた。カザフスタンから帰還後の振る舞いから見れば、それは極めて明白と思われる。しかし当時は、精神医学については一般的に恐れられていたし、無知でもあったので、だれも彼女に治療が必要だとは考えなかった。それで家族は彼女の抱える自己嫌悪の精神障害に黙って耐えた。「精神科医はわたしたちにとってはＮＫＶＤよりひどかった」とレーニナは言う。マルタには悪意に満ちた連鎖がたえずあった。収容所での生活が、現世への憤怒を制御不能な力に変えてしまったのだ。

父親に拒絶されたうえ、さらに妹を遺棄したマルタは、今度は自分の娘たちを拒絶した。あたかも彼女は、身のまわりに憎悪を振りまき、愛と希望を絶ちきることにより、自分をひどく残酷に扱った世間に対し何らかの形で復讐できるものと思ったかのようである。何か内面の屈折的な感情に突き動かされて、周囲に悪意の世界をつくり出そうとしているように見える。

けれども、同時に見事なほど寛容の心あふれた行いをすることもできた。辛酸をなめ尽くす境遇にあって示した、かつての立派な負けじ魂である。一九七一年にわたしが生まれたとき、マルタはミラに祝福の手紙を送り、わたしのために銀行口座を開設したと伝えた。地元教区の司祭に昼食をつくって得た収入を、その口座にきちんと預金するというのだ。一九七六年、彼女がわたしたちを訪ねたときは、預金通帳を携えてきてミラに見せた。それは一種の和解のための贈り物であり、彼女の娘が体験した、愛が不在であった幼少時代への償いであった。マルタが他界したとき、レーニナはその通帳を見つけることができなかったので、マルタのウクライナ人親族が盗んだのではないかと疑った。しかし、わたしはマルタが来る日も来る日もストーブのそばに立ってカツレツやスープをつくり、わずか数週間しか会わなかったロンドンの娘を思いつつ、重い体を引きずって郵便局まで出向いては、自分の小銭を孫のために預金する姿を思うのだ。

リュドミラは母親に取りついた悪霊の修羅場を免れ、週末だけ会った。レーニナは運が悪かった。彼女はたっぷりある母乳をゲルツェン通りの向かい側にある孤児病院に提供し、数ルーブル程度の臨時収入を得た。マルタにはその病院で調理する仕事を世話してやった。そうすることで、一日の大半は彼女を家から追い出しておけるわけだ。しかし、夜になると、彼女は台所で腰をおろし、自分の娘に対して悪し様に小言をつぶやく。マルタはレーニナに対して嫌みたっぷりに、「将軍様ではなく半端者」とどうして結婚したのだと尋ねる。サーシャとレーニナには、お互いに別れたらどうかと説き伏せたりもする。サーシャを公然と誘惑し、凄まじい諍いを引き起こした。マルタがナイフを振りかざしてレーニナに襲いかかったことも何度かある。一度はレーニナが母親の指を折ってしまった。狂乱状態の取っ組み合いで母親を抑えつけようとしたときのことだ。その結果、レーニナが大切にしていた食器セットは半分がたたき割られてしまった。夜はマルタがすすり泣き、こんなにも惨めな境遇をもたらしたビビコフは「裏切りの馬鹿者め」と呪うのだ。そして、ビビコフとはもう二度と会いたくはないし、死んでくれたほうがいいと言った。

「わたしたちはどんなことにも耐え忍んだ」とレーニナは振り返る。「でも、彼女はどれほどの血を食らったことか！　わたしたちが苦しみ抜いたおかげで生き延びたのよ」

マルタがそれまでの十年をどのように過ごしたのか。その物語が浮かび上がるには数カ月を要した。その間にも様々な物語が冷笑的な言葉とともに、吐き出されてくるのだった。マルタは逮捕されてから数週間後に有罪を宣告された。彼女は取り調べを受けた際に、ある種の神経衰弱にかかり、夫の罪状も含め言われるがまま何でも自白した。受けた判決は「反ソビエト活動への従犯者」のかどで十年の重労働だった。マルタら数百人の女性受刑者は畜牛用トラックに乗せられ、鉄道の途切れるカザフスタンの遠隔地に送られた。そこからステップ地帯を横断してセミパラチンスクの粗末なテント村施設まで連行され、粗挽きの木材と有刺鉄線を用いて自分たちの刑務所を建てる作業に就いた。

わたしの妻の家族の友人はグラーグ〔ＧＵＬＡＧ、強制収容所管理総局の略〕の囚人の息子で、かつて彼の父親がいかに収容所生活を生き延びたかについて話してくれたことがある。老いた父親が語り聞かせたのはこうだ。過去の生活は夢だったと思って忘れよ、怒りや後悔の念を打ち捨て現在に溶け込め、収容所生活の喜びを堪能せよ、暖かいストーブ、バーニャ（浴場）の石鹸、シベリアにおける淡い冬の夜明け、森の静寂、タイガ地帯でツルコケモモの群生を見つけること、同房者の小さな親切。しかし、実際にそのようにして生きるには強靱な性格、おそらくは超人的な力さえ必要だったであろう。男も女もこの試練に直面した囚人の大半はそれに負けて破壊されたのだ。

マルタが収容所生活について語ることはめったになかった。ひとつだけレーニナに話した物語があるが、あまりに残酷かつおぞましく二度と聞く気にもなれない内容だった。戦前のある秋の日のことだ。収容所の牛数頭が分娩を始めた。子牛が生まれるたびに、マルタは湯気を立てた胎盤と大網膜をバケツに集めては、外にある樽に捨てに行き、ネズミが食べないように石炭酸で覆いをかけなければならなかった。マルタは別の牛の分娩を見守るため牛舎内に入り、また外に出ると、骸骨同然の男二人がゴミ樽のそばに横たわり、悶え苦しんでいた。ほかの収容所から移ってきたばかりの受刑者だった。どちらも聖職者だった男で、息も絶え絶えだった。二人は牛舎まで這ってきて生の胎盤を口にしたのだ。マルタは一人を牛舎に引きずり込み、石炭酸の解毒剤として新鮮な牛乳を飲ませた。彼は命を取り留めた。もう一人は横たわったまま息絶えた。後に彼らが釈放されると、マルタは命を救ってやった男と一緒に暮らす。この男が、マルタのモスクワ帰還前に死んだ子供の父親だった。

その夜、最後の分娩が終わると、マルタは到着時に死んでいた受刑者の遺体収容を手伝わなければならなかった。もう一人の女と遺体を手押し車に積み、それをマルタは独りでステップを抜け、遠く離れた収容所用の埋葬地に運んだ。マルタは、ステップに生息するジャッカルが死肉の臭いを嗅ぎつけ、後を追いかけてきたとレーニナに言った。そのときの話では、マルタは自分の命を救うため遺体のうち一体を野犬どもに放り投げた。

マルタは一九四八年初頭に刑期を終えたが、帰宅は許されなかった。釈放後の彼女はまず「行政的身柄拘束」の下に置かれた。それは収容所からそう遠くない元受刑者用の村落にとどめ置くことを意味する。彼女は聖職者の名を決してレーニナには教えなかったが、この二人はカルラーグ収容所の近くにある丸太小屋で新しい暮らしを始め、小さな野菜農園の手入れをしながら、収容所職員のための雑用をこなした。

マルタは収容所の「夫」のことや、彼女がモスクワに戻る直前に死んだと話していた息子ヴィクトルについては、ほとんど話さなかった。しかし、レーニナは日頃から疑問に思っていた。聖職者がマルタを残して自分の家族の元に帰っていった後、彼女はその子を見捨て、地元の医師か孤児院に引き渡したのではないかということだ。この見立てに何か証拠を挙げたわけではないが、ただそのように思えた。「わたしの心で見抜く」こと以外に別の理由はないからだ。二〇〇七年にレーニナは、モスクワでヴィクトル・シチェルバコフと名乗る地元検察官と出くわした。しかし伯母の綿密な調査により、この男は長い間行方不明だった異父兄弟ではなく、彼女の母親と名字が同じでも赤の他人であることが分かった。八十二歳になったレーニナは数日間じっくり考えた末、一九四八年に消えた幼子ヴィクトルの追跡はもう止めると決めた。「見つけ出したからといってどうなるの。あの子はただの役立たずよね?」と彼女は問いかけた。「わたしたち全員を立派にしたボリスの血は、あの子には入っていない。彼にあるのはマルタの血よ。それはもう沢山だわ」

通常の国内旅券と違って、マルタには彼女の釈放を確認する書類と、主要都市内あるいは近接地への居住を制限する特別旅券が交付された。一九四〇年代のソ連は居住の自由に制約を受けたこうした人々であふれた——彼らは旅券に致命的なスタンプが押されたため、無権利人間《ノンパーソン》としての人生に追いやられた。

マルタにとって幸運だったのは、義理の息子サーシャが既に司法省で若手法律家として働いていたことだ。彼は書類上の抜け穴を突いて彼女を救った。マルタの姓は、収容所の文書には「シチェルバコワ」とある。ロシア語化した名字の女性形だ。しかし、出生証明書では「シチェルバク」、ウクライナ語の男性形表記だ。サーシャは地元警察署を納得させたうえ、犯罪歴も居住「制限」もない無辜の人物マルタ・シチェルバクに対する旅券を交付させた。文書上は真っ当なソビエト市民である。内面では彼女の魂はズタズタにされていた。周囲にはそのように映った。

リュドミラのいた孤児院では、子供たちの大半は十四歳で学業を終え、サルティコフカの縫製室で一年間の技術訓練を受け、その後はモスクワから約百九十キロのイワノヴォ繊維工場で裁縫師として働くか、中央アジアにある有害な化学工場に送り込まれた。リュドミラの教師たちは地元当局に対し、彼女を別の地元学校に送ってもらえまいかと請願を出した。さらに三年間勉学を重ね、大学出願ができるよう道を開いてやりたいというわけだ。許可は下りた。けれどもリュドミラは、孤児院で年下のクラスの子供何人かを教えたり、素人演劇を催したりして資金の工面をしなければならなかった。彼女が今も身につけているメリハリの利いた教授法を初めて実践したのがここだった。ちょっと怖がった英国の学生向け講義で、ロシア語動詞の奥義に触れた演習をする際は、大きな声で音節ごとに区切って指導する。講義中はでたらめ、間違いは一切許さない。しかし数年を経て、教え子たちにはその成果に思いがけない感動が込み上げてくるのだ。

スターリンが一九五三年三月五日に脳内出血で死亡しなかったとしたら、わたしの母親の人生は非常に異なったものになったであろう。独裁者の訃報は、悲嘆のあまり狂乱状態に陥ったサルティコフカの校長から子供たちにもたらされた。子供たちは全員、その知らせにわっと泣き出した。多くの孤児にとって慈愛にあふれ、口ひげをたくわえた偉大な指導者は、これまでに接した中でも真の父親に匹敵する最も身近な存在だった。レーニナはモスクワでスターリンの葬儀に詰めかけた二百万人もの群集に加わった。彼女もまたスターリンの逝去に本物の涙を流し、温和にほほ笑むこの男が自分の両親を連れ去った責任者だとは、考えることすらしなかった。

スターリンがいなくなって、リュドミラの世界は回転軸の傾きが変わった。彼女はサルティコフカの学校を首席で卒業する。満点の成績にわずかに及ばなかった。彼女は満点を逃したミスを今でも覚えている。文章中に誤ってコンマをひとつ付けて「hippopotamuses,and elephants」（カバ、とゾウ）としてしまったのだ。スターリン体制下にあっては、名門大学に人民の敵の子供が入学することなどもっての外だった。ミラは恐らくどこか地方の教員養成学校に赴任し、女性教師としての人生を送ったことだろう。

しかし今度ばかりは、レーニナは妹の文書上の汚点を大目に見てもらえるのではないかと大胆にも期待する。彼女は今、法学研究所で博士論文の校閲係として働いている。サーシャが彼女のために抜け目なく手に入れた働き口だ。彼女はモスクワ国立大学の歴史学部長と面識があり、リュドミラの入学を働きかける面談をお膳立てしてくれる知人を見つけた。彼女は幸運に恵まれた。学部長は単に親切心のある人物なのか、スターリン時代に人知れず負った傷跡の持ち主なのか。レーニナが両親の逮捕後にわが身と妹に降りかかった事の次第を説明すると、彼はたまらず泣き出した。一九五三年九月、リュドミラはソ連で最も権威ある大学に入学が認められた。専攻は歴史研究だ。大学はレーニンの丘に新たにできた広大なスターリン式建築の摩天楼――足元にモスクワ全体が広がる、社会主義世界における学問の殿堂である。合格の知らせを聞いた彼女曰く。「わたしは翼が生えたのよ」

スターリンの死は、姉妹の父親がグラーグから釈放されるかもしれないとの希望ももたらした。

一九五四年、NKVDの後身となって間もないMVD（内務省）は、ボリス・ビビコフの運命について十七年に及ぶ沈黙を破る。ビビコフの母親が新たに書き送った手紙に対して官庁用語で回答を寄せ、ビビコフは一九四四年、囚人監獄においてガンのため死亡したと伝えてきた。翌年、ソフィアはスターリンの後継者である党第一書記ニキータ・フルシチョフに嘆願書を送り、（人民の敵リストから）少なくとも名前は削除してほしいと訴えた。嘆願書は受理され、死んだ息子のファイルに収められた。

「敬愛すべきニキータ・セルゲーエヴィチ」と彼女は書く。「年老いた女性、三人の息子、三人の共産主義者の母親としてお願い申し上げます。ひとり［ヤコフ］は生き残り、われらの栄光あるソビエト軍に配属されています。ひとり［イサーク］は母なる大地防衛の大祖国戦争の前線で死亡しました。もうひとりのビビコフ、ボリス・ルヴォヴィチは一九三七年に人民の敵として逮捕され、十年の判決を受けました。彼の刑期は一九四七年に満了したはずです」

「ニキータ・セルゲーエヴィチ、わたしの息子は……わたしの思うところ、ボリスは無実です。間違いがあったのです。そう確信しています。この件は十八年が経過しましたので、問題を解決し、息子の名誉を回復していただけませんでしょうか。真相はいまだに窺えませんし、結局何が起きたのかも分かりません。わたしは党員ではありません。八十歳になりますが、息子たちについては祖国を愛し、忠実に奉仕するよう心を込めて育てました。息子たちはその知識、健康、命を至福の共産主義を目指し、地上の平和のために捧げました。偉大なる祖国の繁栄を願ってのことです……親愛なるニキータ・セルゲーエヴィチ、一共産主義者としてこの件を調査し、息子の罪が晴れれば、名誉を回復してくださるようお願いいたします。敬具。ビビコワ」

ボリス・ビビコフの一件は一九五五年に再審となった。フルシチョフの命令を受けて大粛清の犠牲者へのいわゆる名誉回復調査、法的再検討が始まる。まず着手した第一段階の一環として扱われたのである。翌年にフルシチョフは第二十回党大会での「秘密報告」でスターリンを批判する。ビビコフ事件に見直しを加える任務は膨大な官僚主義的な作業となった。ボリス・ビビコフを知る証人数十人から詳細な聞き取り調査を行い、事件に関わった一人ひとりのファイルを綿密に検討する。皮肉なことに、名誉回復の調査を収めたファイルの分量は、彼を逮捕、有罪とし、殺害するために要した七十九ページに及ぶ文書のほぼ三倍に達した。

ボリスの反革命活動容疑をめぐって聞き取り調査を受けた全員が、彼を誠実にしてひたむきな共産主義者だと言い切った。

「彼については肯定的に評価することしかできません。彼は自分のすべてを投げ打って党に、そして工場の運営に貢献し、労働者に絶大な権威をかち得たのです」とKhTZで彼を補佐したイワン・カヴィツキーは調査官に語った。「彼の反ソビエト活動のことは一切知りません――それどころか、彼は献身的な共産主義者でした」

「わたしは［ビビコフの］役職に関してはいかなる政治的逸脱も聞いたことがありません。彼は人民の敵として逮捕されたと言われていましたが、その理由はだれ一人知りませんでした」と工場の会計係レフ・ヴェショーロフが言った。

「彼が逮捕されたとき、管理部門の同志たちが驚きの表情を示したことを覚えています」とタイピストのオリガ・イルジャフスカヤが証言した。

一九五六年二月二十二日、ソビエト社会主義共和国連邦最高裁判所は、非公開審理で「機密」と記した長文の公判記録を作成、一九三七年十月十三日に軍事法廷が下した決定を覆した。簡略な通知がボリスの家族に届き、死亡証明書とともに彼の名誉回復を伝えた。「死因」欄は空白のままだった。

大学はリュドミラにとっては天国だった。彼女はモスクワ北部ソコルニキのストロミンカ通りにある住宅棟に移り、女子学生十五人との寮生活に入った。やがてレーニンの丘の広大な敷地に建つ大学本館内の部屋に引っ越す。彼女は子供時代を通じてソビエトの公共施設で過ごしてきた。人で立て込む大学の社会生活はそこそこ家族代わりとなる場だった。彼女は同世代では粒ぞろいの利発な仲間から生涯の友人をすぐさま見つけた。そのひとりはユーリー・アファナシェフ。がっしりした体格をした辛辣な歴史家仲間で、ペレストロイカ時代の指導的な知識人だ。もうひとりの同期は強い田舎なまりを持つスタブロポリの農村出身で、ミラや友人たちが素早く身につけたソビエト生活に関する洗練された皮肉というものを、一切持ち合わせていない男だ。彼はレーニナの友人ナディア・ミハイロヴナに執拗に交際を迫ったが、彼女のほうは我慢ならない田舎者と決めつけ、再三にわたって彼を袖にした。彼の名前はミハイル・セルゲーエヴィチ・ゴルバチョフ。「裕福なモスクワの商人の末裔がどうしてスタブロポリのトラック運転手と結婚できるのよ?」。ナディアはよくそんなジョークを飛ばした。

リュドミラは素晴らしいフランス語のほか、基礎ラテン語とドイツ語を学び、さらにうわべの服従と勤勉の技法を習得した。完璧なカッパープレート体で書き上げた彼女の論文は徹底ぶりと不断の努力のモデルである。ミラは、思い遣りのある社会生活に重点を置くとともに、肉体面あるいは精神面の私的生活を全く無視して彼女を育てた、ソビエト体制の申し子だ。一九五〇年代の学生生活は、講義後に半ば自発的に行うモリエール講読、自然散策、素人演劇に熱中した。しかし、イデオロギーや社会生活の制約にもかかわらず、ミラは心が浮き立つほど自由な気分で、とうとう外国における無限の文学世界に足を踏み入れた。彼女はデュマ、ユゴー、ゾラ、そしてドストエフスキー、アレクサンドル・グリンの感傷的なほとばしり、イワン・ブーニンの田園詩を読んだ。そこに、すなわち書物や音楽、演劇の中に、自分の巨大なエネルギーを注げるだけの大きさを持つ世界への私的な窓をついに見出したのだ。

リュドミラは人気者だった。彼女が情熱を傾けたもの——あるいは彼女が熱中した多くの事柄のひとつ——それはバレエだった。レーニナは彼女をボリショイ劇場に連れて行く。サーシャが義理の妹には「社会人としてのスタート」を切らせたいとかねて言い張っていたからだ。姉妹は頻繁に劇場通いをするようになる。

リュドミラとオホトヌイ・リャトに面した十九世紀の大劇場との恋物語は学生時代に芽生えた。彼女は友人たちと週に数回はボリショイに出かけ、一幕終わるたびに安い座席から割れんばかりの拍手を送る。舞台が終わると十七番ドアの外の街頭に立ち、寒さの中を寝ずの番に就く。どっさり花束を抱えて出てくるダンサーたちを出迎えるためだ。リュドミラにとって最高の友人ガーリャの兄であるワレリー・ゴロヴィツェルは、細身の繊細な若者で、彼女の一番親しい男友達だ。二人はともに熱狂的なバレエ・ファンだった。彼は素敵な容姿なのに、女の子には全く関心がなさそうに見えた。しかし、無邪気な時期があった。だれ一人、少なくともリュドミラやさほど世慣れていない女友達はワレリーを同性愛者だとは思いもよらなかった。彼が注意深くそれを隠していたのだ。

リュドミラや友人たちにとっては、観るだけでは十分ではなかった——彼らは公演に没頭し、俳優やダンサーに憧れ、台本に号泣しないではいられなかった。大戦前以来、初の外国劇団による公演となったコメディー・フランセーズの巡業公演の際は、彼らは交代でチケット入手のため売り場に並び、モリエールの『タルチュフ』からコルネイユの『ルシッド』に至るまで四十に及ぶ演目のほとんどを観劇した。天井桟敷から大声で「Vive la France!」（フランス万歳！）と叫び、毎晩花を投げ入れた。公演シーズン最後の晩は劇場の外で歓呼する群集に加わった。その群集は劇場広場から《ホテル・ナツィオナリ》まで俳優たちを追いかけた。群集の中にいたKGB要員たちはリュドミラを背後から重い長靴で蹴飛ばした。来訪中の外国人に対する見苦しい熱狂ぶりを抑えつけようとしたためだった。

翌年の映画祭にはジェラール・フィリップがモスクワ入りした。彼の世代では最も人気のあるフランス人俳優だ。リュドミラのグループは押しかけた。俳優は丁寧にロシア人ファンと言葉を交わし、また戻ってくると約束した。フィリップがフランスに帰国した後、ミラは友人たちと募金を開始、彼らの英雄にプレゼントを贈る金を集めた。友人のひとりが、漆塗り小箱の細密画で有名な村パレフ行きの列車に乗り、映画『赤と黒』でジュリアン・ソレルを演じたフィリップの肖像画を注文する。フランス共産党員のエルザ・トリオレとルイ・アラゴンが数カ月後、モスクワを訪れた際、リュドミラと友人の四人が《ホテル・モスクワ》に押しかけ——外国人の滞在先であり、KGB要員がうようよしている場所だけに大胆な行動だ——ロビーからトリオレを呼び出し、パリのジェラール・フィリップに届けてほしいプレゼントを持ってきていると説明した。訝しげに思ったが感心したトリオレは、下りてきて品物を受け取り、帰国すると依頼通りフィリップに贈り物を届けた。わずか五年前にこんなことをしでかせば、狂気の沙汰、思いも寄らない破天荒な行為である。しかし、フルシチョフ時代の雪解けがルールを変えた。リュドミラと友人たちは新たな世界の許容限度がどこまで及ぶのかぎりぎりまで試してみたのだ。

フランス共産党機関紙『ユマニテ』はソビエト市民に入手可能な唯一のフランス語新聞だ。リュドミラの友人のひとりがその紙面で、ジェラール・フィリップが文化使節として北京に滞在中、との記事を読んだ。面白半分に——危険な戯れだ——女学生たちはゴーリキー通りの中央電報局に出向き、中国への国際電話を申し込んだ。彼らは俳優がどのホテルに滞在中なのか知らない。大胆不敵な試みに感じ入った若い女性オペレーターは、中国側の担当者に市内最大のホテルにつなぐよう伝えた。

三十分後、リュドミラの友人オリガはジェラール・フィリップと話ができた。彼はパリへの帰途、モスクワに立ち寄るつもりだと言った。

ヴヌコヴォ空港では警官が制止したが、女学生たちは駐機場に突入し、タラップ周辺に群がった。フィリップはそのとき既に、南米で罹った肝炎が症状末期の状態にあった。顔色は青白く、実際の三十七歳よりかなり老けて見えた。彼はリュドミラに気づき、温かく迎えた。彼女は携えてきたスタンダールの『赤と黒』の本にサインを求めた。

「Pour Lyudmila, en souvenir du soleil de Moscow」(リュドミラへ、モスクワの太陽の思い出に)とフィリップは書いた。その本はわたしの母親の寝室の棚に今も置かれている。

ミラはモスクワ国立大学を赤の証書を受けて卒業、同期の学生では最優秀グループに入った。卒業にあたってリュドミラは大学の配属先ポストを断る危うい道を選び、自分で職探しを始めた。彼女は地下鉄のレールモントフスカヤ駅近くで中年夫婦から一部屋借り、簡易ベッドで寝泊まりした。家主は航空技師だった。リュドミラは彼らの息子の家庭教師を務め、賄い付きの下宿代を浮かせた。技師は隣人たち向けの雑用を除けば、正式な仕事を持たなかった。何らかの不興を被っているのか、ひっそり身を潜めているのだろうかとミラは思った。ソビエト体制下で定職を持たない男は無権利の人間であり、収入もなければ、子供の就学機会や労働者用の簡易食堂の利用も認められず、休暇もとれない。そうした体制のすきまで家族は糊口をしのいでいる。食事はニンジンと骨付きスープだけだ。リュドミラはソーセージを見つけたら、時間があれば行列に並んで待つ。それを家族に届けるのだ。

ハリコフ・トラクター工場時代にボリス・ビビコフと党活動を共にした、年来の同僚の妻エカチェリナ・イワノヴナ・マルキタンが、買い出しのために南ロシアから来訪し、レーニナ宅に滞在した。彼女がリュドミラに言うには、付き合いの長い友人が目下、マルクス・レーニン主義研究所の所長を務めている。共産主義創始者の遺産を研究、保存するために開設した研究所だ。彼女の名前はエウゲニア・ステパノワ。ミラが連絡を取ると、彼女は即座に調査助手の職を提示した。リュドミラは個人的にはマルクス・レーニン主義にさほど熱心なわけではない。しかし、職場はモスクワにあるうえ、知的な仕事だ。彼女は飛びついた。研究所が収集したカール・マルクスと友人で後援者のフリードリヒ・エンゲルスの著作を突き合わせ、整理編集する途方もない任務を助けること。これが仕事となるはずだが、二人の膨大な量の著作は彼女には退屈に思えた。しかし、研究所には素晴らしい図書館があるし、仕事を通してフランス語に磨きをかける機会はたっぷりある。同僚たちは知的で活気がある。外国の共産主義者や共産主義の教義に関する、ほとんど神学的な研究に従事する年長の学術関係者が頻繁に訪れる。リュドミラの出番となり、通訳し行動を共にする。それに、研究所が入っている新古典様式のささやかな宮殿の一階には、見事に食材のそろった職員食堂があるのだ。宮殿はかつてドルゴルーキー公妃が所有し、貴族会の本部として使われたこともある。もっと平等主義的な用途に供される以前のことだ。

一九九五年、わたしは老朽化したマルクス・レーニン主義研究所に偶然出くわした。研究所の廃止に伴い、まさしくマルクス主義とレーニン主義の終焉に伴い、古い宮殿は零落する。ロシア貴族の末裔たちがどうにかして建物の返還請求にこぎ着けた。しかし修復の資金がない。そのため宮殿は草木が伸び放題の庭園の中で朽ち果て、見向きもされないままポツンと建っていた。

新たに甦《よく》った貴族会が使われなくなったジムの翼一棟を借り切り、資金集めの舞踏会を催した。わたしは、父が若き外交官として一九五九年にニキータ・フルシチョフと会った際に着用した古いタキシードを着込んで出かけた。亡命もせず、革命や内戦、大粛清も何とか免れたロシア貴族の残滓たちが大勢躍り出て、ロシアの軍楽隊が奏でるマズルカやウィンナ・ワルツに合わせ、不器用な舞踊を繰り広げた。しかし、主催者側は誰ひとり覚えていない過去を手探りで追い求め、想像の中でのみ生きている伝統の復活を目指している。ゴリツィン公は灰色の合成樹脂靴を履き、話しかけている相手のロプーヒン伯爵が着ているのは擦り切れたポリエステルのスーツだ。そのかたわらで、厚化粧をした夫人たちがベネチア土産のビニール製扇で扇いでいた。

宮殿はかつては壮麗だった。しかし、数十年に及ぶ無謀なソビエト式俗物根性により、魂の抜けた迷宮に貶められた。そこは安っぽい合板の間仕切りと床仕上げ材を巻いたものが立ち並ぶ廊下なのだ。中庭を眺め渡す高く重厚な窓は、だいぶ前に塗り込められて閉まったままだ。ドアの取っ手や照明スイッチも含めて盗めるのはすべて盗まれた。

わたしは想像してみる——若く熱意にあふれた母が、初めての就職先となる研究所の所長との面接のため足を引きずりながら廊下を歩く姿を。あるいは挑戦的で弁舌のさわやかな母が、彼女の外国人とのロマンスを問責するため招集された党会議で同僚たちの悪意に直面した表情を。しかし、母はそこにはいなかった。ブンパッパ、ブンパッパと間の抜けた軍楽隊の音楽が鳴り響く中、宮殿では当時の痕跡は全く感じることはできなかった。

一九六〇年春までにリュドミラはマルクス・レーニン主義研究所の正職員となる。けれども、住宅問題の官僚主義によってギシギシ軋む車輪はゆっくり回り出す。彼女には自分のアパートを保有、あるいは未婚女性として共同アパートに一部屋間借りする資格がある。三月に、二人の子供と年老いた父親ともに暮らす同僚のクラヴァ・コンノヴァは、ついに自分たちのアパートの割り当てを受け、旧アルバート街に近いスタロコニュシェンヌイ小路《ペレウーロック》にある共同住宅の七平方メートルの小部屋から引っ越した。リュドミラはその部屋に自分の名前を張り付け、入居した。狭いが、住まいではある。彼女は二十六歳。完全に自分のものと呼べるスペースを人生で初めて手に入れた。

第8章 マーヴィン

瞳の中に 夢が……
そして残りはすべて夢の中に幕で覆われ
そして消し去られる、あたかもわたしたちが夢を理解できないかのように
そして夢そのものの深みから出て深い雲に包まれる。
あなたは素早く消え入る銅版写真、
受け止めるわたしの両手はもっとゆっくり消えてゆく。
マリア・ライナー・リルケ

わたしはいつも父の書斎に魅了された。それはロンドンのピムリコに建つ狭いヴィクトリア朝様式の住宅二階にある。わたしはこの家で育った。書斎はフランス製タバコとダージリン・ティーの香りがし、バッハのカンタータとヘンデルのオペラに満たされていた。今は小さな部屋に見える。しかし、わたしの心眼を開くと、年代物の肘掛け椅子の周りをうろつき、壁にそびえる書棚を仰ぐ七歳の身長から見れば、とてつもなく大きいのだ。マントルピースに掛かる騎兵の剣や蒸気機関車の模型コレクションは、まだ知り得ないにせよ圧倒的な男らしさを物語る。一方、望遠鏡やコンパス、家族写真、

ガラクタ類は禁断の宝庫だ。父とは離れて育ったため、十代半ばのころでさえ、父が語ろうとしない過去には興味をかき立てられていた。その過去に迫る鍵は謎の事柄と密接に結び付いているように思えた。それが書斎というわけだ。

十六歳のときに一度、無断で机の引き出しをかき漁っていた際、父の写真が何枚も入った小さな包みを見つけた。どれもわたしの知る父ではない。しかし、驚くほどクールな表情の青年は端正な六〇年代のスーツを着用し、マルコムX風のサングラスを掛けている。ある写真では太陽の降り注ぐ海岸の遊歩道をそぞろ歩いている。ほかの写真には分厚いコートを着て巨大な湖の氷上に立つ姿、中央アジアの絵になるようなバザールでスイカ売りの露店を冷やかして見て回る様子、可愛い女性たちに囲まれ海辺のレストランでくつろぎ、自信たっぷりな表情が写っている。写真の裏側にはすべていつ、どこで撮ったかを父の丁寧な書体できちんと鉛筆書きしてある。

わたしはその日の後になって父に尋ねた。父の神聖な机にちゃっかり侵入し、一九六一年にブハラやバイカル湖でどんなことをしていたのか見てしまったと打ち明けることで、たぶん父を挑発しようとしたのだ。父はかすかにほほ笑んで目をそらし――彼お気に入りの癖だ――椅子に腰を下ろした。「ああ」。父は茶漉し器からティーを注ぎながら、曖昧に答えた。「バイカル？　あそこに連れて行ったのはKGBだよ」

父は一九三二年七月、ウェールズ第二の都市スウォンジーのラム通りに面した小さなテラス・ハウスに生まれ、石炭の暖炉、暖房のないちっぽけな寝室、重い家具を詰め込んで使えない玄関脇の応接間、大声で耳障りな女たち、飲んだくれの男どもに囲まれた世界で育った。わたしは彼の育った通りを二度ほど子供時代に訪ねたが、いつも風の強い日で曇り空に霧雨が降り、街路に人通りはなかった。

わたしの想像では、スウォンジーは常に薄汚れた黄色い明かりに満たされ、それはどういうわけか有毒で、重くのしかかっている。スウォンジー湾の大きな湾曲部から吹き込む潮風が塩と油の臭いを運ぶ。街並みはモノクロ。人の皮膚の色もそうだ。重くたるんだ肌はケンネ脂《スェット》の色だ。

南ウェールズは今では寂れた地域に見える。ぶざまに成り果てて自信喪失し、不潔にして肺気腫の多い土地柄。それは辛苦と煤煙にまみれた人生が何代にもわたって続いてきたからだ。しかし、わたしの父の幼年時代はかなり異なる。スウォンジーは英国でも最も活況を呈した石炭積み出し港のひとつで、係留する大型船舶は世界でなお最強の地位にあった帝国の動脈となっていた。父が育ったのは偉大なヴィクトリア朝時代の港町が衰退期を迎えたころだ。煙を噴き上げる蒸気機関車が石炭車両を引いて行き来し、大型客船や貨物船に混じって往年の美しい帆船スクーナーが二、三隻、いまだに波止場に停泊していた。

思いめぐらせば、わたしは人生のさまざまな局面で、父が幼年時代を過ごした今は亡き世界の残響に何度か接したことがある。一九九三年、霧の夜にスロバキアの惨めな炭鉱町を車で通ったときは、石炭の煙とタマネギ炒めの臭いが立ち込める湿った夜風を吸い込んだ。レニングラード港で果てしなく並ぶ、さびついたクレーンと貨物船の間に立ち、フィンランド湾から吹き付ける身を切るような潮風に身を乗り出すと、さびかけの鉄がぶつかり金属が擦れ会って鈍い音を発していた。ウラル地方南部の工業都市チェリャビンスクに一週間滞在したときは、鉱山労働者と一緒になった。煤まみれの顔に口ひげを生やした筋骨隆々の男たちだ。彼らは決然と酒をあおり、ほとんどしゃべらない。女たちは疲れ切った表情だが、口紅を塗り付け、崩れかかったパーマを保ち、見かけが衰えないように懸命だった。こうした光景が大恐慌時代の南ウェールズについてわたしの思い描くイメージだ。想像するに、一人ひとりの享受する幸せがささやかであれ貴重なものとなる場とは、一生涯かけた重労働の対価として手にできるものなのだ。

マーヴィンの直系の家族は貧しかったが世間体はよかった。プチブル生活の最低レベルに必死にしがみつき、体面は保った。一九〇四年前後のあるとき、わたしの曽祖父アルフレッドが家族を連れて正装の肖像写真を撮りに写真屋へ行った。その写真はまさしく家族の張り詰めた状況を映し出している。銀板写真のアルフレッドは紛れもなくエドワード朝時代の家父長で、いかめしい黒のスーツ姿に金の懐中時計の鎖が見える。その息子ウィリアムと娘エセルはとりすまして写っている。息子は特大の厚めのカラーを着け、娘はハイネックの黒のドレスに黒のストッキングという出で立ちだ。しかし、妻リリアンは血の気がなく健康そうには見えない。がっしりとした椅子や強ばった家族を囲む鉢植えのハランは写真屋の小道具だが、家族の住まいにあるどれよりも豪華だ。大型の写真は手書きで色付けした高価なもので、額縁付きだ。この写真は、スウォンジーのヘイフォド地区にある小さな家で、母親と祖母とで暮らしたマーヴィンの質素な幼年時代を支配する。世間並みの暮らしから止めようもなく転落していった家族の形見のように。

わたしの父の父、ウィリアム・アルフレッド・マシューズは船倉に石炭を積み込む作業の取りまとめ役だった。船が揺れても積み込みの位置を変えないで済むようにしたのだ。船の「位置調整」と呼ばれ、控えめな方法ではあるが、熟練の要る仕事だった。汚れにまみれる労働ではある。しかし、労働者階級の社会的職階から見て少なくとも最底辺労働というわけではなかった。この仕事は、上半身裸になって膝まで炭塵につかりながら実際に石炭を掘り出す作業員のためにあったようなものだ。

ウィリアム・マシューズは野心というものを全く持たなかったようだ。人生の主たる関心事と言えば、塹壕で戦った戦友たちと労働者クラブに集まり、賃金をはたいて飲みつぶすことだった。彼は第一次世界大戦中に五回負傷した。しかし同世代の多くと同様に、それを自慢にすることもなかった。

ただ酒は強く、数々のメダルのコレクションは大切にし、戦傷者クラブの戦友たちには敬意を払った。クラブは一種の健康保険組合で、一九三二年にこの組織から安っぽい置き時計を受け取った。事務官としての軍務を表彰したもので、それはまだ父の書斎で時を刻んでいる。ドイツ軍が(フランスの)ソンムの戦いで使用した化学兵器マスタード・ガスは祖父の肺にも致命的な傷を負わせた。チェーン・スモーカーの彼はプレーヤーズ・ネイヴィー・カットを吸ってさらに肺を悪くした。

祖父はハンサムな男だった。常にきちんとした三つ揃えを着て、父親のどっしりした金の懐中時計をぶら下げている。派手な金のホルダーにソブリン金貨を飾り付けたものだ。一九六四年に祖父が死んだとき、息子に残した数少ない遺品に手帳日記があり、そこにはスウォンジーの幾つかの公園で酒落た女性たちと会った日付に印が付けてあった。

彼は息子マーヴィンを顧みず、妻リリアンとの暮らしに耐えられないでいた。息子の教育にほとんど関心を持たず、生涯に一冊も本を読まなかった。マーヴィンは父親の無教養には常に強い嫌悪感を抱いていた。マーヴィン自身が人一倍本の虫で学問好きになったのは、おそらくこれが理由かもしれない。ウィリアムは時折、息子に対し家父長的な権威を恣意的に振りかざす。自分の大事な道具はマーヴィンに貸し与えることもしない。あるいは息子には肉体的な強健さがないと小ばかにする。きっと息子のほうが自分より賢いと感じ取ったのだ。

父親のせいで味わった屈辱感はマーヴィンの生涯を通じて繰り返し立ち現れた。ロシア人のフィアンセに書き送ることになる手紙の中で、マーヴィンは何度となく父親の残酷さと身勝手に言及する。二人は幼年時代にネグレクトを経験し、それを分かち合った。そのことがマーヴィンとミラとを結び付ける強い絆となった。

「あなたのつまらない、不愉快な、屈辱にまみれた子供時代、温かさ、愛情、親切、尊敬といったものを欠いた日常、あなたの抱える屈辱感、病《やまい》、涙のすべて。わたしはそれらすべてが痛いほど分かります」とミラは一九六五年にマーヴィン宛の手紙に書く。「どんなにわたしはあなたの父親を憎んだことか。あなたが木材から自分で何かつくりたいと思ったときも、彼は自分の木製飛行機をあげようとはしなかったからです。何という忌まわしき残酷さ、ひとりの人間に対する何たる尊敬の欠如――わたしは同じことで千回も苦しみました。ですから、わたしは永遠に失われた時間を返上し、あなたに工作室を丸ごとひとつ買ってあげたかったのです。欲しいものはすべて与え、あなたの人生を豊かで幸せにするためにです」

マーヴィンはどちらかと言えば孤独な少年として育った、とわたしは思う。彼は広大な埠頭の鉄道操車場や汚れた町を取り囲む炭鉱の機械室を通り抜け、蒸気機関車に見ほれながらひとりで散策の時間を過ごすのが好きだった。日曜日になると、炭鉱の巨大なボタ山の頂上まで登り歩き、かなたにアイルランド海を望む海峡の船を眺め下ろす。ただ事ではない運命の訪れに伴って脱皮する幼い少年ならではの考え方で、彼は遠い国に旅することを夢見る。

彼は幼年時代の多くを母親リリアンや体の不自由な祖母と過ごした。家庭生活は両親の罵り合いで中断し、その諍いは父親がいつものように家を出て行くか、あるいは母親が幼いマーヴィンを連れて彼女の母親のところへ身を寄せるかして終わる。マーヴィンの母親はすぐ感情的になり、ヒステリーを起こしやすい女性だ。彼女の期待を一身に集めたのは息子だった。息子のためだけに生きたのである――そしてマーヴィンは母親の強烈な、支配する愛情からできるだけ距離を置こうと全力を注ぐことになる。後年、マーヴィンは頻繁にミラに不満を漏らした。母親は決まって大げさに言い募り、「思い遣りを忘れて老いた母親を殺すつもりか」と息子に非難を加えると。

リリアンの情緒不安定は別に驚くに当たらない。十九歳で既婚男性の子をはらみ、その傷跡をずっと引きずって生きてきた。地元の事務弁護士だった相手は子の認知を拒否した。厳格なメソジスト派の世界である南ウェールズで、非嫡出子の出産は人生の汚点となる。ウィリアム・マシューズが結婚したとき、彼女は堕落の女だった。両者の関係にたえず影響を与えた問題である。わたしの父が育てられたときは、異父兄ジャックが叔父だと思っていた。真相を知ったのは十代も後半になってからだった。

第二次世界大戦の到来は、マーヴィンの少年時代にかなりスリルに富んだ幕間《まくあい》をもたらした。父はわたし自身の子供時代に戦争中の話をよく聞かせた——闇夜につんざく爆撃機の轟音、埠頭や鉄道線が爆撃を受けた光景について。大戦勃発を受けて、マーヴィンは鉛筆で丁寧に書いた名前と住所を段ボールのスーツケースに貼り付け、同級生とともにガワー半島にある、花が一面に咲き誇るグエンドリースの牧草地帯に急いで疎開した。しかし同級生の大半はすぐに疎開先から戻る。母親たちが危険は誇張されたものだと判断したためだ。

母親たちは間違っていた。マーヴィンは一九四一年の最も激しい空襲の際に、スウォンジーにいた。激しい雷鳴のように町を襲う空襲、公園に掘り抜いたろうそくと真鍮製鉱山用ランプ付きの防空壕に駆け込んだときの興奮を彼は覚えている。

最悪の空襲のひとつが襲う直前、マーヴィンの母親は息子を連れて彼女の両親宅で一泊した。彼女がそう思い立ったのは特別の理由があったわけではない。単に自宅を出たいという強い願望にとらわれていただけだ。マーヴィンと母親が翌朝手をつないでラム通りに向かう丘のてっぺんまで来たとき、目に入ったのはドイツ軍の投下した爆弾の直撃を受けて自宅が完全に破壊された光景だ。通りの半分は煙の立ち込める煉瓦の山と化していた。隣人たちの多くがアンダーソン防空壕の中で生き埋めとなった。幼い少年ならだれでもそうだろうが、マーヴィンは恐怖を覚え、深く心に刻んだ。

父親ならわが子と遊ぶときは、例外なく自分の子供時代に立ち返るものだとわたしは思う。同様に、幼い少年ならみんな思春期を迎えて自由になるまでは、父親の情熱をともにする。わたしがロンドンで過ごした少年時代の風景には、わたしの父の青年時代の思い出が同居していた。級友たち以上にそうだったと思う。わたしはまさしく一九三〇年代の少年時代を送った。最初に読んだと記憶している本のひとつは、父の持っていた『白雪姫と七人の小人たち』だ。一九三七年にディズニー映画用に制作されたもので、赤と緑のセルロイド製レンズを嵌め込んだ段ボールのメガネをかけて見る立体画のイラスト付きだ。その後は父の古い少年向け画報誌『少年自身』の年間合冊版、複葉機が全編で活躍する分厚い冒険物、怖いクマの童話シリーズが大好きだった。わたしが八回目のクリスマスを迎えた日の朝、ヘシアン麻布で覆われた大きなスーツケースが寝室に置かれているのを見つけた。ホーンビイ社製の素晴らしい0軌間型の電動式鉄道セットで、「カーフィリー城」と呼ばれる緑の豪華な蒸気機関車が入っていた。祖父がわたしの父に一九三九年のクリスマスに用意した数少ない贈り物のひとつだ。別の年には父が少年時代に愛用したメカノ社の鉄道セットをプレゼントしてくれた。ボルトや桁を収納する引き出しや仕切りの付いた特別の木製ボックス入りで、長いソックスに半ズボン姿の少年を描いた見事なイラストの使用説明書が付いていた。わたしは屋根裏部屋の寝室で床に座って、精巧なガントリークレーンや装甲列車、「カーフィリー城」が渡るつり橋を組み立てながら、何時間もひとりで過ごすのだ。

父は時折、自分の蒸気機関車コレクションを動かす。メチルアルコールのランプで小さなボイラーに点火すると、これを動力源にパチパチ音をたてながら走り出す。わたしは熱くなったエンジン・オイルと蒸気の臭いが好きだった。週末には、一緒にイースト・エンドにドライブに出かけ、セント・キャサリン埠頭でテムズ川の艀を眺めるか、干潮時にテムズ川に現れる泥の浅瀬で土管の破片や古い時代の瓶を拾い集める。少し大きくなってからは、毎日ピムリコを抜けて夕方の長い散歩に繰り出した。目抜き通りにあるトーマス・キュビットの白い瀟洒なファサードは無視して、ターペンタインレーンを下っていく。バターシー発電所を対岸に見るテムズの大きくゆったりとした流れにたどり着く近道なのだ。ロンドンで見てきたいろいろな通りの中で、煙で黒くくすんだ煉瓦や小さな裏庭のあるターペンタインレーンが、南ウェールズの裏通りに一番似ているように見える。

父とは船舶の模型を一緒に作った。セットになった組み立て式のものではなく、廃材コンテナから集めた大きな木材の塊を掘ったのだ。マスト用の柱や帆、索具装置テークルは小型の万力、スタンレー社のナイフ、年季の入ったペンチを使ってこしらえた。父はとびきり誇らしげな表情を見せて、かわいい鉋《かんな》をくれた。それを使ってわたしは大型の優美なテムズの艀をつくり上げた。

父の少年時代に転換期が訪れたのは、自転車で倒れ骨盤を骨折したときだ。十五歳だった。骨折により、マーヴィンは珍しい骨の消耗性疾患にかかっていたことが分かる。骨盤と脆くなった右臀部を治すには牽引治療が必要と医師は診断した。マーヴィンは特別のベッドに固定されたうえ、両脚ともギプスを嵌められ、重しをぶら下げた。一回につき数時間は身動きもできない。病院の天井を仰ぎ見る以外になかった。

マーヴィンは全体で一年以上入院、その大半は苦痛の牽引治療に充てられた。ちょうど同じ時期に不自由な右脚治療のため入院していた将来の妻リュドミラと同様に、マーヴィンは本をむさぼり読んで考えることしかできなかった。成長期に身動きもとれない状態で狂おしいほど退屈な時間を過ごしたことで、二人は生涯にわたる情動不安を植え付けられた。肉体は動けないが、若々しい心は彼方までさまよい歩いた。父の深く湛えた旅への願望、ドン・キホーテ流の非現実的冒険への欲求、権威に対する軽蔑的態度、危険を厭わない性向といったものは、この時期に——自己憐憫と薄幸を受け入れるある種の才能とともに——生まれたのだとわたしは思っている。

「わたしの幼少時代はあなたの幼少時代をそっくり映し出しているように思えます。わたしの大学生活はあなたのと同じでした。わたしの考えはあなたの考え、あなたの疑念や恐怖はわたしの疑念や恐怖とぴったり一致していました」とリュドミラは一九六四年にマーヴィンに書き送った。「ある種の肉体的欠陥と同級生に対する精神的優位（スポーツでは出し抜きたいとどれほど願っていたか、でもその代わり勉強では一番だったことは覚えているでしょう？）があります——わたしたちの人生ではすべてがよく似ているし、一致しています。わたしたちの病気までもが」

マーヴィンのロシア語への関心が高じたのは入院生活が終わって間もなくだった。ブリストルより先に出かけたことのない渓谷地帯出身の少年にとって、その熱中ぶりは控えめに言っても奇抜なものだった。今、父にその後の人生を形づくることになる決断について話してほしいと頼めば、ロシア語こそ考えられる限り最も魅惑的な言葉であって、それ以外に理由はないと答えるかも知れない。ロシア語はヘイフォードで暮らす現実とは全く無関係な世界の言葉であった。

現在では、冷戦との関連を剥ぎ取ったうえで、一九四八年にロシアという国が感受性の強い生徒にどのような意味を持ったか想像してみるのは容易でない。米国では、議会の非米活動委員会が共産主義者によるハリウッド潜入への捜査に着手し、「アカ」の潜伏活動を摘発する。しかし、英国での態度は曖昧であり、とりわけスウォンジーのような労働者階級の町ではそうだった。労働組合運動と社会主義は手に手を取り合う関係にあった。スウォンジーからわずか五キロほどのロンダ渓谷では、英国共産党書記長ハリー・ポリットが下院選に出馬し、わずかの差で当選を逃したばかりだ。ウィリアム・マシューズがよく出向く戦傷者クラブには沢山の共産主義者がいたが、わずか数年前まで同盟を組んだアンクル・ジョー、すなわちスターリンが今度は敵になるとは思いもよらなかった。

しかし、失脚した首相ウィンストン・チャーチルが先頃米国のミズーリ州フルトンの演説で述べたように、欧州に「鉄のカーテン」が引かれた。ソ連はかつての同盟諸国から見れば、不気味な脅威の国に変わりつつあった。そして、原子力の科学者イーゴリ・クルチャトフが一九四九年八月二十九日、セミパラチンスク——一九三八年にマルタ・ビビコワが収容所送りとなったカザフスタンのステップ地帯にある神に見捨てられた地——でロシア初の原爆実験をしたことで、ソ連はまさしく真の抜き差しならない敵国となった。少年マーヴィンが魅力に取りつかれた文化や国というのは、どう見ても異質であった。

わたしが成長したころには、共産主義とロシアとは脅威を帯びた同義語だった。ただひとり異論を唱えたのは、重い足どりで歩くヴィッキーという名の年老いた隣人で、ロシアのことを好意的に語るのを耳にした家族以外では初めての人物だった。彼女は公営アパートの角部屋に住み、めったに風呂に入らない(けれども彼女の鼻を突く体臭は、ロシアの年配女性が放つホルモン系の大食漢の臭いとは違うことにわたしは気づいた)。ヴィッキーは時折、わたしの登下校に送り迎えをし、その道すがら大戦中にロンドンに投下された「牛乳瓶爆弾」——昔の間口の広い牛乳瓶と形状が似た焼夷弾——について面白い話を聞かせるのだ。彼女の父親が米国の補給物資をムルマンスクに運ぶ連合国軍輸送船に乗り組んだ際に、Uボートの魚雷攻撃に遭ったときの模様を話題にすることもある。彼は輸送船の機関員だった。ボイラー爆発であふれた熱湯をまず浴びてから、海を漂流し、凍えたという。その話を聞いてわたしは魅了された。わたしは父娘二人が温かい風呂に浸かることで、互いに問題を解消できると確信した。

「アカたちはね」とヴィッキーは甲高い下町訛りの声で言った。「うちの父さんにはとても親切だったのよ。彼らを非難する話なんてひと言も聞きたくないわ」

わたし自身の級友たちは別の考えを持っていた。ロシア人は敵であり、アカ、共産主義者である。そんなとらえ方が級友の一部に分かり始めると、それが奇妙な形で精神面に浸透しながら拡大し、子供の残虐な行為がエスカレートした。七歳くらいのとき、学校でだれかがわたしを「アカ」だとなじり、アフガニスタンから戦車すべてを引き揚げるのはいつになるのか教えろと詰め寄った。アカじゃないと抗議すると、うそつき呼ばわりされ、さらにはあまりに激しく否定するので卑劣な猫かぶりと攻撃された。群がる警察犬のように嗅覚鋭い少年の一団はわたしの打ちひしがれた様子を察知し、何かおかしいと感じた――わたしに隠し立てするものが本当にあるのだろうか？　ひどく動転すれば、わたしはアカであるに違いないし、非常に具合の悪いことになってしまう。けんかが起きた。わたしはあざをつくり、走って家に帰った。その後ほぼ三年間というもの、わたしは自宅で一切ロシア語を話すのを止めた。

一九五〇年、マーヴィンはロシア語クラスを最高のAレベルで修了すると、マンチェスター大学の創設間もないロシア語学科に入学を認められた。彼はヘイフォドからついに遠く離れ、母親の元からも抜け出せることになって大喜びだった。濃霧に包まれ、母音が平坦な街マンチェスターで、彼はロシア語研究を志願し、優れた専門知識を修めた。最終試験を終えるときまでに千二百ページに上る『戦争と平和』の原文と格闘し、読破した。それと比べてわたし自身は、書き言葉のロシア語をマスターするのにもっと覚束ない努力を重ねたが、そのことに関して父がしばしば語ることになる、圧倒的なマゾヒズムの偉業である。

父はマンチェスター大学を文句なしの首席で卒業し、指導教官らはオックスフォード大学大学院での学位取得を勧めた。大学でいちばん新しいセント・キャサリンズ・カレッジが南ウェールズ出身の若き俊英にとっての学問の場となる。彼には知的な活力はあるが、社交的な洗練度はさほどでもない。周囲がそう考えたのは完璧に正しい。セント・キャサリンズ・カレッジは活発な雰囲気の研究施設だ。現在のモダンなキャンパスに設置されるのはまだ先のことだが、ほかの多くのことと同じく建築に保守的な考えを持つマーヴィンはこの施設をひどく嫌った。初めて学外での個人指導を受けにニュー・カレッジに出向くと、初めて会う指導教官が慇懃に聞いた。この若きウェールズ人が初めて習った言語は英語なのかと。

こうした繋ぎの期間はあったものの、マーヴィンは目覚ましく成長し、勉学に励み、大学でビールに酔いしれるような社交生活は避けた。セント・キャサリンズ・カレッジで二年間を過ごした後、彼はセント・アントニーズ・カレッジで研究助手のポストが提示された。ひときわ権威のあるカレッジであり、英国では選りすぐりのソ連研究の専門家たちが集まる本拠だ。生涯にわたり頂点に立つための決定的な第一歩となる。あらゆる点から見て、マーヴィンは急成長のソビエト学という専門分野で、自分の刻苦精励だけをたよりとして成功者になる一歩手前にいた。東方に台頭する赤の帝国の奇怪なたくらみをめぐり、その当時さまざまな仮説を立てていた多くの有能な若手研究者のひとりとして、である。

しかし、この不思議な国を遠くから観察するだけでは十分ではない。ロシア入りするのは信任状を与えられた外交官か、たまに取材に訪れるジャーナリストを除けば考えられないことだったが、その機会が突如、訪れた。フルシチョフが学生と青年による大規模な祭典のモスクワ開催を命じた。世界に広がる社会主義諸国（バチスタ体制のキューバは不参加）の大陣営から青年代表を招くほか、驚いたことに、堕落した資本主義諸国の「進歩的分子」も迎えるというのだ。マーヴィンは申し込んだ。滅多にありつけない公式の優遇措置が与えられた。ソビエト・ヴィザである。

祭典は慎重にお膳立てされ、厳しい監視下に置かれた。しかし、マーヴィンと西側から参加した六百人の学生たちにとって、祭典はかねて研究対象としてきた世界における夢のような洗礼式であった。マーヴィンは感動のあまりほとんど寝つけなかった。けれども集団で歌を歌うことや、歓呼する青年共産主義者で埋まったスタジアムに旗を振りながら入場するパレードは、本能的に好きになれなかった。モスクワっ子たちもやはり興奮した。西側の青年は想像上の動物のように物珍しかった。過去二十年間というもの、外国人とのいかなる接触もグラーグ送りの呪文をかける手っ取り早い根拠とされてきただけに、なおさらそうだった。アフリカから参加した一部同志たちは当局の予測を超えて親交を深める機会を全面的に利用し、祭典の子供たちとして以後ずっと知られるようになる、混血ベビー世代の父親となった。

マーヴィンは、外国人に話しかけるのも公認という祭典の雰囲気に乗じる、大胆な精神を備えた二人組と知り合った。ひとりはおそろしくハンサムな若いユダヤ系の演劇学生ワレリー・シェインで、粋な帽子をかぶった縞のシャツ姿。それと物静かないとこのワレリー・ゴロヴィツェル。シェインとは二歳ほど年下の熱狂的なバレエ・ファンだ。三人の若者はゴーゴレフスキー並木通りを連れ立って歩き、それぞれの人生について熱心かつ真剣に語り合った。マーヴィンの短すぎる一週間が終わり、彼らは住所を交換する。三人にしてみれば祭典の奇跡がよもや再現することなどあり得ないように思えたし、あるいはまたマーヴィンに再訪が許されるといった話も思いもよらないことだった。二人のワレリーが英国訪問の機会にありつく見込みといってもお笑いにしかならない夢物語だ。ある意味で、彼らは正しかった。一九八〇年のオリンピック開催まで、モスクワが再び大量の外国人流入に門戸を開くことはなかった。

しかし翌年、すなわち一九五八年にマーヴィンはモスクワでの就職話を耳にする。まさしく、それは英国大使館での仕事だった。彼は外部とは遮断した外交官生活を送らなければならない。祭典中に味わったロシア人の暮らしとは隔絶された世界である。しかし、この仕事は地味な調査部での職務ではあるものの、少なくとも彼をロシアに連れて行ってくれる。

このポストに志願し、セント・アントニーズ・カレッジから在外研究の許可を取る段取りも進めた。やがて外務省の便箋を用いた正式な受け入れ通知がマーヴィンの大学の郵便受けに届く。彼はモスクワの厳冬期に備えてオックスフォードの生協でとびきり厚手に仕立てた濃紺のオーバーを購入した。これはわたしがまだ愛用していて、今日に至るまで健在だ。夏の終わりのあるとき、マーヴィンは缶入りの黒ペンキを手に腰を下ろし、真新しいしゃれた旅行トランクに丁寧な文字を書き付けた。「W.H.M.Matthews, St Anthony's College, Oxford, AHГЛИЯ〔アングリア、ロシア語で「英国」〕」。最後にあるボールド体のキリル文字がトランクの送り先を指しているのは間違いない。

故郷から切り離され、世界に解き放たれた人々は自分に相応しい居場所が見つかるまで漂流する。一九九五年四月、モスクワで初めて過ごした一週間の滞在が終わるころ、わたしはいかがわしさのまん延する都市の喧噪に自分の居場所を見いだしたことを知る。わたしは考えた。これは現実の世界なのか、それとも仮想の世界なのか、と。

わたしの知るロシアは世紀の混沌を引き起こすウイルス性の薬物を服用していた。それは長い潜伏期間を経て、これといった前兆もなく、腐った組織がその偽善と機能不全の重みに耐えかねていきなり、丸ごと崩壊を引き起こす。ソビエト体制はロシア人の必要とするものであれば物心両面にとどまらず、知的にもすべて支えてきた。それだけに、内部崩壊による衝撃は体制が彼らに叩きつけたいかなるものにも増して心の奥底に迫った――それと比べれば大粛清や第二次世界大戦ですら及ばない。これら二つの恐怖は少なくとも分かりやすい物語である。しかし、今度は全く不可解なことに打ちのめされたのだ――敵によらずして、真空状態によって。ロシア的なるもの以外に頼るべき支えがないのだ。ブリザードの中で散り散りになった兵士のように、ロシア人であることでまとまる強烈な体験である。

人々はさまざまな反応を見せた。地震被害の生存者のようにうろたえ、ある者はカネやセックス、麻薬、民族主義的幻想、神秘思想、カリスマ性を帯びた宗派にたちまち新たな神を見いだした。ほかの者は、いかめしい古来のロシア正教会で神を再発見した。目の色を変え手当たり次第物色する者は、安物の宝石や残骸の破片を奪い取って蓄財に励んだ。やがて国の新たな支配者となる他の者は残骸の破片など目もくれず、宝を探し求めた。

そして、内面的にはあまりに多くの危険がいまだつきまとう中で、多くの人々が表向きは勘を頼りに生き、精神的な誇りをよりどころに暮らしていた。他の国々ならこうした激震のもたらすトラウマが社会を引き裂き、心の支えを探し求めるにも数十年とかかる状況に陥るところだ。しかし、ロシアでは運命論と無関心とが対となった力が働いたことで、この国はせいぜい、諦めて肩をすぼめ、生き続けるという苦痛の営みに足取り重く歩み出す共同体として向き合ったのだ。

わたしは捨て身の気分でモスクワにやって来た。オックスフォードを卒業後、一世代が祖国を棄てた辺境の地プラハやブダペストを放浪し、ツキに恵まれない二年を過ごした。日中は強いコーヒーを、夜は米国人女性たちのおごりでビールを何杯も飲みながら。あまり熱心にというわけではないが、物書きになろうとしていて、ついには防弾チョッキを借り、取材ノートを何冊もリュックサックに詰め込んで、包囲下のサラエヴォにフリーランスのルポ取材で出向いた。コンクリートの瓦礫の山を通り抜ける国連の装甲兵員輸送車に乗ることで追い求めた興奮を味わい、初体験の戦争で美少年の遺骸を目にした。わたしはギュスターヴ・ドレが銅版画に描いた呪われた者たちのように、夏の夜に散歩に繰り出す人々であふれた無灯火の街路を歩いた。砲撃の最中に『カラマーゾフの兄弟』を読み、この世の暗黒の勢力と一体化した自分を想像した。しかし、その後、子供が一人道路を横切る際に狙撃手に射殺されるのを目撃した。銃弾が当たった衝撃で足元をすくわれ、籠から放り出された洗濯物のようにぐったりとなって投げ捨てられたのだ。わたしは自分の覗き趣味に嫌悪感が込み上げるのを感じた。ブダペストに引き返す途中、カフェに出入りしてうつつを抜かすような愚かな生き方は金輪際止めようと決意し、もっと張り詰めた厳格なものを求め始めた。

数カ月後、ベオグラード中心部の《マクドナルド》の外で、ハンバーガーとポテトチップスの釣銭を数えながら雨に濡れた歩道に立っていた。ジェリコ・ラジュナトヴィチという男を追い、まだものにできないでいた。彼はまたの名をアルカンといい、ボスニア戦争では最も悪名高い部隊長の一人だった。既に襲撃部隊からは足を洗い、俗悪で慎みのないテレビドラマのスターのような暮らしぶりに変わった。サッカーに熱狂し、マフィアの暴力沙汰にも関わっていた。こうしたことが雑誌の格好のネタになると思ったのだ。わたしはレッドスター・ベオグラードのサッカー試合会場や自宅、事務所で彼を追った。彼が以前、ペットにしていたトラの子がいるところも訪ねた。今では巨体に成長してベオグラード動物園の檻の中で不機嫌な顔つきをしていた。題材としては良かったのかもしれないが、とうとう資金が底をついた。それに、アルカンが取材に応じてくれる気配もなかった。

わたしはベオグラードの記者クラブから(ここからは国際回線が無料でつながることが分かった)ロンドンの母に電話した。母はモスクワの英字紙がわたしを記者に雇いたいと連絡してきたと話した。ロンドンで仕事もせずにぶらぶらしている暮らしを何度か続けていたころに、母が応募したらいいと勧めていた就職先だ。定職に就くときだ。モスクワに向かうときがやって来た。

モスクワには既に数回訪れた。幼少時に母に連れられて、その後は十代後半に父と一緒に。一九八〇年代半ばに父がソ連への再入国を許可されたときだ。わたしはモスクワがさほど好きではなかった。伯母レーニナが暮らす二部屋のアパートではプライバシーのないことがいつも嫌だったし、ロシアの老婦人が若者にしてやるのは自分の権利と思っている、独り善がりの忠告やお叱りの言葉にはたえずイライラさせられた。もてなしは半端なものではないし、接した人々だれもが示す大仰な振る舞いには戸惑った。伯母の年老いた友人たちがわたしを美術館や劇場に連れ回すために駆り出され、彼らの十代の孫たちはわたしをソビエト式のおんぼろ遊戯施設に案内したり、あるいはアルバート街で流しの歌手たちの歌を聴きにいく役目を引き受けた。わたしは内気で古風なタイプなので、年若い仲間たちが西側のものなら何でも手放しで憧れることに居心地の悪さを感じた——彼らにとっては理想の楽園のようだったポップ・ミュージックやディスコは苦手だから、なおさらそうだった。何よりも、そうした会場は堪え難いほど閉所恐怖の気持ちにさせた。特に西側の衣服を着ていたわたしが、行く先々で好奇心もあらわな目にさらされたからだ——あるいは、自意識過剰な十六歳の自分にはそのように見えたのだ。

一九九〇年夏、学校を卒業後、ついに一人でモスクワに行くことが許された。英国大使館で夏の期間だけ通訳として働く仕事を見つけた。母の教え子だった大使館員たちのおかげである。四十年前の父と同じく、かつてのハリトネンコの館の裏手にある厩舎だった一角にあるオフィスで勤務し、ヴィザ申請書類の束を運んだ。そして、怒った申請者が本物の生きた英国人と話したいと要求すれば、副領事として気取ったポーズを取り、窓口で対応した。わたしは十八歳だった。旧アルバート街にほど近い臨時代理大使公邸の見事な芝生では、その息子たちからクロケットを教えてもらった。また、黒塗りの公用車ヴォルガ・セダンで毎朝、伯母のアパートから勤務先まで送り届けてもらった。

モスクワは前回の訪問時と比べ、ほとんどそれと気づかないほどの変わり様だった。かつては永遠に続くかに思えた古い秩序は崩壊しつつあることが目に見えて感じられた。交通警官は運転手が法令違反のUターンを規制しようにも無力に見える。だれもが公式の禁令を完全に無視して自家用車をタクシーとして利用している。闇市場の交換レートは公定の十倍だったから、わたしは一晩で金持ちになれた。確かに買うべきものはあまりない。しかし、新アルバート街にある《メロディア・レコード》では店内にあったクラシック作品の一枚一枚をまとめて二十ポンド相当で買い占めてしまった。トレチャコフ美術館の販売店では小包何個分かの画集をわずかな値段で買い、重さでよろめきながら家に持ち帰った。プーシキン広場に新規オープンしたソ連初の《マクドナルド》は、ビッグ・マックの無料交換券を何枚か大使館に送ってきた。そこである昼食時に、わたしは英国人の同僚たちと大使の公用車ロールス・ロイスを拝借し、ランチを受け取りに出かけた。西側の味に初めてありつこうと辛抱強く待つロシア人たちは通りに長蛇の列をつくった。公用車を降りて店内に飛び込んだわたしたちは無料券をかざし、自明の特権として外国人であることを見せつけた。わたしは今となってはそれを誇りとは思わない。しかし、当時はわたしの生涯で初めて、モスクワが景気の良い素晴らしい街になったと感じさせられたし、えも言われぬ優越感を抱かせたのだ。

モスクワは何もかもが依然として荒廃し、手の施しようもなく粗雑に見えた。人々の衣類や靴は粗悪だった。車、電器製品、バスの乗車券、そしてバスにしてもそうだ。それでも、若く知的な人々にはみな未来への新たな希望があった。友人たちはわたしをユーリー・アファナシェフの歴史講義に連れて行った。母の大学時代の同期だった彼は、超満員となった大ホールの聴衆を前に二時間にわたってスターリン主義について語った。彼がタブー視されたテーマをここまで公然と取り上げたこと自体、人々の胸を躍らせたようだ。講演が終わると聴衆は紙切れに質問を書き、講演者に渡す。ソビエトの一般的なやり方だが、その流れが止まらない。だれかがそろそろ最終バスの時間だと声をかけ、やっと会場はお開きとなる。参加する人々には真実への渇望があり、それにわたしは深い感銘を受けた——彼らは真相こそが自らを解放してくれるという強い信念に支えられていた。ソビエトの新しい友人たちは感傷的で無邪気ではないか、とわたしは思った。しかし、彼らの真剣さに、そしてソルジェニーツィンがかつて熱心に説いたように、もはや嘘によって生きてはならないという彼らの確信に何ら間違いはないのである。

五年後、わたしは再び鏡を抜けてロシアに入った。果てしなく憂鬱な、半ば薄暗いシェレメチェヴォ空港からである——今回は訪問客としてではなく、新しい人生をスタートさせるためだ。昔からのソビエトの洗浄剤やかび臭い暖房装置の臭いはまだ残っていた。子供時代に来訪して以来覚えているものだ。しかし、ほかはかなり変わった。出迎えたのは、人影もなく音の響く通路や厳めしい顔つきの国境警備兵ではない。こんどは群れになって客引きするタクシー運転手に囲まれた。けばけばしい広告板が輸入ビールやタバコのモアを宣伝している。肉付きのいい女性の行商人がわたしを押しのけ、ドバイやイスタンブールで買い漁ったコートやブーツを詰め込んだ大型バッグをいくつも引きずって行く。わたしは押し合いへし合いの人混みから『モスクワ・タイムズ』の運転手ヴィクトルに連れ出された。彼は年季の入ったラダにわたしを押し込むと、レニングラード大通りを縫うように走った。どんよりとした空は煙の色だ。晩冬の淡い光が街を洗い、薄灰色に見せる。道路の両側は、アパート区画の線が煙の立ち込める煙突と煙霧でかすむ地平線まで伸びている。ずんぐりとしたバスがカウリングをはためかせ、真っ黒な排ガスをまき散らしながら走っていく。道路端では、歩行者の群れが十六車線もある、人を寄せつけようとしない大通りを渡ろうと待っている。市中心部に近づいたときでさえ、風の吹きすさぶ広大なこの空間には、何かまだステップ地帯を感じさせるものが漂っていた。

わたしの父がロシアに初めて到着した当時は、非常に異なった光景だったに違いない。街の魂は勝利感と誇りにあふれていた。疲れ切って落ち込んだ姿ではない。彼の知るモスクワは見事に整っていた。膨張する帝国の慎重に計画された首都であった。統制された息苦しい街であって、ソ連崩壊後に陥っていく猥雑な喧噪の場ではない。そして父にとって、気持ちのうえで距離はもっと大きかったのだ。旅慣れない世代から見れば、ロシアは異なる惑星に存在していたのかもしれない。しかし、マーヴィンにこれ以上の幸せはあり得なかった。ついに故郷から自らを解き放ち、自分にふさわしい土地へと旅立って行った。

この時代と都市は、ロシアに恋した青年には様々な危険をはらんでいた。一条の気まぐれな線によって祝福されるか、あるいは呪いをかけられるのだ。冷戦はその頂点に迫りつつあった。ソビエトの戦車がハンガリー蜂起を押しつぶしたばかりだ。社会主義の野望は地球制覇にある。西側の多くの人々は心の中でそうした思いを抱いた。世界が道義的な絶対原理に従ってはっきり分断され、対立する陣営が異なる色のジャージを着込み、核の優劣が開発計画に記載される時代を迎えたのだ。

他方と並び立つ敵対的な世界にあって、秘密主義的な首都で暮らすスリルと神秘的な雰囲気を想像するのは、今では難しい。父の知るモスクワは、わたしが半生を過ごしただけでなく歴史の劇的変動を経験したロシアとは、別物だ。父の世代を特徴づけるのは、世界に走る苦々しいイデオロギーの分断線だった。父はその分断線の向こう側で暮らそうと全力を尽くした。その理由については、三十年後にわたし自身がロシアに移り住むときになってようやく理解し始めた。父が職場をともにした大使館の冷戦主義者にとって、それはマーヴィン自身にとってではないとしても、モスクワは世界の中でもあらゆる暗部の中心であった。


父を撮った一枚の写真がある。一九九九年の後半に、ロンドンのわが家の階段で父が特に説明もなく記念写真の中から一枚渡してくれるまで、一度も見たことのない写真だった。父はそれから戸惑ったような笑みを浮かべながら背を向け、書斎に引っ込んだ。驚くほどハンサムな青年の写真である。タイと襟がやや斜めに傾き、撮影者の肩越しをうっとりと見やり、少してれくさがっている。一九五八年初秋のある時期に、サドヴォ・サモチョーチナヤ通りの外交団専用居住区——当時は入居者には今と同じく「サド・サム」という名で知られた通り——のバルコニーに立つ姿を撮ったものだ。父は「黄金の環」(環状道路)——車がびっしり走る大動脈の幹線道路とはまだなっていなかった——を望む中程に視線を向けている。付き合いの良いタイプで、ちょっと弱気だが真面目な同僚のように見える。写真は父がモスクワに着任した直後の撮影だ。父は二十七歳。前途有望の学歴を持ち、ソ連滞在を喜んでいる。人生の大いなる冒険が始まりつつあった。

マーヴィンの生活は快適だった——ソ連の水準に照らせばかなり豪勢である。三部屋のアパートはもう一人の若い大使館員ロバート・ロングマイアと一緒だった。電気プラグや電化製品は英国からの輸入品で、電話には「この回線での通話は安全ではありません」との注意書きがあった。二人はレーナというやる気のない掃除係の女性を雇い、シベリアン・キャットのシューラを飼っていた。ウィスキーやダイジェスティヴ・ビスケットといった、家でくつろぐときの飲食類は大使館内の小さな食料売店で買い込んであった。マーヴィンがオックスフォードに出向いた際に買ったタキシードは、外交団のカクテル・パーティー用にいつも着用したが、こうした宴席は父には堪え難いほど退屈なものだった。

父は身体としてはモスクワにいたのかもしれない。しかし、すぐに分かったのは父も同僚も外国人である以上、彼らを取り囲むロシア人とは切り離された生活を送らざるを得ないということだった。父の外国人なまりと衣服は、店のレジ係や市電の乗客にあからさまな警戒心を呼び起こし、不審の目が向けられる。あの祭典で知り合った昔の友人たちと連絡を取るのは、想像を絶するほど危険なことである。マーヴィンにとってではなく、彼らにとってだ。マーヴィンの行動はKGBの私服要員グループ——若い外交官たちからははやりの米国ギャング映画の殺し屋になぞらえて「ならず者」の異名をとった——にことごとく監視された。環状道路の周りをめぐる夜の散策に尾行が付いた。マーヴィンは尾行者たちを手玉にとったゲームを思いつく。彼の気に入った遊びのひとつは、人混みの通りに突然走り込んでは、だれが走り出すか背後を一瞥することだ。マーヴィンは地下鉄でKGB要員に気づいたので、一度ふざけ半分に歩み寄って話しかけた。「何度夏と冬を過ごしたことか〔久しぶりの意〕」と。久しく会っていない相手へのお決まりの挨拶だ。男は全く無表情のままで、ひと言もしゃべらなかった。マーヴィンにとってKGBは、青年の冒険世界に登場するちょっと怖い小道具に過ぎなかった。

マーヴィンが正気を保つうえで幸運だったのは、救世主がワジム・ポポフという小柄な姿をして、間もなく出現したことだ。ポポフは教育省では若手の役人で、父にとっては初めての、本物の友人としてのロシア人になった。マーヴィンが役所を訪ね、ソビエトの大学システムに関する報告書をまとめる公務に着手した際、二人は会った。マーヴィンより若干年上のワジムはずんぐりとした逞しい体格。四角張ったスラブ人の顔立ちだ。酒好きで、自分を色男と思っている。はったり屋で、かんに障ることもたまにある。しかし、マーヴィンは新しい友人の飾り気のない魅力にたちまちうち解けた。

ワジムはマーヴィンの案内役を買って出た。父が愛情を込めて「本物」のロシアと思い描いたところ——くすんだレストラン、生き生きとした会話、体臭が匂う抱擁のロシア——へと誘ったのだ。徐々に何カ月もかけてワジムは、マーヴィンを引っ込み思案の生活から引きずり出し、男の気を引く女性たちやウォッカが誘発する感傷的な打ち明け話に接することのできる魅惑の世界へと導いた。

ソビエト高等教育政策をめぐって話し合った、ワジムとの初の公的接触についてマーヴィンは報告を上げたが、その後酒を飲み交わしながら何度も続けた夜の会食に関しては、大使館規則が求める報告をしなかった。あえてそうしなかったのだ。もし公文書保管所のだれか愚か者が知ったら、恐らくマーヴィンは一人のロシア人親友との会合を禁止され、大使館の同僚たちが目にすることもないモスクワというものに対して開かれた、彼にとって唯一の窓が閉ざされてしまったかもしれない。

マーヴィンは日中、貿易商ハリトネンコの邸宅だった天井の高いブルジョア風の華麗な大使館で精勤した。クレムリンからはモスクワ川の対岸に位置する小型ながら堂々たる館だが、見るからに醜悪だ。夜はフラットを共有する同僚と粉末麦芽飲料オバルチンを何杯か飲みながら、談論し数時間過ごす。あるいはツヴェトノイ並木通りとペトロフカ通りを行き来する散歩に出て、KGBのならず者に夜間に格好の運動時間を与えてやる。運のいい夜はワジムがマーヴィンを誘い出し、サド・サムから禁断の、しかし魅惑的な夜遊びに繰り出す。モスクワ川沿いにある騒々しいジプシー風の船内レストランでまずい食事、ひどい音楽、そして本物の、実像に迫るロシア人たちに出会うのだ。マーヴィンはこれまでずっと感じてきたのと同様、幸せに浸った。

モスクワの冬はハンマーのように降りかかる。光と色彩を押しつぶし街から命を叩き出してしまう。色あせた一対の翼のように頭上に接近し、モスクワを繭の中に包み込み、外界から遮断してしまう。町は白黒だけで描かれた夢幻の情景に見えてくる。すると方向感覚を失わせ、微妙に平穏をかき乱す。街頭では体を丸めた姿の流れが薄汚れた黄色の光の海を急いで通り抜け、戸口や地下鉄の中に消えてゆく。すべてがモノクロに変わり、人々は黒の皮革、黒の毛皮を身に着け、町は黒い影に包まれる。地下道や商店内は明るい光の中に人々が見える唯一の場所だが、どの顔も蒼白で張り詰めた表情だ。何もかも湿ったウールの放つ嫌な臭いで充満している。空は汚れた灰色で低く垂れ込め、息が詰まりそうだ。

モスクワで冬を過ごしたときはいつも感じたものである。世界がだんだんと自らを閉じ込め、周囲から包囲された状態で二重ガラスの窓内に縮こまり、国家が供給するスチーム暖房のムッとする空気の中に退避しているのだと。そして、われわれはこの圧倒的な自然の力を前にしては無力であり、運命を受け入れる以外に何もできないひ弱な存在なのだと思えた。

一九五八年十二月の初霜が降り始めたころ、マーヴィンとワジムとの夜の会食は一段と回を重ねるようになった。二人は別れる前に次に会う日時を決める。双方とも口には出さないが、自明の理由により電話で呼び出すことは避けた。

ある晩のことだ。マーヴィンはトロリーバスでマネージ広場に向かった。二人が気に入っているグルジア・レストランのひとつである《アラグヴィ》か、あるいは《ホテル・ナツィオナリ》にでも行こうか思ったのだ。しかし、驚いたことに、そしてかすかに不安がよぎったのだが、ワジムがトロリーバスの停留所近くに立ち、そばにエンジン音をたてた公用車ジルのリムジンが見える。ワジムは温かく出迎え、ぶっきらぼうに説明した。彼の伯父が二人を今晩、ディナーの待つ自分のダーチャに案内するために借り受けた車なのだと。ワジムは待ち構えたように車のドアを開けた。マーヴィンはためらった。モスクワ市域を越える外国人の無許可移動は禁じられている。そのソ連政府の規制を破った場合に待ち受ける結末が、頭をよぎったのだ。それからジルに乗り込み、ワジムとともにダーチャに向かった。モスクワの外れから遙か離れた、冬の田園地帯の奥地へと。奇妙にして危険を伴う人生の新たな段階への旅である。

ディナーは見事だった。マーヴィンとワジムはキャビア、ニシン、ウォッカ、チョウザメの薫製、そして年配の料理人が用意した湯気の立つジャガイモを平らげた。二人はダーチャのたき火のそばに腰かけて女性を語り、酔った勢いでビリヤードにも挑んだ。食器類は重いヴィクトリア朝のシルバー製。炉端の肘掛け椅子は張りぐるみで革命前に作られた年代物だ。居合わせたワジムの友人は太った陽気な産婦人科医。雌ウサギの子宮を膨らませる自分の研究作業について盛んにジョークを飛ばした。ワジムは最近口説き落とした何人かの相手を振り返った。政治には触れなかった。マーヴィンはウォッカで頭がボーッとなり、気分がくつろいだ。この飲み物にはいつも弱いのである。黒みがかった大きな油絵を幾つも飾り、弧を描く階段を備えたダーチャを褒めると、ワジムがさりげなく、伯父は「ボリシャーヤ・シシカ」なのだとつぶやいた。「大きな松ぼっくり」を意味し、大物を指すスラングだった。

未明の一時に料理人が現れ、ジルが待っていると告げた。モスクワに引き返す車内では皆無言だった。たっぷり飲み食いして満喫し、至福の気分だったのだ。巨大な車がマヤコフスキー広場を通り、黄金の環に差しかかったあたりで速度を落とすと、見慣れた界隈に戻る。そこで、ウォッカに酔った頭を遮って合理的な判断が働いた。マーヴィンはサド・サムの二、三百メートル手前で止まるよう運転手に命じた。彼はお礼と別れの挨拶が飛び交う中、車を下り、残りの道は歩いて帰宅した。若い英国の外交官が丑三つ時のころになって、ソ連の公用リムジンで外国人居住区周辺にたどり着くといった図は、談論仲間のだれかが万が一にも気づいたりすれば、誤解の元になりかねないところだ。これは父のささやかな秘密となる。彼が見つけたロシア人の友と人知れず過ごす人生であり、大使館のだれであれ決して奪い去ることのできない時間であった。

わたしが最初に入居したモスクワのアパートは、サム・サドから出たちょうど角のあたりの薄汚れた小さな部屋だった。窓からは灰色の排気ガスに覆われた同じ交差点が見える。夕方はツヴェトノイ並木通りを一人で散歩する。ならず者の尾行はない。

モスクワの勤務先はウーリツァ・プラヴドゥイにある。真理通りの意味だ。毎朝、通り過ぎる車を呼び止め、手短に二ドルほどの料金をめぐって運転手と交渉しては職場に向かう。場合によっては着色ガラスをはめた黒塗りの政府専用車アウディが止まることもある。救急車のときも何度かあった。一度は兵士満載の軍用トラックが止まった。いずれにしても、車が何であれサドヴォ・サモチョーチナヤを走り抜ける。ゆったり走るか疾走かは別として、レニングラード大通りを北上する。『モスクワ・タイムズ』がワンフロアの半分を間借りする『プラウダ』の古い建物は、埃にまみれた構成主義建築の遺物で、ひなびた倉庫群が並ぶ裏通りの一角にうずくまるように建っていた。職場には十五分以内で到着し、階段を駆け上がって広々としたニュース・ルームに飛び込む。

この新聞は祖国を棄てた若くて聡明な人々が運営する。大半は米国人だ。オーナーは毛沢東主義者だった小柄なオランダ人で、ロシア語版の『コスモポリタン』や『プレイボーイ』の発行も手がけていた。新しく同僚となったスタッフの多くは立派な教育を受けた成人だ。例外なく頭の切れる人たちで、信頼が置けるし仕事にも熱心だ。わたしの受け持った新聞の記事は簡単だった。それに比べてもっと真剣に取り組む同僚たちは、クレムリンの陰謀や経済状況をめぐって熱心な取材を進めていたのに対し、わたしは人間が暮らす都会のジャングルに潜む風変わりな話題を探しては取材する、勝手気ままな仕事をした。それは二十四歳の人間にとってはまさしく、自信もなく始めたジャーナリストとしての経験を二年にわたって自分のものとして体得していく期間なのだ。ささやかではあるが、目を見張るような職業上の奇跡であった。全く思いがけないことに、叫び声を発し、人の群れがうごめき、理不尽が絶えない身の毛もよだつようなモスクワの裏面全体を、わたしはほぼ自分の手中に収めていることに気づいた。

一九九〇年代半ばのモスクワは粗野にして凶暴な、腐敗にまみれた都市だった。躁状態に浮かれて節度を欠き、拝金主義に取りつかれていたのである。しかし、何よりもわたしの見るところ、そうしたモスクワに関する森羅万象のほとんどは、愉快にとらえて乱暴に言い切れば、滑稽に思えた。すべては戯画だったのである。殺し屋を思わせる「新ロシア人」がサングラスに「紫外線保護」のステッカーを付けたままにしておくやり方から、石油会社を互いに横取りする習性、車の下にTNT火薬を仕掛けたり、公共の場で撃ち合いを演じる振る舞いに至るまでが、そうだった。この国を貫く冷笑主義に十分に浸ってしまうと、悲劇でさえある段階では、どことなく面白おかしい話になる。兵士の一団が地対空ミサイルの弾頭をハンマーでたたき割り、回路基盤の金を盗もうとして吹き飛び、爆死する。救急車の運転手たちが労働日に副業タクシーとして客を乗せる。警察官一味が売春業に手を染め、女性たちをパトカーで顧客に送り届ける、という具合だ。

ロシアの大統領はベルリンの音楽ステージで酔っぱらってオーケストラを指揮し、はしゃぎ回った。ロシアの宇宙飛行士はイスラエル製ミルクとプレッツェルの広告を撮影し、「精神的支援物資」というラベルの付いた缶入りウォッカを飲む間、宇宙船をモンキー・レンチとダクトテープで固定した。ナイトクラブで酔った会話を十五分続けてから一緒に帰宅した女性は、次のデートで花束を持ってきてもらえないと怒り心頭に発するはずだ。ゴーゴリはロシアの忌まわしい狂気を実に見事に活写した――悪夢のような精神混乱、狂気にとらわれた人、狡猾な庶民、憎めない虚栄心、意地汚い酩酊状態、反吐が出そうなへつらい根性、盗み、無能力者、粗野な農民。

父はそうしたに違いないが、わたしも同じくロシアを単に別の国としてではなく、異なる現実ととらえた。モスクワの外面的な飾りはもうお馴染みのものだ――色白の顔立ち、西側スタイルの店頭、新古典主義の建築物がそうだ。しかし、このヨーロッパ的な外皮が他者としての感覚をひたすら先鋭化させるのである。安心を与えるのではなく、慣れ親しんだ事物の歪みがますます煩わしくなってくる。モスクワは植民地の前哨基地と同じような現実離れした感覚を抱くのだ。そこでは遠く離れた何らかの支配者が、厳めしい様相をした帝国誇示の建造物とヨーロッパのファッションとを移植しようとしてきた、というわけだ。精一杯の見せかけに努めながらも、その底にあるモスクワの心は荒々しく、アジア的なのである。

わたしが最初に受け持った仕事のひとつは、モスクワで開催された初の入れ墨年次総会だった。戸惑ったモスクワのメディアは、総会を「文化の祭典」と地味に報じた。実際は首都の裏社会にうごめく一族の集まりで、熱狂的興奮の渦巻く異教の乱痴気騒ぎだった。《エルミタージュ・クラブ》の薄暗い入り口からは、絶叫するパンク・ロックに煽られて厚い壁となった体臭が噴き出してきた。中に入ると、二つの大部屋は安物のソ連製タバコの放つ腐った臭いの煙に包まれ、薄暗い照明を浴びた大半が男たちのうねる半裸姿にあふれている。モスクワのパンク、スキンヘッド、バイク愛好者、そして文化的には戸惑い気味のヒッピー数人が興奮して動き回り、強烈な臭いを発散するひとつの巨大な群集のうねりとなって、ステージの前で熱狂的リズムのポコ・ダンスを踊っている。ステージではパンク四人組がモヒカン刈りの頭に汗をべっとり付け、セックス・ピストルズのひどいカバー曲をがなり立てていた。

別の日の夜は《ドルズ》に出かけた。けばけばしい流行のストリップ・バーだ。そこでは十代の女の子たちがテーブルに乗って一糸まとわずアクロバット・ダンスを踊る。著名な米国の実業家ポール・テイタムがそこにいた。ステージの端にある軽食堂スタイルのスツールに独りきりで座り、ドリンクをちびちび飲んでいる。テイタムは《ラディソン・スラヴャンスカヤ・ホテル》にあるビジネス・センターの所有権をめぐって、チェチェン人グループとの間で長引くビジネス上の係争問題を抱え、当地ではちょっとした有名人だった。中に入った際、わたしは彼に挨拶した。しかし、彼は気もそぞろに見えた。ふだんの強気な姿勢がぴんと張り詰めている。わたしたちは「自由債券」についてちょっと話を交わした。チェチェン人グループとの法廷闘争を展開するための資金集めを目的に彼が発行し、友人らに売却した。

わたしたちの話にクラブのオーナー、ジョセフ・グロツァーが加わった。彼は冗談半分でぼやいた。ロシア人式の強いブルックリン訛で「こちとらの町で真面目に暮らす」のはいかに困難なことか、と言うのだ。テイタムはバード・ウォッチングの話題を戻すのに熱心なように見えた。そこでわたしは彼の幸運を願い、友人たちのところに引き返した。

一カ月後、テイタムは死んだ。《ラディソン》を出て地下歩道に入ったところを、何者かが自動小銃AK47で彼の首と背中の上部に十一発撃ち込んだ。テイタムはその晩、いつも手放さない防弾チョッキを着ていなかった。しかし、もし身に着けていたとしても役には立たなかっただろう。襲撃犯は上から狙い、すぐ下を行く彼の鎖骨と上位椎骨に向けて発砲したからだ。ティタムの二人のボディーガードは無傷だった。モスクワの典型的な射殺事件だ。狙撃手は現場にカラシニコフ銃を落とし、平然と立ち去った。二、三時間ほどして警察は型通りの発表を行い、「殺人は犠牲者の職業的活動に関連したものと見ている」と述べた。

それから間もなく、《ドルズ》であの晩交わした短い会話を記憶する生存者は、唯一わたしだけとなった。ジョセフ・グロツァーも殺されたのだ。ティタムの事件から数カ月後のことだ。ジョセフが《ドルズ》から出た途端、単独犯の狙撃手が道路の向かいから側頭部を撃った。覆面の男は一発で消せると確信していたので、それ以上続けて発砲することもなかった。

その直後にわたしは、モスクワの死のビジネスに関する記事取材のため、ある葬儀会社の人物にインタビューした。彼の専門は、棺を開けて見せるため、マフィア抗争による犠牲者の遺体を修復することだ。よくアイロンのかかった白衣の下にハワイアン・シャツを着たこの男は、バレエの専門家がお気に入りの公演について語りそうな口ぶりで、契約殺人のことを話す。深い鑑識眼をにじませて、グロツァー殺人事件はこれまでに見てきた中でも「最も完璧にしてクリーンな暗殺」の一例だと言った。陽気な葬儀人は時代の真のヒーローだった。軽やかに冷笑主義を装いつつ、周囲を取り巻くおぞましさを題材にジョークを放つ。内面には立ち入らないようにするためだ。わたしはふと気づいた。『モスクワ・タイムズ』の同僚もわたしもまた、ハワイアン・シャツの上に白衣を着た葬儀人なのだと。モスクワの野蛮な邪悪さについては、みんなが客観的な鑑識眼を持ち合わせているふりをしているのだ。

わたしが赴任してから数週間後の四月末のある夜、春が始まった。消えずにいた汚れた残雪が前週になってついに溶けたが、一晩前は冬の冷気が夜の空気に潜んでいた。芝生は地肌が露出したままで、発育できていない。地面は匂いがきつく、命が感じられない。しかし、わたしが翌朝目覚めると、空は鮮やかな青だった。数日前に表れ始めたためらいがちな蕾が突然すべて爆発的に飛び出し、通りは紛うかたなき命の響きを吐き出す。その日の夜までに春は町中にしっかりと行き渡る。

繭を破った蝶々のように、街頭の若い女性は冬のコートを脱ぎ、ハイヒールとミニスカートで現れる。日曜となれば、わたしはツヴェトノイ並木通りから黄金の環までの砂利道を散歩する。サド・サムでマヤコフスキー広場の方に向きを変え、《アメリカン・バー&グリル》を目指す。そこが『モスクワ・タイムズ』のスタッフたちのたまり場になっていて、騒々しい一団がテーブルを囲み、背中を丸めて何かをほおばっている。しわくしゃの新聞を広げて半分顔を出しながら、立ち込めるタバコの煙の下でゴシップに夢中になるので、エッグ・ベネディクトの残りにありつけないこともある。わたしは自分に言い聞かせた。ここここそが、ついにたどり着いた外国特派員としての生活の場なのだと。刺激に満ちた世界。女性たち。大酒飲み。気の置けない同僚たち。奇妙で不思議な都会に遠い祖国からやって来た若者たちの仲間意識。実を言えば、わたしはその当時でさえ強く意識していたのだ。自分の人生の中でいちばん過酷な、なおかつ最高に冒険心をくすぐる日々を生きているのだと。もちろん、新しく知り合った同僚たちと付き合いながらも、厭世観を気取ったおどけの素振りでうわべだけは巧みに装いつつ、この喜びが表に出ないように気をつけていた。

第9章

KGBと飲む

怖いのは氷ではない。水面下に潜むものだ。
一九六〇年、アレクセイ・スンツォフがマーヴィンに語った言葉

大使館でのソビエト高等教育に関する報告書づくりには飽き飽きする。たちまち魅力が失せてきた。ワジムが開け広げてみせた新世界とは、マーヴィンが体験するためにやって来た、まさにそのロシアなのだ。学校が終わってからこつこつとロシア語を学び、苦労しながら『戦争と平和』を読み進めたとき以来、夢見ていたわくわくするような魅惑の国である。ロシア、その温かさと雄大な広がり、予測を拒む気まぐれなところ、それと心弾む高揚感が一体となって彼の血に染み込んでいる。それとともに現れ出たのが無謀さである。その無謀さを伴って浮上したのがある種の解放感だった。

オックスフォードのある友人がマーヴィン宛にちょっとした願い事を伝えてきた。その友人は『ドクトル・ジバゴ』の著者ボリス・パステルナークの詩作全集を編集しており、モスクワのレーニン図書館にしかない作家の初期作品の一部を入手したいというのだ。彼はマーヴィンにその詩作の写しをとり、オックスフォードに送ってほしいと頼み込んだ。小さな問題がひとつあった。数カ月前の一九五八年十月、パステルナークは『ジバゴ』が評価されてノーベル文学賞を受賞したところだ。党

路線と歩調を合わせて作品は、革命前のロシアを称賛する有害なものと見なす作家同盟の圧力を受け、パステルナークは受賞辞退を余儀なくされた。確かに、パステルナークがグラーグ送りを免れたのはひとえに彼の国際的名声によるものだ。作家の未発表資料をソ連国外に持ち出すのは危険なことであり、おそらく非合法であろう。確かに、仕事を棒に振ることにもなりかねない。マーヴィンは即座に同意した。

父はその後二週間を費やして、レーニン図書館の教授専用読書室で小型カメラを使い、手稿の写真を撮りまくった。ここでは読者チケットがあれば、だれにでもこうした資料はアクセス可能なのだ。もっとも、ほかの学者連中がシーッと音を立てて静粛を促したり、図書館職員がちゃめっ気たっぷりに小言を言ったりすることもあったが。彼はソ連税関当局による没収を避けるため、週単位で発送される大使館の外交行嚢に、小包二つに収めた写真プリントをしのばせた。

一週間後、公文書保管部局の責任者からの呼び出し状が大使館の職階を下ってマーヴィンの元へ物々しく届けられた。厳しいお叱りが待ち受けているのは間違いない。ヒラリー・キングは洗練された物腰ながら人を見下すような態度で、大使館一階の荘厳な執務室に父を迎え入れた。キングは外交行嚢の中身を念入りに検査するロンドンの外務省からの連絡で、マーヴィンが送った非公式の小包について既に知らされていた。大使館はソ連側からの抗議をはねつけがたい弱い立場にある。キングは辛辣さをこめた慇懃な口調で告げた。禁断の作家による著作をマーヴィンが密かに写しとったことをソ連側が知ったら、非常に厄介なことになるだろう、と。

憤然とこの執務室を出るとき、父の顔に浮かんだ表情をわたしは想像することができる。その表情は幾度となく見かけたことがある。カッとなったときに飛び出す攻撃性をぐっと堪えた表情だ。大抵は外見上冷静に礼儀作法を保ちながら、その底で数時間ないしは数分間はらわたが煮えくり返った後に出てくる表情だ。マーヴィンは賢明にも、キングに謝罪した。しかし、ソ連側のささいな管理面の要求に本国外務省が迎合していることに対しては、内心、抑えつけた怒りが収まらない。外交的官僚主義が支配する狭い世界とは縁のない人から見れば、だれにでも極めて正しかったと思える行動にお目玉を食らっているのだ。そのことが心底、腹立たしかった。マーヴィンは憤然と立ち去り、厚いカーペットを敷き詰めた廊下を抜け、建物裏手にある厩舎棟の小さな自室に戻った。

その後間もなく、大使館はかなり陰険なやり方で冷遇措置をあれこれと繰り出す。その一つが地位の低い無線オペレーターをマーヴィンのアパートに引っ越しさせ、ロバート・ロングマイアには専用のアパートを提供したことだ。その後、マーヴィンの家政婦手当をカットした。

飛躍のときである。航空便で届く『タイムズ』紙に載った広告が頼みの綱となるように思えた。実に初めてのことだが、ソ連と英国が交わした大学卒業者の交換プログラムを発表していたのだ。マーヴィンが長らく待ち望んでいた絶好の機会である。公文書保管部局の冷ややかな微笑に見切りをつけ、その代わり鼻につく学生寮の廊下と、たえず付きまとうならず者から解放される――たぶん――自由を手にするためだ。しかし、ひとつ問題があった。マーヴィンが信任状を得た外交官――たとえ、一九五八年版のモスクワの外交団リストの最後尾に載っているにせよ――であり、それにソ連外務省が地味な研究者への突然の資格変更を信用するとも思えない。マーヴィンがまず取った手だては機密文書の閲覧制限リストから自分の名前を外し、制限区域への立ち入り許可も自ら返上してしまうことだった。大使館は渡りに船と二つとも削除した。マーヴィンが大学卒業者の交換プログラムに応募する書類は大使館の承認を得て、然るべくソ連外務省に送付された。そして、然るべく適切な検討がなされた後、拒否された。

アゼルバイジャン料理のレストランでケバブをほおばりウォッカをあおりながら、マーヴィンはワジムと悲しみを紛らした。相手のロシア人は黙ってうなずき、同情した。その間、彼はウォッカを落ち着いて、ゆっくりと二人のグラスに注いだ。一方のマーヴィンは、ソ連外務省の頑なな姿勢をめぐって彼が語った話を思い返した。

「結論を急いではいけない、マーヴィン」。ワジムが友人を安心させた。「伯父が助けになるか、探ってみよう」

マーヴィンはこのうえなく喜んだ。ワジムにはジルやダーチャを持つ上層部に神秘的な友人が何人もいるから、きっと外務省にその集団思考を改めるよう働きかけてくれるはずだ。ワジムが見返りとしてマーヴィンに何を望むのかは一切口にしなかった。ソビエト学生およびソビエト人民の友としてのマーヴィンの将来を願って、二人は乾杯した。

「つまり、モスクワ国立大学に通うわけだね」。マーヴィンの大使館での仕事が短期間で終わり支障が出たにもかかわらず、大使のサー・パトリック・レイリーはにこやかだった。間もなく元職員となる身として、別れの挨拶に出向いたときのことだ。「極めて異例のことだ。あの外務省がどうして君の希望を許可したのかね?」

長い沈黙があった。今はマーヴィンがワジムや彼の伯父、新たに知り合った友人たちとあの町で何度か過ごした夜の会合、ソ連外務省の不可解な土壇場での翻意などについて表沙汰にする時期でもないし、その場でもない。彼は何も言わなかった。返事がないので、大使は手を差し出した。「では、幸運を祈る」

未消化の休暇日数があと数日あったのを利用して、彼はソビエト中央アジアへ旅に出た。機密文書を鉄鍋で焼却するのが仕事の公文書保管部局の女性が、ブハラはサマルカンドやタシケントから寄り道する価値があると助言してくれた。マーヴィンはワジムと会った際、自分の計画をわくわくしながら話したが、相手は英国の友人の歴史地区への熱中ぶりにはしらけていた。マーヴィンは小型ながら頑丈にできたアエロフロート機の数ある機種のひとつに乗って東方に向かった。ブハラは最後の訪問地になる予定だ。

砂漠の街は着いてみると寒々として、興味をそそるどころではなかった。空港と結ぶ道路沿いに建ち並ぶ泥壁の家屋は、ソビエト製コンクリート・ブロック数棟の住宅街に取って代わられていたが、そこは新しいとはいえ、既に老朽化が始まったように見える。タクシー運転手はブハラのユダヤ人で、運転中はインツーリストの新築ホテルの話題をずっとしゃべり通しだった。到着すると、こんどはマーヴィンのスーツケースが重すぎると文句を言い、吹っかけた料金をさらにつり上げた。ホテルは確かに出来たばかりだ。しかし、マーヴィンがドアを押すと、内部は外の通りよりも寒い。受付係の女性は暖を求めて自分の机をドアに近づけていた。

暖房はすぐ入るのかとマーヴィンが聞くと、「ここは完成したばかりのホテルです」。神経質な外国人の質問にムッとした受付係が言った。「それと、エレベーターは動いていません。荷物は持って上がってください」。最上階の部屋だった。

スーツケースを引きずり階段を上っていくと、マーヴィンは見慣れた足取りで下りてくる人物に気づいた。ワジムだ。全くの偶然だが、出張でブハラに来ているらしい。もっけの幸いだ。ひょっとしてその日に時間が空けば、公用車でブハラ観光に案内してくれるかもしれない。その夜になって分かったことだが、ワジムに付き合いのあるロシア人の友人が、郊外の自宅で歓迎パーティーを既に用意していたのだ。ワジムは誇らしげに、女の子も何人か来るぞと言った。

マーヴィンの好みからすると、あまりに素っ気ない名所旧跡巡りだったが、その日の観光が終わると、二人は舗装もない道路をいくつか通って町の郊外に向かった。ワジムの友人宅は伝統的なログ・ハウスが建ち並ぶ古くからのロシア人居住区で、地元ウズベク人の中庭付き煉瓦建てとは対照的だ。ホスト役のワロージャは二人を温かく迎え、しきりにウォッカを勧めた。彼らはマーヴィンがロシアでは見たこともない大振りの七面鳥を平らげ、米国製の昔のレコードをかけて踊った。ささやかなパーティーで同席した女性三人のうちのひとり、ニーナはマーヴィンやワジムと同じホテルに滞在中であることが分かった。彼らは連れだって月夜の中を歩いて帰り、ロビーでお休みを言った。

「あとで部屋に来てくれる？」。ワジムが向きを変え階段を上ろうとしたとき、マーヴィンがささやいた。ニーナは彼の手を握った。

マーヴィンはほろ酔い気分で廊下をふらつきながら自室に向かった。明かりが点いていた。だれか中にいる。だれであろうと、彼が階段を上がり、ドアを開ける音は聞こえたはずだ。部屋の逆光でマーヴィンには顔が見えないが、何をしているのか言えと迫った。「電気の取り付けだ」とその男が落ち着き払って言った。「今、終わったところだ」

男たちが出て行ったあと、マーヴィンは深々とベッドに腰を下ろした。中央アジアのど真ん中にまでKGBが付きまとっているのだ。マーヴィンは空になったグラスがふたつテーブルにあるのに気づいた。秘密警察はどうやら、仕事中にも一杯引っかけるのが好きらしい。

彼は震えながら素早く服を脱ぎ、ベッドに潜り込んだ。ドアを軽くノックする音が聞こえる。ワジムだろう。マーヴィンはそう思ってドアを開けた。ニーナだった。彼女はマーヴィンを押しのけ、はしゃぎながら部屋に入った。彼はさっさと追い出した。レイプ・スキャンダルだけはマーヴィンが絶対に避けたいことだ。彼はニーナのふくよかな抱擁がレスリングの押さえ込みに変わり、彼女が助けを求めて絶叫する中、ドアの外で待機せざるを得ない光景を思い描いた。彼は温もりのないベッドにひとり潜り込んだ。

モスクワ国立大学はスターリンの建てた壮大な高層建築の中でも最大の規模を誇り、輪を描いて下界を睨むハゲワシたちのようにモスクワの天空を際立たせる。三十六階建てで、当時としては欧州一高い建築物だった。玄関前の広大なテラスには、筋肉質の男女学生がズシリと重い石製の本や工具から堂々と顔を上げ、輝く未来を見据えた巨大な彫像がある。おざなりな砂岩づくりのオックスフォードの四人部屋からは程遠い世界だ。

大学側はマーヴィンに「ホテル」棟を提供した。実際は大学でほかに五千室もある部屋と同一の作りだ。ただ、一般学生や教授陣と違って、ここでは掃除係の女性付きという贅沢が味わえる。ソファーベッド、勉強机と作り付けの食器棚が揃った小さな部屋だ。巨大建築様式のファサードに合わせたおかげで、窓だけは部屋のサイズとは桁外れに大きくできていた。

それでもマーヴィンはこの大学に移れたことを喜んだ。大学は近寄りがたい大使館業務とは正反対だ。気取りはないし、途方もなくソビエト的なのだ。なによりも、マーヴィンは大使館時代と比べればはるかに自由になった。確かにKGBの無線カーが外に止まり、外国人が外出すれば尾行する態勢をとっている。しかし、その監視もありがたいことに常時というわけではなかった。仲間の学生たちはなお慎重だったが、ワジムは別として、それまでのどのロシア人と比べてもずっと自由にマーヴィンと付き合った。

マーヴィンは、大使館勤めの際は、時間が許せば必ずスタローヴァヤ――安価な町食堂――で食事を取り、可能な限り公共輸送機関に乗るようにしていた。大学に移った今は毎日が食堂だ。ありついたのは紙のようなぺらぺらのミートボール、味の薄いスープ、水っぽいポテト・ピューレだった。外出も折り重なるようにしてトロリーバスに乗り込む以外にない。車内は肉付きの好いナロード、つまり人民でぎゅう詰めだ。しかも漬物を食べた吐息と汗の臭いが充満している。彼はそれが好きだった。

フランスの若者、ジョルジュ・ニヴァはマーヴィンの学生仲間の一人で、セント・アントニー在学時代やモスクワの祭典からの友人でもある。ソビエト暮らしにぞっこん惚れ込んでいることも共通している。ジョルジュはベトナムの大学卒業者何人かと同じ大学フロアに住んでいた。彼らの料理、コショウの利いたチキンの足、ニンニク臭いキャベツ・スープの匂いが廊下伝いに漂い、それが彼にはかなり堪《こた》える。「もう人生台無しだ!」。彼はマーヴィンの部屋にやって来て、フランス人特有の熱情をこめて、文句を言いたてた。ティーとビスケットの接待で慰められながら、大げさな身ぶりで「人生めちゃくちゃだ!」。

ジョルジュをモスクワに導いたのはロシア文学への傾倒ぶりからだ。大学に着いて間もなく、彼はモスクワの有名な文学サロンのひとつに出入りし始める。ポタポフスキー小路《ペレウーロック》にあるオリガ・フセヴォロドヴナ・イヴィンスカヤ宅だ。イヴィンスカヤは一九四六年以来、ボリス・パステルナークのタイピスト兼コラボレーターを務めていた。苦境にある詩人にとっての愛人でもあり、『ドクトル・ジバゴ』のヒロイン、ララの人物像にひらめきを与えた女性だ。彼女はパステルナークとの関係がもとで、たいへんな犠牲を強いられる。一九四九年、彼女の愛人を英国のスパイとして断罪するのを拒んだため、五年間投獄されたのだ。当時、パステルナークの子を身ごもっていたが、獄中で子供を失った。一九五三年のスターリンの死後になって、ようやくポタポフスキー小路に戻り、二人は関係を再開する。しかし、パステルナークが妻子を捨てなかったため、イヴィンスカヤはその生涯を通じてひどい苦しみを味わう。ふたつの家族が奇妙な生活を送った。詩人はオリガと昼食をともにし、午後の時間を過ごすと、愛人宅の客人たちに丁寧におじぎして辞去し、妻との夕食に加わるのだ。

イリーナ・イヴィンスカヤはオリガの前の結婚でもうけた娘だ。相手の科学者は一九三八年の大粛清の際、逮捕されるのをよしとせず自殺した。しかし、母親を絶望の淵に追いやった悲劇にもかかわらず、イリーナは魅力的で幸福な娘に育ち、読書やバレエに熱中した。ジョルジュはすっかり心を奪われた。数カ月後にはプロポーズする。パステルナークはペレデルキノにあるダーチャで開いた茶会に大勢の人を呼び、若いカップルに祝杯を挙げた。マーヴィンは招かれて出席し、詩人と会ったが、気が弱すぎたと振り返る。「パステルナークにどんな言葉をかけたらよいものか分からなかったのだ」とわたしに話した。

わたしはこの奇妙な及び腰についてしばしば考えてきた。というのは、その当時の父が自分の人生でどう見ても危険を厭わない態度を取っていたこととしっくり合わないからだ。恐らく、自分の友人や社会的に同等の人々とは心を許してつきあうが、堅苦しい社交行事——その毛嫌いは今に至るも続いている——には耐えられないのだ。外界を寄せ付けないようにするため周囲に作り上げた防御の世界に閉じこもる、まさに私人としての父は常にわたしの心を打った。ロンドンの書斎や客員の教授職を務めた時期に移り住んだ様々な質素な大学アパートはどこであれ、積み上げた書類やティー・ポット、バッハに逃げ込める男の小さな隠れ場所に変わった。社交の場では普通、古着で買った二ポンドの擦り切れたシャツとよれよれのツイード・ジャケットを着て、作り笑いを浮かべながら隅に引っ込み、立ち去るタイミングを計っている。人前には出たがらない性格を見せつけたのは、わたしの結婚披露宴でさえ早めに引き揚げてしまったときだった。イスタンブールに近いブユカダ島の古色蒼然たる《スプレンディッド・ホテル》で、わたしは戸外の階段に出て、年代物のタキシードを着てベージュのマッキントッシュのコート姿で立つ父に別れの挨拶をした。ジプシーのツッパリ青年たちのけたたましいバンドの音楽が宴会場から勢いよく聞こえてくる中で、彼は楽しいパーティーだったと温かい言葉で謝意を述べた。「こんな大きな集まりはどうも苦手でね」と説明すると、くるりと背を向け、夜の小ぬか雨の中をひとりわたしたちの住宅へ歩いて帰って行った。

ジョルジュの婚約パーティーが済んで間もなく、ワジムがマーヴィンをレストラン《プラガ》での食事に誘った。ワジムが新たに東洋学研究で修士号を取得したことに祝杯を挙げるためだ。ほかのゲストは多くが年配の学者やワジムの上司、部長たちだった。しかしマーヴィンの真向かいには洗練された着こなしの男が座った。彼より五歳ほど年上だ。櫛で後ろになで付けた髪は白いものが目立つ。ワジムがマーヴィンにささやいた。男の名前はアレクセイ。謎めいた伯父の「調査助手」だと。しかしワジムは客人を紹介しなかった。彼らはひと言も口をきかなかった。アレクセイは気の利いた長めの祝辞を述べた。マーヴィンはむっつり顔の隣席者と仕方なく会話を交わし、したたかに飲んだ。

数日後、ワジムがやって来て、アレクセイからのメッセージを届けた。マーヴィンとワジムを誘ってボリショイ劇場のバレエの夕べに行きたいと言うのだ。マーヴィンは驚いた。そしてうれしく思った。二人は食事の席では話をしなかったが、アレクセイは外国人と会うことに関心があるようだ。マーヴィンはそう判断し、招待に応じた。

アレクセイは落ち着き払った自信たっぷりの男だ。戦後世代に属すモスクワの紛れもないノーメンクラトゥーラ、体制エリートである。彼は外国製の衣類を身に着け、旅行経験もある。妻のインナ・ワジモヴナは背が高くほっそりとしている。マーヴィンは、ボリショイ劇場で会ったときは彼女が腕時計付きの高価な金のブレスレットをはめているのに気がついた。アレクセイが自分の妻は「典型的なソビエト婦人」だと誇らしげに言った。マーヴィンは、大学食堂で入手した卵を詰めた手提げ袋をいくつかぶら下げてあえぎながらバス停に向かう、掃除係アンナ・パヴロヴナのことを思った。マーヴィンには彼女こそ別格の典型的ソビエト婦人に思える。

その日の夜会はうまくいった。アレクセイはバレエを愛し、マーヴィンとは休憩時間中に親しい会話を楽しんだ。それに比べると俗物的なワジムはビュッフェをうろつき、女たちを見て回った。アレクセイは定期的にマーヴィンに声をかけるようになり、彼を誘い出しては《アラグヴィ》、《バクー》、《ホテル・メトロポーリ》、《ホテル・ナツィオナリ》――どれもモスクワでは最高級のレストランだ――で夜の会食をともにした。アレクセイにはカネがある。首都の給仕長たちとはどこか謎めいた特別な関係にあった。直前でも予約が取れ、常に媚笑いの出迎えを受けては居心地のよい座席か個室に通されるのだった。

アレクセイはワジムよりは会話に積極的で、その話も公然と政治的な問題に立ち入るが、ワジムほど親しげなものではなかった。女性の話題は一切しないし、酒もほどほどだ。アレクセイはマーヴィンの少年時代や家系に関心を示した。しかしマーヴィンは、彼のありきたりの反応から、貧困あるいは階級についてマルクス・レーニン主義の常套句を超えるとらえ方はできない男だと見抜いた。皮肉である。アレクセイは国際的労働者階級におけるソビエトの旗手であり、彼自身は特権身分のエリート出身だ。それに対してマーヴィンは純朴だが誠実な英国の愛国者であり、根っからの反共主義者、もっともマルクス主義用語で言えば、生まれつきの革命家なのだ。

夜の会食はますます頻繁になった。ある会食の席でマーヴィンとアレクセイは厳しいヴィザ発給制度や監視、スパイ団といった話題に触れた。《ホテル・ナツィオナリ》でのことだ。ここは二十世紀では最良の時代にふさわしい、首都の上流社会にとっては行きつけの社交場だった。ソ連は外国のスパイたちには細心の注意が必要なのだとアレクセイが言った。マーヴィンは恐らく自分は「やつら」のひとりではないことを証明し、遠回りにかけられた疑いをかわそうとして、冗談めかしてアレクセイに言った。大使館を出たちょうど角のあたりにあるボリショイ・カーメンヌイ橋のたもとに、ならず者の専用ブースがあって、KGB要員が呼び出しのかかるのを待つ間、ドミノに興じている。これが大使館にはいつも愉快な話題を提供してくれていたと。

アレクセイは興味を持って耳を傾けていたが、突然いつになく真剣な顔つきになり、そのブースはどこにあるのかとマーヴィンに詳細に問いただした。食事が済むと、橋の下まで車を走らせてひと目見たいと言い張った。たぶんマーヴィンの戸惑いを察知したのだろう、アレクセイはMI5とMI6の工作を見くびる発言をした。あたかもマーヴィンが組織の一員なら、それも承知のはずだとほのめかすように。マーヴィンは反論しなかった。

マーヴィンが数日後、この橋を車で通りかかった際、ブースとならず者が消えているのに気づいた。

ワジムは伯父のダーチャでまたも夜会の段取りを付けた。以前と同じく一行はジルで出かけたが、今回はワジムがスキーのインストラクターを務める友人ひとりと、小太りだが元気の良い女性三人を連れてきた。

一行は連れだって夜間スキーに出かけ、松林の中をクロスカントリーで滑った。マーヴィンはぶざまにもたびたび雪の塊に突っ込み、女たちがくすくす笑った。彼らは暖炉の前でウォッカを浴びて暖を取り、それぞれ女性を伴って上階に引き揚げた。マーヴィンの女は体格が大きく、彼の見立てでは年増だ。しかし、夜のお供をするのはやぶさかではないと見える。断ったりしたら無礼というものだ。

マーヴィンとアレクセイはレストラン《アラグヴィ》の個室で会食し、ツィナンダーリ・ワインもだいぶ回った。テーブルに山盛りだった子羊のケバブ、サヤマメのロビオ、チーズ・パンのハチャプリといった料理もかなり平らげた。アレクセイは珍しく開けっ広げな態度になり、マーヴィンに対してときおり使う優しい口調で振る舞った。マーヴィンの経歴にもっと積極的な関心を持とうと心に決めたのだと言った。マーヴィンは旅に出るのは好きかね？　もしそうなら、どこに行きたい？　モンゴル。マーヴィンは喜んで、とうっかり答えてしまった。それはできないとアレクセイが言う。ソ連国内ではどこかないのか？　マーヴィンはシベリアを提案する。アレクセイは乗り気になった。壮大なブラーツク・ダムはどうだろう？　バイカル湖は？　マーヴィンは興奮のあまり、即座に同意した。二人は取引成立に祝杯を挙げた。

マーヴィンはどの時点で自分が深入りしすぎたと気がついたのだろうか？　無邪気だったのかも知れない。しかし、それほど世間知らずでもないのは確かだ。アレクセイのKGBコネクションは次第に明らかになってきた――英国情報機関に対する中傷的な発言、あの橋のたもとにあった「ならず者」のドミノ遊びが不思議なことに忽然と消えたこと、マーヴィンの政治意識に関する誘導尋問がそうだ。マーヴィンがスカウトされているのは火を見るよりも明らかだった。

二人は実のところ決して互いを理解していなかった。それが真相ではないかとわたしは思う。アレクセイは独断的な考えから、マーヴィンの出身階層や世代に深く根差した愛国心を見て取ることができなかった。彼らは、「ゴッド・セイブ・ザ・キング」（英国国歌）が歌い終わらないうちに映画館を抜け出すのは、悪趣味の極みと見なしていたのだ。そして、マーヴィンのほうはうぬぼれが妨げとなった。無名の研究生であるアレクセイがこれほどまで熱心に彼を誘い出し、かなりのカネと時間を費やすのはなぜなのか一度でも真剣に自問してみることができなかったのだ。わたしははっきりと確信しているが、マーヴィンがKGBをもてあそんでいるのは承知のうえだったのだ。彼がわきまえなかったのは、危険なゲームがいかなる顚末を迎えるのかということだ。シベリア行きに同意したまさにそのときこそ、いつかは早晩、ツケが回ってくると真剣に考えてみなければならなったはずだ。しかし、冒険心――またしても、この度は長く埋もれていた冒険心だった――が勝《まさ》った。何が起ころうと、胸が躍るのだ。興奮こそまさしく彼がロシアに来て求めたものではなかったか?

冬の夜間にシベリア上空を飛ぶと、世界の果てまで飛び去った不気味な感覚にとらわれる。下界に雪に覆われた森林地帯が広がる夢のような光景は暗闇に伸びていき、地平線で消えるどころか、その先にまで延々と続くようだ。一九九五年、わたしがモンゴル――父はついぞ訪れることはなかった――への途次、バイカル湖に立ち寄った際、小型のソビエト機に乗った。年代物のAn-24である。父の時代に長い就航行路のスタートを切ったに違いない。機体は後流に揺れ、プロペラの轟音で会話も聞き取れない。わたしたちは闇夜に突き進み、明かりは背後の西方に消えていった。

ソルジェニーツィンはソ連全土に伸びる囚人キャンプのネットワークを収容所群島と名づけた。しかし、実際はロシア全体が群島だ。空漠たる過酷な海に点在する温もりと明かりを備えた孤島の連なりなのである。ロシアの持つこの広大さそのもの、そのどこかにロシアの経験に迫る鍵がある。かつて横断するのに半年はかかった大地での暮らし。そこから生まれた曖昧さと運命論がそれである。すなわち、統治不能なほどかくも広大な帝国においては、前哨地との連絡もままならない、その歴史的宿命から生まれた、権力の気まぐれに対する慢性的な諦観である。ピョートル大帝の有名なウカース(布告)がある。それまでに出した数々のウカースすべてに服従せよと怒りもあらわに臣民に命じる内容だ。それを読みながら、わたしは気の触れた無線技士の彼が憤怒のメッセージを宙に放ち、宙から返ってくるのはかすかなこだまだけ、という姿を思い浮かべた。

電話回線、衛星テレビ、アエロフロートはロシアを緊密に結び付けたように見える。しかし、ある意味で電子通信は交信不能の距離感を深めることにつながっただけだ。ロシアはソ連崩壊で領土の一七パーセントを失った後でさえ、世界最大の領土を持つ国にとどまっている。国内にはなお十一の時間帯がある。国営テレビの元カメラマンがかつてわたしに話してくれたことがある。ソ連時代のニュース番組『ヴレーミャ』のテレビ信号は、モスクワと極東でも最東端のチュコトカとの曲率七〇度を補正するため、繰り返し成層圏に跳ね返らせなくてはならなかったというのだ。一九九〇年代半ばにもなると、太平洋沿岸地域のカムチャトカやマガダンにも簡単に直通電話がかけられるようになった。しかし、時差はニューヨークにかけるのとほぼ同じだ。ロシア欧州部と極東とを結ぶ高速道路の最終区間は二〇〇二年になってようやく完成を見た——それ以前は凍結したアムール川の氷上を数百キロにもわたって仮設道路が敷かれており、しかも通行可能なのは冬期間だけだった。

とすれば、こうした空っぽの広大な領域で生を受けた民衆の多くが、生活を規定する物理的に不可能な現実に直面して、本能的な無力感とともに育ったとしても何ら不思議ではない。これらの物理的限界が人間形成に関わる制約をいっそう受け入れ易くするように思われる。「神はいと高きところにあり、ツァーリは遠きにあり」と古いロシアの諺にいう。ロシア正教会の中心的な教えのひとつがスミレーニエ、すなわち主なる神が信者に耐え忍ぶよう与え給うた重荷への屈従であるのは偶然ではないのかもしれない。距離と天候とが一体となった敵意が魂の萎縮を企て、最強の者を除くすべての人間の野望を挫いているようだ。アントン・チェーホフは『三人姉妹』の中でこの倦怠感をとらえた。田舎の孤立状況に押しつぶされ、若さあふれる希望も魂も緩やかに、しかし容赦なくロシアの底知れぬ無気力によって消滅するといううら若き三姉妹に関する著作である。洗練されたエリートが村落の孤立と中世的暗黒を避けて閉じこもるモスクワの生活ですら、周りを取り囲む大地の広大さに規定されているように見える。それも強力に、しかし不可解な形で。船上の営みには、辺り一帯が冷え冷えとした底深い海であるという認識が行きわたっているのと同じようなものである。

アレクセイとマーヴィンは一九六〇年四月、シベリアに飛んだ。マーヴィンのモスクワ国立大学在籍初年度が終わりに近づいたころだ。小型のＡｎ－24の一機種に乗ってロシアの広大無辺な白き大地を横断する旅だ。最初の中継地はノヴォシビルスク。帝政時代にできた低層の辺境の町の周囲に広がった新しい灰色の工業都市だ。中心部は軒並み朽ちかけた丸太小屋と傷んだ商館が建ち、いくつも走る広い大通りが郊外に建設された同一規格のアパート群とを結んでいる。アレクセイは心底から感激した様子だが、マーヴィンは魂の抜けた気の滅入る都市だと思った。

彼らはブラーツクに移動した。当時は掘っ立て小屋の町にすぎない。ブラーツクのかなたに凍結した大河が、そして半ば氷解した広大な湖があった。アレクセイの説明では人民の意志と労働者百万人の作業によって生まれた偉大な社会主義の湖だという。湖の前にはコンクリートと鋼鉄でできた並外れた規模の水力発電ダムがそびえ、労働者の楽園づくりのために自然を支配しているのだ。

二人はインツーリストの仮設ホテルにチェックインした。視察に訪れる要人たちの宿泊用にぬかみ道の間につくった安普請の建物だ。彼らはダムに案内され、驚嘆すべきその偉大な水力発電施設に感銘を受けるというわけだ。二人は翌朝、ダムを訪れた。春季の洪水が轟音とともにタービンを突き抜け、コンクリートが遠くまで優美な湾曲を成している。マーヴィンはアレクセイに同意した。これは驚くべきことだ、実に驚嘆すべきダムだと。アレクセイはその通りだと黙ってうなずいた。年若いマーヴィンはそつなくつきあった。「ロシアという不思議の国では胸躍る驚きが際限なく続くのか？」。父は後日、回想記にそう書いた――皮肉をこめてなのか、それとも若き日の熱中ぶりの残響か、わたしにはどちらとも言えない。

アレクセイの企画した大シベリア・ツアーは観光旅行の予定だったのに、どういうわけか社会主義の驚異的成果をめぐり歩くある種の公式視察となってしまったが、その最後の訪問地がイルクーツクとバイカル湖だった。森林はまたしても果てしなく、広大な地平線は夢の風景につながっているように思えた。世界最大級のバイカル湖はどこまでも平らでまばゆいばかりに白さが映える。水深千六百メートル以上の黒々とした冷たい水面に浮かぶ途方もない広がりを持つ氷の大平原だ。

「バイカルには三百種以上の魚が棲息しています」とふっくらした集団農場長が熱心に説明した。彼は不思議なことに外国人の賓客を伴ったアレクセイの来訪を嗅ぎつけていた。三人はぎしぎしと軋む氷の上に黙って立ち、冷たい外気に震えた。アレクセイはいつもの落ち着きが粗末な農家での一夜に乱され、苛立たしげに岸辺をじっと見詰めた。マーヴィンは春の訪れで薄くなった足元の氷を心もとなく思いながら眺めた。歩くたびにたわむのが見て取れたからだ。

「怖いのは氷ではない。水面下に潜むものだ」。マーヴィンの不安を見て取ったアレクセイが指摘した。

「もう少し先へ行きましょう」と農場長が言った。

アレクセイはついに切り出した。モスクワに向けて出発する直前、イルクーツク空港でペリメニ餃子、シベリア風魚スープとウォッカの昼食をとっていたときだ。マーヴィンはこの質問を半ば予想していた。しかし、実際に突きつけられると、さすがにショックだった。マーヴィンは「国際平和のために」働く気があるのか？

アレクセイは目にこのうえない真剣さをこめた表情でテーブルに身を乗り出し、精一杯の口説きにかかった。公正なソビエト社会の美徳に対する彼の称賛ぶりはお馴染みのものだ。彼は言う。マーヴィンは貧困家庭の出身だ。ソビエト社会の公正さは直接目にしてきた。今こそ、世界の不公正についてマーヴィンに一肌脱いでもらう機会を提供するときだ。アレクセイは肝心の言葉には触れなかったが、これがKGBへの協力を意味していることは二人には明白だった。

マーヴィンは拒否し、アレクセイの説く階級闘争理論を混乱させた。祖国を裏切ることはできないとマーヴィンは言った。昼食は最後に非難と不機嫌を伴った。マーヴィンが彼と知り合って以来初めて、アレクセイの落ち着き払った魅力に亀裂が入り、仰々しくマーヴィンに説教を垂れた。ぶち壊しだ、偽善だ、恩知らずだと。マーヴィンは座ったまま困惑を隠さず、黙り込んだ。

緊張した長時間のフライトが終わり、モスクワに戻った機体は雨に濡れるヴヌコヴォ空港の駐機場にドスンと音を立てて止まった。二人は荷物が出てくるのを待ちながら並んで立っていたが、アレクセイは別れ際に詫びた。「あのことは忘れよう。わたしが悪かった。時期がまずかった。モスクワでまた君と会いたいものだ。友人同士でいることにしよう。これは水に流そう」。二人はぎこちなく別れた。全くの予想外でもなかった結末に、マーヴィンは怖さを感じるよりは戸惑いを覚えた。

ブハラのニーナがマーヴィンの大学寄宿舎に電話をかけてきた。彼女は出張でモスクワに来ており、マーヴィンに会いたいと言った。今、赤の広場に面した国営百貨店《グム》にブラウスを買いにいくところで、それがすめば暇になるという。二人は夜に落ち合うことにした。

マーヴィンは受話器を置き、一息ついた。ニーナはどうしてこの電話番号が分かったのか？　会ったら聞いてみようと心に留め置いたが、それは結局しなかった。

マーヴィンはゲームをしていたのだ。彼がつき合う組織の冷酷さを少しも知らなかった。マーヴィンにとってKGBとは、あか抜けしたアレクセイとその追従者たち、大使館勤務時代に、相手に配慮した距離を保ちつつモスクワ中を尾行した無言のならず者に擬人化されていた。

ジョルジュ・ニヴァにそんな幻想は一切なかった。ジョルジュとイリーナの牧歌的生活はパステルナークが一九六〇年五月三十一日に心臓発作で死亡すると、たちまち暗転する。パステルナークとその国際的名声が消え去るとともに、イヴィンスカヤ一家は著名な後ろ盾を失う。KGBは何年にもわたって彼らを引っ捕らえようとうずうずしていたのだ。口実には事欠かない。一家は西側の人間と交際を重ね、贈り物を受け取ることで悪名高い。揚げ句の果てに、彼らはパステルナークの書いた有害な反ソビエト出版物から得られる国際的印税の相続人ときている。オリガと外国人かぶれの娘を片付けるのは今だ。

パステルナーク死去から間もなく、マーヴィンとジョルジュは同期の学生全員とともに大学の診療所で定期的な天然痘のワクチン接種を受けた。マーヴィンの予防接種は経過も無事だった。しかしジョルジュはすぐ皮膚に不思議な感染症を起こした。症状は悪化し、予定していた挙式の日も病院で寝たきりとなった。挙式は日程を改め七月とした。しかし、監視係の看護師がその日早朝、ジョルジュのベッド脇に張り付いたため、彼を病院から連れ出そうとしたイリーナの計画は打ち砕かれた。その後、イリーナ自身が彼と全く同じの、恐るべき皮膚疾患で病に倒れた。

当初はジョルジュもイリーナも——NKVDの拷問部屋を知り尽くした彼らの母親でさえも——感染が二人の結婚を阻むKGBの仕業だとは思わなかった。しかし、これこそが二人の不可解な猛毒性の急性疾患を解き明かす、最も可能性の高い説明であることがますます明らかになった。ジョルジュはそう考えると心底から衝撃を受けた。将来の義理の母親も、わが身のそれまでの全体験に照らしてさえ、衝撃は同じだった。ジョルジュの学生ヴィザは七月末で期限切れを迎える。彼の必死の懇願にもかかわらず、当局はヴィザ延長を拒否した。イリーナは病状が悪くて、パリに向かうジョルジュを見送ることができなかった。マーヴィンはイリーナの母親とともに、泣きじゃくるジョルジュを空港まで車で連れて行った。ジョルジュを見送るとき、老婦人は体が縮んでしまったように見えた。昔から快活だった彼女自身の抜け殻である。ジョルジュもイリーナもその後早々に回復した。しかし、二人が再会を果たすのは互いに半生を過ごした後になってのことであった。

マーヴィンはワジムと連れだって短い休暇を取ることにした。二人は黒海沿岸のリゾート地ガグリに飛んだ。ボリス・ビビコフが二十五年前に逮捕されたところである。モスクワの短いが焼けつくような夏の息苦しさ、そしてはた目にも癒やしがたい病と強いられた別離が、ジョルジュとイリーナにもたらした苦悩から抜け出すには格好の場所だった。南に下ると空気は暖かく香しい。ソビエト生活の単調さや鬱屈とした気分に左右されることもない。地元の人々は温かくもてなしてくれるし、おしゃべりだ。悪意ある世界に対し外見上は不作法を装って引きこもるのとは違うのだ。

マーヴィンはくつろいだ。KGBの仕事なんて全部吹き飛んでしまえ。彼はそう願った。アレクセイはあの一件を引っ込めてしまったようだ。彼はワジムには決して何も触れないように気を配っていた——未遂に終わったあの勧誘にワジムは一切関知していないと未だに信じていたのだ。いかにも本心からそう思っているように。二人はガグリの海岸に寝そべり、マーヴィンの青白い肌は南の太陽を浴びて真っ赤に日焼けした。マーヴィンは親しげな丸顔の女学生に部屋に来ないかと誘った。彼女は躊躇いもなくついてきた。

しかし、休暇に入って数日後、マーヴィンは電話口に呼び出された。アレクセイだった。ガグリに来ているという。彼は夕暮れどきに近くの公園の丸い池付近にあるシャンペン売店での会合を設定した。カエルの鳴き声が飛び交う柄模様の木陰で行われた会合は、短時間だったが劇的な展開を見せた。アレクセイは優雅に振る舞い、相変わらず落ち着き払っていた。そして慇懃にマーヴィンに挨拶した。マーヴィンは今夜、暇かね？　よろしい。もうひとつ別の会合が九時に用意してある。ホテルの一室だ。アレクセイはくるりと向きを変え、しっかりした足取りで砂利道をザクザクと歩きながら立ち去った。

マーヴィンはこの会合が楽しいものとは思っていなかった。実際、その通りだった。アレクセイはマーヴィンを彼の「ボス」であるアレクサンドル・フョードロヴィチ・ソコロフに紹介した。年配のどっしりとした体軀。趣味の悪いソビエトのスーツに安っぽいサンダル履きという出で立ちだった。ソコロフは見るからに保守的なNKVD出身の荒くれ者で、その振る舞いに、めかし込んだ年下の同僚や目の前に立つ甘ったれの外国人青年に対する侮蔑がにじみ出ていた。

アレクセイは実に厳かに手続きを開始した。マーヴィンの「経歴」と「目的」を語り、ソ連がいかに「世界で唯一の自由にして公正な社会」であるのかについて述べた。ソコロフはマーヴィンに関するKGBファイルを引用しながら、彼の父親が貧困のためワインは一度も飲んだことがなかったのだなと険しい表情で指摘した。確かにこのときとばかり、マーヴィンは両親をここまで追い詰めた体制に一撃を加えるべきではなかったのか？　どうやら、彼の父親が飲み干した何ガロンものビールや何ケースものウィスキーについては、KGBに記録されていなかったようだ。マーヴィンはそう思った。

二時間後、恫喝が襲った。「われわれは知っているのだ」とアレクセイが重々しく切り出した。「君が不道徳な行為を重ね、罪を犯してきたことをね」

「もしコムソモールが嗅ぎつけたりでもすると」とソコロフが怒鳴り声を上げた。「とんでもない新聞沙汰になるぞ。君は恥辱にまみれて大学を追われる。この国からも追放だ」。そうは言っても、こんどばかりはばかげたことだ。マーヴィンには分かっている。事実、数え上げれば多少の「不道徳行為」はあった――ワジムと連れ立ってモスクワの売春宿に一度行ったこと、ブハラのニーナ、ワジムの伯父のダーチャで会った女、外国貿易省近くの奇妙な円形ビルに住む女、ガグリの学生。ワレリー・シェイン、あるいはワジム自身と比べてみれば、全部合わせても実にささやかなものだ。

「とうとうイエスかノーか言うべきときが来たのだ」。アレクセイとアレクサンドル・フョードロヴィチが返事を期待してマーヴィンを見据えた。

「それなら返事はノーと言わざるを得ない」と父は答えた。「祖国を裏切るように仕向けても無駄です」

その晩、ベッドに腰を下ろし、自分の反抗がどのような結果を引き起こすのか思いを巡らせたマーヴィンは、行き着くところまで行ってしまったことに気づく。スキャンダルを引き起こす脅しは恐れていない。しかし、KGBは友人たちに触手を伸ばすかも知れない。嫌疑のでっち上げ、事故、不良行為を理由とした逮捕、居住許可の取り消しといったあくどい話が流布していたのだ。彼は荷物をまとめてモスクワに引き返す最初の便に乗り、ソ連を出国しようと決意する。おそらく二度とは戻らないと。

とはいえ、事はさほど単純ではなかった。マーヴィンがモスクワに戻って数日すると、アレクセイが和解の電話を入れた。最高のレベルで決定が下されたとアレクセイがマーヴィンに保証した。これ以上の措置は取らないというのだ。アレクセイはもう一度ささやかなディナーを取ろうとまで言ってきた。マーヴィンに伝えたいちょっとしたニュースがあるのだという。

「君が話題に触れたあの女性、オリガ・フセヴォロドヴナ・イヴィンスカヤのことだ」とアレクセイはさり気なく言った。これが最後となるくつろいだ会食を始めたときのことだ。「彼女がちょうど逮捕されたところだ。容疑は禁制品取引。彼女は外貨の持ち込みなどに関与していた。道徳的に腐敗していたのだ」

アレクセイは食べ続けた。その皿をまじまじと見ていたマーヴィンは食欲が失せた。

「君には言っただろう。彼らはたちの悪い家族だ」とアレクセイは続けた。「もし自分が君の立場だったら、彼らとは十五キロは距離を置きたいところだ」

マーヴィンはアレクセイがさらにワインを流し込むのを眺めた。アレクセイの顔は無表情で全く感情が窺えなかった。イリーナは母親の逮捕から二週間後に、病院のベッドから連行され、尋問のためルビャンカに送られた。それから間もなく、バレエをこよなく愛し、芸術には繊細な感覚を持つイリーナが母親に続いて、想像を絶する暴虐が支配する労働キャンプの世界に放逐された。マーヴィンがこの母娘についてこれ以上、伝え聞くことはなかった。これはゲームではない。マーヴィンはそのことをようやく悟った。これはゲームどころではないのだ。彼は急ぎ、オックスフォードに戻る準備にかかった。

第10章

愛

冒険が素晴らしいことにもなりうる。

マーヴィン・マシューズがワジム・ポポフに語った言葉　一九六四年　春

とりわけ、それが終わった後は。

ワジム・ポポフ

わたしの父が知るモスクワは堅固に根を下ろした町だった。磐石な物事とあれこれの規則が、国営商店の価格やずんぐりしたスターリン様式の都市景観と同じく固定されていたのだ。父の世代のソビエト人は多くが全生涯を同じアパートで送り、同じ職場に勤務、ウォッカを固定価格二ルーブル八十七コペイカで買い求め、一台の車を買うのに十年待ち続けた。時間は休暇から休暇まで、劇場シーズンから劇場シーズンまで、ディケンズ小説全集の一巻から次の刊行までという具合に計っていた。

四十年後、わたしがモスクワに到着すると、この年は失われた時間を取り戻しつつあった。街は近代化の邁進に取りつかれていたのだ。一晩で一変し、それが毎晩変わるように見えた。赤のブレザーにクルーカット姿がかつてたむろしていた場所で、今度はシーザー風に刈り込んだヘアカットにDKNYのセーターを着込んだ若者たちを目にすることになる。インターネット・カフェ兼流行の衣類店が昔の食料雑貨店にオープンする。まばゆいばかりのクロム資材と大理石製のショッピング・モールが驚くべきスピードで各所に出現、それもシースルーのエスカレーターとドル札の現金引き出し機を備えている。しばらくして変化の速度に慣れ、これも当たり前の光景なのかと思えた——ここに教会が再建されたかと思えば、あちらには新しい会社の本店が建ち、まるで雨後の筍のようである。それと比べてロンドンは異様なほど動きがないように見える。ほかのロシア地域は音もなく崩壊の一途をたどっていたのかも知れないが、モスクワは帝国から略奪した戦利品の上で肥大化したのだ。

わたしが刺激的な題材を求めてモスクワの奥底に潜む暗部の取材に出るとき以外は、いつも精力的にパーティーに出向いた。わたしの父は騒々しいジプシー・レストランが好みだった。一世代を経て、突如金回りが良くなったことと自由の謳歌とが、モスクワのパーティー事情を贅沢で奇妙なものに変えた。ルビャンカ広場のちょうど裏手にある店《クラブ13》では客が上階に向かう際に、ミニサイズのサンタ・クロースの衣装を着た小人たちが九尾のネコ笞で客を打つ。金持ちの犯罪者たちのたまり場となった《タイタニック》では、黒のメルセデス十数台が外に駐車し、女の子の集団が舷窓をかたどったテーブルで猪首の洒落男たちから声をかけられるのを待っている。《チャンス》では裸の男たちが巨大なガラス張りの魚槽で泳いでいる。わたしは《ファイアーバード》のカジノにも行った。なんと往年のアクション映画スター、チャック・ノリスと接客相手の極右政治家ウラジーミル・ジリノフスキーに同行して一晩飲み交わしたのだ。

時には勇気を奮って《ハンガリー・ダック》という店名のバーにも赴く。「レディーズ・ナイト」と銘打った日は女性だけが——それと、バーテンダー役を務めるオーナーの友人数人が——六時から九時までこの宮殿に入れる。アルコールは無料、飲み放題だ。その結果、店内は汗にまみれた十代の少女たち約六百人であふれ、わたしたちが注ぐのももどかしく全員が飲み物に殺到するのだ。スラブ的フェロモンの匂いが濃厚に立ち込める。絶叫する女たちが壁となって円形バーをぐるりと取り囲む光景はおぞましいほどだ。まるで攻め入るズールー人を迎え撃つロルクズ・ドリフト砦の防衛戦〔一八七九年、南アフリカで英国軍が苦戦したズールー戦争を指す〕のようだ。男性ストリッパーがバーの先へと気取ったポーズで歩き、客の中から何人か引き抜く。そしてビールを浴びせて衣類を剝ぎ取る。カナダ人オーナー、ダグ・スティールはレジの明かりでメフィストフェレスのような緑に変色した顔を見せると、筋骨たくましい腕を組んで身を乗り出し、いかにも満足げに店内の騒ぎを眺め渡す。自分の船インナー・ステーションに乗るクルツ船長〔ジョゼフ・コンラッド『闇の奥』の登場人物〕のようだ。九時に男たちが入る時間までに、酔っ払ったトップレスの女たちはビール浸しのバーを離れ、フロアに酔いつぶれる。警備員が彼らを救い上げては玄関に並べて放り出す。間もなく壮絶な取っ組み合いが起こる。悪意に満ちた、目をえぐるような戦いだ。叩き割ったボトルが宙を飛ぶビールグラスと激突する。そして骨折だ。気絶した敗者たちは階下に倒れた泥酔客に仲間入りとなる。

わたしはロシアで最も有名なラップ歌手、ボグダン・ティトミル主催のパーティーを覗いた。会場は彼のアパート兼ディスコ。窓はPAでさく裂する音響にガタガタ揺れ、カップルたちがこっそり抜け出し、彼の歌う曲を背景に抱擁を交わす。わたしがヤナを初めて見たのは、点滅するストロボの逆光に彼女が浮かび上がったときだ。ボグダンが愛用するエレクトリック・ブルーのソファにもたれたブロンド娘たちのそばを通り、カーテンが半開きのアルコーブの中で絡み合う姿を尻目に、タバコの煙の中をくねって歩き、コカインが山と積まれたテーブルの方に向かっていた。タイトなミニスカート姿。フォルナゼッティがデザインした蛍光の両眼がいくつも並ぶプリント柄だ。これがテーブル上に吊った紫外線ライトを浴びた彼女自身の妖しい輝きとぴったり合う。彼女は絞首刑執行人が使うロープのような太巻きの一本を巧みに作り上げ、コカインを鼻から吸い込んだ。それからブロンドの髪の毛を後ろに振り払い、わたしの目をまっすぐ見た。そしてウィンクした。

「パレーズナ・イ・フクースナ」。彼女はそう言ってニッコリし――「健康に良く、美味しい」、テレビ広告で流れるシリアルの宣伝文句だ――くるくる巻いた紙幣を差し出した。

わたしは後で、ボグダンの玄関に腰を下ろしている彼女を見つけた。両脚を開き、手首を膝に乗せ、タバコを吸っていた。わたしは隣に座った。彼女は一瞥をくれて、口元にくわえたタバコからひと吹きした。わたしたちは会話を始めた。

ヤナはモスクワに住む黄金の若者――金銭的に恵まれ、洗練された特権身分でありながら、完全に自分を見失っている――に属す典型的な子だった。彼女の父親はスイスに駐在した元ソ連外交官。母親はサンクトペテルブルク知識人の家系の出身だった。モスクワの半分は彼女に心を奪われた。彼らは彼女に拒絶されればされるほど、彼女に夢中になった。彼女には状況に合わせる才能がある。それが二十年にわたる風変わりにして、時間にも無頓着な生活を支えてきた。ある環境から別のところへ、ある場所、ある人、ある日から別のそれへと身を転じたその気楽さが揺らぎ出す。彼女の気まぐれと不安定さには実に抗しがたいものがあった。彼女は荒々しいほどに自然の赴くままに生きる気分屋で、感情が一定しない。駄々っ子のように利己的なこともしばしばである。ヤナを見ていると、未開人の風刺画シリーズに自らを登場させて演じ、少しでも新しいタイプの社会的役柄に適合させて生きる人物をいつも思わせる。そして、彼女は多くの孤独な人々がそうであるように、愛されたい、あこがれの人でありたいと強烈な願望を抱くものの、愛してくれる人との距離は遠のいていく。これが彼女の逆説である。あこがれの対象に登り詰めるほどに、彼女が自分のために愛してもらうことがますます不可能になってしまうのだ。

プーシキン広場近くに、チューブ管の椅子とつや消しの黒いテーブルを備えた、ニュー・リッチのたむろする店《トラム》がある。わたしたちが落ち合うのはその店だ。軽食といっても目玉の飛び出るような値段の会食が済んだ後は、彼女が各種のパーティーに連れて行ってくれる。そのひとつがモスフィルムのスタジオに『三銃士』用に作ったセットでのパーティーだった。合板でできた十七世紀様式のバルコニー、アーチ道、らせん階段がそろった迷宮だ。羽毛ジャケットにホットパンツの娘たちが馬車の上で踊り、ボスのジーンズをはいて髪をなでつけたハンサムな若者たちがそれを眺めていた。赤軍劇場で行われたパーティーもあった。周囲に新古典主義の列柱をめぐらせ、ばかげた星形のスターリン式建築の劇場だ。バラライカ演奏付きの戦勝記念日祭典に代わって、喧しいどんちゃん騒ぎの舞台となった。そこには鎧のブラジャーを付けた脚長の娘や、頭を剃って緑色の毛皮コートを着た男たちが群がっていた。わたしには、だれかから借りた顔を包み込むようなサングラスを掛け、回転式ステージの隅で狂ったように踊るヤナの画像がある。彼女はゆっくりとした足取りでわたしの脇を進み、拳を突き上げた。「ダヴァイ、ダヴァイ」——活気に満ちた、翻訳不可能な表現——と叫びながら、歩いていった。

モスクワに低俗さが付きまとおうとも、わたしはこの虚栄のかがり火を生むエネルギーが好きだった。何か不可解な、活気あふれる、とらえて離さないものに出逢えたと思っていた。カネ、罪悪、美しい人々——それもジャワ島の火祭りのように終末論的であり、美しさも束の間に過ぎず、やがて消えゆく運命にあった。こうしたパーティーの場に頻繁に出入りする、愛嬌があって惑わされた若者たちの光り輝くエネルギーが、仮に自滅と忘却以外のどこかに注ぎ込まれていれば、この荒んだ国を一世紀にもわたって灯し続けたのかもしれない。

ヤナとわたしは約半年間、定期的に会った。彼女という素晴らしい存在がわたしをもっとましな強い人間に変えた。自分ではそう思う。この飛び切りの人間がわたしのそばにいるとはいつも信じられない気持ちでいた。こんなことは現実にはあり得ないと自分に言い聞かせた。彼女が行く先々のパーティーでキスしていちゃついても、嫉妬を覚えることもなかった。わたしはほかの面々と並んで、彼女の振りまく魅力のサーチライトがこちらに当たるのを待った。それで十分だった。彼女が金回りの良い富裕層の若者には一切目もくれずわたしと一緒に帰宅するときは、そのたびにちょっとした奇跡に思えた。

彼女が重荷となった仮面を剝ぎ取り、大人しくひよわになったことも、稀にだが、何度かあった。幾分幼く厄介さの消えたときの姿である。これが今もわたしの心に生き続けるヤナだ——ボグダンの家で会ったときの人の目を引くヤナではなく、わたしがあげたロシア海軍のピーコートにシルクの迷彩パンツという出で立ちで、大きなブーツを履いてモスクワを闊歩するノーメイクのヤナ。ありがたいことに身分を隠しての外出だ。

その後、かねて予想していた通り、彼女は関心を失ったようだ。わたしは無理に引き留めなかった。わたしの性的エネルギーは、ヤナのような天上の存在よりは地上の住人にとどめたほうがかえっていいと自分に言い聞かせ、その理屈で納得した。

しかし、ヤナと会うのを止めた後、忸怩たる思いがあった。どん底に突き落とされ、気力は萎えるし、身動きもできないほど落ち込んだ。彼女は初婚の相手としては完璧な妻になる。わたしは最良の友人で『モスクワ・タイムズ』の同僚記者マット・タイビにそんな冗談を言ってみたい。わたしはずっと暮らしてきた自分のアパートでは、ヤナに出会う前の生活があまりに染み込んでいて、やけに青春時代に密着しすぎているると思った。そこである友人が出かけている間、彼の部屋を数日借り、形の歪んだ古いソファに腰かけ、たばこを吸って過ごした。何かマゾヒズムの行為に訴えて時間の区切りをつけなければと感じた。そこでマットに頼んでバリカンを持ってきてもらった。クレムリンを望むアパート十一階の大きなガラス窓のそばで、彼は学校時代からのわたしの巻き毛をきれいに刈り取り、椅子の周りに広げた新聞紙に髪の毛がどっさりたまった。

喧嘩もせずにヤナを出て行かせてしまった――優柔不断による――痛恨の思いがことのほか胸の奥底に迫った。ヤナと彼女の生きる愚かな贅沢三昧の世界が誘いをかけるとき、わたしは良識の束縛にとらわれず身を翻すことがずっとできないでいた。それを思うと赤っ恥をかいたように顔面が紅潮した。そうした自覚がわたしを老けさせたようだ――時の移ろいとともに傷口はほとんど痕跡もなく癒えることも知っていたから、なおさらだった。どうにか暮らしてはいくだろう。十代の自由奔放な生き方が壊れやすい見せかけにすぎない。それを見るも無惨にさらけ出したこともあって、辛いものがあった。わたしは恥じ入る思いだった。ヤナを失った本当の理由は、わたしが彼女を引き留めておけるだけの男ではなかったことを痛切に感じていたからだ。それを思い知るとやり切れない。わたしは腹いせに昔の下劣な生活習慣に戻ることで、辛さから逃れた。セックスで痛みを消し去り、のろけ話で屈辱を打ち消そうとしたのだ。しばらくはそれもうまくいった。

半年ほど経つと、モスクワのナイトクラブにたむろする奔放な若者たち向けに編集された『プチューチ』などの流行雑誌に載った彼女の写真を見るたびに、あれほど激しく思い詰めていた彼女への感情が薄れ、胸の痛みも和らいでいった。わたしは会って日の浅い友人だった。年来の友人とは決してなれないように運命づけられていた――あまりにも時間が少なかったし、取り巻く人々がひしめき、パーティーもめじろ押しだったからだ。しかし、わたしはこう考えるのが好きだった。千人ものはみ出し者たち、さまざまな情景、パーティー会場の中に、蝶々の頭のようだった彼女の、あの美しい万華鏡のどこかにわたしのイメージが組み込まれているのだと。

ヤナはあまりに美しく、あまりに現実離れした完璧さゆえに、生きてはいけない人だった。だから一九九六年秋のある夜、ある共通の知り合いが電話をかけてきたときも、不思議と驚かなかった。モスクワ郊外の外れにあるどこか陰鬱な地区の地下鉄駅で、彼女がレイプされたうえに殺害されているのが見つかったという知らせだった。彼女に殺意を抱くような人間とは一体何者なのか、だれも——警察はもちろんのこと——思いつかなかった。

ある特定の時期に深い奥底から流れ、破滅に向かうリズムというものがある。彼女については亡くなるずっと前から、そのリズムに合わせて揺れる年ごろの子供としか思えなかった。彼女の身の置き所はモスクワ以外にはあり得なかったし、彼女が年を取ることも、退屈で冷笑的な、あるいは太った女性に変わることも、まして嫁いでいくこともわたしには想像できなかった。したがって、ロシアがついに彼女を飲み込んだのは、何だか当然とも思えるのだ。

周辺の諸々が欺き通し、破綻の道をたどっても、彼女は意地になって明るく振る舞い、楽観的に生きた。しかし現実は、最後にはイカルスのように舞う彼女を雲の間から摘みだして、底深い闇の世界に引きずり落とした。彼女は見る影もなく息絶えた。侘びしいモスクワの地下鉄駅で何者かにレイプされ、恐怖に脅えながら首を絞められて——犯人は行きずりの男か愛人なのか？　だれにも分からない。彼女がわたしの小説の登場人物だったとすれば、作家としてやはり彼女を消したはずだ。

マーヴィンは一九六三年の夏の終わりにソ連に戻った。前回の滞在から三年後だ。セント・アントトニーズ・カレッジを通じて、モスクワ国立大学との新たな大学卒業者交換プログラムにうまく応募できたのだ。ソ連当局が彼の再入国を認めたということは、ＫＧＢとの関わりは済んだことになる。彼は安堵の思いでそう推測した。モスクワに戻ると、マーヴィンは素早く昔の友人関係を取り戻した――ただし、アレクセイとワジムとの付き合いは除いて。

マーヴィンは以前の滞在中に追い求めた優雅な暮らしを十分に満喫していた。三十一歳になったことだし、身を固める用意はできていた。ワレリー・ゴロヴィツェルがマーヴィンにぴったりの感じの良い女性を知っていると言ってきた。ゴロヴィツェルは仲間たちの中では、彼の友人で従兄弟のワレリー・シェインより見る目のある男のようだ。シェインは開放的なタイプの、おしゃれで可愛い親友の女性を何人か連れて街に繰り出そうと誘いをかけたのだ。

あにはからんや、ゴロヴィツェルの念頭にあるマーヴィン向けの相手とは、理知的にしてロマンティックな女性だった。マーヴィン自身と同じではないか。しかも、勇気があって才気煥発だ。マーヴィンは心が動いた。しかし、初対面でいきなりデートとは軽率だと思った。そこで彼に聞いてみた。正式に紹介を受けるまえに、彼の友人リュドミラをひと目見ることはできるだろうかと。

ワレリーの提案はこうだ。ボリショイ劇場の公演後に入り口の外で待て、そうすれば、将来見込みのある新しいガールフレンドをちらりと見ることができるというのだ。どこまでも無邪気な年ごろでなければ編み出さないようなお膳立てだった。現実の世界での恋物語の始まりというよりは、モリエールの芝居のどこかの場面のようだ。いずれにしても、みぞれの降りしきる十月のある晩、マーヴィンは言われた通りの場所で待ち、実際にひと目見た。やや脚を引きずる年若い小柄な女性がワレリーと生き生きとおしゃべりを交わしながら、劇場から出てきた。

ゴロヴィツェルの小さな部屋でささやかなティー・パーティーが行われた。マーヴィンはエストニア人として紹介された。本物の英国人となると気まずい雰囲気になるか、好奇の目で見られてしまうので、それを避けるためだ。ミラは内気な「エストニア人」の見事に決まったロングバックの髪型に目を留めたことを覚えている。マーヴィンはミラの優しい青灰色の瞳にくぎ付けになった。マーヴィンは時折、拙いウェールズ語で日記を書き、紛失してもKGBには判読できないようにしていたが、一九六三年十月二十八日に「強烈な個性の持ち主ではあるけれど、とびきりチャーミングで知的な女性と会ったと書き込んだ。彼らは再会を約した。二人は一緒に長い散歩に出かけ、何時間もおしゃべりをした。遠からずわたしの父は、スタロコニュシェンヌイ小路にあるわたしの母の狭い部屋に頻繁に通うようになる。

わたしは母と一緒にかつて、この古いアパートを見に行ったことがある。母がここを立ち退いて三十年あまり経った後、毎年モスクワに里帰りしたときのことである。家屋はまだ収集していないゴミでいっぱいのアーチ道を二本抜けた通りの裏手にあった。十九世紀末から二十世紀にかけての時代にできた荒んだ建物は低層で、これといった特徴もない。壁は分厚く、一階は格子窓だ。玄関は濡れた段ボールと鋳物の臭いがした。共同アパートに通じる一階の入り口は幾重にも塗り重ねた地味な茶色のペンキが剝がれ、「コムナルカ（市営共同住宅）」の部屋ごとにひとつずつ付いた呼び鈴が昔のまま列に並んでいた。わたしがボタンを押した。父が一九六三年に、カーネーションを持ってためらいがちに押したのと同じボタンだ。父が一九六九年、母を英国に連れ出すため最後に訪ねたときに押したのもこれだ。若い女性がドアを開け、母が以前ここに住んでいたのでと来意を告げると、恥ずかしそうな笑みを浮かべて中に入れてくれた。彼女と夫、そしてコムナルカに同居する年配の女性は近々引っ越しするとのことだった。建物はモスクワ市当局が取り壊して敷地を売却、高級住宅に建て替えとなる予定だ。

アパートといっても、ひどいものだった。広い廊下は敷き詰めたリノリウム床がたわみ、壁紙は隙間だらけ、どのドアにも複数の錠前が付いている。廊下の奥には不衛生な台所がひとつ、その天井は脂が経年の重みで剝がれ、使われなくなったオーブン用のガス管が壁から突き出たまま外れている。

母が暮らした部屋は本当に物置も同然だ。今は、すやすや眠る二歳の子の子供部屋になっている。母は淡々と部屋を見回し、何か思い出のものを探すかのように上から下まで目を凝らした。何も見つからないので、くるりと向きを変え、わたしと部屋を出た。母は心を動かされなかったようだ。わたしたちは買い物に向かった。

わたし自身、当時はスタロコニュシェンヌイ小路に住んでいた。家は一九三〇年代初頭にできた構成主義の建物だ。アパートの細長い部屋には奇妙な角度の壁と窓がついている。アルバート街の角に近く、母の住んでいたアパートからは約二百七十メートルの距離だ。夕方になると、わたしは人気のない裏通りを歩き回りルイレーエフ通りまで行く。ワレリー・ゴロヴィツェルがかつて住んでいたところで、両親が初めて出会ったのもここだ。ゴーゴレフスキー並木通りに足を伸ばすと、そこは両親が腕を組んで歩いた道だ。さらにクロポトキンスカヤ地下鉄駅を経由してシフツェフ・ヴラジェク通りまで行く。母が《ガストロノム》一号店への買い物によく行き来したところだ。どこも両親にとっては思い出が詰まった通り道だ。しかし、わたしにとっては縁の場ではまだない。両親の書簡はまだ読んでいなかったし、二人の当初の暮らしにもさほど関心はない。当時は両親のモスクワとわたしのモスクワに何の繫がりも感じなかった。「マーヴィン、夜のモスクワでわたしがどんなふうにして水たまりの道を歩いてアルバートの家まで帰るか想像できる?」。母は一九六四年末に父にそう書き送った。父は想像できた。わたしもようやく、それができるようになった。

細長い窓がひとつあるだけの明かりのない小さな部屋で、ミラはそれまで手にしたことのなかったものをつくる――住まいだ。それから、マーヴィンが彼女の人生に登場したことで彼女は家庭をつくった。

「あなたに初めて会った一九六三年の秋」とミラは一年後の手紙に書く。「わたしはある種の内的衝動を感じました。あなたこそわたしがついに、ほんとうに恋に落ちる方なのだというある種の瞬間的な、身に焼きつくような確信です。あたかもわたしの心臓の一片が切り離されて、あなたの体の中で独自に息づき始めたようでした。それは間違いではありません。すぐにあなたのことが分かったのです。あなたがこの世に歩み出して以来というもの、ずっとあなたの影となっていたかのように、わたしは身近に寄り添ったのです。もろもろの障害は――政治的、地理的、民族的であれ、性差であれ――すべて崩れ落ちました。全世界がわたしのために二つに割れたのです――ひとつはわたしたち「あなたとわたし」。もう一方はほかの人たちです」

両親がモスクワでともに過ごした九カ月のささやかな時間は生き残る。強いられた別離が六年以上に及んでも、二人の会話はその後の手紙のやりとりで事細かに綴られ、残らず甦った。一緒だった期間の日々、それもほぼ毎分単位の時間を形見のようにしていとおしく振り返っては、思いめぐらせる。ささいな口げんか、話のやりとり、愛の交わり、散歩といったものがひとつひとつミラの心の中に繰り出し、再現され、考察の対象になる。単語や文章も記憶し、分析され、まとまっていく。二人が束の間ながら実際に住処を持ち、互いに結ばれていたことが夢物語ではないことを示す、生きた証しのように。「文字通り、一緒だった生活の細部ひとつずつがわたしの心を通り抜けていきます」とミラは書く。「わたしはあの時代の記憶を求めて生きています」

冬の日がとっぷり暮れたころ、マーヴィンはレーニン図書館から大学に戻る途中、ワレリー・ゴロヴィツェルの部屋に立ち寄っておしゃべりし、新しいレコードを何枚か借り受ける。それからアーチ道にひょっこり飛び込みKGBのならず者を巻いてから、ミラの待つ玄関口に現れる。ミラが台所でマーヴィンの好物、チョウザメのフライを揚げてくれる。その間、彼はソファベッドに座って読書する。食事が済むと、二人はたっぷり時間をかけて並木通りや裏道を散策し、それから部屋で夜更けまで話し込む。彼は革命前のガードナー製の皿に乗せたミラ手作りのジャムが好きだった。その皿はミラがアンティーク・ショップで買ったもので、ロンドンにも携えてきた。話がひとしきり済むと、ソファーベッドと小さなテーブル、衣装棚があるだけのミラの部屋は至るところ恋人たちのしとねに変わる。隣室の住人たちはにぎやかなパーティーをよく開き、アコーディオンを奏でた。

二人のロマンスは双方にとって居場所探しの終着点だった——孤独、本好き、愛の不在、そうした二人の人間が居場所の定まらない生活を通じて欠けていたものを互いに相手の中に見いだしたのだ。ミラは二十九歳。ソビエトの映画や文学に登場するロマンティックな空想物語で育った。友人の多くが、そして姉も既に十代で結婚した。ミラは臀部が変型していても恋愛経験があったし、男たちの人気者でもあった。それでも彼女の求める基準にぴったり合致する相手とは、出逢いのチャンスが全くなかった。

しかし今、突如として、あたかも神の業でもあるかのように、ロングバックの外国人が現れた。指が長く、母音を丁寧に発音する、夢見るような内気のロシアびいきである。しかも、非常にまじめで純真な男だ（ワジムやシェインを伴って夜遊びを重ねたことはあったとしても）。彼は行き場を失い、ロシアに惹かれながらもそこに落ち着ける場が見つからないでいる人なのだ。ミラこそ彼がロシアで思いを寄せたものすべてを、その情熱と炎とを体現する相手になるはずだ。

マーヴィンはミラの人生で抜け落ちたところにすっぽり収まる形をしていた。ミラの存在を意味あるものにしたのは彼だった。彼女を完全なものとし、幼年期の恐怖と成人期の孤独を埋め合わせるためにはずっと追い求めてきたもの、それが彼なのだ。ミラはマーヴィンがめぐり逢えないでいた知性あふれる母親になった。ミラは母親に育ててはもらえなかった。だから、マーヴィンは自分が育てるべき息子であり、子供になったのだ。あたかも彼に癒しを与えることによって彼女自身が癒しを得るかのように、一切がふたりにとっては良かれとなるように。これまでの生涯を通じ散々に剝奪されてきた揚げ句に、ようやくマーヴィンという存在がミラを救済したのだ。

「人生があなたを授けてくれたとすれば、人生はさほど残酷でも不公正でもないのかもしれません」とミラは後にマーヴィンに書き送った。二人が鉄のカーテンを隔てて両側に暮らしていた時期のことである。「わたしはふとしたことで、あなたのほうに向かって行きました。こうした温もりのある住まいから引き離すため、わたしを追ってくるものは何もないでしょう。この世の温もりと愛はほんのわずかしかないのですから、あなたが手にしたその愛は一かけらでも失うゆとりなどないのです」

ミラにとってマーヴィンは紛れもなく初恋の人だった。その愛は心の透き通る偽りのないもので、夢のような青春の清澄さをたたえていた。ミラは胸を揺さぶられる実体験には乏しかったが、文学を通しての体験は豊富だ。彼女にとって愛の言葉はメロドラマのようであり、純朴にしてやや子供じみたところがあったものの、ほかならぬ彼女自身の込み上げる情熱に支えられていた。それも官能的な情熱ではない。大胆な一撃によって彼女の不幸な人生を救済し、苦難を絶ち切るこの唯一の好機。それを失うのではないか、見捨てられるのではないかという、いかんともしがたい恐怖にたきつけられた情熱だった。

マーヴィンにとって愛は若干の違いがあった。男前ゆえ、ロシアの女性のほうが彼に惹かれ、戯れの恋からベッドをともにすることもあった。しかし、彼はシェインのように女性に熱を上げ、追い回したりすることはなかった。女性たちが彼の腰を引かせたのだ。彼はロシアの友人たちが持ち合わせているような尊大な魅力に訴えることはできなかったし、自信たっぷりに振る舞うことも色男ぶった態度もとれなかった。今や、ここにミラがいる。体に不自由があろうと、美しい魂の持ち主であり、献身的にして威圧感がなく、独立心を備えた知的な女性だ。それも盟友であって、女性であるよりまず友人という存在である。もっとも、見たところ尽きるもなさそうな愛を彼に注いでくれるのも彼女だった。「わたしはあなたのために快適で健康的な暮らしを築くつもりです。家庭とおいしい食事を」。ミラは後年、ふたりの未来の夢をこう綴った。「その暮らしがあなたの仕事を手助けするこのできる喜びをもたらしてくれます。わたしはわたしたちが愛と友情、相互の理解と助け合いによって結ばれた本当の家族をつくれるものと確信しています。わたしたちが今手にしているものはすべて、二人で手を合わせそれぞれの才覚でつくり上げてきたものです。一緒にやれば、何でも叶えることができるのです」

中でも最も重要なのは、おそらくミラがマーヴィンの痛みのうずく過去を理解したことだろう。これまでは誰ひとりできなかったことだった。「貧困から抜け出したい、また大きな世界の中で名もなき存在にとどまっていることから脱出したい、そういうあなたの願いがわたしは分かります」と彼女は書く。「あなたが独りぼっちで、支える人もなく、従うべきはっきりとした道筋もなく、人生を生き続け、その頂点に達していることが分かるのです。つまり、あなたの嗜好、関心事、弱点といったものが見て取れるのです」

雪が解けてぬかるみのできた二月の夕暮れ時のことだった。マーヴィンとミラはスタロコニュシェンヌイ小路のアパートからゴーゴレフスキー並木通りまで連れ立って歩いた。マーヴィンは右に曲がって地下鉄のクロポトキンスカヤ駅へ、ミラは左に折れて友人宅へ向かう。二人は抱擁を交わした。彼はたそがれの街頭に歩き出して、はたと気づく。「体の傾いたあの人物に心底、惚れ抜いていることに。わたしは彼女を抜きに自分の将来を展望することはできないことに」。彼は回想記の中でそう書いた。

この愛のために今後、どれだけ厳しい闘いを強いられることになるのか、そのことが彼の人生をどれだけ深く変えていくことになるのか、当時の彼には知る由もない――予測できるはずもなかった。ミラへの愛はロシアへの愛と同じく、恋い焦がれるように心酔したのが始まりだ。これまでたどってきたのは、結果に一切とらわれない、わくわくするような冒険だった。これからは己を捨て、すべての決断力を奮い起こさなければならない。

ミラはフルンゼンスカヤ河岸通りにある姉レーニナのアパートにマーヴィンを招待した。二人の関係が一段と真剣なものになってきたことを示す確実な兆候である。長らくロシアで過ごしてきたとはいえ、マーヴィンが家庭を訪ねるのは初めてのことだった。友人たちはワジムでさえ、誰ひとり大学寄宿舎の部屋以外に、あるいはワレリー・ゴロヴィツェルのようにコムナルカ以外の場に彼を案内することはなかったのである。

ミラがこうした訪問を彼に要請し、レーニナに外国人来訪のアイデアを受け入れさせたのは、彼女に特徴的なことではあるが、勇気の要る行動だった。マーヴィンに時折ＫＧＢの尾行がついていることとは二人には日常茶飯事であったし、それには楽しげに無視を決め込んでいた——しかし、今回はレーニナの片足を失った夫サーシャには危険なことになりかねない訪問だ。彼は今もって司法省の財務局長の地位にある。それでもマーヴィンはやって来て、家族の一員としてシチーやミートボール、ケーキ、お茶が振る舞われた。また来るようにとも誘われた。彼が外国人であるための危険性、妙に格式張った礼儀作法はあったものの、レーニナやサーシャ、それと二人の十代の娘たちはたちまち彼が気に入った。

夏が来た。ミラはヴヌコヴォにあるワシン家のダーチャにマーヴィンを誘った。モスクワ中心部から車で一時間ほどの距離だが、そこはもうロシアの辺鄙な田舎である。見渡す限りの空、果てしない平原、堆肥舎、井戸からバケツに汲み上げた水がそこにある。照りつける太陽の下で、マーヴィンはサーシャが菜園を掘り起こし、ジャガイモとキュウリを植えるのを手伝った。午後になると、彼らは小枝とシラカバの樹皮をサモワールにくべ、煙の臭いがするお茶を飲みながら、クロフサスグリのジャムを食べる。外の明かりも薄れたころ、ミラとマーヴィンは長い散歩に出かける。彼は半袖シャツ、彼女は可愛い人形のプリント柄が付いていて、腰を絞った長い綿のワンピース。雑誌に載っていた写真をまねて仕立てたものだ。

わたしは八歳のとき、母が幼い妹も連れてモスクワを里帰りした際に、そのダーチャに行った。わたしは小さな木造家屋に住むことにすっかり興奮した。床板がきしみ、大地と漬物の匂いにあふれ、夏の日差しの中で渦巻く埃がたちこめるのだ。北国の夏は広大な空に雲ひとつなく、日中が永久に伸びていくように思える。しかし、日中がどれほど暑くなろうと、麦畑は常に湿り気を帯び、カエルやカタツムリがうようよいた。スズキの稚魚が沢山いる小さな池があり、一度は捕まえた一匹をジャム用の瓶に入れて持ち帰ったが、翌朝には死んでいた。これには罪の意識に苛まれ、黒々とした菜園の地面を指で掘り、儀式のようにして埋めた。

伯父のサーシャは菜園の手入れに余念がない。それでも手に負えない事態になる。レーニナはサーシャがジャガイモ三袋を植えたのに、収穫は二袋分だと蔑むようによく言っていた。これにはあることと関係があったかもしれない。実はわたしたちいたずら坊主が——おかしなことに、わたしの記憶では恥ずかしくて村の子供たちにうまく溶け込めない、といった気まずい時期は全くない。わたしたちはたちまち遊び仲間になった——昼下がりにこっそりとジャガイモを掘り返す。大人たちが昼寝をしているときを狙って。ジャガイモの植え込みは注意深く地面に取り出し、盗品を持って森に行く。そこでキャンプファイアーの灰にくべて焼き芋をつくるのだ。

わたしたちは午後遅く、野イチゴやキノコを採りに森に入ることもある。この昔からの習慣はロシア人の魂の一部のように思える。これは村の誰もが取りつかれたようにするのだ。野原や埃っぽい路地にそよ風が吹き抜ける夏の灼熱が収まった後、森に踏み込むと、そこは暗く静かで、かび臭い。ロシアに典型的なシラカバの森である。迷子になりそうなほど果てしなく広がり、静寂に包まれている。木々の根元でキノコを見つけ出すため落ち葉を取り除くのはいつも怖い思いをした。巨大なヤスデが手のひらを這い回るからだ。ロシア人の心がここにある。ロシアの匂いがするのだ。道の通る視界を外れると、森は影とささやきに満ち、太古の様相を呈する。英国の森とは違うのだ。

父の過ごした時代からの古いサモワールがそこにあった。乾いた松ぼっくりを集めて火を付けても、思ったほどの熱いお湯が沸くとはとても見えない。わたしたちは温かいお茶をすすりながら、自家製のジャムを食べた。わたしはサーシャに戦争のこと、戦車のことを聞いてみる。彼は心根の優しい人で、わたしの質問にも辛抱強くつきあってくれる。シムカ婆さんと呼ばれる年配の地元女性は伯母の家で手伝いをしてくれる人だが、わたしが大祖国戦争の歴史についてあまりにも無知だと叱りつけた。しかし、わたしはそうではないと言い張った。その後、村の仲間たちと赤軍、白軍に分かれ内戦ごっこをして遊んだ。勝者への栄誉は村の少年の祖父が作った木製のヴィッカーズ自動小銃を小さな台車に乗せて引いて回ることだ。わたしたちが轍《わだち》のできた大通りを引っ張って歩き、伯母のダーチャに差しかかると、サーシャが時折「ソビエトの地に平和を」と叫び、激励を送った。

一九六四年三月二十七日の夕刻、マーヴィンはモスクワに戻ると、ミラの部屋で食事をともにした。彼は折り目正しい人だ。彼女にプロポーズする前に一呼吸置こうと心に決めていた。なのに、二人が使った皿をシンクに置こうと台所に入ったところで、彼は不意に口を滑らせてしまう。「登録を受理してもらうことにしよう」

「まあ、メルヴーシャ」。ミラは自分でつくった特別の愛称でつぶやいた。二人は油っぽい温もりのある台所で抱き合った。しかし、彼女は即答を避けた。逆に、マーヴィンの心変わりを気にして彼こそよく考えてと言った。二人は廊下でさよならのキスを交わし、マーヴィンは地下鉄駅に向かった。

翌日、マーヴィンが立ち寄ると、ミラは受け入れた。二人は直ちにグリボエドフ通りにある瀟洒な建物に赴いた。中央結婚宮殿がここにある。外国人の結婚が認められる唯一の宮殿だ。世俗国家のソ連では、カップルは神の御名により、ではなく、国家の名において挙式する。レーニンの胸像のそばで執り行われ、しかめ面をした年配の女性が音響機器を操作し、そこから炸裂する録音テープのメンデルスゾーン付きだ。マーヴィンとミラは挙式日程に名前を書き込むため、慌ただしい昼食時に支配人室の外に並んで順番を待った。日取りは一番早くてほぼ三カ月先の六月九日になるとのことだったので、その日を押さえた。二人は結婚式の日取りを証明する招待状を受け取り、宮殿を出た。特別の店で受け取ることのできるシャンパン引換券も事前に交付された。彼らは街頭で別れ、父はトロリーバスに乗ってレーニン図書館へ向かい、母は職場に引き返した。

モスクワの長い冬も終わりに近づいた。マーヴィンはミラの部屋で小さなテーブルを前に腰を下ろし、ランプの明かりの下で書物からノートを取った。一方のミラはベッドに腰かけ、編み物をした。彼女は職場からの帰宅途中にマーヴィンのために本とレコードを幾つか買った。買い物中に周りの女性たちは背が高くてはにかみ屋のフィアンセに目を奪われ、羨望の眼を向けた。たいていの夜は彼が地下鉄の最終電車に乗って大学の部屋に帰るが、そのまま過ごすこともたまにはある。二人は十代の男女のように狭いベッドに無理やり潜り込む。マーヴィンは隣人たちが起きる前につま先歩きで出て行くことになる。二人は幸せをようやく手に入れた。

のどかな暮らしはあっけないほど短いものだった。モスクワ国立大学で学監との退屈極まりない話し合いが終わった五月のことだ。マーヴィンはKGB要員がいつになく増強され、尾行に当たっていることに気づく。その日の午後は大学の友人イーゴリ・ワイルと会う約束があった。しかし、ならず者がついて回るので、マーヴィンが電話し、日程を改めたいと提案した。間違いのないように遠回しの表現を使って、理由を説明した。「特定の状況下で歩き回るのは嫌だからね」

マーヴィンは気が気でなかった。イーゴリが数週間前に彼から赤いセーターを買い取ったばかりだからだ。マーヴィンは代金を受け取ることになっていた。イーゴリが即金で払えなかったのだ。マーヴィンは古い茶色のスーツも《コミションカ》に持っていけるよう彼に渡していた。これはソビエト市民だけが利用できる古着店だ。法的にはこれらふたつの行為は違法である。ソ連では私的な商業活動はすべてそうだ。イーゴリは大学のアフリカ人学生に高く売れるかもしれないと、あのスーツを持っていった。マーヴィンの電話にイーゴリはふだんと違って緊張した様子だったが、何とかやってみると言った。

イーゴリはクロポトキンスカヤ通りにある共同アパートの部屋に母親と住んでいた。彼は戸口で大げさな身ぶりをしてマーヴィンを迎えた。彼の母親は不在だったが、スーツ姿の中年の男二人がソファーベッドに腰かけていた。「ぼくの友人二人がね」とイーゴリが口走った。「関心を示しているんだ。君が売りたがっていたあの茶色のスーツを買おうか、とね。覚えているだろう？」

「その通り、われわれは君の売りたい物なら何でも興味があるのだ」と片方の男が強ばった口調で言った。

沈黙があった。マーヴィンは立ち去ろうと背を向けた。これは明らかに、恐ろしいほど素人くさいでっち上げなのだ。気が動転しながらも、彼は気づく。だれかが仕掛けたわなに違いないと。そして、それはなぜか、も。イーゴリはお手上げとでも言うように、ニヤニヤしたままだ。話を切り出した男がソファーから立ち上がり、赤い警察手帳を取り出した。マーヴィンの話では、彼は経済的投機行為の容疑で逮捕された。

警察官二人はひと言も言わずにイーゴリとマーヴィンを最寄りの警察署に連行した。スモレンスカヤ広場のちょうど裏手にあるマールイ・モギルツェフスキー小路の第六〇民警分署である。しばらくして、マーヴィンは担当捜査官、ミルズエフ大尉の執務室に通された。彼は丹念に膨大な捜査文書を作成しており、マーヴィンの犯罪はソビエト青年を堕落させる人物、資本主義国の相場師によるものだと事細かく述べ立てた。しかし、マーヴィンは署名を拒否し、捜査官に対し電話口に案内するよう要請した。マーヴィンはこの事件全体の背後にいる人間がだれなのか完璧に分かっている。そして、迫害を加える者たちの能力は、たかだか大尉の取調官のそれより高いという事実に、少なくともちょっぴり優越感を感じることだってできるのだ。

「わたしにはKGBに電話の用がある」と彼がミルズエフに告げると、直ちに受付デスクの電話のところに連れて行かれた。

マーヴィンはアレクセイが数年前に教えてくれた番号にかけた。自分のノートに控えていたのだ。面識のない女性が応対したが、マーヴィンが警察署から電話していると知らされても落ち着き払っているようだ。彼女は詳細を聞き、しばらく待つように伝えた。

三十分ほどして、相変わらず粋な流行仕立てのスーツを来たアレクセイが取調室に入ってきた。ほぼ三年間も顔を合わせていない。彼はマーヴィンをとがめるように見詰め、一体何があったのかと見せかけの尋問を続けた。マーヴィンはアレクセイのゲームに付き合うのが一番だと心得て、顚末の詳細を語った。「これは非常に重大な犯罪だ。お前は自覚しているのだろうな、マーヴィン」。アレクセイは冷ややかに言い放った。「極めて重大だ」

正式な手続きはないも同然だった。アレクセイはただ単にマーヴィンを警察署から連れ出し、待たせていたジルに乗せた。アレクセイは出世を遂げたのだ。彼らがレーニンの丘へと車を走らせて大学に戻るとき、マーヴィンはそう思った。アレクセイは雑談を試み、如才なくマーヴィンの母親のことを尋ねた。母親は病気にかかっているが、息子がどんなトラブルに巻き込まれているか知ったら病状はもっと悪化するに違いないとマーヴィンは答えた。「ああ、そうだな、マーヴィン」とアレクセイ。「お前は厄介なことになっているからな」

ジルの幅広い後部座席に並んで座りながら、双方ともほかに話すことはほとんどなかった。

その日の夜、マーヴィンは大学の部屋で一人たたずみモスクワの明かりを眺めながら、どうすべきか必死に考えた。彼はアレクセイが「ソ連人民のために」働けという、かねての提案をすぐに蒸し返してくるのではないかと推測した。挙式予定日まであと六週間だ。ソ連当局はいともたやすく彼を追放することもできよう、彼が切り札を誤れば、最高二年の懲役刑を科すことも可能だ。運命の日は近い。

マーヴィンは翌日、KGBが「挑発」を仕掛けてきたとミラに伝えた。ミラは些細なことにはおよそそぐわない女性だが、危機にあっては冷静だった。彼女はマーヴィンにお茶をついだ。「そうね、それがモスクワの生活というものよ」と言って、皿に取り分けた手作りのジャムにスプーンを添えて差し出した。ともかくもマーヴィンはミラとの結婚にこぎ着け、彼女を英国に連れ出すまではKGBとの時間稼ぎができれば良いのだがと願った。

残念ながら、KGBには別のプランがあった。《ホテル・メトロポーリ》で一連の張り詰めた会合が持たれた。マーヴィンの相手は昔からの敵対者アレクセイとボスのアレクサンドル・フョードロヴィチ・ソコロフだ。マーヴィンは努めて詭弁を弄し、国際平和と人民の理解という大義に寄せる偉大な愛と共感を語った。KGBの男たちは苛立ちを募らせ、明確な回答を強引に迫った。少なくともソコロフは、こんなはぐらかし方には単に残虐な手段をもって対処するのが常だった時代に育った人間だ。彼はマーヴィンの言い逃れを容赦なくはねつけた――KGBのために働く気があるのか、ないのか？彼は攻撃的になって、テーブルを叩き、父がますます絶望的に繰り出す逃げ口上に激怒した。最後となるはずの会合が終わるころには、KGBの忍耐がとうに切れたのではないとしても、急速に限界に来ているのは火を見るより明らかだった。

わたしが知る限り、KGBに対する父の抵抗ぶりは筋の通った高貴な行為として心を打つものがある。しかし、見方を変えると、理解しがたいとも思う。わたしはこの一件を書きながら、わが身に置き換えてみる。仮に愛する女性との別離か、ＫＧＢとの協力文書への署名かの選択を迫られたとすれば、わたしは躊躇することなく、点線部分への書名をしただろう。ＫＧＢに対する個人的な感情がどうであれ、わたしは自分の幸せを何にもまさる至高のものと見なしたはずだ。これがわたしと父との世代差なのか、それとも人間としての気性の違いなのか、わたしには判断し難い。

父が生まれたのは、一世代前の男親たちが整然と隊列を組み、国王と祖国のために戦場に倒れていった後のことだ。父は体制順応の時代に育った。その人生は個人主義的な傾向が際立っていたものの、祖国を裏切り、ＫＧＢのご機嫌取りに成り下がるのは、いかに品格ある言葉で取り繕うとも、彼には容認できないことであった。しかし、彼の拒絶は極めつきの愚行である裏切り行為をめぐって、同調を選ぶかどうかの問題ではなかった。彼の心に深く根差した個人的な道義心が同調を許さなかっただけのことである。生涯にわたる政治への冷笑主義にもかかわらず、祖国愛に疑念を抱くことは一度としてなかった。その筋を貫き通すために、彼は重大な代償を払うことになる。

薄い公用箋に書かれた文書が届き、マーヴィンに対する刑事事件が立件されたため、ふたりの挙式日程は取り消しとなった旨を伝えてきた――立件は事実に反する。警察での扱いはまだ捜査中の段階だったからだ。ＫＧＢはワレリー・ゴロヴィツェルにも何度か出頭を求め、長い取り調べを続けた。厳重な守秘を条件としていた。とはいえ、彼は共通の友人を介してマーヴィンに知らせた。鉄槌が振り下ろされた、と。父はこれまでＫＧＢの次の手がどうなるのか全身で脅えていたが、彼の立場ゆえの結末が友人たちにも感じ取られ始めたことに気づいた。

報復のスパイラルに歯止めをかけるために、一計を案じたマーヴィンは、労働党党首ハロルド・ウィルソンに直訴することを思いつく。当時は野党の時代だが、ソ連側と会談するためモスクワに滞在中だった。ソ連側は次の選挙で労働党が勝利するか強い関心を示していた。マーヴィンはウィルソンが到着した日の夕刻にトロリーバスに乗り、《ホテル・ナツィオナリ》に向かった。そして外国人であることを印籠にしてホテルの警備をくぐり抜け、ウィルソンの部屋にやっとたどり着く。マーヴィンのノックにウィルソン自身が答えた。しかし、彼が今の苦境を説明しフルシチョフへの個人的な仲裁を要請し始めると、ウィルソンは厄介なことになる気配を察知し、慇懃にではあるがきっぱり拒否した。二日後には、ウィルソン指導部の影の外相を務めるパトリック・ゴードン・ウォーカーに直訴したものの、さらに断固としてはねつけられた。ウォーカーはおめでたいことに、大使館と接触するようアドバイスした。

マーヴィンとリュドミラは、キャンセルされたことは無視し、予約日程に従ってグリボエドフ通りの結婚宮殿に行くことを決めた。ミラは真珠の刺繍飾りの付いたリンネルのウェディング・ドレスを着て、マーヴィンはこの日のために買っておいた重量感のある赤みがかった金の結婚指輪を上着のポケットに入れて出かけた。

マーヴィンは賭けに出た。それは結局のところ終わりを早めるだけでしかなかったが、挙式強行を報じてもらうため外国報道陣を招いたのだ。『イヴニング・ニュース』のヴィクター・ルイスはロシア生まれの神秘的な人物で、モスクワ駐在の外国特派員の中では長老だったが、出席してくれた。KGBのならず者も少なくとも十数人が同席した。この事態に結婚宮殿の女性支配人は賢明にも終日、施設から席を外す道を選んだ。彼女の代理は頑固な人で、カップルの結婚を拒否して、二人の予約は「役所」からの命令により既に取り消されていると語った。ルイスは二人のために勇敢にも立ち向かい、挙式拒否の「有効な法的根拠」を示すよう迫った。官僚主義者たちは昔ながらのソビエト戦術に訴え、何時間にもわたって無為無策を決め込んだ。とうとう二人のエネルギーは絶望に変わる。とっぷり日が暮れ、皆が家路に就いた。

大胆な報道作戦が失敗したことで、避けがたくなった仕返しが遠からず襲う。父はそう感じ、リュドミラの部屋に転がり込んだ。二日後、ミラとマーヴィンは奇跡が起こるかも知れないという幻想にしがみつき、世の中の大騒ぎは彼女の部屋の薄っぺらなドアの外のところで食い止めた。ミラは職場に病欠の電話を入れた。二人は数日間、腕を組んでアルバート街を散歩するか、小さな部屋にこもって読書やおしゃべりをして過ごした。しかし、コムナルカの共同電話が、時間を止めようとした彼らの必死の試みを打ち砕いた。マーヴィンが英国大使館に急ぎ出頭するよう呼び出しを受けたのである。

外交官一人と大使館の地元工作員の一人が公文書保管部局の入り口で彼を待ち受け、地下の「バブル」室に連れて行った。盗聴防止用とされる小さなブースで、その中では外部に聞かれることなく話ができる。なぜこうした諜報活動の手順を踏むのかといえば、マーヴィンに対し伝えることがあったからだ。本国外務省がミラはＫＧＢの回し者であると信じる根拠を押さえているというのである。この言い分に何ら証拠は示されなかった。マーヴィンが人生で最も誇らしく思った瞬間のひとつとして、アレクセイのために働くことを拒否したこと以上に自負できることとして回想するのは、彼がムッとして立ち上がると部屋から抜け出し、何も言わずに大使館を後にしたことだ。

しかし、彼の嫌悪感は無理からぬことではあったが、虚勢を張ったのだ。今やまさしく絶望の思いにかられ、内気な性格は恐慌に打ちのめされ、破局が差し迫る気配が否応なく感じられる。父はトロリーバスに乗ってスタロコニュシェンヌイ小路のささやかな隠れ家に戻り、避けがたい運命を待った。翌日の六月二十日、英国大使館員二人がアパートを訪れ、一通の書簡を手渡した。あまりに多くの外国人が押し寄せたことで、いつもはひそひそ囁くミラの隣人たちに騒ぎを引き起こした。

書簡は英国大使館がソ連外務省から手交された公式書簡の内容を伝えるものだった。大学院生、ウィリアム・ハイドン・マーヴィン・マシューズなる男は目下、「ペルソナ・ノン・グラータ」（好ましからざる人物）と見なされている。即刻、国外退去すべし、との趣旨である。数分後、制服警官と民間協力者ドゥルジニクがドアの呼び鈴を鳴らした。マーヴィンは無登録でアパートに居住していた、と警官が言った。同行願いたいと。彼に選択の余地はなかった。

彼らはモスクワ中心部を突っ走り——その時間帯の通りは車がほとんどなかった——ルビャンカ広場を迂回した。嫌な一瞬だったが、マーヴィンはそこが最終目的地なのかもしれないと思った。向かったのはチェルヌイシェフスキー通りのOVIR、外国人ヴィザ登録部だった。そこでマーヴィンは、彼のヴィザが既に失効しており、直ちに出国しなければならないとの正式通告を受けた。英国大使館のある職員が立ち会い、満席状態だった翌日、一九六四年六月二十一日のロンドン便の座席確保を自発的に手伝った。マーヴィンは腹の虫が治まらず、英語ではひと言もしゃべらなかった。このため、大使館員は当局者と交わす彼の会話を単語ごとに難儀しながら通訳してもらう羽目になった。

マーヴィンはミラの部屋で最後の夜を一緒に過ごした。彼はわざわざ大学に戻って荷物をまとめる気にもならなかった。二人は悲嘆のあまりろくに口もきけなかった。翌朝、ショック状態で青ざめた表情の彼女は、マーヴィンを伴いタクシーでヴヌコヴォ空港に向かった。二人は抱き合った。マーヴィンが柵を通って旅券審査に向かう。彼女の人生から、恐らく永遠に離れていく。ミラは両親が連れ去られていったときに感じたのと勝るとも劣らない痛切な悲しみに打ちひしがれた。

「神よ、何というひどい時間をあの空港で過ごしたことでしょう。空港の隅に一人立ちすくみ、あなたの飛行機を見つめながら涙があふれてきました」とミラは数日後にマーヴィンに書き送った。「タクシーの運転手たちはわたしを助けようとして、一体何があったのかと聞きました。お金がないなら、ただで乗せてもいいと言いました。しばらくは空港を離れることができませんでした。奇跡が起きますように、あなたが戻ってきますようにと願って、辺りをさまよったのです」

第11章 ミラとメルヴーシャ

わたしの愛は彼らの憎しみより強い。
ミラがマーヴィンに宛てて

マーヴィンは小鳥のさえずりで目覚めた。英国の郊外にあるこぎれいな庭園で迎えたまばゆいばかりの夏の朝である。階下の台所から朝食用の皿が触れ合う音、BBC放送の音声が聞こえる。ベッドに横たわっていると、その数日間の出来事が悪夢の余波のように押し寄せてくる。

「あの子は頑固な愚か者。自分でよく分かっているはずよ」。歯に衣を着せない彼の母親が前日の『デイリー・エクスプレス』に話していた。頑固なことについては彼女の言うとおりだ。しかし、付け加えることがある。マーヴィンは、よそ者たちが命じた粗暴な難行苦行の数々に人生のすべてをかけて闘ってきたのだ。今度はミラのためにも闘わなければならない。彼はつくづくそう思う。

その日の朝、マーヴィンはミラをロシアから救い出すため全力を尽くそうと決意する。衝動的な決断ではない。一貫したプラグマティストとして、この五年間を生きてきた。そうであれば、依然として絶望的であろうとも、失敗覚悟で前に進むのだ。

マーヴィンはバーンズにある異母兄ジャックのこぢんまりとした住宅の奥まった寝室に事務所を構

える。そこから電話をかけ、人生の難題を解きほぐそうというわけだ。最初にかけた電話先のひとつがセント・アントニーズだった。カレッジの学長ビル・ディーキンはこのところずっと新聞報道に目を通し、教え子のモスクワでの異様な行動に心配を募らせていた。ディーキンは翌日夕刻にメイフェアのシーフード・レストラン《スコッツ》で会食しようと提案した。ディーキンは堂々たる風格を持つ生粋の貴族だ。大戦中はチャーチルの側近のひとりで、ユーゴスラヴィアにパラシュートで降り立ち、サー・フィッツロイ・マクリーンと並んでチトーのパルチザン部隊と接触したこともある。マーヴィンはディーキンを気に入っていたし、尊敬もしていたが、相手はマーヴィンを守勢に立たせる、洗練された上流階級の出だ。ディーキンは、マーヴィンがモスクワに発つ前は、彼をほとんど気にも留めていなかった。しかし、はにかみ屋のウェールズ人がカレッジの名を新聞一面に飾る事態となった以上、話は深刻なものになった。ディナーは高価でも、たいしたことはなかった──父はモスクワで受けたアレクセイの持てなしのほうがましだったと思った──が、ディーキンは人当たりが良く、ウィスキーやソーダを注いでくれた。マーヴィンから事件の全容を聞き出しながらまず心配したのは、彼がモスクワでは犯罪活動に一切関与していなかったのか確認することだった。手を染めたとすれば、カレッジの名声を傷つけることになりかねない。コーヒーの時間になって、ディーキンは父の経験したことについては「治安機関の人間」と話したほうがいいと勧めた。外に出ると、ディーキンはタクシーに乗り込み、父を地下鉄駅まで歩かせた。父は十シリングのチップをはずんだディーキンの気前の良さを書き留めた。

　実はモスクワで機内に乗り込む際に、マーヴィンは既にある計画を胸に秘めていた。緊急に行動を起こすに足る大胆なものだ。ニキータ・フルシチョフが翌週、夫人を伴ってスウェーデンを訪問することになっている。マーヴィンは私信を送って、一般青年二人の結婚実現に手助けを頼もうと計画したのだ。

どういうわけか、マーヴィンが報道機関か、あるいは兄ジャックに話したことが伝わったのか、彼の母親はその計画を察知した。「マーヴィン、フルシチョフに会いにスカンジナヴィアに行くというのは、わたしに免じて諦めておくれ」とスウォンジーから息子宛に手紙を書いた。「フルシチョフは恐いボディーガードと一緒に動き回るのよ。あなたは射殺されるかもしれない」。マーヴィンは母親の助言を無視した。これは今後数年にわたる習性となる。

彼はイェテボリ行きの飛行機に乗ったが、着陸するとちょうどフルシチョフ一行が離陸するところだった。新聞報道で彼の来訪を知ったスウェーデン警察が待ち構えていた。そして、彼の到着が遅すぎたので、心底安堵の表情を見せた。「フルシチョフは去ったよ」と私服警官がマーヴィンに告げ、淡い夕焼け空を指さした。

マーヴィンは『イェテボリス・ハンデルス・オク・シェファーツ・ティドニング』紙編集長からディナーに招かれ、インタビューに応じた。イェテボリでフルシチョフに会えなかったマーヴィンは夜雨の降りしきる中、彼を追ってストックホルムに向かった。到着すると、《ヘルマン・ホテル》で低料金の部屋を取り、紅茶キットを取り出した。湯沸かし用の電気コイル、茶葉用の穴あきスプーン、それとマグカップだ。これは彼が子供時代から続けてきた習慣だ。わたしはその紅茶キットを鮮明に覚えている。プロヴァンス地方、イスタンブール、カイロ、フィレンツェ、ローマと、わたしたちが滞在する安宿の部屋には、染みの付いたテーブルに常に置かれていたものだ。彼は皿一枚とナイフやフォーク類も取り出した。スウェーデンのレストランを利用するだけのゆとりはなかった。代わりに、食料雑貨店で買った軽食やサンドウィッチを食べた。

午前中、マーヴィンはストックホルムの二大紙『アフトンブラデット』と『ストックホルムス・ティドニンゲン』との取材に応じた。その際に記者たちが、フルシチョフの警護は厳重だから、あの大物に近づくのは無理だと言った。彼らは翌日の紙面で大きく扱うと約束した。

夕方にマーヴィンは島々のひとつにある遊園地にひとりで出かけ、若いカップルたちが踊っているのを眺めた。そこで気づいたのだが、彼らは一曲ごとに別々に料金を払わないといけないのだ。彼はミラと一緒に回転式の改札口を通っていく光景を思い描いた。

未明の三時に彼はドアのノックで起こされた。『デイリー・メール』紙の記者デス・ズウォーだった。マーヴィンは追い返そうとしたが、ズウォーは引き下がらない。あちこちのホテルを一軒、一軒尋ね歩き、マーヴィンを探していたのだと言った。「行けば良い話が聞けるかも知れないと編集部は考えている。それで、わたしを差し向けたわけさ」

彼らはベッドに座って語り合った。マーヴィンはズウォーに自分の体験談を話して聞かせた。ズウォーは自分の生活、ゴルフ、美人という「順序に」並べた情熱をマーヴィンに語った。ズウォーの記事は翌日の紙面に掲載された。それはタブロイド紙報道の最高傑作で、父は沢山作った新聞の切り抜きファイルの中で一番目のところに保管した。

「ロシア女性との結婚許可を拒否された三十一歳の研究生、マーヴィン・マシューズ博士はこの日夜、ストックホルムに滞在中で、フルシチョフ氏と明日会える機会を待ち望んでいる。この日は早くからフルシチョフ氏宛の書簡をポケットに携え、ストックホルムの中心街を歩き回った。彼は言う。『わたしは決して諦めない』と。……もしマシューズ博士が自動小銃を抱えた警察の非常線を突破しようと試みるのであれば、射殺される危険を冒すことになる。警備陣はフルシチョフ氏誘拐の恐れが報じられるに及んで神経をとがらせており、要員たちが木立に潜むほか、各道路にも立ち並び、騎馬隊まで出動している。いずれもロシア指導者に接近を試みる突発的な動きに対しては、発砲命令を受けている」
マーヴィンの所持金は底をついてきた。彼はいかなる場所でもフルシチョフには近づけなかった。彼は何ら成果が得られないまま、翌日の便でオックスフォードに引き返した。

「わたしはカレッジの窓辺に腰かけて君のことを思っている」。マーヴィンはロシア語筆記体の美しい手書き文字でミラに手紙を書いた。「この忌まわしい［郵便］ストライキはまだ続いている。当面は収束しないそうだ。だから、これは友人に頼んでパリから送ってもらうことにした。一週間経った。君からの便りはない。君の電話をとても心待ちにしているよ」

彼の言葉遣いは初めのころの手紙では構えていて、あらたまったスタイルだ。あたかもミラの反応や彼に期待することを調べているようだ。「こちらから電話をしようとも思うけれど、邪魔はしたくないし……わたしたちの問題の解決策を見いだすため今も全力を尽くしているところだ。わたしに全幅の信頼を置いていいんだよ。一瞬たりともわたしのミラを忘れることはない。君の写真は持っている。あの昔の写真だ。見るのが怖いんだ。全部、封筒の中にある。君の顔を見た途端、実際は全く絶望的という悲嘆の波に打ちのめされてしまうだろうから。実にむなしい、君なしではむなしくて……天気は暑くて、息が詰まりそう。典型的なオックスフォードの夏だ。カレッジは以前と全く同じだ。でも、わたしは変わった。君の気持ちがどうか知りたい――諦めてはいないと分かれば、気分的には楽だ。わたしたちの別離を思うと、胸が張り裂ける。心配しないで――問題はこんな形で放っておきはしない。わたしたちの互いの幸せを勝ち取るために、いろいろな手を打っていることを忘れないでおくれ。君の可愛い姪っ子たちの面倒を見てあげて。君の健康にも気をつけて。君のMより」

数日後、セント・アントニーズにあるマーヴィンの郵便受けに、ミラの最初の手紙がモスクワから届いた。

「今日からわたしたちは新しい生活をスタートさせます。手紙による、そして闘いの生活です」とリュドミラは六月二十四日に書いた。「あなたがいないと、わたしの気持ちはすぐれません。まるで人生が止まってしまったかのようです……あなたが去ってから三日で、気力も健康も神経もかなり萎えてしまいました。あなたは怒るでしょうね。でも、自分では何もやる気になれないのです。寝苦しくて仕方ありません。あなたは絶対戻ってくる、それを待つ覚悟でいるのだとずっと考えています。どんな物音にも飛び上がってしまいます。友人たちは努力してくれるし、わたしを支えてくれます……。誠実で分別あるここの人たちはだれもが「わたしたちの別離が」ばかげた、無慈悲で、卑劣な、恥ずべきことだと考えています」

ミラの友人たちは彼女を慰めようとやって来て、食べ物を届けたり、少しでも歩かせようと公園に誘い出したりしてくれる。しかし、ミラは「人前では無口で、ふぬけになり、ひと言も口がきけない」状態になってしまった。彼女はベッドのシーツを取り換えるのも拒んだ。まだ「あなたの体の匂い」が残っているからと。マーヴィンが去った後の土曜日に、ミラは劇場通いに気力を使おうと自分に誓う。サヴレメンニク劇場で『シラノ・ド・ベルジュラック』の初演があった。しかし、彼女は生まれて初めて公演終了まで観劇を続けることができなくなり、第一幕を見ただけで出てしまった。彼女はまるで自分が「回転車の中のリス」のように走り回っているように感じた。

「わたしが暮らす相手は悲しみだけです。外の世界はわたしのために存在することを止めてしまいました」と彼女は翌日、マーヴィンに宛てて綴った。「わたしはあなたを行かせてしまったことが残念でなりません。わたしたちはもっと時間をかけて待つべきだったのです。いまでは何もかもが千倍も厳しくなっています。この孤独には耐えられません。研究所では女性たち全員がわたしを可哀想に思っています。でも、彼らはあなたが欺いたと考えています。彼らはこう言うのです。『彼は頑張り続けるのかしら?』と。彼はきっとそうする、とわたしは答えます。わたしたちがお互いにとても愛し合っている、とも。彼らは一人残らず『ニューヨーク・タイムズ』を読むために図書館へと走りました。あなたの写真が好きな人は大勢います……わたしはできるだけ早く帰宅し、だれとも会わないようにしています。わたしの母は「あなたの出国に」とても気分を害しています。そんなことにもなるだろうと思っていたと言うのです！　あなたは外国人だから」

わたしがこの本を書きながら思い知らされたことが何かあるとすれば、それは父が心から尊敬に値する人だということだ。彼はミラとの結婚を約束した。そしてその約束を守ろうとする。さらに、彼が外国人だからいずれミラを彼女の運命だとして捨て去り、またも彼女を孤児にする気だと言い放つマルタのひどい咎め方に対しては、反証を挙げるために夥しい犠牲を払うのだ。「わたしの幼年時代とあなたの幼年時代、それと現在とはすべて一緒になって一幅の苦痛という絵画にまとまっていきます――ですから、わたしはこのマッスを思い切り粉々にしてしまいたい、輝きに満ちた新しい人生を切り開きたいのです」と苦しみに苛まれるミラは書いた。「あなたが去った後は本当に気分が悪くて、寒けがするし、孤児になったみたい」

マーヴィンが当初ためらいがちだった手紙の中で言外に聞いた質問に対して、リュドミラは疑問の余地なく答えた――彼女はその全存在をかけて今後展開すべき闘いに立ち向かう、そして彼女の人生はすべて別離の苦しみによって木っ端みじんにされたのだと。

「メルヴーシャ、あなたを信じています。わたしを見捨てるのでしょうか?」とミラは書く。「このことは最後までやり遂げるつもりです。いずれにしても、お願いです。頼むから言って。あなたが最後まで闘う気がないのなら、手紙を書いて、だれかに持たせてください。そのほうが、気が楽です。言い逃れだけは決してしないで――それは一番恐ろしいことです。死よりももっと」

ビル・ディーキンの勧めを受けて、マーヴィンはMI5のためにKGBとの接触に関する詳細な報告をまとめた。彼はセント・アントニーズでは精神的な指導教官だった長身のいかめしい男デイヴィッド・フットマンとも頻繁に会った。彼は学期休みで、チェルシーの広大な地下フラットに住んでいた。ディーキンと同様、都会的なセンスを持つ洗練された人物で、並外れた知性はもとより、難なく身に着けたかに思える上流社会の卓越さを備えていた。第一次世界大戦では戦功十字勲章を授与され、さらに、父はその当時知らなかったことだが、第二次世界大戦中は秘密諜報局のソビエト担当部局を率いた経験があった。

わたしは幼少時に、父に連れられてチェルシーのフラットをたびたび訪れたこともあって、フットマンを非常にはっきりと覚えている。見るからに痩身で完璧な身のこなし。話し方も、それまではテレビでしか聞いたことのない上流階級特有のゆったりとした口調だ。彼のフラットには、書物や第一次世界大戦中にパイロットとして搭乗した飛行機（わたしは彼が使うクラッシュ、すなわち「墜落」という言葉を聞いて興奮した）の写真がところ狭しと並んでいた。そして、父と辞去する際には、彼がたかだか五、六歳のわたしの手をうやうやしく握ったのを思い出す。生まれてこのかた、そんなことをしてくれたのはフットマンが初めてではないかと思う。

双方ともひびの入ったカップで薄い紅茶を飲みながら、フットマンは共感を込めてマーヴィンの話に耳を傾け、時折ていねいにパイプにタバコを詰めた。若者はとかく問題を起こすものだ、と彼は言った。彼自身、数少ないそうした部類のひとりだった。フットマンは堅物よりも「干し草の中で戯れた」経験のある秘書のほうが好みだったと打ち明けた。うまく付き合っていけるからだった。マーヴィンが話し終えると、フットマンが助言した。「外務省安全保障局のバターズビーにひと言あいさつすると良い――彼らは関心を示すに違いない」。彼は再びパイプにタバコを詰めると、品格のある表情を浮かべて手を差し出した。

「君は彼女の救出を当てにしているわけではない、そうだね？　それができるなら、思いがけないプレゼントだ。こうした問題では現実的になるようにしないと」

しかし、マーヴィンは現実的にはなれなかった。それは彼の性格に反する。わたしも思うのだが、父は何かしらロシアの不合理と度が過ぎる性向に感染していたのだ。自分をドラマ仕立ての主人公にして演じる。それこそは、疑いもなくロシア気質そのものだ。そうした傾向にうわべだけの中毒症状を引き起こしたのかと言えば、それほどでもない。むしろ、現実が対処不可能な場合にのみ力強く湧き起こる、紛うかたなき精神の高揚だったのである。現実的になることとは、ロシアの言い回しでは降伏を意味する。ミラにとって、それは十五歳のときに繊維工場に駆り出されたことを意味したはずだ。マーヴィンにとっては、地元生協で店員の仕事に就くことを指したに違いない。ミラとマーヴィンは双方とも、他者が合理的と見なすものを甘受することには常に拒絶の姿勢を貫いてきたのである。

フットマンと話し合ってから間もなく、一通の手紙がモスクワからイタリア経由で届いた。母の友人のイタリア共産党員が投函してくれたのだ。それはミラの宣言だった。同時に挑戦状であり、魂の叫び《クリ・ド・クール》でもある。断固たる表現で述べられていないことが現実的なのだ。そのことが一生涯を経た後にこれを読んでも素晴らしい――そして、まず堪え難い――ものにしている。

「この手紙はあなたの誕生日の前日に受け取ることになるでしょう」とミラは書いてきた。「イタリア経由で送ります。これはわたしの愛の叫びです。あなたとわたしのためだけのものです」。ほかの手紙は手当たり次第にKGBの検閲を受けていると二人はにらんでいる。この手紙に関しては絶対に人目に触れるのは避けたい、とミラは心に決めていた。

「こんな手紙は今まで誰にも書いたことはありません。ここに書いてあることは何もかもが嘘偽りのない真実です。あなたへの愛は病的なほど強そうに見えるかもしれません。現代において人々はささやかなこと、中途半端なやり方、まがい物で満足するように教えられてきました。彼らは感じたことをすぐに忘れ、容易く別れ、互いを裏切るのです。いとも簡単に代用品を受け入れるのです。愛もその例外ではありません。わたしの人生はすべて、ひとつの生き方を押しつける企てに挑んだ熾烈な闘いでした。わたしには徹頭徹尾受け入れがたいと思える考え方に対しても、そうです。わたしの人生は教育を受け、教養を身に着けるための闘い、自立のための闘い、さらには愛のための闘いだったのです」

「わたしは幼少時代の当初から人生と激烈な論争を繰り広げてきました。人生はこう告げます。勉強はするな！　素晴らしいものを愛でてはならない！　ごまかせ！　愛を信じてはならない！　友人を裏切れ！　考えてはならない！　服従せよ！　でも、意固地にも自分の答は『ノー』だと言い張り、瓦礫をかき分けて前に進むため茨の道を耕しました。人生は過酷であり復讐に燃えています。愛と思い遣りと温もりとをわたしに授けるどころか拒絶したのです。でも、そうしたものを求めるわたしの渇望は募る一方です。幸福とは手にしがたいものなのだ。人生はわたしにそう確信させようとしています。でも、わたしはまだ信じています。ですから幸福を求め、それが見つかれば手に入れる闘いに備え、決して諦めることなく待ち続けるのです」

「あなたはだれか取り柄のある人を見つけたほうがいいと言う人もいます――でも、わたしは長所も短所も含めてあなたのすべてを愛しています。あなたのいろいろな弱点を恥ずかしく思ったことはありません。それは何か神聖で、外部の目には触れないものにして、わたしの中に取り込みます。だれかがあなたの悪口を言っても、わたしには聞こえません。あなたのすべてが見えるのはわたしだけだと思っています。あなたこそ世界最高のお方という確信はそこから生まれるのです。わたしはあなたを自分の子として、自分の体の一部のように愛しています。あなたを生んだのはこのわたしだと思うことがよくあります。あなたを危険から守り、病気から救うために、この腕で抱き締めたいと切望しています」

「あなたのためなら喜んでこの命を投げ打ってもいいと思っています。わたしの坊や、信じてくれる？　このか弱い女の勇気を振りしぼって、あなたがあの連中を怖がらないように、屈服しないよう手助けに努めます。そのことが感じ取れるでしょうか？　彼らにできないことはないとしても、わたしは今も恐れていません。確かに、このところの暗黒の日々はわたしがどれだけこのハツカネズミを可愛がっているか、どれほど心と魂の中で自分がネズミとともに成長してきたのか、わたしに何たる恐ろしい外科手術が施されたのかを、思い知らせてくれました――わたしの心に成された手術です。わたしの今の目的とは、この復讐のワシ、この貪欲な肉食動物にわたしの愛は彼らの憎しみよりも強い力があることを見せつけてやることとです」

このような胸が張り裂けんばかりの手紙を受け取った後に、マーヴィンが闘いを拒むことなどどうしてできようか？　こうした愛と信念と希望の目標が定まった後に、愛する人を見捨てることなどだれができるだろうか？「わたしを愛してください」と彼女は書いた。「さもなければ、わたしは死にます」

「わたしにとっては、昔のままというものは全くない」と彼は返事に書いた。「でも、君はどっしりと重い道義的な課題をわたしの双肩に据えた。これを担うだけの力がわたしにあるのか自信はない。わたしたちの結婚の難しさを言っているのではない――この計画達成については一五〇パーセントの確率で君に保証してもいい。そうじゃない。言いたいのは、君が設定した高度の道義的規範、わたしが自ら遂行していく必要性のことだ。君の称賛ぶりには戸惑ってしまうよ。君よりすぐれているのはわたしだということになるからね。でも、君から教えられることのほうが圧倒的に多いということだ。わたしが求めていたちょうどそのときに、君は全く新しい人生展望を示してくれたのだ」

彼のロシア語は文通を続けた数年間全体を通じて、堅苦しくよそよそしい。それに対してミラのほうは燃えるような情熱的な文面だった。あまりにも激しくほとばしるため、丁重な文面を綴る狭い枠内には収まりきらない感情をどう表現するか、その単語を探すのはマーヴィンが自分の受けてきた躾と闘っているようなものだろう。父は書き上げたばかりの手紙に大げさな飾り書きの署名を添えた。ちょっとしたことに過ぎない。しかし、その署名はそれ以前の手紙で書いてきたものに比べ、ずっと派手なものだった。

マーヴィンは何とかしてレーニナへの電話を予約し、週後半にゴーリキー通りの中央電信局にいるようリュドミラに伝えて欲しいと伝えた。ミラは別離があって以来初めての長距離回線を通じた会話に感激のあまり体がしびれた。「あなたの声を聞いた途端、ロケットのように体中を血が駆け巡りました」と彼女は書いた。「あなたの声にキスしたい」。リュドミラはアパート廊下にある共用電話を使えなかった。隣人たちが喧しいからだ。そこで二人は二週間ごとに電話で話す約束を交わした。しかし、電話は事前の予約が必要で、会話も料金がかさむので短く切り上げなければならなかった。しかし、電信局の狭苦しいブースで行う数分間の会話はミラの命綱となった。

「可愛いマーヴィン！　あなたがいなくて本当に寂しいわ。あなたの小さな頭、首、それと小さな鼻にとってもキスしたい。でも、どうしたらいいの、ねえ、わたしの可愛い坊やちゃん？」。彼女は初めの電話の後すぐに手紙を送った。「わたしたちを決定的に隔てるこの障害を克服するにはどうすべきでしょうか？　愛する人がいながら会うことも、そばにいることもできないのは、あまりに酷だし、辛いことです。時々はわたしの心に希望の花が咲きます。信念の花も。勇気を持ち、気丈にしていたいのです。でも、絶望、落胆、ひどい心の痛みを感じることのほうが多いのです。とても辛いので、力となるものもわたしを捨て、わたしの神経では耐え切れません。全世界に向かって絶叫したい気持ちです。これが本当のことだとは今でも信じられません。あなたがそばにいないことも。実にむごいことですし、あまりに不当です！　でも、あなたはこうした境遇をだれに向かって分かってもらうつもりなのですか、一体だれがわたしたちの苦痛と不当な措置のために時間を割いてくれるのですか？　機械では何も感じてくれないし、考えてもくれません。足元の人々を一掃してしまうだけです。それが歴史という邪悪な巨大装置《ジャガーノート》〔ヒンドゥー教に由来する言葉で、人間に犠牲を強いる巨大で動かしえない力〕なのです」

　マーヴィンは歴史の巨大装置をどう動かしたらよいのか学び始めたところだ。これまでのありとあらゆる経緯にもかかわらず、彼は途方もないアイデアをまだ捨てていない。庇護者の忠告や母親の呪いの言葉はさておき、実行に移せばうまく行くかもしれないのだ。彼は決断に直面する。見事で素晴らしいが実現の可能性はたぶんないことに突き進むか——それとも、平凡で陳腐なことに甘んじるか。彼は破天荒なほうを選んだ。その決断に際しては、全生涯を照らし出すだけの輝きを放つ勇気がみなぎる瞬間がある。

　レーニナもささやかながら人生を肯定的にとらえる大胆な行動をとり、気概を見せた。マーヴィンに手紙を送り、結婚を目指す二人の闘いを応援すると約束したのである。「ミラはわたしにとっては最初の子ですから、とても愛しています。とくに今は」とレーニナは書いた。「寝ても覚めてもあなた方の問題ばかり考えています。わたしたちは皆、あなたを愛しています。あなたはわたしたち家族の正式な一員です。もちろん、あなたが白昼押し入ってわたしのハートをちょっとでも切り取る泥棒だったら、とても好きにはなれなかったという人がこの家にはいます。でも、わたしはミラが幸せになってほしいし、愛される人になってほしいので、あなたのことも愛しているのです。あなたが厄介なときもありますけれど」。レーニナの娘ナディアも手紙を寄せ、マーヴィンが冬を控えキノコ採りの季節には戻れるよう期待していると伝えた。

八月半ば、マーヴィンはソ連指導者を引き留めて嘆願状を手渡す新たな試みに打って出た。フルシチョフの義理の息子アレクセイ・アジュベイとの接触をかけてボン行きの飛行機に乗った。ストックホルムでは新聞報道の騒ぎで思うように行動できなかったため、こんどは極力目立たないようにしてアジュベイに近づこうと決めた。大学時代の友人を介して人脈豊富な西ドイツの新聞発行人カロラ・シュテルンと連絡を取ると、アジュベイの行動スケジュールを詳しく教えてくれたほか、アジュベイが出席する予定の非公式なレセプションにも招待してくれた。

マーヴィンは一張羅を着込み、応接間の人混みに割り込んだ。アジュベイはソビエト市場への参入問題を議論するドイツ実業家の一団に取り囲まれている。警備はないに等しい。マーヴィンはアジュベイと握手を交わし、書簡を手渡した。アジュベイはかすかに戸惑いの表情を見せ、マーヴィンに素っ気なく会釈した。書簡についてはひと言もしゃべらずに側近に渡すと、くるりと向きを変え実業家のほうに戻った。父は直ちにその場を後にし、その日の夕方ロンドンに引き返した。めったにはあり得ない幸先の良い接触だった。

「わたしを慰めてくれる唯一のこととは――君もそうだと良いが――わたしたちの不運を知る人がだれであろうと理解と共感を示してくれることだ」と彼は帰路、ミラに書いた。失敗に終わった旅には触れなかった。「降りかかった悪は取り除かれる。結局のところ、わたしはそうなると確信している。お互いの幸福が実現するよういろいろな手だてを講じているところだ」

ビル・ディーキンの勧めを受けて、マーヴィンはMI5のバターズビー氏に電話した。二人はとりとめもない話に終始した。バターズビーがただひとつ明かしたのは、モスクワの同僚シーウェルの報告だ。バターズビーは、マーヴィンのフィアンセはKGBのスパイだとディーキンに通告すべき証拠を持ち合わせていないというのだ。そうした見方は「予防的推定」に過ぎなかったわけである。英国官僚としては、これで一件落着だった。

数週間後の九月初旬、MI5はマーヴィン本人と直に面談するためオックスフォードに担当官を派遣した。M・L・マッコールは太り気味の中年で、曹長のような態度で接する非常に慎重な男だった。彼はマーヴィンをウッドストックのレストラン《ベア》まで車で連れ出して会食した。マーヴィンが先に送った報告書の細部を点検した。モスクワに残してきたものが何かないかチェックしたのだ。マッコールはアレクセイやアレクサンドル・ソコロフのことを「あなたの友人」とか「あの二人組」と表現した。

「われわれはあなたの報告書にある『採用目的のため友情の醸し出す雰囲気を利用し』という言い回しが気に入りました」とマッコールは父に言った。「そこで、われわれは仕事のひとつにこれを加えました」。マーヴィンが図らずも貢献したのはMI5文書のどの部分なのか、詳しくは触れなかった。数日後、マッコールはマーヴィンに二枚の写真を送り、人物が特定できるか見てほしいと言ってきた。

ひとりは過去に二年間セント・アントニーズに滞在したロシア人研究生で、マーヴィンの件とは無関係だった。もう一枚の写真はマーヴィンが会ったこともない男だった。マーヴィンはMI5がいかに無能かをあげつらったアレクセイの嫌みの言葉を思い出し、自分でも全く異論はないと思った。

マーヴィンを驚愕させることが起きた。一九六六年三月二日、MI5がついにお目当ての人物を見つけ出したのだ。チャリング・クロス駅である男と会った際に、一枚の写真を差し出した。写っているのは幅広のハンサムな顔立ちで、こめかみの辺りに特徴的な白髪の交じったエレガントな男である。それはアレクセイだった。このMI5要員はマーヴィンに、男の名字はスンツォフだと言った。マーヴィンがその名を聞いたのは初めてだった。モスクワでは、アレクセイにあえて名字まで聞いていなかったのだ。

モスクワのミラにとっては、マーヴィンはどこにでも現れた。ゴーゴリの忘れられない短編に出てくるおばけの外套のように。劇場で見たのは「首が長く、指も長い田舎の男たち。それはあなたの姿。わたしは悲しく、辛い気持ちになって、公演を見ていられなくなりました」と彼女は手紙に書いた。「わたしの坊や！　こんなにも長く待ちわびるための力は一体どこで見つけたらいいのでしょうか？」

ミラの生活は実在を仮想したマーヴィンにゆっくりと包まれ、占有されていく。彼女は小さな部屋の壁のひとつをさまざまなフィアンセの写真で埋め尽くした。夕方になると、ゴーゴレフスキー並木通りを通って地下鉄のクロポトキンスカヤ駅までひとりさまよい、地上に出てくる人波をじっと眺めてはマーヴィンが現れるのを待つ。「もし地下鉄で今あなたと会えるのなら、二人で一緒に歩いて帰り、夏の夜の空気を吸いましょう。アルバートの裏通りは素敵な風景に見えるでしょう。行き交う人々も親切。穏やかな夕べになるわ。でも今は何もかもがわたしに辛く当たって来るようです。木々は荒れ果て黄ばんで見えます――あなたと一緒なら、若葉が生い茂り生き生きとしているのに。肩越しに回す男の人の手を握る女性をうらやましく眺めています」

その日の新聞各紙を貼り付けた駅の大型ボードの前で彼女は立ち止まり、流行の最先端をいく人々の話やヘイスティングス海岸でのロック・ファンの乱闘騒ぎの記事を読む。それから帰宅して手紙を書き、深夜に再びアパートを出てスタロコニュシェンヌイ小路とアルバート街が交差する角の郵便ポストに投函し、翌日集配の第一便で運ばれるようにする。この後もロシアにいる間は、彼女の生活を支配する他愛もない儀式が、ミラに慰めを与える決まり事になっていった。彼女の置かれた八方ふさがりの状況を少なくとも、ほんのわずかでも和らげてくれそうな生活習慣なのだった。

「朝は起きるとすぐ手紙を書くのよ、いとしい坊や……あなたが寝ていて、起きるとお風呂に入る姿を想像しています……あれから一通も手紙が届きません……ひたすら待つことは最悪です。配達員が一日に三通届けてくれても十分ではありません。今はわたしたちには溝があります……便りがないのです。わたしの人生が止まってしまったみたいです」

マーヴィンは残りの夏をアレクサンドル・ケレンスキーと働いて過ごした。一九一七年七月からボリシェビキのクーデターで政権転覆に遭った十月まで、転げ落ちるような数カ月をロシア帝国臨時政府の首班を務めた聡明な法律家である。いまではすっかり老け込み、もじゃもじゃの白髪と分厚いメガネが目立つクモのように手足の細長い小柄な男になっていた。マーヴィンはケレンスキーが自ら主導的な役割を果たした出来事に解明を試みる研究の手伝いをした。マーヴィンはケレンスキーに自分の境遇を話した。老人は同情を寄せたが、彼にとってのロシアとは半世紀も前に脱出して以来、二度と踏み入れようともしないはるか遠くの敵性国家である。二人は革命を語り、その革命が権力の座に押し上げた非情な人間たちについて話し合った。

「ラスプーチン？　ああ、その通りだ、彼はなんとも腕っぷしが強く、非常に屈強な男だったよ！」とケレンスキーがつぶやく。「レーニン！　できるものなら彼を逮捕させておくべきだった」。マーヴィンは心から同意して頷いた。

父は自分の闘いに支援の手を差し伸べてくれそうな国会議員や要人に手紙を書き始めた。ロンドン・スクール・オブ・エコノミクスのレオナード・シャピロ教授は、住所録付きの人名リストを送ってくれた。マーヴィンせっせと手紙のやり取りを開始し、最終的に書簡類は引き出しが全部で三段あるキャビネットいっぱいになっていく。反核キャンペーンによりソ連に好感を持たれていた哲学者バートランド・ラッセル。ソ連外相アンドレイ・グロムイコとは「折り合いの良い」関係にあった保守党政権時代の元外相セルウィン・ロイド。オール・ソウルズ・カレッジに所属するリガ生まれの哲学者サー・アイザー・バーリン。労働組合会議書記を務め著名な旅行家でもある仲間のジョージ・ウッドコック。全員が丁重に懸念を表明する返事をくれたが、実際に支援を申し出ることはまずなかった。

今ではマーヴィンの時間の大半は手紙を書いては電話をかけ、訪問することに費やされている。学問研究はそっちのけの状態だ。マーヴィンはソ連大使の個人秘書アレクサンドル・ソルダトフを訪問した。しかし、会談はありきたりの社交辞令の域を出ず、がっかりさせられた。父は偏屈な粘り強さを発揮して、ソ連入国ヴィザの申請をしつこく出し続けた。ソ連側も同様に意地を張って繰り返し却下した。

マーヴィンはヴィザが実際に交付されるとはほとんど期待していない。それに対してミラはソ連出国ヴィザの申請が認められるチャンスはあると固く信じているようだった。それは滅多にありつけない特権であり、通常は政治的に最も信頼の置ける人物に対してしか認められないものだ。八月十八日、出国ヴィザ申請が「最高レベル」で拒否されたと知り、彼女は心がかき乱された。

「この二カ月間は友人や家族の助けを借り、わたしの苦しみも消えることに希望を抱いて生きてきました。でも昨日、わたしの希望は潰えたことが分かりました」と彼女は書いた。便箋は涙で染まった。「一晩中一睡もできず、熱気の中をさまよい歩きました。今日もまだ泣き濡れています。わたしの心臓が一片引きちぎれ目の前に飛び出したかのようです。わたしはまたもひどい絶望に突き落とされました。お願いです。マイ・ダーリン。わたしを見捨てないでください。わたしは死の淵にいます」

「わたしは籠の中の鳥のように家に引きこもっています。愛と苦しみがひどく入り交じり、寝苦しいのです。でも、わたしは生き抜き、それに耐え、待たなければなりません。あともう一分でも待つと、心臓がバラバラに引き裂かれ、口から血が噴き出しそうです。あなたと一緒なら、どのような拷問にも耐える覚悟はあります。でも、ひとりではとても辛くて……。喜んでいる人もいます。彼らの爪で引き裂いた魂から血が滴るのを見ることほど楽しいものはないのです。彼らは炎の地獄からわたしを救ったと思っています。彼らの考えでは、あなたが悪魔の化身、彼らは聖者です。天国の門を叩き続け、耳を傾けてください。わたしが門の背後からあなたを呼ぶ声が聞こえてくるはずです。門番があなたを通さないとしても、彼を眠らせてはいけません」

数日後、彼女の気分は持ち直したようだ。ミラは前週の取り乱した手紙を詫びた。「あなたの決然たる姿勢がわたしには酸素の如きものになるのです。それが分かってくれればいいのに。お願い、メルヴーシャ、壁に頭を打ち付ける〔実現困難なことに挑む〕のは止めたなんて決して言わないで。引き下がってはだめです！　壁に突撃しても最初はうまく行かないものです。あなたが自分本来の力にかけた希望と信念を放り出したなどという話を聞くのは、絶対に耐えられません」

モスクワの夏は終わりつつあった。ミラはマーヴィンが植えたトマトとキュウリの収穫をした。イチゴの季節がやって来た。ミラと姪たちは鉄製のバケツを持って数日間森に入り、湿っぽい空き地で野イチゴやビルベリー、クランベリーを採った。サーシャは果物を摘み取り、レーニナとミラがダーチャの台所でジャムの大鍋を沸かした。ミラは幾つかの瓶を脇に取り分けておいた。マーヴィンが戻り次第、一緒に食べるためだ。

「今どんな暮らしをしているか詳しく何でも教えてください。町の中心部の小さなカレー料理店のことも」。田舎でしばらく過ごした後、ここ数カ月の状態に比べ気分が落ち着いたミラは、マーヴィンに手紙を書いた。「細かいことすべてがわたしには大切なのです。そういう物事の中に本当に生きたわたしのかわいらしい人、愛する坊やが見て取れます」。手紙の最後に彼女が今縫っているシャツのスケッチを幾つか描いた。こんどは「あなたのためのおかしな詩です」と翌日の手紙に書く。「メルヴーシャ――幸せ。メルヴーシャ――どん底。メルヴーシャ――喜び。ミラのために――愛らしさ……。あなたの部屋は温かいですか、あなたの毛布は？　誘惑の悪魔たちが訪ねてきますか？」

「郵便局員は七・五パーセントを要求している。政府が提示しているのは四・五パーセントだ。この議論が決着するまで、わたしたちは我慢しなければならない」とマーヴィンは返事した。「この問題では政府は全く間違っていると思う。でも、この見解を声高に言ったりはしない。ここ数日、夜はよく眠れなかった。君の夢を何度も見た。君がつくってくれた素晴らしいディナーのことをしょっちゅう思い浮かべる。ここでは過剰反応をしないように気をつけている。自分のために新しいスリッパを一足買った。ハンガリー製だ。スカッシュを始めたところだ。悲しまないでおくれ、ミーラチカ、最終的には二人のために万事うまく行く。君を抱き締めて。M」

ソ連から追放された外国人とのスキャンダラスな情事が、マルクス・レーニン主義研究所におけるミラの立場とぶつかるのは当然、時間の問題だった。彼女は自分の知らないところでゴシップがあれこれ囁かれているのを知っていた。同僚の中にははっきりと同情を寄せる人もいた。ほかの多くは彼女のそばを通る際に、非難の目を向けた。ミラは周囲を困惑させまいと、努めて一人になろうとした。仕事に没頭しようとしたが、「苦痛のあまり頭がはっきりしなくなりました。これにはとても悩まされます」。

研究所の党員幹部は、ミラがこれまで見たこともないほど険しい表情をした頑迷な教条主義者だ。そうした彼らが緊急招集した会議で鉄槌が下された。「今週は悪夢、絶え間ない緊張と涙の一週間でした」とミラが報告する。「職場はとんでもない大騒ぎになっています。数日前に党員会議が開かれました。彼らは『わたしの事件』に関する報告を求めました。彼らは血を欲したのです。大声で怒鳴り立てました。『どうしてもっと早く知らせなかったのだ？　包み隠さず報告しなかったのはなぜだ？』［これはことごとく党書記風の言い方だ］。『われわれは［国家保安の］機関を通じてもっと探る必要がある。彼女のほうはどう弁明するのか。彼女は否定している。お分かりだろう！　もし政府が決定を下せば、それは正しい決定ということになる。彼女を処罰しなければならない！　社会の利益よりも個人的な利益を優先したからだ！　彼はきっと反ソビエト宣伝に彼女を利用し、その後は捨てるつもりなのだ』」

ミラの同僚でも数人は勇敢にも彼女の擁護に回り、寛大な計らいを要請した。恋に落ちたからと言って人民の敵になるわけではないと訴えた。しかし、圧倒的多数は「賢い者は沈黙を守り、ろくでなしは声を限りに喚きたてる」を地でいった。こうした偽善者の法廷は圧力手段としては最悪のものだ。ソビエト社会に取り付いた、服従を強いる完璧な武器なのである。それはソビエト社会に限らない。

権力に盾つくこととは別の問題もある。気心が知れて信頼の置ける仲間から非難の大合唱を浴びて、耐えることのできる人間はまずいない。

ミラは泣き崩れる姿を見せて彼らに勝利を授けることはしなかった。しかし、この経験は奥深いところで彼女を揺さぶる。彼女を支える精神にもかかわらず、本人はソビエト婦人にほかならない。共産党幹部の娘であり、国家に育てられた子女だ。徹底して異論を貫く状況に直面したことなど、これまでの人生では全くなかった。反逆による汚点が今後、生涯にわたってつきまとう可能性は重々承知している。

「わたしがたとえ職場を去っても、彼らはすぐに新しい勤務先に電話するか、だれかが旧来のやり方でわたしのことを告げ口するかして、次々と即刻解雇を受ける身となるでしょう」とミラは書いた。「それでも、わたしは出て行かなければなりません。不愉快極まる雰囲気です。ゴシップばかりが横行し、『教育指導の本質をめぐる』話し合いは皆無と言えます。これだけで心臓発作を起こしそうです」

ミラの一件で体面が傷ついたにもかかわらず、研究所の所長は同情的だった。彼の計らいで地位と賃金は変わらずに、科学アカデミーの中央図書館に配転となった。ミラはフランスの学術雑誌から研究論文の翻訳を担当する。心底ほっとしたのは、異動先の同僚たちが若い世代で独立心旺盛だったことだ。図書館は実は、「異論派たちの巣窟だったわ。……水を得た魚のようでした」とミラは当時を振り返る。彼女の働く部屋には鉛筆書きによる大型のシュールな風刺画が飾られていた。さまざまな歴史上の人物が青白い顔で並んでいる。所長の許可を得てひょうきん者が直接壁に描いたものだった。ミラは同僚たちと滑稽な写真をあれこれ撮って楽しんだ——その一枚は一九三七年製作の古典的なソビエト青年像をモデルにミラと友人のエリック・ジュークが労働者と集団農場の農婦に扮した写真だ。彼は槌を、彼女は鎌をそれぞれ握り、背中合わせに立つ英雄的ポーズを茶化している。もう一枚は、悲嘆に暮れて頭を垂れた姿で立ち並ぶロダンの彫刻、「カレーの市民」を年若い図書館司書がパロディー化した写真だ。図書館のリベラルな雰囲気も手伝って、ミラは上級研究員たちと、ソビエト権力が自分たちの生きている間に崩壊するかどうかをめぐって熱い議論を交わした。ミラは崩壊すると主張する。ピョートル大帝の専門家であるファイギン教授は今後数世紀にもわたって存続すると論じた。「このブタは反対側にごろりと向きを変えたところだから、あと三百年はそこにとどまっているだろう」「ロシアのブタは三百年も一方の側に横たわっていたのだ」と快活な老教授はジョークを飛ばした。

一九六四年十月十九日、ミラは職場で知り合って間もない女友達二人と連れだって、地上に帰還した宇宙飛行士ウラジーミル・コマロフ、コンスタンティン・フェオクティストフ、ボリス・エゴロフの歓迎式に出かけた。三人が宇宙に飛び立ったとき、ニキータ・フルシチョフはまだ権力の座にいた。彼らが地上に戻るまでの間に、フルシチョフは政治局のクーデターでひそかに解任され、レオニード・ブレジネフが後継者となった。広範なソビエト民衆にとっては、政権交代の波紋が及ぶことはまずない。しかし、ブレジネフの強硬路線はわたしの両親の問題には悪い前兆となる。ミラは友人たちと、霧雨の中をオープン・カーでゴーリキー通りを進む飛行士たちに夢中になって手を振った。彼女らはその後、客で混雑するカフェに向かい、日の暮れるまでおしゃべりした。

しかし、新しい職場が見つかり、友人たちの応援を得たにもかかわらず、別離の苦しみが彼女から消えることはない。「わたしたちの愛が消えることのないよう強く願っています。あなたと一緒にいたいと切望しています。選べるものなら、二度と会えないでいるよりは死ぬほうがましです。嘘ではありません！」。ある秋の日の夕刻、ひとり部屋で過ごすミラは書いた。「あなたがいなくて寂しいのです。ひどい苦しみです。誰も目に入らないし、何も聞こえもしません。世界中に向かって叫びたい気持ちです。それも愛があればこそ、絶望から抜け出し、かくも残酷、不公平な運命から逃れるために」

今では妻となった女性と滞在したダーチャで、暖炉のそばに腰を下ろして両親の手紙を読んでいると、奇妙なことを感じた。クセニャがソファに座り、読みにくい筆記体の文字を読む。わたしは床に座ってノートを採る。そのときだ。両親が他界し、わたしの元から消え去ったという暗澹たる思いを振り払うことができなかった。両親の声がはるかに遠のき、事細かに綴られた二人の親密な暮らしぶりと苦しみがあまりに感動的なため、既に生涯を終えた人の人生航路をたどっているように思えたのだ。手紙は、二人が書いたことと同じくらい雄弁に書かなかったことについても物語っている。わたしは母に電話し、懐かしい声を電話口で聞いた後でさえ、興奮冷めやらぬ思いだった。わたしたちは安心を覚える他愛もないことを話した。わたしが胸の内に感じていることは口に出せなかった——称賛の思いと愛に圧倒されていることを。そして、悲しみのことも。両親が最終的には再会を果たすことになるものの、二人が言外に秘めていた信念は、結局のところ挫折することも知っているからだ。二人は途方もない自己犠牲と愛の名において展開した闘いを通して、ともに心に傷を負った幼年時代を消し去ることができると信じていたのである。

「わたしの尽きることのない、心の奥底からの、温もりのある、永遠に悲嘆に暮れるあなたへの愛について、今感じていることをお伝えしたいのです」と母は書く。「わたしの手紙はつまらなく見えるでしょう。今まさに沸き上がってくるものを言葉で言い表すのは不可能だからです——素晴らしいこと、でも同時にひどく恐ろしいこと。光り輝きうっとりする雰囲気をたたえているのに、燃えるような激痛が走るのです」

モスクワに冬が訪れた。それと比べ厳しさはましなほうだが、オックスフォードにもその後に冬が来た。マーヴィンは助けが得られそうに思える人なら相手構わず手紙を書き続けた。しかし、迅速な解決は見込めないことがはっきりしてきた。彼とミラの二人は破滅的な料金を支払い、二週間に一度の十分間コールを続けた。二人は交代で電話をかけあうことにした——ミラはゴーリキー通りの中央電信局で電話予約のため複雑な書式と銀行伝票に記入した後、一分当たり一ルーブル四十カペイカを支払う。毎回の電話代は十五ルーブル七十カペイカだった。彼女の賃金は月額八十ルーブルだから、かなりの出費だ。とはいえ、ミラにとっては一カペイカのひとつずつに価値がある。彼女は中央電信局でマーヴィンと話す月に二度の電話「デート」には、雑音交じりの電話回線を通じて遠方の声を聞くのではなく、実際に彼がそこに現れるかのように入念な準備を重ねた。彼女はマーヴィンの好みではない靴は履かないようにする。いとこのナディアに頼んで髪はミツバチの巣箱型にセットする。新品のレインコートを着て、買い立てのハンドバッグを携える。わたしが手紙のことを考えるとき、最も印象深く思い出されるのが母のこの姿だ。足を引きずる小柄な女性が自分で作った最高の洋服を着て、髪を丁寧にとかし、ひとりゴーゴレフスキー並木通りのトロリーバス停留所まで歩いていく。自分だけのものにした素敵な男性とのデートに出かけることを誇らしげに思いながら。

嘆願運動の合間を縫って、マーヴィンは初の著作となるソビエト青年に関する社会学的研究の最終仕上げに取り組んでいた。一九五八年以来、断続的に進めてきた研究は今、ゲラ刷り段階にあり、最後の校正を待つばかりだ。この著作が出れば下降気味だった学問上の業績は上向くだろう。大人になって以来望んでいたカレッジでの終身特別研究員。その資格獲得へのパスポートになる。マーヴィンはそう期待した。しかし、目下のところ前線を張るのは消耗戦のほうだ。彼には不安があった。この本は刺激的な内容ではないものの、ソ連の機嫌を損ね、ミラを出国させる可能性を危うくしかねないのではないか？

数週間思い悩んだ末、リスクは冒すまいと決断する。マーヴィンは出版元のオックスフォード大学出版会に電話し、刊行リストからあの本は取り下げてほしいと申し入れた。大学出版会やセント・アントニーズではびっくり仰天だった。研究書を棒に振るとはいくら何でも大胆すぎる。学問の道に成功を収めるチャンスをみすみす台無しにしては取り返しのつかないことになる。当時のマーヴィンとしてはおそらく、それも承知のうえだった。「ある観点に立てば、これで良いのだ」とミラ宛の手紙で自分の決断を伝えた。「しかし、あれほど努力を重ね、あれほど神経を擦り減らして労力を注いできたのに、すべてが水の泡……」。わたしは五年の歳月をかけて本書を書き上げるところまできた。机に向かいながら、父の払った犠牲は想像を絶するほど大きなものだったように感じられる。

一九六五年四月二十六日、ジェラルド・ブルックがKGBに逮捕された。ともにモスクワ国立大学の交換学生だったマーヴィンも以前から親交のあった少壮の講師だ。彼は人民労働同盟の工作員がいるモスクワのアパートで捕まった。この組織はNTSの略称で知られ、CIAの資金提供を受けた小規模な不運の反ソ団体だ。というのも、救いようもないほどの組織破壊に遭い、その後判明したところでは、撹乱対象となった本物の扇動要員とほぼ同数のソビエト通報員が潜入していた。ブルックはNTS工作員のカップルに扇動ビラを手渡そうとしたところを取り押さえられた。運の悪かったカップルも、実は数日前に逮捕されていた。ブルックが彼らのアパートを訪ねると、そこに待ち受けていたのはKGBだった。

NTSの活動家はかつてオックスフォードでマーヴィンのリクルートを試みたことがある。中年のロシア人亡命者ゲオルギー・ミラーが父と接触し、モスクワの連絡要員宛てに一束の文書を届ける運び屋を引き受けてほしいと説得を試みたのだ。父は賢明にも断った。ミラーはブルック説得にはもっと確かな手応えを得たようだ。しかし、思えば間一髪で救われたのだ。ブルック逮捕のニュースを読んでマーヴィンは想像をめぐらせた。神のご加護がなければ、そこに居合わせたのだと。

ブルックは反ソ扇動罪で裁判にかけられ、懲役五年の判決を受けた。ソビエト報道機関はこの事件を利用して西側攻撃キャンペーンに乗り出した。モスクワ留学時からのマーヴィンの旧友、マーティン・デウァーストもブルック裁判の審理過程で反ソ活動に問われた。マーヴィンのもうひとりの友人で既にソ連から追放処分を受けているピーター・レダウェイも同様にやり玉に挙がった。しかしありがたいことにマーヴィンの名前は法廷にも報道にも出てこなかった。それはなぜか、マーヴィンには理由が分からなかった。

間もなくうわさが広まった。ソ連当局が、米国共産党員のピーター・クロジャーとヘレン夫人のカップルとブルックとの交換釈放を持ちかけているというのだ。二人はこれまでソ連スパイとして活動し、最初は一九四〇年代に米国でマンハッタン計画をめぐるスパイ網の密使役を務め、その後は英国で以前より地味な役回りに就いていた。クロジャー夫妻は、英国の原子力潜水艦施設のあるポートランドでスパイ網の構築中に摘発され、諜報活動に問われた裁判で懲役二十年の判決を受けた後、服役中の身だった。ブルックはただの大学院生にすぎず、クロジャー夫妻と同一のレベルで扱うような人物では決してない。ブルックはもっと大きなゲームに放たれた単なる駒なのではないかと、マーヴィンらは考えた。クロジャー夫妻は一九九〇年、BBC放送とのインタビューでこの見方を確認した。ブルックが逮捕されたのは、何よりも夫妻を取り返す取引カードに使うためだったというのだ。これより先、夫妻をも取り仕切っていたロンドンにおけるKGBの総元締コノン・モロドゥイ、またの名をゴードン・ロンズデールがモスクワで精力的にロビー活動を展開していた。彼はスパイ団摘発の際に逮捕を免れ、本国に逃げ帰ったが、自分の配下にあった元諜報員の釈放を実現すべく全力を傾けていた。

　マーヴィンはひょっとするとスパイ交換にミラが含まれるかもしれないと考えた。「ブルックとクロジャー夫妻を交換する話が早くも持ち上がっている」。マーヴィンはソ連大使館と良好な関係を保つ実業家フレデリック・カンバーに書き送った。「ということは、Bひとつに Kふたつだ。個人的にはこの交換にミラを加えてはどうかという立派な議論が多々あると思う。ロシア側はこれなら取るに足りない譲歩と見なすのではないか。クロジャー夫妻を取り戻すことに汲々としているのは確かだから。もう別離生活が数カ月に及び、わたしたちふたりにはかなり堪える。焦眉のこの問題を必死に考えない日は一日としてない。わたしたちはいわば、手紙を支えに生きている。これまでにミラからは四百三十通余りを受け取った。こちらからもほぼ同じ数を送った「はがきはさて置き」」。

　スパイ取引にかすかな望みをかけたが、それもすぐにしぼんだ。英国政府が交換に応じる意志はないと発表したのだ。内閣はソ連の脅しに屈服するのをきっぱりと拒否した。


　モスクワのミラは英語の学習用レコードを聞いて日々を過ごす。ノラとハリー、それと迷子になった犬が出てくる単純な物語を繰り返し聞く。犬は肉屋が届けてくれるが、その間に餌にしたソーセージ代を請求されてしまう。マーヴィンの手紙は一部が誤って隣人エウドキアの郵便受けに配達されたこともある。リュドミラは編み針とハサミで錠を開け、手紙を取り返した。彼女は隣人たちが盗んだ手紙もあるのではないかと疑い、マーヴィンに手紙のリストを送るよう頼んだ。「彼らはナイフを研いでいるのよ」とミラは恐れた。長い間抑圧してきた幼年時代の記憶に入り交じる別離の悪夢にうなされて、彼女はぐっすり眠れない。

「昨晩は身の毛もよだつ夢を見ました。わたしは悲鳴を上げて泣き出します。姉はわたしが病気だと考えます。わたしには夢が現実ではないとは思えないのです。生々しすぎるから。今は皆が寝静まっています。わたしはまだ泣いています。姉が言うには、あの夢はとても良くない前兆だそうです。わたしはこのような悲運のもとに生まれてきたようです……こんなにも焼けるような痛み、こんなにも手の込んだ執拗な拷問。持てる力と思いのたけはすべてわたしたちの愛に捧げます。わたしはもう引き返すことはできないのです」

今となっては、外務省はマーヴィンの長広舌にあえて苛立ちを隠そうともしない。ロシアを所管とする「北方局」の局長ハワード・スミスは、マーヴィンをせいぜいのところ手に負えないろくでなしとしか思っていないようだ。募る苛立ちもあらわに、不躾同然の態度で電話をかけまくった。

「マシューーズ博士の問題はあの……われわれもよく承知しているところでして」。外相マイケル・スチュワートは、マーヴィンのために動いた下院議員ローリー・パヴィットの手紙に対し返事を書いた。「彼については関係当局者や外務省幹部との文書のやり取り、面談の中で繰り返し論議されてきました。われわれが彼の問題だけを取り上げて、公式に抗議するのは適切だとは思わない理由に関しても、同様です。この問題は最近の情勢展開を勘案すると、公式に介入しても好ましい反応が得られる可能性は実のところ全くないのです」

マシューーズ対外務省の関係に最悪の事態が起きる。ハワード・スミスがセント・アントニーズのディナーに出席したときだ。マーヴィンはカレッジの執事フレッドに頼み、スミスにディナーが済んだら自室に来るよう伝えてもらった。スミスが戸口に現れた際、マーヴィンは自分の抑えが利かなくなり、本人が後に語ったところによると、「相手の人格に関わる下品な見解を表明した」。

「スミスは、はたから見ても体をぶるぶる震わせて談話室に戻ってきた」とマーヴィンの友人ハリー・ウィレッツが後日、教えてくれた。「スミスは皆に聞こえるように、君がひじ掛け椅子にふんぞり返っていたと言っていた。君のほうは彼がドアを開けたとき、『スミスのくそったれ』と言い放った。彼の葉巻が飛び出した」。マーヴィンの記憶では、スミスのことを「放屁野郎」と言っただけだという。マーヴィンはおそらく両方口にしたのだ。

この一件はマーヴィンのオックスフォードでの経歴にとどめを刺すものだった。彼の研究は中断してしまっている。研究書の出版も取り下げだ。『デイリー・メール』紙の一面を賑わせてもいる。そして、今回がこれだ。ディーキンはマーヴィンを自宅に呼び出し、叱責の味がするシェリー酒一杯をふるまった。「無礼にもほどがある。全く受け入れがたいことだ」とディーキンが早口に言った。「それに、彼はカレッジのゲストでもあったのだ。このような失態にはわれわれとしては我慢ならない。グラスゴーでの仕事についてはほかに何か聞いているかね？　北部に赴き、問題から離れるのも君にはたぶん望ましいことなのだ」

マーヴィンにしてみれば、リュドミラに次いで最も大切にしていた夢のオックスフォード時代は終わった。ハリー・ウィレッツはマーヴィンの研究員資格が切れることを確認した。最後にセント・ジャイルズ通りのレストラン、《ラム・アンド・フラッグ》で一献傾けようと誘った。オックスフォードからの追放とは神の恩寵を失うことだ。それがマーヴィンの人生においては何よりも深い傷を心に残すことになる。その後の学問上の業績にもことごとく毒として作用する痛手となったのである。

第12章 異なる惑星で

わたしは愛に狂っていた。
ミラがマーヴィンに宛てて 一九六四年十二月十四日

モスクワは民衆を惹きつけているように見える。そうして魅惑の虜となった人々とは、恐ろしいほど頭が切れるのに、しょっちゅう何かに飢え、かつまたどこかに傷を負い、挫折から逃れてくるか、あるいは世界に何事かを証明してみせようとする男女たちだ。わたしにはそのように思えた。トラウマを抱えた恋愛関係のごとく、この都市は民衆を永遠に変えてしまう可能性を秘めている。そして、恋物語あるいは薬物と同様に、初めは胸がときめく気分にさせる。その後時間が経つにつれ、かつて味わわせてくれた陶酔感の返還を求めてくる。しかも利息付きである。「何を言っている。何でもただで手に入ると思っていたのか?」。『モスクワ・タイムズ』の同僚ジョナス・バーンスティンは声をあげて笑う。わたしが二日酔いだとぼやいたり、覚えのないあざをさすったりして職場に現れると、決まってそう言うのだ。答はイエスだろう。実際、何もがそうだったのだ。

モスクワは一九九七年の夏の終わり、その自画自賛の尊大な振る舞いに絶頂期を迎えた。市長ユーリー・ルイシコフはモスクワ創建八百五十周年の機会をとらえて、首都の富と成功を誇示する祭典にすることを決定、大規模な祝賀行事の開催を命じた。式典当日、ルイシコフは古代ギリシャのワイン用の盃をかたどった車に勝ち誇ったように乗り込み、お祭り騒ぎの民衆五百万人がモスクワ中心部を埋め尽くす中、中央電信局のあった古い建物の前を通り過ぎた。ルチアーノ・パヴァロッティが赤の広場で熱唱したほか、ジャン・ミシェル・ジャールがレーニンの丘で「音と光」の公演を実施、天空にそびえるモスクワ国立大学にレーザー光線を当てた。わたしは文化公園のそばに並ぶウォッカ売店の裏手でゴミの山をかき分けながら千鳥足で歩いたのを思い出す。小用を足せる場所を探していたのだが、目の前に飛び込んだのは、ビール瓶や折り目も真新しい紙パックのごみ捨て場で事に及ぶ男女の姿だった。無法状態の一夜だった。ジャールの放つレーザー光線が首都上空に花を咲かせ、若者の群集が立ち往生する何台ものトロリーバスの屋根によじ登り、周囲の群集に爆竹を放り込んだ。

とはいえ、モスクワには同時にいかがわしい暗部があった。市長ルイシコフらにしてみれば、そうした部分のあることは望まない世界である。わたしはクルスキー駅で二日間過ごした。プラットホームの下に薄汚い小部屋のような穴が幾つもあり、そこに落ちるところまで落ちた最下層のホームレスたちが住み着いていた。夕方のラッシュ・アワーが過ぎると、駅にこっそり潜む居住者たちがあたりを警戒しながら地下の世界から這い出し、駅を自分たちのものに取り戻す。線路に降り立つと、段ボールとゴミくずで作ったプラットホーム下の巣穴に暮らすホームレスの家族がいた。わたしは十代のスリ窃盗団とビールを飲み交わした。彼らは実入りの半分をお目付け役の謝礼として警察に渡していた。顔に真っ白な化粧を施し、ぴかぴか光るプラスチック製の留め具で薄汚い髪をまとめた十三歳の売春婦が、わたしを引き留め誘いをかける。わたしは缶入りのジントニックを買い与えた。彼女は僻地の村の出身で、アルコール依存症の両親に殴られつづけたという。「でも、今は大都会にいるの」。彼女はゴミが散乱し、ネオン電球の付いたコンクリート製の自分の世界に明かりを点け、中をしげしげと眺めながら言った。「ここで暮らすのをずっと夢見ていたのよ」

モスクワ郊外では迷路のようになった地下の暖房ダクトに潜む家出少年たちを見つけた。彼らはスリをし、地元マーケットの売買人の使い走りをして糊口をしのいでいたが、実入りはすべて「モメント」という安物ブランドの接着剤を嗅ぐシンナー常習につぎ込んでいた。いずれもみすぼらしく、やせ衰えていた。しかし、彼らをレイプしようとうろつき回る同性愛者や、定期的に一斉検挙を行う警察、食料を持ち込んではイエスに祈りを捧げるよう説いて回る米国伝道団体の脅威にたえずさらされながらも、抗しがたいほど人懐こく、生意気なところもあった。少年たちはネズミのように抜け目なく、冷笑的だったが、家族のように暮らし、彼らの小さな世界の厳しい約束事として、わずか八、九歳の最年少の子供たちを助け、食事を与え、生きる知恵を授けていた。彼らはたいそう誇らしげにわたしをアジトに誘った。そして恥ずかしそうにホットドッグを買ってくれないかと頼んだ。彼らが想像しうる限り最高のごちそうだったのだ。


その年の八月、ペトロフカ通りの新しいアパートに転居した。狂乱の好景気ブームに煽られたスタロコニュシェンヌイ小路の家主が、二日前の事前通告で家賃を五〇パーセント引き上げようとした。わたしはそれに応じると約束し、その後、夜逃げした。

転居先のアパートで一緒に暮らす同居人は、ヒッピー転じて株取引のブローカーとなったパッティという名の愉快なカナダ人だった。当時、モスクワに一気に押し寄せた数千人に上る国籍離脱者と同様、パッティは前年のボリス・エリツィンの大統領再選に伴う大好況の波に乗っていた。世紀の売り上げに乗じる場に身を置く人々にとって時代は順風満帆だった。

モスクワの若々しくリッチな外国人は資本主義の征服者《コンキスタドール》だった。スターリンの取り巻きたちがかつて住んだ広大なアパートに暮らし、ポリトビューロー（共産党政治局）のこのうえなく豪勢なダーチャだったところで盛大なパーティーを催す。週末にはさっと地中海の島イビザに飛び、征服地の女性からお気に入りを選ぶ。全体として稼ぎ出すのは冷戦時代のNATOの軍事費に匹敵する一千億ドルにも上る。彼らのモスクワ滞在もこの稼ぎがあってのことだ。日中は株を取り引きし、会社を買収。FMCG――変化の早い日用消費財――をロシアの大衆に売り歩き、タンパックス、マールボロ、デオドラントの販売で富を築く。夜はピカピカに磨いた黒塗りのSUVに乗ってモスクワ中を走り回る。コカインをたっぷり摂取し、目もくらむような美女たちを次々に引き連れていく。

ある知り合いは付き合いのあったロシア正教会に取り入り、数百万ドルの財を成した。クレムリンは正教会に対しアルコール類とタバコの輸入に免税を認め、その利益は各地の教会再建に充てるものとされていた。別の友人は米国のある大手コンサルティング会社で監査の仕事を手がけ、稼ぎまくった。取り決めは至って単純だ。手がける工場が破綻必至であれ、老朽化が進んでいようと、工場側に労働者半数のレイオフと知恵を絞った勘定一覧の作成を勧告し、だまされやすい西側投資家に売り抜け、株式公開による利益を経営者側と山分けするのだ。

確かにモスクワは、目に余る無責任や自己破壊といった暗い一面を持つ人間には、紛れもなく魅力を備えている。それさえあれば、どんなにのめり込もうと引き留めるものはない。モスクワは不気味な、神不在の世界だった。そこではいかなる価値観も永遠に止まったアニメ動画に入り込み、恐ろしいほど勝手気ままに、最も汚らわしい己のどす黒い心の奥底を極限まで探るのだ。

しかし、愉快な時間があろうと、モスクワは新たな主人たちに復讐を加え、知らぬ間に外来の魂をもてあそぶようになる。着いたときは初々しく元気な子だった若者を見ても、一年もしないうちに険しくむっつりした表情の人間になって、たいていサーカス団の人々と付き合うのはムリもないと思える。年端もいかぬ利己的な快楽主義者が、たちまち精神障害を負った利己的な怪物に変貌してしまう——あまりに短い期間に、過剰なほど性の戯れ、カネ、ウォッカ、薬物、それと冷笑主義に浸るからだ。

ところがパッティは、何とかしてヒッピー風の快活さを常に失わずにいた。わたしが今も変わらず抱いているのは、そのころの彼女のイメージだ。ある夏の日の明け方、目が覚めると、パッティが素っ裸でわたしの机の中をかき回し、アンフェタミンの残りを探していた。彼女は今度は早朝の便で工場買収のためシベリア出張に出かけるところだった。わたしがよろよろと浴室に入り、鏡を覗き込むと、吸血鬼ノスフェラトゥがこちらに向かって振り返るのが見えた。薬の目覚まし音で元気になったパッティは、プラダのサンダルを履き、ラルフ・ローレンのバッグを幾つか引きずりながら、陽気に玄関に向かい、行ってきますと言った。

「素敵なパッティ、わたしにはいつ工場を買ってくれるんだい?」。わたしは浴室から声をかけた。

「そろそろね、ハニー。もうすぐよ。わたしたちがとっても、とっても金持ちになったらね! じゃあバーイ」

一九六五年の秋が近づき、マーヴィンはセント・アントニーズの部屋を永久に去る準備にかかった。彼はノッティンガム大学での教員ポストを既に受け入れている。彼自身の見立てでは、各大学の中でも「第二部の下位に近い」ランクだ。十四カ月にわたる努力もむなしく、ミラを取り戻すことはできないままだ。孤独が彼をむしばんでいく。オックスフォードで過ごした最後の数週間は、ワイサムの森へドライブに出かけ、ひとり樹木の中をさまよった。

「今夜はとても悲しい。だから、手紙を書いている。気が紛れるからだ」とマーヴィンは書いた。「君が手紙の中でわたしの独りぼっちの散歩について言っていたが、それを読んで心を打たれた。君は本当にわたしを呼び止め、話しかけてくれているのか？　わたしは返事をすることができなかったが、一晩中、君の声が、あの低くて甘い、歌うような声が聞こえてくる気がした。君のことはしょっちゅう考えている。君はいつもわたしと一緒だ……君がここにいて、一緒に日差しを浴びながら庭園に腰を下ろして過ごすとか、何か二人で一緒にできたら、どんなに素晴らしいことかと思う。この悲しみにはほとんど耐えきれない。しかし、時間がたてば消えてゆく。気持ちを落ち着かせて、仕事に取り組むこともできるだろう」

オックスフォードでの研究生活が終わると、絶望感が襲った。ありきたりの対処で救えないのは明らかだ。そこで、マーヴィンは尋常ではない手を思いつく。セント・アントニーズが最後の思いやりある措置として、マーヴィンに研究成果もなく、提出すべき論文もないのに、ウィーンでの会議に参加するなら費用を持つと申し出たのだ。ただ、ひとつ条件があった。「妙な物事」には手を出さないこと。セント・アントニーズの研究員の一人、セオドア・ゼルディンがマーヴィンにそう警告した。

会議は豪勢なもので、祝宴が何度か催されたほか、報告が延々と続いた。マーヴィンは会議を抜け出して《フォイアフォーゲル》というロシア料理のレストランに行き、一人で食事をとった。店は汗だくで働く巨漢のロシア人がオーナーを務め、自分でもテーブルで給仕し、頼んでもいないのにウォッカを注いだ。ブルガリア人ギタリストが哀愁を帯びた歌を歌っていたかと思うと、オーナーと口論を始めた。

マーヴィンは実はある「妙な物事」を計画していた。会議閉幕の最終日にこっそりチェコスロヴァキアに忍び込み、秘密書簡を送るつもりだ。これが幸運をもたらしてくれると望みをかけたのだ。当時は入国ヴィザも必要なく、プラハ行きの列車に乗ればわずか三時間だが、マーヴィンはジェラルド・ブルックのようにしょっぴかれるのではないかと恐れ、出発を前に眠れぬ一夜を過ごした。しかし、旅は全く問題なく、国境警備兵がしかめ面をして彼の旅券に見入ったが、スタンプを押した。

マーヴィンは一九六五年九月六日、プラハに到着し、うらぶれた《ホテル・スロヴァン》にチェックインした。彼はプラハのほうがモスクワより生き生きしていると感じた。冴えないナイトクラブを見つけ、そこで一人寂しくワイングラスを傾けた。彼はその晩、ホテルでアレクセイ宛に長文の率直な手紙を書く。ミラを出国させるプロパガンダ上の利点を詳細に述べ、これが実現すれば「相当な」額の謝礼をする用意があると伝えた。ポーランド人や東ドイツ人が出国のツテを非公式にではあるが、合法的に買い取るケースもあると指摘した。ロシアを手助けするつもりだ。裕福な身ではないが、力になってくれる後援者を探せる。集めたカネはソ連における「慈善事業のため」に使うことも可能だ。「わたしたちはほぼ同じ年ごろだ、アレクセイ。わたしたちは真剣に、かつ正直に話し合えるはずだ。どうか助けてほしい」。マーヴィンは懇願した。

ミラと違ってマーヴィンは、KGBの、あるいは少なくともアレクセイ個人の基本的な良識にいまだに幻想を抱いているようだ。手紙に含めなかったのは、協力の申し出だ――しかし、この段階ではいかなる場合でも、そうした申し出が受け入れられることはおそらくなかったであろう。彼は翌朝、ヴァーツラフ広場からすぐそばの中央郵便局から書留郵便で手紙を送った。彼には返事一つ届かなかった。

わたしの両親は別離の際に、たぶん何かに気づいたのではないか。それは二人が幼年時代からずっと引きずってきた感情面の空しさと共鳴するものだ。しかし、書簡を交わす関係が始まって間もなく、双方が人生のかなりの部分を手紙に注ぎ出したため、経験の記録が経験そのものを凌駕してしまう段階に立ち至る。その題材があまりに膨大なため、それを歴史に転化していくプロセスが彼らの現在を奪い始めるのである。

モスクワではミラが、長距離恋愛に捧げる個人的儀式にすっかりのめり込んでいる。職場に出かける際は、マーヴィンの写真にキスする。帰宅途中には寄り道してマーヴィン向けのレコードを探す。彼が友人たちと一緒にロシアの音楽を聴くことができるように。マーヴィンのちょっとした病気についても、ミラは自分の医師に相談する。彼女の手紙はほとんど例外なく、マーヴィンの食事に触れている。彼女に取りついた食料への強迫観念、子供時代からの後遺症である。

「あなたのミラの言うことが聞けますか？　お願い、マーヴィン、コショウやヴィネガー、それとほかのスパイス類も摂りすぎないでくださいね。牛乳は飲んでいますか？　わたしは毎晩、半リットル飲んでいます。わたしが教えた通り、食事は適度に抑えて。新鮮なものを食べてください」。マーヴィンが時々はカレーが好きだと反論すると、ミラはそれも受けつけない。「あなたの好みは尊重します。でも、その食べ物の何かがあなたの健康を損ねるのが怖いのです――モスクワであなたに言ったことを指しています。あなたは東方風、カフカス、インドの料理に目がないですね。あれはあなたには香辛料が効き過ぎです。あなたは海洋性気候の人。この料理は強力な胃袋の持ち主向け。でも、あなたは北国の繊細な花。上品に食べなくてはいけません」

ミラが衣類を頼み、マーヴィンがロンドンで購入し（手紙の中で冗談交じりに値段のことをぼやきながら）、ディナーマンズ社を通じて送る。ソ連向けの小包に関しては唯一認可された配送業者だ。ミラは本を買っては粗末な紐で結んだ茶色い紙の小包をロンドンに送る。彼の書棚はすぐに数百冊の本で埋まった。

ミラとマーヴィンとの仮想の関係は本格的な強迫観念に変わっていく。彼女は自分でつくり上げた想像の世界に深々と突き進んでいく。「まるでマーヴィンという複雑なメカニズムの中にすっかり入り込んで暮らしている気がします。周囲にはあなたのボルトや車輪がすべて見えます」と彼女は書いた。「あなたはわたしの人生の意義であり目的です……間もなく新しい宗教の信仰生活を始めます。マルヴーシャ教です。皆にわたしの喜びと温もりの神を信じてもらうようにします」

さまざまな点で、ミラにとっては手紙の奔流となって現れる生活こそが、実際に彼女を取り巻く生きた人々との交流以上にリアルなものとなったようだ。「わたしには現在がありません。あるのは過去、それと未来だけです。未来の存在を信じることができればの話ですが」と彼女は書く。「わたしの周囲にあるものは何もかもが死んでいます。わたしは瓦礫の中をさまよい歩き、ある目的に向かって、前に進んでいます。あなたに向かって」。彼女はマーヴィンの手紙を生きがいにしている。「ほかのことはすべて、ただ時間を埋めるために創作するのです」

ミラは生暖かい小雨の降る中、スタロコニュシェンヌイ小路の中庭に腰を下ろしていること、マーヴィンから届いたばかりの手紙を読み大声で笑いだしたら、とがった細面の老いたバーブシュカが地下室の窓から覗いていたことを綴った。「まるでわたしの背中から翼が二枚生えてきたようです」と彼女は書く。「あなたの魂がすべて紙とインクの形となって澄んだせせらぎのようにわたしの中に注ぎ込み、わたしの体と魂を力で満たすのです。これは願ってもない最高の薬です。あなたの手紙はますます良くなってきています。すぐにわたしは悲しみからではなく、喜びのあまり泣き出すことでしょう」

彼女は週末にダーチャに行った。オリガはチェーホフを読み、ミラは編み物だ。霰《あられ》の混じった晩夏の嵐がダーチャの鉄板屋根を打ちつける。嵐が止むと、ミラはトウモロコシ畑を抜けて長い散歩に出かけ、マーヴィンの名前を呼んだ。悲嘆が重くのしかかり彼女に悪影響を及ぼした。「マーヴィン、悲しみが彼女の生気を奪っています……確かに彼女は自分の人生でさんざん苦しみ抜いてきました。

わたしは本当に彼女のことが心配でなりません」とレーニナは書き送った。「おそらく彼女は両親の愛を感じたことも目にしたこともありません。ですから、彼女にとって今は二倍の苦しみなのです。わたしたちの家は文字通り、喪に服しています……彼女はほほ笑むことも笑うことも止めてしまいました。四六時中、涙に泣き濡れています。もっと頻繁に手紙を書いてくださるようお願いします。彼女はあなたのために生きているのです」

ミラの生理は心痛のあまり止まったままだった。しかし、女医は心配しないようにと言った。「戦時中、女性は数年間もなかった」と。とはいえ、「あなたの神経のため」として毎日の注射を処方し、さらに「マグネット療法」のコースも加えた――明らかにある種の似非科学と言うべきいんちき療法であり、心気症のソビエト人には愛用された類いのものだ。

一九六五年の数カ月間、ミラはハンサムなフィアンセが奪われるかもしれないという恐怖に取りつかれるようになったふしがある。その恐怖は睡眠中にも及ぶ。こんな夢を見た。ワレリーとボリショイ劇場に行ったところ、見知らぬ女性と一階席に入ってきたマーヴィンが目に留まる。彼女が呼びかけ、大声で叫ぶ。バルコニーから彼の頭上目がけて身を投げたい欲求にかられ、抑えが利かなくなるのだ。

別離の苦しみはミラが心の奥深く閉じ込めていた怯え――見捨てられるという恐怖心――を根底から振りほどいてしまう。しかし、さほど重要とも思えない不安感までが頭をもたげてきた。彼女の容貌のことである。ミラは自分が美人ではないとひどく意識していた。「わたしにとっては一番心の痛む問題なのです。このことはだれにも話しません――この点に関してはあなたの友人やお知り合いに喜んでもらえなくて、本当にご免なさい」とミラは書いた。「そのことが怖いのです。心配でなりません。でも、ひとつ慰めはあります。これまでの人生で素敵な方々も含め、たくさんの友人に恵まれました。彼らは皆、わたしを愛してくれましたし、わたしに惹かれていました。わたしはあなたが美人好きなことは知っています。わたしも美人は好きです。わたしがひたすら望むのは、あなたがそれだけに目を奪われず、ほかの人たちが目にしないものを見詰めるようにしてほしいということです。美人は二人で一緒に見ましょう。わたしは悪女とか馬鹿娘でもない限り、ほかの女性たちの美しさを認めることができないほど精神的に不安定なわけではありません。わたしの人生には全体を通しても自分の写った写真はほんのわずかしかありません――なぜかはご存じですね。でも、何か見つかったら、送ります。あなたが周りの人にわたしの写真を見せるのは、恥ずかしい気持ちです」

ミラは職場でマーヴィンの手紙を見せて回る。彼女には男がいる。そのことが彼女を一人前の女性にする。「わたしはだれかに愛してほしいのです――わたしが不運な女ではないことを皆に知ってほしいから」。しかし、苦痛、それと愛する人を失ったという羞恥心や罪悪感があるため職場には遅くまで残る。同僚の女性たちが夫やボーイフレンドと落ち合うのを見ないで済むようにするためだった。

一九六五年九月末、マーヴィンは『サン』紙で期待の持てる記事を見た。ブルックをクロジャー夫妻と交換する秘密交渉がマーヴィンの思った以上に進展を見せていたのだ。得体の知れない東ドイツの弁護士ウォルフガング・フォーゲルがソ連側の代理人だった。フォーゲルには見事な実績があった――彼は一九六二年、米軍機U2のパイロット、ゲイリー・パワーズと老練のソ連スパイ「ルドルフ・アベル」とのスパイ交換で橋渡し役を務めた。アベルの本名はウィリアム・フィッシャー。クロジャー夫妻が一九四〇年代に米国で任務に就き、マンハッタン計画で原爆情報入手に暗躍したソ連側スパイへの指示を出していた際に、夫妻を指揮していたのは皮肉にもこのフィッシャーだった。フォーゲルは東ドイツ市民の出国問題で、西側の親族による「買い取り」を斡旋したともうわさされていた。

「英国政府は交換釈放に関わる提案をすべて断固として拒否してきた。その立場は今後も変わらない」と一九六五年九月二十二日付の『サン』が報じた。「彼らは国家転覆罪でモスクワに投獄されているジェラルド・ブルックを身代金目的で監禁中と考えている。しかし、今回の反応はフォーゲル氏を阻むものではない模様だ……月曜日の夜、彼の乗った緑とクリーム色のオペルが通常の厳格な書類検査もなくチェックポイント・チャーリーを走り抜け、西ベルリンにおける英国司令部のクリストファー・ラッシュ氏との会談に向かった」

四日後、マーヴィンはドイツを通過し一路東方に向かう列車に乗っていた。車両暖房は切られたまだ。寒さに震えながら、西ベルリンを取り囲む監視塔と有刺鉄線を明け方に通過した。彼はいつものように最低ランクの安宿を探し当て、リーツェンブルガー・シュトラッセにあるペンション《アルクロン》に滞在した。マーヴィンはフォーゲルの西ドイツ側連絡役を務める弁護士ユルゲン・シュタンゲに電話し、翌日会う約束を取りつけた。後の時間は東ベルリン観光に使った。大戦中の瓦礫が至るところに残り、殺風景な中にも緊張が漂う。午後遅く動物園を訪れ、檻の中から憂鬱そうに彼を見つめるサルを観察した。

マーヴィンはシュタンゲに問題を詳しく説明し、翌日夜にフォーゲルとの会合をセットするとの約束を取りつけた。会合は《バローネン・バー》で行われた。ビジネスマンが出入りするこぢんまりとした値の張る酒場だ。フォーゲルは定期的な西ベルリン出張から引き返す際に、よく立ち寄るのだ。マーヴィンが待っていると、背丈のあるバー店員が派手なカフスボタンをしているのが目に留まった。客からたっぷりチップをせびろうという魂胆かとマーヴィンは想像した。

フォーゲルはメガネをかけた丸顔の親しみの持てる男だった。マーヴィンのドイツ語は覚束ない。

フォーゲルは英語が駄目だ。シュタンゲは、彼の知る外国語はラテン語とギリシャ語に限られていると説明した。しかし、フォーゲルは一向にお構いなしだ。関係改善について楽観的な話をとめどなくしゃべった。彼はこんなことも示唆した。クロジャー夫妻のどちらか一人との交換対象がミラになる可能性もある、たぶんさらにもう一人含まれるだろうというのだ。マーヴィンが一番ありそうにないと考える話だ。しかし、彼はドイツ人弁護士の熱心な姿勢に元気づけられた。

フォーゲルが出かけようと腰を上げると、マーヴィンもさっと立ち、フォーゲルがバーに持ち込んできた小型のスーツケースをお持ちしましょうと申し出た。スーツケースは信じられないほどの重さで、持ち上げるのもやっとだった。彼はよろよろとフォーゲルの後をついて行き、オペルに積み込むと、東の方角に走り去る車に手を振った。マーヴィンはスーツケースの中身が何なのかさっぱり見当もつかなかったし、あえて聞こうともしなかった。

翌日、マーヴィンは西側連合国司令部の英国対外事務所でクリストファー・ラッシュと会い、例の交換釈放案に関する公式反応を探るためロンドンと連絡を取るよう要請した。ラッシュは真面目に取り合わなかった。「われわれはこの種の問題の橋渡し役になるのはご免だ」と父に言った。「ここは誰でも歓迎というわけではないのだ」

フォーゲルからマーヴィンには一度も連絡はなかった。またもや袋小路に陥った。

ベルリンから戻るとすぐにマーヴィンはオックスフォードの荷物をオンボロのフォードに積み込み、ノッティンガムに近いロング・イートンにある学術地域の転属先へ向かうため、北の方角に車を走らせた。ミラの忠告に従って「バケツを持ち運んでいるかのようにして前かがみに」ならず、しっかりと座ってハンドルを握りながら。

マーヴィンはロング・イートンがかなり侘びしいところに見えた。薄汚れた工業の町で、南ウェールズで過ごした幼年時代の惨めな暮らしを否応なく思い出させた。ノッティンガム大学の講師陣があてがわれた居住地は、住み慣れたオックスフォードの環境とは比べようもなくお粗末だった。マーヴィンはパブで飲むのは好まない。そこではコインランドリーのそばに腰かけて衣類が回転するのを見ているだけだ。地元で気晴らしの場所がほかにあるかと言えばこれだけだった。モスクワ、オックスフォードで過ごした後のノッティンガムはまさに栄光からの転落だ。しかし、少なくとも今の彼には、ミラ救出作戦に取り組む時間はある。キングス・クロス駅のカフェテリアでてんかん発作に襲われた——初めての経験だった——にもかかわらず、マーヴィンは常に楽観的であろうと決意した。

「その日以降、ロシアからの報道に左右されることなく、毎回講義室に入る際は努めて最高の笑みを浮かべるように心がけている」と彼はミラに報告した。「本の出版取り消しについてはこれっぽっちも気にしていない」。その年の秋に撮った写真は大学で机に向かうマーヴィンが写っている。彼の前には安っぽいラジオがある。一九七〇年代半ばになってもまだ父がこのラジオを使っていたのをわたしは覚えている。背後には、たわんだ書棚に本が山積みとなっている。部屋は小さく狭苦しい。彼は熱心に一通の手紙を読んでいる。乱雑に積み上げた本の山に囲まれ、妙に子供っぽく場違いに見える。しかし、とても満足そうだ。

めったにスウォンジーには帰らないマーヴィンだが、あるとき実家を訪ねると、母親がロシア女に対する自滅的な執着はいい加減に断ち切りなさいと長々と説教した。「今朝、母虎が爪を立てた——たとえを変えれば、豹はその斑点を変えない〔本質は変わらない〕ということだ」。マーヴィンはノッティンガム大学スポーツ・クラブには毎日、水泳をするために通っているが、その駐車場に停めたフォードの座席で手紙を書いた。「母はわたしがたまにしか帰ってこないし、大変辛い思いをしていると言っている――ロシアでの最近の出来事には殺されかけたとも言った。『そして、あんたの大学での地位に降りかかったことを考えると、全身に戦慄が走るわ』と話している。『もう静かにして』とわたしは言い返した。『さもないと、この家を出て行くからね――車はすぐ外にあるんだから』。すると、母は静かになった」

マーヴィンはほかの選択肢も幾つか検討した。ひとつはミラが別の社会主義国への訪問を申請し、そこで落ち合った後、何とかして脱出する計画だ。問題は旅先が友好国でもミラが上司に証明書を申請しなければならないことだ。図書館では誰ひとり、彼女に承認を与えるリスクをあえて冒そうとするものはいない。彼女がアフリカの学生と偽装結婚を取り決め、国外に連れ出してもらうことも可能だ――しかし、この案は不愉快なことに加え、ＫＧＢの許可が必要なため実現性に乏しいし、失敗すれば出国作戦に影を落とすことになる。

彼は賄賂を思いつく。金品に目のない大使館当局者に新車を贈るのはどうだろうか？　しかし、事がむやみに政治問題化すると、またしても立ち行かない。彼は偽造まで検討した。数日間かけてスタンプだらけとなった自分の旅券を丹念に調べたうえ、印刷セットを取り寄せてソ連の公用スタンプを偽造してみた。マーヴィンの友人のうち、誠実さを絵に描いたような中年の女性二人が旅券を譲ることに同意した。ひとりは国外旅行に出る意志もないのに旅券を申請、もう一人は手元の旅券を紛失したと届け出た。しかし数日して、偽造の危険性が分かり、マーヴィンの熱意は萎えてきた。モスクワ発の片道航空券を入手することに問題があった。旅券審査官がマーヴィンの手にかかるミラの出国ヴィザは偽造だと見抜いた場合、ミラは数年の懲役刑を覚悟しなければならなくなる。彼はこのアイデアを断念した。

彼はある新聞記事に参考材料を見つけた。大戦前に徒歩で中国へ向かおうとしたロシア人に関する話だ。彼は方角を（取り返しのつかないことに）間違えてしまい、アフガニスタンにたどり着いたという。マーヴィンはソ連南部の地図をじっくり眺めた。この一帯にはひょっとして国境警備のない地域があるのだろうか？　一九六五年十二月、今度は若いロシア人ウラジーミル・キルサノフについての記事を読む。キルサノフは歩いてソ連国境を突破し、フィンランド側に脱出したという。ミラにも同じことができるだろうか？　マーヴィンはキルサノフのその後の足取りを調べ、一九六六年三月、西ドイツのフランクフルト・アム・マインまで会いに行った。しかし、キルサノフの話を数分間聞いただけで、これは無理だと悟った。キルサノフは年も若く、壮健な体をしている。それにハイキングや登山の経験もある。そこへ行くと、臀部に障害のあるミラが湿地帯をとぼとぼ歩いて横断し、有刺鉄線のフェンスをはい上がれるとはとても思えない。またしても、アイデア倒れに終わった。

二年が経過した。別離の苦しみに苛まれるばかりだ。ノッティンガムはマーヴィンが当初恐れていた以上に憂鬱な気分にさせた。一九六六年夏までに、彼はもっとロンドンに近いところに移り住もうと決意する。ミラ救出活動を続けるためだ。彼はサリー大学として認可されたばかりのバターシー・ポリテクニックでの職を得て、クラパムの使われなくなった倉庫に仮住まいした。その後、ピムリコのこぢんまりとしたフラットを購入し、ほかにも持ちかけられた仕事は断った。というのも、バターシーの仕事にはたっぷり自由時間がとれるので、ソ連大使館や英国外務省、フリート街に攻勢をかけるは好都合なのだ。取り組んだ仕事と言えば、サリー大学、その学生、学問水準に対する軽蔑以外の何ものでもなかった。大学当局への批判も辞さない。彼はここである種の苦々しい自己嫌悪を抱きつつ、最終的には学究生活の大半をここで送った。

ミラもまた、ひどい憂鬱症状に陥っていた。体重は減り、あばら骨が「結核患者のバーブシュカのように」胸に突き出してきた。白髪も目立つ。「あなたがいないので、わたしの人生は止まってしまいました。固まって石になりました――これは単なる第一印象ではなく、文句なしに深刻な、元には戻せない結論なのです」とミラは書いた。「二人だけの小屋をどうして建てられないのでしょうか？邪悪、残酷、憎悪から一切逃れた世界の果てに。そこであなたと一緒なら退屈することもありません。おお、神よ、神よ、神よ、わたしたちの苦難が無駄に終わることはきっとないのでしょうね？　人生とは何と短く、はかなく過ぎ行くものなのか、この日々を失うことが何と愚かしく、道理に反していることなのか、わたしにはそれが分かります」。ミラはコンスタンティン・シーモノフが大戦中につくった古典的な詩「待て」を引用した。愛する人の消息も分からないまま何年間も待つことを余儀なくされた、数百万に及ぶソビエト女性の運命を痛烈にとらえた作品である。「わたしを待て。しかし、ただひたすらに待て。雪が跡形もなく消えてしまうまで待て。ほかのだれもが待つのを止めるまで待て。待て……」

ロンドンで友人とふとした会話を交わした際に、マーヴィンはソ連のバルト諸国にはヴィザなしで日帰り旅行ができそうなことを知った。ヘイマーケットのフィンランド観光局でさらに詳しいことを問い合わせると、ハレヴァというヘルシンキの旅行会社がエストニアのタリンと結ぶ日帰りツアーや、レニングラードへの短期旅行を運営しており、どちらもヴィザは不要という説明を受けた。このツアーはフィンランド人向けです、とカウンターの女性が言った。しかし、英国人が参加した場合は何か問題になるのか。彼女はそこまでは分からなかった。エストニアはソ連の一部だ。ミラなら何の支障もなくそこへ旅に出ることもできるだろう。

マーヴィンは大英図書館で一八九二年作成のレヴェル（現タリン）の地図を見つけた。戦前のドイツ語版ガイドブックも入手した。彼は市内で最も高い尖塔を持つ聖オラフ教会、エストニア語名オレヴィステ・キリクを選び出した。会うには分かりやすい場所だし、埠頭からも遠くない。八月初めに送った一連の手紙の中で、ミラにほのめかした――バルト海沿岸で休暇をとる計画はあるか？　タリンはとても良いところだと聞いた。マーヴィンは二十六日か二十九日にはスカンディナヴィアにいるはずだ。ミラは聖オラフ教会のことは聞いたことがあるか？　ミラはピンときた。そこへ行くつもりだと示唆した。

計画には危険が伴う。マーヴィンは八月二十二日、フィンランドに向けて出発する前に、一通の手紙を託した。彼が帰国しない場合には外務省に届けてもらうためだ。

「わたしはフィアンセと会うため、今月末に一、二度ソ連への再入国を試みるつもりです」と彼は書いた。「ほぼ確実にタリン行きを試してみます。ソ連の監獄送りとなる可能性もあります……明確にしておきたいのは、仮にソ連側に取り押さえられようとも、在ソ連の外務省職員からはいかなる援助も望まないということです。外務省職員がわたしのフィアンセと接触を図ることは一切控えるよう、きっぱりと申し上げなければなりません。この言明が疑問の余地なく、貴職の胸にとどめおかれるよう望みます……。外務省となまじ折衝を重ねてきたことを後悔しています。これ以上はもう結構です」

この手紙は友人宛に投函した。九月半ばまでに帰国しない場合は、外務省に送ってもらう手はずだ。マーヴィンは安い航空券でコペンハーゲンに飛び、そこから夜間フェリーを乗り継ぎ、ストックホルム経由でヘルシンキへ向かった。翌朝の木曜日、歩いてハレヴァ旅行社に出向き、土曜日のタリン行きチケットを予約した。それが済むと、ヘルシンキを巡り歩いた。要塞では旧式のロシア製大砲に腰かけてミラに手紙を書き、返信は局留め郵便でヘルシンキに送るよう伝えた。

「当地の美しさはなんと表現したら良いか、うまく言葉が見つからないほどだ」と彼は書いた。「外海は大きな湾に島々が浮かび、陽光を浴びてほほ笑んでいる。そして白い素敵なヨットが何隻か穏やかな海を走っていく」

金曜日にマーヴィンは旅行会社に再び赴くと、フィンランド人ではないのに何のトラブルもなく小さなピンク色のチケットを渡された。翌朝九時に、ほかの乗船客とともに南部の船着き場に集合し、汽船「ヴァネムイネ」号に乗った。船は一時間後、定刻通りに出航した。

日中は太陽が降り注ぎ、風が吹きすさぶ。文句なしのスカンディナヴィア気候だ。出航して間もなく、不機嫌な顔をした黒っぽいスーツのロシア人が箱の中に旅券を回収する。マーヴィンが自分の旅券を渡すと、私服姿のこの国境警備官は訝しげな表情を浮かべた。国境通過に二時間かかった。マーヴィンはブリッジの広々とした場所に立ち、ソ連領海の彼方を眺めていると、タリンのあちこちにそびえる尖塔が見えてきた。船が接岸すると、あのロシア人が箱を持って再び現れ、乗船客の名前を呼んでは旅券を返した。マーヴィンは待った。嫌な予感がした。しかし、彼の名前が呼ばれた。リストの最後だった。ロシア人は虚ろな面持ちで旅券を返した。

タラップを下りる際、マーヴィンは女性の声が聞こえた。ミラの声ではないが、彼の名前を呼んだのだ。ミラの姪ナディアだった。にこやかな顔だ。そして、にわかに信じがたいといった表情を見せた。ミラとともどもマーヴィンが翌日に来るものとばかり思っていたので、試しに埠頭に来てみたところだったという。ミラはオレヴィステ・キリクで待っている。ナディアはならず者がつけていないかチェックした。尾行はなかった。

彼らは税関と要塞を通り抜け、旧市街に向かった。教会に近づくと、マーヴィンはスカーフ姿の女性がベンチに腰かけているのに気づき、声をかけた。面食らったことに、ミラではなかった。「ミラは向こうよ」とナディアが指さして言った。教会の入り口のそばに小柄の見慣れた姿があった。二人は抱き合った。

「あのときの感動はとても言い表せない」とマーヴィンは後日、ミラに書き送った。二年に及ぶ別離の期間を経てなお、たちどころに隔たりを超える親密さを感じる。それは「真心のこもった変わらぬ瞳、思い遣り、共にする関心事」に感じ取れる。

タリンでの出逢いは数時間だったが、両親は失われた時間のもたらす不思議な高揚感に包まれて過ごした。本来ならこの町にいるのはあり得ないことである。平俗な世界の支配者たちが二人は離ればなれになるよう有無を言わさぬ形で運命づけたのだから。それにもかかわらず、二人はそこにいる。腕を組みながら旧市街をそぞろ歩き、将来のプランを語り合う。距離を置いてナディアが後についていく。KGBの尾行がないか、あたりに目を光らせながら。壁に走るわずかな割れ目がマーヴィンを通してしまったのだ。このささやかな勝利は二人に、今の数時間が一生涯の時間に移り変わるかもしれないとの希望をもたらすことになる。タリンで接触したわずかな時間がなくとも、二人は六年にわたる別離の時間に耐えることができただろうか。わたしにはそうは思えない。彼らはあの町で双方とも紙に書かれた言葉ではなく、まさにかつてのままの生身の人間であることをお互いに示し、さらに戦いには打ち勝てることを確認し合ったからである。

二人はミラの女友達の家に立ち寄りお茶を飲んでから、淡い北国の太陽の下で公園のベンチに座った。港に戻ろうと歩き出したところ、船の汽笛が鳴り響くのが聞こえた。マーヴィンが腕時計を見る――思っていたよりだいぶ時間が過ぎていた。

二人は駆け出す。ミラは足を引きずりながら懸命についていく。船がちょうど出航するところだった。しかし、まだタラップは下りている。しっかり抱き合えたのも数秒足らず。マーヴィンはタラップを駆け上った。船が岸壁を離れる際、埠頭に立って手を振るナディアとミラをずっと見詰めた。船が航路に出ると、ミラの小柄な姿がかすんでいった。マーヴィンを包み込んだのは悲しみ、そして希望だった。

ヘルシンキのロママトカ旅行社がレニングラード旅行もどうかと勧めた――洋上で二泊、レニングラードは船上泊で一泊の旅だ。これも、ヴィザは不要だ。九月四日の夕刻、マーヴィンはかなり年季の入った小柄の蒸気船「カステルホルム」号に乗り、レニングラードに向かった。旧式の往復蒸気機関には称賛の思いだった。愛想の良いフィンランド人が旅券を集めた。ソ連当局者は乗船していない。それを知ると、マーヴィンは前回よりは安心して眠れた。

翌朝、デッキに出ると、船は既にネヴァ川に入り、レニングラードの埠頭に向かっているところだった。マーヴィンがほかの乗船客とともに岸壁に向かうと、停車中のトラックのそばでミラが彼を待っているのが見えた。二人は人目につかないよう抱き合うのは止め、市中心部へ歩き出した。今回は監視役のナディアは同行せず、ミラだけだ。二人は街の散策でその日を過ごした。ロシア美術館にも行ったが、お互いが別のホールに出てしまい、わずか数分間だったが、相手を見失う危うい一幕もあった。

学生向けホステルの一室を予約しておいたミラは、夕方になって間もない時刻にマーヴィンを何とか連れ込み、数時間を過ごした。見て見ぬふりをしてくれた学生仲間のおかげだ。ドアをドンドン叩く音に邪魔されたが、身構える事態にならずに済んだ。だれかが部屋を取り違えただけで、マーヴィンを牢獄に放り込むために来たKGBではなかった。夜はレストランで脂っこい鴨料理を食べたが、マーヴィンはその後、船上泊のため戻らなければならなかった。

次の日もほぼ同じだった――ゆっくりくつろいで話す場所もない。二人はぴったりと体を寄せ合い、広場や街路を歩き回っただけだった。今回は時間的にはゆとりをもって埠頭に戻った。二人はローリーの駐車場であっさりお別れの挨拶を交わし、マーヴィンは一人船上の人となった。別れはタリンのときほど辛くはなかった。しかし、束の間の逢瀬が果たせたことでかえってその後の空しさが際立ち、いっそう痛切に感じられるのだった。

「今は宵闇の迫るバルト海の彼方に向かい、ヘルシンキに引き返すところだ」。マーヴィンはネヴァ川を下って西方に舵を取る船上で手紙を書いた。「この二日間はお互いに別れ別れになった二年の歳月で最高に幸せな時間を過ごせた。精神的にも肉体的にも素晴らしい時間だった。一緒にいるとき、傷つけることは何も言わなかったと思う。乗船する際に、振り返った。君のやせ細った体と両脚が遠ざかっていくのが見えた。本当に、とても悲しかった。君を愛する気持ちに変わりはない。二人で闘い続けよう。幸せのために。これからは物事がすべて急展開する。今はそうした印象がある。見ていておくれ」

九月八日にはストックホルムから手紙を送った。「北国の町で再会できた後、わたしの人生は再び意味を持ち始めた……今までのような物事が芳しくない状況は、もう二度とないと思っている」。ミラは手紙の中であの逢瀬に直接触れることは避けた。ノルウェーのフェリーがスカゲラク海峡で沈没したとの報道を読んだときは、ひどい恐怖に襲われた。しかし、地球儀を見て、マーヴィンがその船の乗客だったことはあり得ないと自分に言い聞かせた。

父は以前思いついたアイデアに立ち返ることにした。誤ってヴィザが発給されるのを期待して、別の国でソ連ヴィザを申請するのだ。一九六六年十二月十二日、彼はサウスエンドからベルギーのオステンド行きの夜間フェリーに乗り、そのあと列車でブリュッセルに向かった。最初の夜は北駅近くの安くて清潔なホテルに宿泊したが、ここは客の出入りが激しい売春宿だった。隣室の太ったアフリカ人客はいびきがひどく、一睡もできなかった。マーヴィンはモスクワへの旅行を扱う会社――パロワシエン通りのベルガ旅行社――を見つけ、五日間の旅行を申し込んだ。申請書にはいつもとは違う名字のスペルを使って書き込んだ。姓の「Matthews」（マシューズ）は十数種類のキリル文字表記が可能なため、その利点を生かしたのだ。期待通り、旅券にヴィザが付いて一日後に戻ってきた。ソ連大使館がブラックリストと照合する際、彼の名前は気づかれずに済んだわけだ。

二日後、彼はモスクワにいた。滞在先はまたも、《ホテル・ナツィオナリ》だ。戻ってきたとは奇妙な気がする。それに極度に不安が付きまとう。ホテルで外国人監視に余念のないならず者が周辺にうようよしているのだ。父はモスクワ入りがうまく行くのか確信がなかったので、ミラには知らせていなかった。着いた日の夕刻、マホヴァヤ通りの公衆電話ボックスから電話を入れた。ミラはマーヴィンがモスクワにいると聞き、びっくりした。彼はいずれにしても通常の監視対象に置かれるのは確実なため、どんな言い訳も使うまいと心に決めた。翌朝、彼が《ホテル・ナツィオナリ》の外で待っていると、ミラがマホヴァヤ通りまで走って挨拶にやって来た。二人はアルバート街から引っ込んだところにあるミラの部屋に引き返した。部屋は以前のままだった。二人はそれから、結婚宮殿に電話すると、支配人のエフレモワは月曜日に出てくると言われた。翌日はクリスマスだった。その日、二人はミラの部屋に籠もって過ごした。午後に連れだって中央電信局に行き、マーヴィンの母親宛てに季節の挨拶を電報で送った。

月曜日に、彼らは結婚宮殿のエフレモワに再び会いに行く。マーヴィンが公式通知も持たずに現れたのである。それを見た彼女が肝をつぶしたのは一目瞭然だった。彼女は「正規の手続き書」について何事かつぶやき、それを差し出した。しかし、少なくとも彼女は二人を受け入れたのである。マーヴィンは大使館に電話した。当直の副領事は驚いたことに、翌日の開館を待って手助けすることに前向きのようだった。

しかし、翌朝、《ホテル・ナツィオナリ》から出た際に、マーヴィンはホラー映画で耳にする不協和音のような警報ベルが音も立てずに鳴るのを感じた——ならず者が出動し、彼にぴったり着いて監視していたのだ。こうなっては、もはや時間の問題だ。その日の午後、フロントにメッセージが届き、直ちにインツーリスト旅行社に連絡せよ、とあった。インツーリストのオフィスで、彼はヴィザ失効のため即刻退去すべしとの通告を受けた。ミラはそれを聞いて取り乱した。「でも、メルヴーシャ、もうどうにもならないわ」。そう言って、むせび泣いた。

午後四時、マーヴィンは陰鬱な役所OVIR（外国人ヴィザ登録部）に再度呼び出された。待ち受けた部長代理がたった一つの文章を二度、読み上げた。「本日、ないしは明日の第一便で可及的速やかにロシアを退去しなければならない」

ほかに選択肢はない。KGBが底意地の悪い態度に出れば、マーヴィンは投獄されブルックの二の舞いになりかねない。クロジャー夫妻の釈放交渉に向けた新たな交渉材料に利用するためだ。ミラがソ連の地からマーヴィンを見送るのはこの五カ月間で三度目になる——ただし今回はまさに最後の見送りに思えたに違いない。ロシアでまたも捕まれば、確実に監獄入りを意味するからだ。

「マーヴィンの二度目の追放については新聞報道も若干あった。外務省はソ連外務省からマーヴィンのヴィザに関する正式の抗議文書を受け取った。しかし、マーヴィンも報道機関も当時、この件は知らなかった。デス・ズウォーがマーヴィンに連絡を寄こし、ロシアへの不法入国について『ピープル』誌で大々的に取り上げたいので協力してくれないかと言ってきたが、マーヴィンはきっぱりと断った。

報道が思いがけない結果をひとつもたらした。マーヴィンはデレク・ディーソンから電話を受けた。自らも一九六四年十月にソ連追放となり、やはりフィアンセを後に残してきた。マーヴィンはヴィクトリア駅近くのパブ《アルバート》で会おうと提案した――わたしの学校のそばにある薄汚い店で、自分でも三十年後にたびたび出入りし、六年生の仲間たちともぐりで飲んだ。デレクは年齢的にはマーヴィンと変わらず、ダーゲンハムのフォード自動車工場で計量係――目盛りをチェックする仕事――として働いていた。幅広の顔をした誠実な男で、マーヴィンはたちまちうち解けた。デレクは一九六四年の夏、黒海沿岸で休暇中に、モスクワから来たロシア系ユダヤ人の英語教師エレオノラ・ギンズブルクと出会う。彼らは恋に落ち、デレクがプロポーズする。結婚の日取りは十月と決まった。デレクは何日かゆとりを持たせモスクワには早めに到着した。というのも、エレオノラが妹と狭い部屋に暮らしていたため、挙式前に二、三日ほどソチに行くつもりでいた。ソチではロシア人数人と知り合い、色気抜きのパーティーに誘われた。ウォッカを飲み慣れないデレクは泥酔し手に負えない始末となったため、警察が呼ばれた。彼はモスクワ行きの便にさっさと押し込まれ、そのあとロンドン行きの便で追い返された。エレオノラに電話することもできなかった。彼女がデレクから初めて連絡を受けたのは、彼が涙ながらにロンドンからかけた電話だった。デレクはそれ以来、九回入国ヴィザを申請したが、いずれも却下された。

マーヴィンは、デレクが何事にもめげない、才気にあふれた戦友だと思った。彼らは《アルバート》や別の静かなバー《オードリー》で定期的に会い、フィアンセ奪還作戦の計画を練った。マーヴィンと違って、デレクにはソ連当局と対峙した経験はない。マーヴィンと比べると、共闘することで失うものは大きかった。それでも、双方にとっては少なくとも味方一人を得たことは大きな慰めだ。彼らはミラとエレオノラの住所を交換し、フィアンセ同士がモスクワで連絡をとれるようにした。

今となってはソ連に戻るのはあまりにも危険だ。マーヴィンですら、これ以上図に乗った行動はとれないと悟った。しかし、ソ連首相アレクセイ・コスイギンが英国公式訪問のためロンドンに来ることになっていた。要人への直訴に経験のあるマーヴィンにとっては、願ってもない相手だ。マーヴィンはこれまでのやり方に従って、手紙を直接手渡すことを決意した。彼はコスイギンの表敬を受ける女王に手紙を書き、例の問題を取り上げるよう前もって要請した。しかし、女王陛下が手紙に留意している旨の形式的な返事が来ただけだった。彼はロンドン警視庁公安部と接触し、当惑の事態を避けるため、コスイギンに手紙を渡せる時間と場所を定めてもらえないかと掛け合った。応対した警察官は曖昧な態度に終始した。気づいてみれば、なによりも薄気味悪い楽しみではあるが、ロンドンの街頭では公安部の尾行がついていた。彼はダウニング街に行き、首相官邸の反対側で待った。しかし、コスイギンの警護に当たるＫＧＢのならず者は近づくなと警告した。国会議事堂では群集に混じって入り、私服の警部補に手紙を渡すつもりだと伝えた。

「それはできない」と警部補が言う。

「しかし、わたしはいかなる法律も破っていない」

「もし、群集からはみ出すと」と警部補が警告し、生涯を通じてマーヴィンが英国警察に寄せてきた信頼を打ち砕いた。「われわれはあなたを署に連行し、何らかの責任を問うことになります」

三度目にして最後となったコスイギンに近づく試みは、ヴィクトリア・アンド・アルバート博物館が舞台となった。コスイギンとハロルド・ウィルソン首相が英ソ関係をテーマとする展覧会を訪れていた。ここでも、コスイギンに接近する余地はなかった。しかし、ソ連首相が車で立ち去る際に、ウィルソンがほんのわずかの間、歩道の脇に立ち、自分の車が止まるのを待っていた。マーヴィンが歩み寄って声をかけた。「ウィルソンさん、われわれのフィアンセはどうなるでしょうか?」。ウィルソンが振り返り、見覚えがあると咄嗟に見て取った。

「あなたのことは知っているよ!」。首相はそう言って、車に乗り込んだ。手紙はマーヴィンのポケットに入ったままで、手渡せずに終わった。

マーヴィンは新しいアイデアを思いつく。ソ連にとって貴重なものが手に入れば、ミラの自由と引き換えに取り引きできるのではないか? ウラジーミル・レーニンの未発見手稿――取引業者にはレニニアーナとして知られている――の幾つかでも見つかればどうだろうか? 手稿とは、マルクス・レーニン主義研究所のミラの同僚たちが研究生活の多くを翻訳や入手に費やしている類いのものだ。レーニンは一九〇七年から一七年まで西ヨーロッパに滞在し、革命を扇動、仲間の共産主義者たちと激論を交わした〔レーニンの党が内部分裂するロンドン大会は一九〇三年〕。ロシア人たちはその時期にレーニンが書いた文書には飽くなき入手欲を持つ。もしかしてミラの一生に一度でも、死せる文書が生気を与えるものとして甦るかも知れない。

想像力を掻き立てられたマーヴィンは、レーニン手稿の実物を一部でも見ようと大急ぎで大英図書館に行く。そこで、レーニンが「ジェイコブ・リヒター」の名で出した閲覧カードの申請書を申し込み、ラテン文字の書き方を研究した。どのようなレニニアーナであれ万一売りに出たら入手する場合に備え、将来の参照用にノートに書き写した。図書館の受付係に文書を返却する際、マーヴィンはいよいよミラの自由獲得への鍵を手にすることができるのだと思った。

マーヴィンは亡命関係者に徹底的に当たり、埋もれたままの歴史文書はないかしらみつぶしに探した。パリではグリゴリー・アレクシンスキーを突き止めた。一九〇七年春の第二回ドゥーマ（議会）でサンクトペテルブルク選出の議員を務めた社会主義者だ。彼は当時からレーニンと親交があり、ロシアのマルクス主義経済学者ゲオルギー・プレハーノフとも文通を交わした。アレクシンスキーの息子はやはり名前がグリゴリー、あるいはグレゴワールといい、人当たりの良い四十代半ばの男で、フランス警察や治安当局の民間職員のような仕事をしていた。マーヴィンはディナーに連れ出した。

「最初は一緒に食前酒を飲んだ」とマーヴィンはミラに伝えた。会合の本当の目的は告げていない。「その後、『安い』レストランで食事をともにした［それでも食事二人分の請求書はほぼ三ポンドもした！］。ワインもついていた。そのおかげで、頭がくらくら回ってしまった。食事が済むと、彼の家へ誘われた。夫人が紅茶と茶菓子を用意して待っていた。豪華なアパートで、見事なサモワールが三つもあった。会話は弾んだが、ホストはどの会話も話しているうちにロシア語からフランス語に切り替えてしまう。だから、最後は一体どちらの言葉で話したらいいのか分からなくなってしまった！」

先代のアレクシンスキーが現れた。弱々しい老人になっていて、何か挨拶をつぶやいた。彼らは箱に入った文書を見せた。しかし、どれひとつ文書を開いて中身を見ることは許さなかった。ソ連側はかなり関心を示したが、老人は激烈な反ソ主義者だ。売却は拒否した。しかし、マーヴィンに対しては五万フランぽっきりで譲る用意があるとほのめかした――換算すると、三千七百ポンド相当。マーヴィンの俸給の一年二カ月分にほぼ匹敵する。

巨額の値段にもかかわらず、マーヴィンは興奮した。そこで、マルクス・レーニン主義研究所でかつてミラの上司だったピョートル・ニコラエヴィチ・ポスペロフに手紙を書いた。自分がレニニアーナに関心を寄せる理由には触れなかった。

「西ヨーロッパにおけるレーニン手稿を探し出し、大十月革命の偉大な指導者を祖国に取り戻すために、ソ連の歴史家が多大な努力をしていることをわたしは承知しています」。マーヴィンは精一杯のマルクス主義者気取りで手紙を書いた。「わたしは最近、ドゥーマの議員を務めレーニンの知遇も得たグレゴリー・A・アレクシンスキーの貴重な文書がパリに現存するのを突きとめました。現時点では、わたしのよく知るアレクシンスキー氏の子息が厳父の文書を購入できる機会を与えてくれています。わたしは個人的にはモスクワこそレーニンの記録文書を収めるに相応しい場所であると思っています。わたしとしては、これをソ連の歴史家に手渡すお力添えをしたいと考える次第です」

ソ連側は乗り気だった。ポスペロフの後任、ピョートル・フェドセーエフはさらに詳しい情報を求めてきた。それが一縷《いちる》の望みとなった。

ミラは休暇を取ってプーシキンゆかりのミハイロフスコエへ旅に出た。散策中は、英国製家具をうっとり眺めた。空気は冷たく雪まじり。彼女はスヴャトゴルスクのプーシキン墓地のそばでアントノフカのリンゴを買い、領地の有名な公園を一人巡り歩いた。「あなたがそばにいてほしい。それをどれほど熱烈に思っているか口に出して言わないといけないのでしょうか?」とミラは書く。「樹齢を重ねた木立や森、鳥たち、大気にこの願いを叶えてと頼みました。それから声を出してあなたと話を交わし、とてもとても優しくプーシキンの詩を口ずさみました。マーヴィン、愛しい人よ、たくさんの愛と優しさがわたしの体に込み上げてきます。これをあなたに届けてあげるには、どうしたらいいのかしら。日ごとにますますあなたを愛しています」

モスクワに帰宅途中に、中央電信局から電話し、マーヴィンと話した。根拠もない期待を高めてはいけないと思い、マーヴィンは今の計画には触れなかった。それでもミラは彼の声に何らかの楽観を感じ取ったに違いない。「命の電話」を終えて家路に就く際、歌い出した。「恋人よ、寄る辺ない日々のときこそ忘れないで。一番真っ暗なのは常に夜明け前なのだということを」

「わたしたちは同じリズムで揺れる二つの振り子です」とミラはその晩、書いた。「あなたの振り子の愛しい端っこにキスを送ります」。それぞれ大きなハートがついた振り子の棒二本を手紙に描いた。

マーヴィンは友人、知人に資金援助を要請する手紙を書き始めた。アイザー・バーリンは返事を寄せ、オックスフォードで「巨額の銀行口座と寛容な心とを持ち合わせた」人は知らないと伝えた。ラウフ・カーヒルはオックスフォードの年来の友人だ。一族がエジプトにあまりにも多くを負っているので、「それを考えるのも偲びがたい」とでも言うはずだが、困ったことに彼は五年前、アフリカで講演中に演壇で急死してしまった。もう一人の友人でハーバードにいるプリシラ・ジョンソンは、一九六七年に西側に亡命したスターリンの娘スヴェトラーナ・アリルーエワに、話題を呼んだ本の著作権料の一部をミラ解放のために拠出してもらえないか要請するよう依頼を受けた。しかし、要請は無駄に終わった。フリート街のトンプソン卿は新聞王だ。マーヴィンが何とか彼を捕まえ二分間説き伏せたが、資金提供は得られなかった。しかし、有益な助言を授けてくれた。売却側に対し選択権を君に与えるよう頼んでみたまえ。トンプソンはグレーの大型ロールス・ロイスにマーヴィンを同乗させ、そう言った。「そんなに高くはなるまい。君は自由に選べるはずだ」

しかし、資金を欠いては、マーヴィンの計画が立ち行くはずもない。さらにまずいことが加わった。マーヴィンがパリのモーリス・トレ・マルクス主義研究所に赴き、レーニン研究家のルジューヌ氏に会った際、彼はアレクシンスキー所有の文書について、レーニンの手稿ではないときっぱりと言い放ったのだ。

ロンドンは秋になった。野心的な手稿探しは失速したようだ。マーヴィンとデレクとの会合も次第

ロシア訪問など もっての外である。フィンランドはバルト諸国への周航を取り止めた。ロシア訪問などもっての外である。レーニン手稿の話はとんだ大失敗に終わった。ここに至っては、KGBとの闘いはまさに背水の陣である。彼には資金がない。父がソ連からミラを取り返すため自ら設定した五年の歳月は終わりを迎えつつあった。二人は当初交わしたラブレターの切羽詰まった思いはこの間に萎えていき、鈍痛に変わった。マーヴィンの楽観主義はますます見かけ倒しになった。実際、事の終わりが迫ってきたように思われた。

実はもうひとつの手がかりがあった——父は認めるのを拒んだが、土壇場の闘いだった。ある友人が父にパヴェル・イワノヴィチ・ヴェショーロフと連絡を取るよう手を回した。ストックホルムを拠点とするロシア人亡命者で、自らを「法律コンサルタント」と称していた。ソ連からの市民出国を専門とし、これまでの成功例は十一件を数えていた。彼の手法は地味なものだ——細心の文書づくり、スウェーデン・メディアを駆使した報道キャンペーン、裏工作である。マーヴィンが既に行ってきたことと大差はない。かすかな望みでしかない。しかし、マーヴィンにとってはほかの選択肢はないも同然だ。

ヴェショーロフはストックホルムから手紙を送って寄こした。「わたしは戦士というより、むしろ狩人だ。ボクサーというよりは絞殺魔だ」と依頼人になりそうな相手に告げた。マーヴィンは感銘を受けた。手持ちの資金は乏しい。彼は学期末に船でティルバリーからストックホルムに向かった。夕食のバイキング料理は三十シリングかかる。マーヴィンは金を払うより空腹のまま過ごした。三等室のキャビンは寝台が四つあるが、うるさいうえに狭苦しい。彼はミラ宛に手紙を送り続けた。しかし、KGBの検閲官に所在地を突き止められないようにするため、ブリュッセルの友人ジャン・ミシェル経由で送った。ストックホルムでは救世軍のホテルに泊まった。マーヴィンの大いなる聖戦は明らかにお粗末な事件に発展していった。

ヴェショーロフは会ってみると、スラブ的な頬骨の張った顔立ちをした、身なりも構わない五十歳の男だった。市内の労働者階級の居住区にある目立たない一角のこぢんまりしたアパートに住んでおり、ロシア語を話さないスウェーデン人の年若い妻と、さらに面白がって黒猫ミーシャを紹介した。彼らはロシア式の家具をところ狭しと並べた埃だらけの一室で、早速話に入った。

彼はこれまでの成功例を生き生きとマーヴィンに説明した。最高にうまくいったケースのひとつは、収容所から実際に釈放を勝ち取ったことだった。彼は壁紙のように見えるものを丸めた大型の巻物を作っていて、部屋の奥に場所を移してから、それを見世物のように広げた。壁紙には彼の扱った事例のひとつを報じた新聞の切り抜きが張り付けてあった。マーヴィンはそのコラージュの腕前と、ロシアから市民を出国させたお手柄の双方に称賛を送った。

ヴェショーロフは自分についてはほとんど話さなかったが、ひとつマーヴィンに語ったのは、彼が古儀式派の信者ということだ。ロシア正教会から分離した宗派で、その伝統主義的な信仰で知られるが、ロシアでは数世紀にわたって迫害を受けてきた。ヴェショーロフは大戦中にフィンランド軍諜報部で大佐を務めたとも語った。マーヴィンは、彼が一九三九年から四〇年にかけてのソ連・フィンランド戦争の際に赤軍から逃亡したのではないかと思った。彼には強いヴォルガ訛があり、強いタバコを吸う。交際を好み、誠実であることに熱心だ。ヴェショーロフは、仮に報道機関が彼の話に嘘があると知ったら、別の成功例があっても二度と相手にしてくれなくなると言った。彼は熱烈なアマチュアの物書きでもあり、古代ローマをテーマに大作を執筆中だった。登場するヒロインは逞しいローマの遊女だ。それはヴォルガの夜の女と似ているとマーヴィンは思った。夜遅く、ヴェショーロフは自作の長々しく情熱的な朗読でマーヴィンをもてなした。作者は頻繁に一小節ごとに区切ってはこう言うのだ。「おお、マーヴィン！　何たる女か、何たる女なのか！」と。マーヴィンはついに勇気を奮い起こして彼をさえぎり、辞去した。もう明け方だ。ヴェショーロフはかなり気分を害したようだ。「もうウンザリなのか？」と鼻をひくつかせた。

七月になった。長い沈黙の期間をおいて、ヴェショーロフはマーヴィンに連絡を取った。霊感が働き、というより、アレクセイ・コスイギンがスウェーデン公式訪問のためストックホルム入りするとのニュースが伝えられたからだ。報道界の関心もある。マーヴィンは再度、ソ連首相に接近し手紙を渡すことを試みてはどうか、というのだ。マーヴィンは懐疑的だった。今までの手紙は間違いなくすべて読まれずに放置された。新たな手紙もおそらく何の役にも立たないであろう。しかし、報道で取り上げられれば、助けになるかもしれない。

スウェーデンの日刊紙『エクスプレッセン』はマーヴィンからの電話に喜んだ。恋愛の興趣こそ、どちらかと言えば暗いコスイギン訪問報道を盛り上げるためには必要なものだ。同紙はマーヴィンの旅行費用の一部を負担することに同意した。常時旅に出ていた父の出費はこの時点で収入をかなり上回っていたため、ピムリコのフラットを売りに出し、郊外の安いところに移ろうと考えていたところだった。

マーヴィンはコスイギン訪問の前日にストックホルムに到着し、《アポロニア・ホテル》に投宿した。翌朝はホテルで『エクスプレッセン』の車と記者一人、写真記者二人の出迎えを受けた。彼らはコスイギン訪問日程の詳しい予定を携えていた。計画では、コスイギンが車で政府庁舎のハガ宮殿に入るところで、手紙を手渡すことになっている。マーヴィンは公園に腰を下ろし、待ち時間を使ってミラに手紙を書いた。

「たぶん察しているかもしれないが、アレクセイ・ニコラエヴィチ［・コスイギン］に会い、できれば手紙を手渡そうとストックホルムにやって来た……今は政府庁舎を取り囲む静かな公園に座っているところだ。彼は一時間後にここに来るはずだ。庁舎は非常に広大で、正面には美しい湖がある。警察のボートが一隻、ちょうど今、湖面を走っている。スカンディナヴィアの典型的な一角だ。どちらかというと、もの悲しい。ここではベンチに腰を下ろしていても料金はかからなくて嬉しい。しかし、料金箱を取り付ける日がきっと来ると思う」

予定の時間には大規模な警察の警備が敷かれたため、マーヴィンも『エクスプレッセン』の取材チームも速度を上げて走ってきたコスイギンの車からかなり遠ざけられてしまった。『エクスプレッセン』のチームはその直後にさっさと引き揚げた。マーヴィンはなすすべもなく、コスイギンの通った後を歩き回った。午後遅く、意を決してスウェーデン警察に、コスイギンとその娘に手紙を手渡したいのだが、助けてはもらえまいかと聞いてみた。しかし、彼は逮捕され、夕方まで独房にぶち込まれた。最終的には何の説明もなく釈放されたが、疲れ切ったうえに腹の虫が収まらず、その足でヴェショーロフの家に向かった。ヴェショーロフは喜々として怒りまくった。

「ひどいことだ！　これがいわゆる文明的な国のやることとか！　しかし、これこそわれわれには願ってもないことなのだ。われわれはこの事件を通して勝利することができるかもしれない！　ちょっと来い。エクスプレッセン社に乗り込もうじゃないか。たぶん、明日の紙面用にもっとネタが仕込めるだろう」。ヴェショーロフは腹を決め、けんか腰の構えだ。「警察官には規律の徹底が必要だ。この件に関しては内相に手紙を出そう」

翌日、マーヴィン逮捕の記事が『エクスプレッセン』のほか、『アフトンブラデット』や『ダーゲンス・ニュヘテル』に掲載された。やつれたマーヴィンが電話口で話している写真付きだ。どこかの新聞にはマーヴィンの発言として、スウェーデンは警察国家のようだという言葉が載った。これに憤慨した読者からは手紙が一通寄せられ、外国ではもっと法律を尊重すべきだったとマーヴィンに指摘した。

しかし、結局のところ彼は解決への手がかりは全くつかめず、手紙を二通投函しただけで終わった。英国の報道機関では約十数件の記事が小さな扱いで載った。ドイツの『ビルト』誌は二ページ建てで伝えた。しかし、マーヴィンは実際、四年経っても依然としてミラ救出に一歩も近づけていないことを思い知らされた。


一九六八年十二月、デレクとマーヴィンがメイフラワーのパブ《オードリー》から出たところ、登録ナンバー「SU1」を付けたソ連外交官の車がアラブ首長国連邦代表部の外に駐車しているのが目に留まった。二人が運転手に話しかけると、ソ連大使ミハイル・スミルノフスキーと夫人が間もなく出てくると教えてくれた。二人は舗道で大使夫妻が現れるのを待った。マーヴィンが夫妻に声をかけると、どちらもすぐに彼に気づき、夫人のほうは驚いた表情を浮かべた。

「スミルノフスキーさん、わたしたちはどうして結婚できないのですか?」とマーヴィンは迫った。

「われわれはその件はよく承知している」。大使は狼狽しながら答えると、彼を押しのけて待たせた車に乗り込んだ。「あなた方は難題を引き起こしてはならない」

デレクは『イヴニング・ポスト』の取材に答え、大使との接触は「非常に長い期間にわたってあれこれ起きた中で最も心強い出来事のひとつだった。少なくとも、ロシア人たちはわたしたちが続けている結婚のための闘いを熟知していることを示したからだ」と語った。

マーヴィンは相変わらず忙しい。スミルノフスキーとの接触に触発されたプロジェクトがひとつあった。ロンドン駐在外交団の代表百十人全員に彼の問題をアピールする手紙を送ることだ。チラシと回覧板を作るため中古の手動式輪転印刷機を購入し、ロンドン中に配布する計画を立てた。しかし、印刷機のおかげで狭い寝室は散らかり放題となり、ベッドシーツは印刷機のインキだらけになった。四月初めには、ミラ、エレオノラ、スミルノフスキー大使夫人の写真を並べ、「三人のソビエト女性」という標題を付けたチラシを作製し、裏面に闘いの経緯を説明した要約を載せた。このチラシは経費の問題にもかかわらず、専門業者に作ってもらった。マーヴィンとデレクはケンジントン宮殿公園で外交官の車の窓ガラスにチラシを貼っているときに逮捕の脅しを受けた。

モスクワのミラも、活力と楽観主義が萎んでいくのを感じ始めていた。十二月末には気落ちした手紙を書いた。一九六九年の元日、マーヴィンは立腹した調子で返信を送った。「この状況は君には絶望的に見えるかも知れない。もし、君が本当にそう思うのなら、はっきりとそう言うか、あるいはもっとわたしを信じるべきだ……一九六八年の九カ月間に、問題の解決を図ろうとするわたしの試みについて約五十種類の記事が数カ国の新聞に載った。このことはさておき、君が分からないことを批判するのは、どうか止めてほしい。つまり、わたしの活動を判断するための事実関係を、君がほとんど把握していないということだ。今日のところは、無駄なことを試みているという言い方ほどわたしを傷つけるものはない。そのことを忘れないでほしい。今日はわたしたちの問題で忙殺されている。でも、学期の準備にも取りかからないといけない」

一月二日、気分を持ち直したミラは電報を送った。「わたしの親愛なるケルト人に、心を込めて新年の挨拶を送ります。あなたを誠実に愛しています。信じてください。そして、わたしたちの幸せを待ち受けています。あなたを待ち焦がれつつ、キスを添えて。ミラ」

マーヴィンは危険覚悟で、あえてソビエト社会に関する新しい本を書いてみようと決意した。ミラはどうやら安全なようだし、四年前に研究所を解雇されて以来、それ以上の報復を受けることもなかった。この計画によって、頓挫した学問上の地位を挽回することさえできるかもしれない。少なくとも、新たな著作に取り組む見通しを立てたこと自体、彼を元気づけた。助成金の確保にも着手した。彼はメキシコ、トルコ、バルカン地方で短期の休暇を取った。

さらに、マーヴィンとデレクは下院での支援動議に向けた工作も展開した。議員立法法案が提出された。下院に対し「外務英連邦相が人道的見地から、ならびに英国・ソ連関係改善の道に障害拡大となる要因を取り除くため、ソ連からの出国ヴィザが取得できない女性との結婚を望むデレク・ディーソンおよびマーヴィン・マシューズの問題を再び取り上げるよう」要請する内容だ。

著作出版の構想は早くも功を奏した。ニューヨークのコロンビア大学が父に三カ月の客員研究員ポストを提示したのだ。マーヴィンは大喜びである。失望続きのロンドンから場所を切り替えるのは歓迎だ。というのも、マンハッタンは国連の本拠地。救出キャンペーンのため全面的に新しい舞台を提供してくれるからだ。

第13章 脱出

ジッチ・ニェ・パ・ルジー！——嘘によらず生きよ！
アレクサンドル・ソルジェニーツィン

マーヴィンは一九六九年年四月二十日早朝、ニューヨークに到着した。イエロー・キャブに乗ってリヴァーサイドの《ホテル・マスター》まで行き、広くはあるが粗末な部屋に落ち着いた。気にしたのは電話回線のほうだ。年配の女性オペレーター、グレースのところにまず聞きにいくと、たぶんモスクワにはつながるとのことだった。連絡手段が確認できてひと安心し、軽食堂で九十九セントの朝食を取った。

翌週、重要なニュースが届く。デレクが『ガーディアン』紙の小さな切り抜きを送ってきたのだ。「外務英連邦省は昨日、ソ連大使スミルノフスキー氏に対し、国家転覆活動に従事したとしてロシアで懲役五年の判決を受け服役中の三十歳の大学講師ジェラルド・ブルックがスパイ罪により裁判やり直しとなる公算との報道につき、確認を求めた……」。ブルックは一九七〇年四月には刑期満了により釈放されるはずだった。一方、クロジャー夫妻は服役すべき刑期がまだ十年以上ある。ソ連政府機関紙『イズヴェスチヤ』紙は一九六七年の時点で既に、ブルックについてはスパイ活動への関与を理由に再審となる可能性を示唆していた。ここに来て大使を喚問したということは、これまでのうわさが十分に根拠のあるものだったことを意味する。しかし、ウィルソン政権がモスクワの新たな脅迫にどう対応するのかは依然、不透明だった。

マーヴィンは国連事務総長ウ・タントに書簡を送った。ロシア人亡命者団体の新聞『ノーヴォエ・ルースコエ・スローヴォ』（新しいロシアの言葉）には怒りを込めた記事二本を執筆した。デレクとは事前に取り決めたように、一週間単位で長文の手紙と録音テープを送りあった。電話は通話料金がかさむため、緊急の場合だけにとどめた。

ブルックに関するさらに詳しいニュースが六月十六日の『タイムズ』紙に載った。「外務省スポークスマンはこのほど、ブルックの事件をめぐる交渉［必ずしもクロジャー夫妻引き渡しをめぐる交渉にあらず］が進んでいることを明らかにした。交渉には依然、問題が残っている模様である。しかしながら、スポークスマンは昨日、東ドイツの弁護士ウォルフガング・フォーゲル氏の英国訪問を何らかの形で交換釈放に関わる一環なのではないかと受け止める報道を否定した」。仮に、フォーゲルが関与しているとすれば、きっと何か物事が進行しているに違いないとマーヴィンは判断した。

父は外務省に簡潔な電報を送る。「ブルックとクロジャーとの交換にはソ連にいるフィアンセ、ビビコワとギンズブルクを含めるべきである。事態を注視している。公的措置を検討しつつ」。送り先は、外相としては二期目になったマイケル・スチュアートだ。「ブルックの交渉はビビコワとギンズブルクを含めること。それ以外の交渉は受け入れがたい」。外務次官補サー・トーマス・ブライムロウにも電報を打った。マーヴィンが最も嫌う外務官僚の一人である。

六月十八日、さらに手紙を送りつける。「ブライムロウ様［原文のまま］、あなたがブルックとクロジャーとの交換を検討しているやに聞き及びました。デレク・ディーソンとわたしは長年苦難に耐えてきたフィアンセが交換に含まれるものと期待しています……一九六四年の破滅的な出来事は今もって記憶に新しいところです。わたしを犠牲にして外務省がこれ以上失態を重ねるのを見逃すことは当方の意図に反します。「フィアンセを外した」ブルックとクロジャーとの交換を行えば、貴職には新たな失点となりましょう……率直に申し上げれば、今後の交渉にはフィアンセの件も含めた取り組みを要求します。さもなければ、かくも辛い歳月を経てなおわたしたちの権益が無視される事態を阻むため、公私ともにあらゆる可能な方策に訴えざるを得なくなります。写しは首相および諜報局長官に送付済み」

一九六九年六月二十日、政府部内で交換釈放をめぐって激論が交わされた。ブルックをロシアから取り戻すことに支持を唱える議論は、英国の船員ジョン・ウェザビーの証言によって説得力を増す。ウェザビーはロシアに短期間収容されていたが、獄中でブルックに会い、彼の健康状態が悪化していることを確認したのだ。ハロルド・ウィルソンは一九六五年に交換釈放案が初めて浮上して以来、交換には断固反対する姿勢を貫いてきた。しかし、最終的に交換賛成論に歩み寄る立場に変わった。たぶん、モスクワのホテルの部屋やロンドンの街頭で直訴を繰り返してきたしぶといウェールズ人を思い出したのではないか。それ以上に可能性があるのは、果てしなく続くかに思われるブルックの物語を打ち止めにしたかったのだ。さらに、今回の取引にソ連の花嫁を添えれば、脅しに屈服といった事後の悪評、非難を緩和するのに一役買うだろう。閣議は正式にスパイ交換を承認した。釈放手続きに関するソ連側との交渉は直ちに開始となった。ミラがかつて鋭く喝破した「歴史という巨大装置《ジャガーノート》」がついに向きを変えたのである。

マーヴィンが七月二十日、ニューヨークから戻ると、米国の宇宙飛行士ニール・アームストロングがアポロ十一号から月面に降り立った。「わたしたちは異なる惑星にいます」。ミラは一九六四年、別離の日々が始まって間もないころにマーヴィンに書き送った。「わたしがあなたの元へ飛んでいくのは月に行くのと同じくらい難しいことです」。しかし、今や月に到達した人間がいる。そして、これまた思いがけないことに、ミラがかねて望んでいたソ連出国の夢は全く不可能なことではないように思われた。

マーヴィンが外務省に呼び出された。サー・トーマス・ブライムロウは当初、マーヴィンがようやく成功をつかんだことをなかなか認めようとしなかった。わたしの両親の件は、交渉では最も厄介な問題だったと説明し、ロシア側は合意事項から除外したいと望んでいたと語った。マーヴィンの飽くなき行動が問題の妨げになっていたのは確実だ。ソ連側を説き伏せ、しつこく付きまとうマーヴィンへの嫌悪感を取り除くのが最も難義なことだったのだ。とはいえ、ソ連側は同意した。マーヴィンはクロジャー夫妻が釈放され次第、念願のソ連入国ヴィザが取れる見通しとなった。マーヴィンは車でピムリコの自宅に帰り、この知らせはあえて信じないようにした。ミラにもこのことは触れないようにした。ぬか喜びになるのを怖れたのである。

ブルックは四日後、英国に帰還した。彼の釈放は夕刊各紙の一面で報じられ、マーヴィンとミラについても短い言及があった。同じ日の午後、マイケル・スチュアートが下院で声明を読み上げた。マーヴィンは外交団席に、デレクは傍聴席に陣取った。スチュアートはクロジャー夫妻を十月二十四日に釈放することで合意したと発表した。「これとは別に取り決めがなされ、この数年間成果もないままソビエト市民と結婚するため奮闘してきた英国民三人に対し、婚姻登録をするためソ連入国ヴィザが発給されることになった……」。下院の両側にいたデレクとマーヴィンは小声で歓声を上げた。

翌日の『タイムズ』紙が全詳細を報じた。デレクとマーヴィンのほかにもう一人、美術史家のカミーラ・グレイは作曲家の息子であるフィアンセ、オレク・プロコフィエフとの結婚が認められることになった。カミーラは自ら望んでマーヴィンの活動とは一線を画していた。それ以外にも、より謎めいた裏取引があった。ピーター・クロジャーとヘレン夫人によりKGBスパイとしてリクルートされた二人の国防省職員ビル・ヒュートンとエセル・ジーは、時期を繰り上げて仮釈放されることになった。

新聞は大半が非難の論調を掲げた。「人命に高い価値を置けば置くほど、非人間的な脅しにますます腰砕けになる」。『デイリー・スケッチ』紙は社説でこう論じた。「しかし、今回のような脅しの実例を見ると、屈辱以外の何ものでもないし、今後の関係に極めて重大な懸念を抱かざるを得ない。何ら罪を犯していないのは明白な人物に脅しをかければ、民主主義の社会では犯罪と見なされるのである」

「スチュアート氏は下院で質問を受けた。ロシア・スパイ奪還の包括的取引を仕組むため、無実の英国人観光客がモスクワで拘束されるといった事態を防ぐ手立てはあるのかと。スチュアート氏の答弁はこうだ。『訪問先のソ連で注意深く法律を守る英国市民に危険はない、とそれなりの確信をもってお答えできると思う』。アカのスパイ、ピーター・クロジャーとヘレンが英国にまだ捕らわれているこの時点では、明らかにその通りだ。しかし、彼らが十月に釈放されてしまうと、どうなるのか?」

ウィルソンの取引による恩恵を受けたマーヴィンだが、内心では愛国心を傷つけられた思いだ。英国は実際、ひどい取引を交わしたのだ。

今や報道は公式に裏付けられた。父はミラの住むモスクワのアパートに電話を申し込んだ。ミラは友人と連れだってロシア北部に車で休暇に出る準備をしているところだった。マーヴィンはスパイ交換が始まったとのニュースを知らせ、二人はそこに含まれていると伝えた。もっとも、壮大な闘いにいよいよ終止符が打たれるのを目前にしながら、どちらも大喜びしているようには見受けられない。「わたしは有頂天の叫びも、歓喜の涙も期待していなかった。そんなものは全くなかった」と父は後日書いている。「わたしたち二人はあまりにも多くのことを経験してきたし、失望させられたことも頻繁にあったからだ」

ミラの声には、遠く離れていくことへの思い、その悲しみがにじんでいるように思えた。あらゆる官僚的な障害をこれから乗り越えていかなければならないが、それはさておき、ミラは家族、友人、祖国との別れに直面せざるを得ない。再会のための帰国が許される見通しはまずないと思われる。彼女が知り抜き、愛したものすべて——ほとんど神話上の存在となったマーヴィンを除いて——に対して間もなく、二度と引き返せないまま別れを告げなければならなくなる。

「メルヴーシク、愛しい人よ」。ブルック釈放のニュースがソ連の新聞でも伝えられた翌日、ミラは書いた。「きょうは二十五回目のあなたの誕生日。心からおめでとう。健康と仕事のご成功、ご多幸をお祈りします。あなたをとても愛しています。わたしは混乱しています。ヴィクター・ルイスが朝からずっとわたしを探していました。わたしは何も答えていません。でも、いずれにしても話はでっち上げてしまうでしょう。彼は読者のために何か話してほしいとのことでした。たぶん、応じてやるべきだったのでしょうが、拒否しました。彼はわたしたちが勇敢だったとか、英雄的だった、幸運だったとか月並みな言葉を並べていました。その後、バルト地方で休暇中のレナから電話があり、ワレリー『ゴロヴィツェル』とわたしの友人リマが訪ねてきました。『デイリー・エクスプレス』の記者が電話をかけてきましたが、これもお断りしました。友人たちが電話で祝福してくれました……もう立っていられないほどです」

マーヴィンの母親が祝福の手紙を送った。ピムリコの住宅にある電話は鳴りっぱなしだ。玄関には報道陣が集まり始める。デス・ズウォーは電報を届けた。マーヴィンは数日後、内国歳入庁から手紙を受け取る。見知らぬ人物の手書きがあった。「昨日は朗報に接し嬉しく思う」

デレクとマーヴィンは《アルバート》で会い、詳細な計画を練った。ソ連領事館は最後まで協力的ではなかった。ヴィザは十月にならないと出ない。それを待ってフィアンセと会い、結婚宮殿での挙式日程を申請できる。その後、いったん出国し、法定待機期間が経過し挙式の手はずが整った一ヵ月後にロシアに戻ることになる。それが担当者の言い分だ。結果的には、この説明は本当ではなかった——無愛想な副領事はただ単に、ソ連体制に何らかの形で打撃を与えた青年どもに対し、自分なりのささやかな復讐を行ったのだ。

デレクは『デイリー・エクスプレス』との契約に署名した。独占インタビューと引き換えに、往復航空運賃と宿泊費は同紙に持ってもらう。マーヴィンは自費で行くことを望み、報道で脚光を浴びるのは避けた。今はもうその必要はなくなったからだ。「だれでも有名になれば喜ぶ。しかし、わたし自身の公のイメージは、これまで自分が作ったものだが、あまりにも不運と挫折とに彩られていた。わたしはどちらかといえば、英雄より犠牲者と思われていた」と彼は回想している。マーヴィンは著作の執筆により学問の道に再起をかけ、できれば「[英国の]由緒ある大学二つうちの一つ」に復帰したいとすら望んでいる。新聞を賑わせるようだとそこに傷がつく恐れがあった。

クロジャー夫妻は一九六九年十月二十八日午前十一時十五分、ソ連に向けヒースロー空港を出発することになった。マーヴィンが後で聞いたところでは、夫妻の釈放はハークハースト刑務所で愛国心に訴える行動を引き起こした。受刑者たちが刑期満了前のスパイ釈放に抗議し、調子を合わせてブリキの皿を叩きだしたという。

デレクと父は同じ日の朝、ヴィザを受け取りにソ連領事館に行った。ソ連副領事は満面に取ってつけたような笑みを浮かべ、二人に待つように告げた後、奥に消えた。不安な面持ちで腰かけていると き、ヴィザが遅れていることへの説明がマーヴィンの頭に思い浮かんだ——領事館当局者はおそらく、クロジャー夫妻の飛行機が英国領空外に出るのを待っているのではないか。

副領事は見覚えのある青色のヴィザを携えて、やっと戻ってきた。有効期間はわずか十日だ。デレクは短すぎると抗議した。「十日もあれば、結婚するにも離婚するにも十分だ」。副領事はそう言って笑った。

彼らは真夜中をだいぶ過ぎた時間に、ほとんど人気のないモスクワ・ヴヌコヴォ空港に到着し、タクシーで市街に向かった。車はスタロコニュシェンヌイ小路にあるミラのアパート前に到着、二重アーチの前で止まった。雪はまだだが、身を切るような寒さだ。マーヴィンは一階に通じる見慣れた四段の階段を上ってベルを鳴らした。返事がない。もう一度鳴らしたが、やはり反応が返ってこない。不安が募る。ミラにはロンドンから電話し、夜中の到着になると伝えておいた。まさか、KGBの何らかの裏切りで連行されたわけではあるまいな？

不吉な結論に急ぐのはまずい。まず電話をかけてみることにした。デレクをタクシーに残して、アルバート街の角にある公衆電話に向かった。奇跡的に、二カペイカのコインを一枚だけたまたま持っていた。モスクワの公衆電話はこのコインしか使えない。電話は鳴っている。つながらないとコインは落ちていかない。ミラが受話器を取る。小さな奇跡がまた起きた。ミラの音声はロンドンより身近に聞こえるわけではない。マーヴィンはそのときの会話を回想記で振り返った。

「もしもし、ミラ？」

「そうです。ええ？　メルヴーシャ？　あなたなの？」

「大丈夫かい?」

「そうですけど?」

「じゃあ、ドアのベルに返事をしないのはどうして?」

「全然、聞こえなかった。眠れなくなるのではと思って、睡眠薬を飲んだの」

「何てことだ。睡眠薬だって? よりによって今晩に? いずれにしても、デレクとわたしはここ、アルバートにいる。二分後にそちらに行くよ」


ミラは戸口で二人を出迎えた。「カラフルなロシアの部屋着を着て、眠たそうな小柄な人。しかし、その顔には待ちわびていた表情が浮かぶ。彼らは「温かく」抱き合った。父は後年、そう書いた。「激しく高ぶる情熱では全くなく、ただただ、二人がついに一緒になれたという深い満足感だった」ことを思い返しながら。

母が子供時代に読んだ本、あるいは母の大好きなラシーヌやモリエールの芝居では、物語はここで終わる。大恋愛に邪魔が入る。恋人たちは邪悪な勢力に立ち向かい、最後は逆境に打ち勝つ。心を通わす二人は最終幕で結ばれる。恋人たちが手を取り合って観衆に向かい、おじぎをして幕が下りる。睡眠薬はその前に加わった悲喜劇の身振りだろう。母は無意識のうちにロマンスを終わらせたくなかったのだろうか? ロマンスの終幕を夢見るのは避けたいと、それまでの生活、純真な情熱を注いで想像する未来のために生きた暮らし、その最後の夜になって錠剤を含んだのだろうか? その未来がしきりにドアのベルを鳴らしながら、ようやく今、到来したのだ。ドアを開け、新たな生活に踏み出すときだ。

一九六九年十月三十日、木曜日の朝を迎えた。マーヴィンとミラは早めに目覚めた。結婚に挑むのはこれが二度目。前回よりは喜ばしい気分で臨みたいものだ。しかし、二人は朝食を取りながら、反逆の衝動からか、あるいはふと投げやりな気分がよぎったのだろうか、苦痛に満ちたこの五年間を思えば、着飾るのは相応しくないと判断する。そこで、マーヴィンはスーツを着用せず、いつも講義室に着て行く古いツイード・ジャケットとズボンにした。ミラは父が英国から持っていったドレスを脇に置いて、普段着のスカートとブラウスを身に着けた。お決まりのシャンパンによる祝杯も差し控えることを決めた。

結婚式はグリボエドフ通りの会場で十時ちょっと前に開かれた――ミラとマーヴィンのほか、ミラの姪ナディア、ナディアの夫ユーリー、ミラの友人夫妻、さらにデレクとエレオノラ、エレオノラの妹が立ち会った。レーニナとサーシャは来なかった――司法省でのサーシャの地位を考えると、彼にとって参加は危険が大きかったはずだ。大勢の報道陣も集まり、その中にはヴィクター・ルイスもいた。宮殿内での手続きはスムーズに行った。ミラとマーヴィンは旅券を提出し、その後、レーニンの白い胸像のある赤い緞帳のかかった大広間に入ると、太り気味の女性登記官がソビエト式の結婚の誓いを読み上げた。五年と五ヵ月に及ぶたゆまぬ努力の末、マーヴィンはやっとミラの指に指輪をはめた。

「それから、ここで受け付けた中では、あなたは一番魅力に欠ける花嫁です!」。二人の旅券にスタンプを押した登記官がソビエトの典型的な辛辣さを込めて言った。マーヴィンは「わたしたちの抗議の意思表示に気づいてくれて嬉しかった」。新郎新婦と参加者は廊下で数枚の写真を撮ったが、うっかりして男性用トイレの入り口を背景に入れてしまった。

彼らは外で質問攻めに遭った。しかし、誰ひとり答える雰囲気ではない。ミラとマーヴィンは一連の騒ぎにはウンザリだ。デレクとエレオノラは『デイリー・エクスプレス』との契約があるため、沈黙を守らなければならなかった。彼らが歩き出すと、報道陣は通りまで付いてくる。ユーリーは写真記者の一人に一発お見舞いを食らわせたうえ、報道陣に向かって「馬鹿者」と叫んだ。

ヴィクター・ルイスは翌日の『イヴニング・ニュース』に載せた記事で、憤まんやる方ない思いをぶつけた。長年、誠実に二人の問題を報じてきたからには当然、自分に権利があると思っていた挙式取材を拒否されたためだ。ユーリーの発言についてはマーヴィンに非難の矛先を向けた。「結婚式は驚くほど短時間で、五分ほどで済んでしまったが、その後、会場まで乗りつけたタクシーを手放すのは賢明ではなかったと二人は気がついた」とルイスが書いている。「別のタクシーを待つ間、マシューズ博士と新婦はあるカメラマンに写真を撮られた。事実、カップルは報道陣を避けようと最善を尽くし、新婦が持つ白菊の花束の背後に顔を隠そうとした。新郎はそのカメラマンを追い払おうとして『馬鹿者』と罵倒した」

翌日、二人は英国大使館に呼ばれ、あわただしくワイン一杯の持てなしと祝福の言葉を受けた。クレムリンの対岸に位置するソフィースカヤ河岸通りの大使館から出て、彼らはお互いの写真を撮った。写真を見ると、霧雨が降り注ぎ、空は陰鬱な鉛色だ。しかし、母の肩に腕を回してポーズをとる父は歯を見せてにこにこし、まるで子供のようだ。母はレインコートのポケットに両手を突っ込み、父の肩に頭を傾けた姿で写っている。

マーヴィンは挙式後も数日滞在し、図書館で調べ物をしたり本を買ったりしたいと思っていたが、OVIRは二人に一刻も早くロシアから出国するよう通告した。不機嫌な顔をしたOVIR当局者はミラの国内旅券を取り上げ、国外旅行用の旅券を手渡した。その間、祖国に背を向けた女性に対し一言も言葉を発しなかった。

モスクワで過ごす最後の晩は、ミラが人生で経験した最も悲しい何夜かの一つになった。十数人の友人がお別れを言いに狭い部屋にやって来て、入れ代わり立ち代わり低い椅子に腰かけ、ベッドにひしめき合った。ワレリー・ゴロヴィツェルはパーティーに最後までとどまり、黙りこくって悲しみに沈みながら、かつて親しくした英国人に連れ去られていく最も親密な友人の出国についてあれこれ思いをめぐらせた。ミラの友人たちは多くが喜んでくれた。しかし、母はおびえた。反体制的な友人たちから引き離されていくのは心が痛む思いだったのである。「わたしは釈放されたばかりの老いた囚人のようだった」と母はかつてわたしに話したことがある。「自分の独房から出たくなかったの」。本当に大勢の人が駆けつけてくれた。マーヴィンはアルバート街へ一人で深夜の散歩に出た。通りはひっそり静まり返り、人気もなかった。

十一月三日、デレクとエレオノラは『デイリー・エクスプレス』のおかげで凱旋を果たすためモスクワを出発して、ロンドンに向かった。ミラとマーヴィンは人目に付くのを避け、ウィーン行きの飛行機に乗った。二人が到着ホールに歩き出したところで、マーヴィンは安堵感が全身に込み上げ、本当にやっとすべてが終わったのだと実感した。ミラは整った制服姿の荷物係たちを見て目を丸くした。ウィーンでは午後以降、ハネムーンの時間を過ごし、翌朝、ロンドンへと向かった。

ヒースローでは二人がモスクワからではなく、ウィーンからの到着だったため、入国審査に若干手間取った。ミラとマーヴィンは仕切りを隔てた別々の場所で短時間待った。しかし、間もなく審査を終え荷物を受け取ると、カートに乗せ、ほかの旅行客とともに到着ホールを出た。

ミラとマーヴィンは、本当にやって来るのか半信半疑でしかない未来に賭けて、五年以上も生きてきた。それが今、ついに二人は再び合流した。新たな試練に挑む段階を迎えたのだ——現在と向き合い、互いに本物の人間として暮らしていく非英雄的な挑戦である。

しかし、それはすべて未来への営みだ。わたしの両親であるマーヴィンとミラは、一緒になるため、あの時代が二人を標的として立ち向かわせた最も恐るべき強敵との戦いに挑み勝利した。これは彼らの力を示す試練の時となった。持ち前を発揮し、果敢な姿勢を貫いた両親について考えるときに思い浮かべるのが、この試練の時というものである。対立する世界に生きた二人の若者がいた。彼らの愛はすべてに打ち勝ち、現実世界がさんざん彼らを離ればなれにしておこうとした揚げ句に、最後はついに一体となるのだ。

第14章 危機

彼はすべてが奪われるために与えられるこの国の生まれである。
アルベール・カミュ

モスクワというところは、わたしが今、ラジオでだれかがその都市に触れるのを聞いたり、あるいは新聞のニュース欄を見ながら振り返ると、荒廃の地、使い切ったエネルギーの残骸という光景を想像させる。わたしは一九九〇年代の巨大なバブルが崩壊した後、モスクワを離れた。その傷跡は都市の奥深いところに残存し、荒れ狂う資本主義に酔いしれた熱狂期と、心底から権威と秩序にすがりたい願望との中間に振り子が戻っていた。

ボリス・エリツィンが打ち立てた無秩序にして自由なロシアは一九九八年夏、瓦解し始める。わたしはその時点では既に『ニューズウィーク』誌の特派員を務め、『モスクワ・タイムズ』紙時代に担当したこととは全く異なる仕事に取り組んでいた。モスクワの闇社会を探る取材ではなく、ドゥーマ(国会)から役所へとブルーのボルボで走り回り、権力政治について偉そうな、非常に練った記事を執筆した。

新たに担当した職務ゆえ、旧秩序を解明するための俯瞰図が見て取れる。ロシア政府庁舎のあるホワイトハウスは、完璧にカーペットが敷かれたあちこちの廊下に、緊張した雰囲気が立ち込めていた。ロシアの主導的な改革派である副首相ボリス・ネムツォフは、すべて順調に行くと主張し、その正しさを分かってもらおうとわたしのノートにクモのようなグラフを殴り書きした。改革派の重鎮でもある巨漢の税務局長官ボリス・フョードロフは、ロシア改革が後戻りすることはないと興奮気味にまくしたてた。しかし、わたしが訪ねた政府省庁はどこも笑顔が強ばり、その自信も不自然だ。だれもが内心怖れていた。いつか、それも極めて近いうちに、腐りきった壮大な建造物全体が崩れ落ちることを。この国の新しい支配者たちが束縛を解いた結果、何年も続いてきた資産収奪、横領、窃盗といったものすべてを清算する時期に立ち至ったのである——これが現実となれば、大変動を引き起こすはずだ。

終焉が迫った最初の兆候がモスクワに現れた。全土から結集した炭鉱労働者がホワイトハウスにピケを張り、ヘルメットを首都の舗道や国会の手すりに強く叩きつけながらドゥーマに乱入した。ホワイトハウスの内部からは叩きつける鈍い音が聞こえてくる。その音はスイス製の染めガラスの窓を抜けて遠くから鳴り響く雷鳴のようだった。

サンクトペテルブルクでは、退院したエリツィンが、一九一八年にボリシェビキの革命部隊に殺害された最後のツァーリ（皇帝）とその家族の遺骨埋葬式に出席した。わたしはロマノフ家の参列者グループとともにペトロパヴロフスク聖堂にこっそり入り、中に通された。取材陣の中では唯一わたしだけが黒のスーツとネクタイ着用を予め考えていたからだ。皇帝一族の遺骨を納めた小ぶりの棺が祭壇に運ばれると、束の間、強烈な悲壮感が漂った。エリツィンは硬い表情を崩さず、かすかに体がぐらつきながらも、厳粛な演説を行い、ロシアは過去との清算を果たしたと述べた。わたしは一貫してエリツィンの熱烈な支持者だったが、今や彼は悲劇の人物に見える。迷宮のような腐敗状況の中で行き場を見失い、自ら唱導した資本主義の超人的な力を前にして、民衆と同様、うろたえた、よろめくクマのような人間に思えるのだ。ロシア最後の君主を無残な死に追いやった過ちと、エリツィン自身の体制下で増幅する激しい揺れとの類似性は痛々しいほどに明白だった。

モスクワの夜の歓楽街は異様なほどの凄まじさを見せた。地球の奥深くで発生した地震を感じるガラガラヘビのように、パーティー客たちは狂乱状態に取りつかれた。命運の尽きた富裕層が集まる《ガレレヤ》、《ジャズ・カフェ》、《タイタニック》であれどこでも中を覗けば、ドライアイスやストロボを通して、壁に何か書き付ける幻影の手を目の片隅にちらりと見ることができよう――「お前たちは天秤で自分の目方を量っていたが、バランスを取るにはまだ足りないことが分かったわけだ」。

超自然的な黙示録の警告が聖書の記述のように発せられた。ロシアのジャガイモ収穫の多くに壊滅的な被害をもたらした疫病がまずそうだ。そして、ひっきりなしに降った八月の雨が小麦畑をなぎ倒し、政府が賃金を据え置く中、生き抜くために自給自足を強いられた大多数のロシア人にとってはとんだ厄災となった。季節外れの暴風雨がノヴォデヴィチ修道院の円屋根に建つ黄金の十字架何本かを倒し、クレムリンの城壁にある銃眼付き胸壁を破壊した。ロシア国旗が稲妻の直撃を受け、クレムリン内の元老院宮殿の屋根から吹き飛んだ。NTVテレビですら、期せずしてハルマゲドンの代弁者役を担い、映画『オーメン』とその続編を週末ごとに続けて放映する予定を組んだ。何かの兆候、前兆といったものに病的なまでに悲観的な物の見方をするロシアのバーブシュカたちは、したり顔で舌打ちした。

その後、凶暴な天災とともに大洪水が襲いかかった。一九九八年八月十六日の夕方、パニック状態になった会議の末、政府は通貨ルーブルを切り下げ、ロシア内外の債務返済に不履行を宣言、株式市場を破壊したうえ、破滅的状況に陥ったわずか一週間でルーブルの価値は三分の一が泡と消えた。

危機発生前にトルコのアンタルヤで冬期休暇を過ごそうとパッケージ旅行を計画していた新興ブルジョアジーは、破綻状態の銀行前で取っ組み合いを演じ、預金引き出しに目の色を変えた。自己保身という、かつての殺伐とした姿がこの事態に立ち至って映し出され、一斉に逆流を始めた。せめて「人並みに生きる」（とロシアの諺に曰く）ことはできるだろうと考えたモスクワの主婦たちは、急速に目減りするルーブルを使う最後の手段として、西側スーパー・マーケットの棚から高価なマカロニを買い込んだ。それより所得水準の低い主婦たちはマッチ、小麦粉、塩、コメなどの備蓄物資を買い漁り、市内のマーケットを空にした。

農民的な「ナホトチヴォスチ」という言葉がある。やりくり上手ということだ。この半ば忘れられていた心の備えが埃をぬぐい取って、欠損部分に嵌め込まれた。新聞各紙は「どの食べ物が最も長期の保存に耐えるか？」といった見出しの家事情報を掲載し始め、読者に対して、停電に備え冷凍肉は貯め込まないようにアドバイスした。物価変動に頭を悩ます《ブリティッシュ・ホーム・ストアーズ》のモスクワ支店で働く店員たちは値札を諦め、計算機を使って急激に上昇するルーブル価格を書き加えた。えげつないほど贅を凝らしたモスクワのマネージ広場ショッピング・モールに立ち並ぶ高級ブティックは、危機以前の体制がどんなものだったかを伝える博物館のように見えた。

徹底的な破壊は二カ月で完了した。たぶんわたしの想像なのだろうが、モスクワは一九九八年秋に入ると暗くなったと感じた。照明が不十分で、物理的に以前よりは薄暗い。あたかも、市中心部のけばけばしいネオンが徐々に消えていくようだった。わたしは家主を呼び、月額千五百ドルの家賃を一方的に半額にすると通告した。家主の女性は退去でないと知ってほっと安堵のため息をつき、わたしに感謝した。

わたしは国外居住先から帰国した友人たちが開いてくれた多くの送別会に出かけた。彼らは突如として、手持ちの有価証券が価値を失い、ビジネス・モデルが崩壊したことを思い知らされた。シリコンの豊胸手術を受けたカリフォルニア出身の魅力的な女性は、《スターライト・ダイナー》で送別会を催してくれた。ロシア地方都市を回って健康食品ハーバライフの売り込みを展開してきた人だ。悲喜劇と言うべきか、今では的外れなサーカス曲芸師の一座を呼んできた。一座は割れたグラスの上でダンスを踊り、両頬に串を突き刺すショーを演じた。だれかがジュークボックスでビートルズの「ゲット・バック」やABBAの「マネー」をかけた。

その年の変わり目、二十世紀最後の年が始まるころに、わたしは自分に行き詰まりを感じた。ほとほと疲れ果てたのである。しかし、睡眠は途切れ途切れにしか取れず、一向に体が休まらない。人生を通じ周期的に忍び寄る憂鬱症がこのとき、根を下ろした。死んだヤナのことを頻繁に考え、自分がつまらない、使用済みの人間だと感じた。アパートの窓から降りしきる雪を眺め、通り行く車のくぐもった騒音を耳にしながら、毎日のように何時間も空しい夜を過ごした。

ベルギーの女友達がアルバート街裏手のアパートで開いてくれたディナー・パーティーで、わたしはクセニャ・クラフチェンコと会った。クセニャは背が高く、柳のように細身。おてんば娘の髪型でジーンズ姿だった。初対面のときを思い返すと、最も鮮明に記憶しているのは容貌や話の内容ではなく、クセニャこそ結婚相手となる女性だとはっと息をのみ、まるで超能力を帯びたように意識したことだ。ばかげて聞こえるが、そう感じたのだ。それも強烈に。「突然、彼は生まれてこの方、ほかならぬこの女性をずっと愛していたことに気がついた」――わたしはあの出逢いのあった当日の夜、ブルガーコフの『巨匠とマルガリータ』の一節を引用して共通の友人に伝えた。数日後、パトリアルフの池のある公園のベンチでクセニャとわたしは初めてキスをした。そこは、ブルガーコフの悪魔の化身、ヴォーランドが初めてモスクワに現れた場所からそう遠くないところだ。

クセニャは知的で美しい。才色兼備という言葉がしっくりするのである。しかし、実は本当に知的な、男を凌駕する自らの力をわきまえている女性は、自分の内にメドゥーサのなにがしかを持ち合わせているのを自覚している。クセニャには落ち着いた物腰の背後に潜む、カタルシスを促すとてつもない力があった。接する人物に対しては、それまでの自己の姿から放り出してしまう神秘的な能力である。わたしはクセニャに会ってから数週間後には、ゴルゴンとなった彼女の存在により自分が浄化され、根底から変化を起こしたのが感じ取れた。それは時に残酷ではあったが、直観的な悟りのようだった。

そこに重大な危機もドラマもなかった。逆に、クセニャが生活全般について、早い話が、とりわけわたしに対しては腹立たしいほど遠慮がちな存在だと思うことがしょっちゅうあった。彼女は揺らぐこともない無垢の雲の中を漂い、自分の周囲の世界を真面目に受け取るのを拒否しているように見えた。とはいえ、彼女はわたしの人生が乱暴に切開されるのを見つめるための鏡となった。目まぐるしく移り変わったモスクワの光景にとらわれる嗜癖。究極の堕落、下劣、腐敗といったものすべてを探るよう導いた覗き趣味――これが全部ひっくるめて突如、大人げない、嫌気のさす、偽りのように思えてきたのだ。そうした変化が起きていることに本当は自分では気づいていなかったが、クセニャはわたしから堕落したそれまでの自分を剝ぎ取り、己を正常で欠けたところのない人間として、さらに将来の伴侶、父親になり得る存在として考えるように仕向けたのである。

クセニャの容貌と自信は彼女を取り巻く現実の過酷さから自分を守るクッション役を果たした。モスクワのいかがわしく、卑しい生活から何とかして超然とした姿勢を保ってきたのだ。彼女とその家族はあたかも、ロシアの穏やかな別の時代を生きてきたかのようだ。彼女は芸術家の家系の出身で、一九一四年以来、家族が暮らしてきた堂々たるアパートに住んでいた。埃のついたアンティーク家具や絵画が部屋を埋め尽くし、そこには静寂と永続性があった。こうした家は英国の田舎にある古い邸宅でしか見たことのない。わたしが本書を執筆しているこの家族のダーチャも、スターリン時代に文化界のエリートたちが滞在した別荘地帯ニコリナ・ゴラのモスクワ川の岸辺に建っている。道路を隔てた向こう側は作曲家の親族であるプロコフィエフ家、作家、画家、映画製作者の家族であるミハルコフ家、コンチャロフスキー家が暮らす。クセニャの家族は三世代にわたって隣人たちとは知り合いの仲だ。彼らは『桜の園』の無防備な貴族の如く、見事なまでに頼りない存在として生きてきたように見える。その魅力、上の空といった風情はわたしの母に代表される鉄の意志のソビエト世代とは大違いだ。彼らは幸運な人々の部類なのだ。彼らの生活は運にも恵まれ、ソビエトの世紀に傷つけられることもなかった。

クセニャはわたしのアパートに移り住んだ。わたしたちは血のような真っ赤な壁の寝室で一緒に食事を取り、飼い猫は窓際の日だまりで丸くなっていた。クセニャはわたしが出勤すると、部屋でスケッチをし、絵を描く。わたしが戻ると、二人でたっぷりカレーの夕食をつくり、安い赤ワインを飲んだ。わたしは相変わらず幸せ者だった。

一九九九年秋、新たな戦争がロシアで始まった。火蓋を切ったのは銃弾ではなく、モスクワ郊外とロシア南部ヴォルゴドンスクのアパート住宅群の地下に仕掛けられた爆弾だった。わたしはモスクワ郊外ペチャトニキの崩れ落ちた建物の、煙の上がる破片の中に立ち尽くした。そしてカシルスコエ・ハイウェーにも行った。現場では消防隊員が瓦礫を掘り起こし、散乱するまさに一般の人々の遺体収容に当たっていた。安物のソファが煉瓦の山の中で木っ端みじんに吹き飛び、プラスチックのおもちゃがわたしの足元で粉々につぶれていた。この攻撃により全体で三百人以上が犠牲になった。

チェチェンの反政府勢力による仕業とされ、数週間後にはロシア軍がロシアからの独立を掲げるチェチェン共和国に進攻した。外国報道陣は独自取材を禁止された。許されたのはクレムリンがお膳立てしたバスによる取材ツアーだけだが、前線は慎重に外されていた。わたしはひそかにチェチェンに潜入する方法を幾つか考え出し、冬の時期の大半を現地取材に費やした。時にはチェチェンの反政府勢力と、あるいはチェチェンの親モスクワ勢力と行動を共にした。ロシア人報道陣に同行し、現地のロシア軍司令官と取り決めを交わし、作戦部隊と過ごしたことも数回ある。

最後となったチェチェン出張の際——十三回目である——わたしと友人の写真記者ロバート・キングはコムソモリスコエ村の近くにたどり着いた。反政府勢力の主力部隊は既に共和国の首都グローズヌイから退却していたが、ロシア軍は残存部隊をこの村に追い詰め、三日間にわたりロケット弾と迫撃砲による猛攻撃を浴びせた。わたしたちがちょうど明け方の霧が晴れた四日目に到着したところ、この村を数日間包囲していたロシア軍大隊は引き揚げており、ゴミの山と戦車の轍が泥を跳ね飛ばした跡が残っているだけだった。わたしたちは難なくコムソモリスコエに入った。

わたしが見てきたチェチェンのほかの町や村は爆撃を受けて更地となり、家屋は深くえぐられて煙を吐き出すクレーターに変わっていた。この村は違った。家屋は一軒ごとに攻撃を受け、どの建物も念入りに撃ち込んだ弾痕でハチの巣状になり、壁という壁は砲弾が貫通していた。村民たちの野菜農園は、絶望的な反政府勢力の築いた狭い塹壕と急ごしらえの要塞が十字形に交差していた。一帯は無煙火薬、燃えた木材、掘り返された土、そして死の匂いを強烈に放っていた。

反政府勢力の遺体は三、四人のグループになって横たわっている。わたしたちが見た最初のグループは家の角にあり、崩れた屋根の瓦礫から顔を上向きにして重なっている。いずれも両手を縛られ、胸は銃弾を何発も受けて血まみれだ。さらに先を行くと、別の遺体に出くわした。もじゃもじゃの赤ひげをたくわえた巨体の男で、両手は鉄線をねじって後ろ手に縛られている。頭の側に深く埋め込まれているのはロシア製の塹壕を掘る道具だ。これを使って殴り殺されたのだ。細い溝には、自動小銃で撃たれ次々に倒れていった数体がばらばらに折り重なっている。ロバートはがれきの中を移動し、写真に収めた。プロとしての本能が勝っている。わたしは歩きながらこのイメージを絞り出し、できるだけ素早く言葉のようにしてノートになぐり書きした——おそらく、これらの遺体がわたしの頭にいつまでも残らないようにするために。

わたしたちが数えたのは全体で八十体あった。これは村の一角にすぎない。ロシア軍はコムソモリスコエ周辺も含め全体で、反政府勢力司令官ルスラン・ゲラエフの率いる部隊八百人を殺害したと発表した。わたしはこれ以上先に進む気持ちが萎えてきた。地雷や仕掛け爆弾のことも心配だった。一部が焼け落ちた軽量コンクリート・ブロックの家に歩み寄った。波形のコンクリート屋根が崩落し、がらくたになった鉄製ベッドとプラスチック製のレジャー用椅子に混じって破片が散乱している。屋根のかけらの間に毛布があるのに気づいた。遺体をくるんでいるようだ。わたしは屋根ふき材のかけら三十センチほどのタイルの破片をつまみ上げ、瓦礫を取り除きにかかった。おそるおそる毛布を外すと、男の顔が現れた。その際に、瓦礫が男の頬に触れた。体は硬直し、曲がらない。人体に触れているようには全く思えない。

死んだ男はアフリカ人だ。肌は浅黒いが、ヨーロッパ人の顔立ちだ。おそらくソマリア人ではないか。ジハード（聖戦）に加わるためチェチェンに馳せ参じ、カフカス地方の荒涼としたこの地で創造主にようやく召された外国人戦士のひとりだったようだ。彼は慎み深い若者に見える。見知らぬ国で道に迷ったときに方角を聞いてもよさそうな、あるいは自分の写真を撮ってもらうためカメラを渡してもよさそうなタイプだ。

後にわたしは――そして、彼のことを今後もしばしば考えるようになる――彼が安物の旅行かばんを提げ、ポリエステルのスーツを着て空港に立ち、緊張しながらも興奮して聖戦に向かう姿を想像した。また、息子がほかのだれかの戦争に加わって最期を遂げ、ここ、チェチェンの家屋の瓦礫の中に横たわっていることも知らずに、どこかで日々の仕事のために歩き回る家族、些細なことで口論する姉妹たち、口うるさい母親のことを思った。

コムソモリスコエについては、もうたくさんだ。わたしたちは急いで車に戻った。ベスランと名乗るチェチェン人が運転するぽんこつのロシア製軍用ジープだ。ベスランは運転技術が自慢だ。一日一便のモスクワ行きの飛行機がイングーシ共和国のナズラニ空港を離陸するまであと四時間だ。ベスランは十分間に合うと請け負った。エンジンをかけ、幹線道路に出る。共和国の境界まで西に向かって全力疾走である。ロバートとわたしはチェチェン人ガイド、ムサとともに後部座席に詰めて乗った。ムサは親モスクワの共和国政府の役人で、検問所を通過する際に自分の政府ＩＤカードを振って話しかけてきた男だ。わたしたちがボディーガードとして一日五十ドルで雇ったロシア人警官二人は前部座席を半々にして乗っている。イングーシ共和国境界との中間点まで来たところで、ロシア軍の武装ヘリコプター、ミグ24が煙の立ち上る遺体の上空を威嚇飛行しているのが目に入った。ヘリは空中でゆっくりと向きを変え、わたしたちを目がけて飛んできた。

次に何が起きたか。わたしが覚えているのは、フロントガラスを通して見えた湿地帯の景色が地面の壁に変わったことだ。前部座席に対して両腕をできるだけ強く固定したことを思い出す。強力な物理的圧迫が加わる瞬間があり、その後、圧迫が緩んだ。それとともにわたしの体が圧倒的な物理学の法則に屈してフロントガラスを突き抜け、前方に飛ぶのを感じた。わたしにとって幸運だったのは、その数秒前に護衛役警官のひとりの頭がフロントガラスを粉々に打ち砕いてしまっていたことだ。

次の瞬間は無限の静けさに満たされた。わたしは道路の砂利の上に仰向けに倒れ、大の字になってチェチェンの大空を流れる雲を見上げた。後にも先にも経験したことのないような形で生きていることを意識した。おそらくたいへんな怪我をしたとは思っていたが、その信号はどこか遠い彼方にあり、黙って無視しても構わない電話の呼び出し音のようだ。舗装道路の表面に沿って指を動かし、小石や砂粒を前後に転がしてみる。どこかで声がするのは聞こえる。鼻から深呼吸をし、ガソリン、あるいは無煙火薬、燃えているものの匂いはないかチェックする。嗅ぎ取ったのは湿った土と道路脇で花を咲かせた草の匂いだけだった。

わたしの心はしばしばこの時点に立ち返る。あの出来事に至ったさまざまな意味合いをその時々の気分に応じて考えるのだ。あの時間、あの場所に帰すべきものとして、全面的な誠実さをこめて唯一思い至ったことは、こうである。わたしには、自分を待っている人がモスクワにいるという深い満足感、クセニャの元へ、モスクワへ帰ろう、そして二度と離れまいという、例えようもない衝動を覚えたのだ。

髭面がわたしの上にヌッと現れ、話しかけた。反射神経のようなものがわたしをとらえた。極めて落ち着いて答え始め、命令を発した。肩が外れた。あばら骨にひびが入ったと思う。このチェチェン村民に彼の足をわたしの鎖骨に乗せ、動かない右腕を持って引っ張れ、と指示した。ショックが痛みを遮ったに違いない。関節が元に戻るまで指示を出し続けたからだ。ロバートがわたしのそばで跪いているのが見えた。彼はわたしの首から優しくスカーフを外し、応急の腕吊りを作ってくれた。起き上がると、ベスラン愛用のジープが道路に爆発が起きてできた一メートルもの深さの穴に突っ込んでいた。ベスラン自身は、ハンドルに頭を打ちつけ、血をふき取っていた。それを見てわたしはホッとした。二人の警官はかなり負傷し、道路脇に倒れ、脳震とうを起こしていた。

物事は迅速に動き出した。わたしはカネを取り出して全員に支払いを済ませた。最寄りの村から車一台を調達した。ロバート、ムサ、それとわたしはわたしを乗せて先を急ぐためだ。わたしの頭にあったのは二つのことだけ——飛行機に乗ること、そしてチェチェンには決して戻らないということだ。二台目の車が深い穴に突っ込み、負傷した肩がまたも脱臼したとしても、帰還したい気持ちがあらゆる痛みを、イングーシに向けて突進し、安全を確保すること以外のほかのすべてのことはかき消したのだ。

なんとか、うまく行った。ナズラニ空港は連邦保安局、すなわちKGBの後身であるFSBの将校たちがうようよしている。彼らは訝しげにわたしたちの記者登録証を指でいじくり回し、どこに行っていたのかと問うた。ロバートとわたしは疑わしい二人組だった。二人ともロシア軍のコートを着込み、黒の編み帽子をかぶっている。外国人を狙う誘拐グループから守るためのささやかな変装なのだ。どちらも着衣は薄汚れ、硝煙と死体の匂いをプンプンさせている。超人的な意志の努力で、わたしは平静を保ち、イングーシからは決して出ていないし、立ち入り禁止のチェチェン領内には踏み入れていないと言い張った。わたしたちが飛行機に向かうバスに乗り込むと、さらに多くのFSB将校が追いかけてきて、ロバートの未現像写真を見たいと言い出した。わたしは巧みにはぐらかし、ジョークを交わした。数分間ばかり、苛立っていたが、彼らは立ち去った。わたしたちは、将校らの気が変わり、機体から引きずり降ろしてチェチェンの世界へと連れ戻すのではないかと恐れながら、年季の入ったツポレフ134型機のタラップを上った。

その日の夕刻遅くにモスクワのアメリカン・メディカル・センターで、オハイオ州出身の医師が鋼鉄製のハサミを使い、異臭を放つロシア軍のTシャツをわたしの体から切り離した際、わたしは痛みと安堵感からはりさけるように泣き出した。帰還ということに、これほど深く感じ入ったことはこれまでなかった。

戦争と記憶とは奇妙なものである。心をかき乱すものが目に入るとする。それがボードに弾みながら転げ落ちるピンボールのように、心の表面をかすめながら進んでいく。しかし、時々何らかの記憶あるいはイメージ、考えが突然、ホールに落ちると、胸の奥底まで真っすぐ染み込んでいく。わたしの場合、その記憶とはコムソモリスコエで死んだ黒人の男だ。彼は夢に出没し始めた。わたしの肩はすぐに治り、元通りになった。しかし、心が感染してしまったようだ。クセニャのダーチャで、わたしたちはおしゃべりをしながら川沿いを散歩した。しかし、風に揺れる松の木の軋む音だけが春の静寂を破る、人気のない牧草地を見つけると、わたしは湿った雪の塊に深々と倒れ込み、動かないでいた。「束の間でもここに放っておいてほしい」。そうつぶやいて、灰白色の空を見据えた。「独りにさせてほしい」

わたしは、以前手で触れた死んだ戦士の、安らぎを得られない魂がわたしの内部に入り込んだのだと確信するに至った。彼の冷たい頬と肉体的に接触した瞬間を思い返し、どういうわけか、充電のように、あの男の魂が生きた体に乗り移ってしまったのだと思った。コムソモリスコエの吐き気を催す戦場を夢に見た。そして、死んだ男たちの怒れる魂が傷ついた鳥のように、地上で弱々しく羽ばたく姿を想像した。

そうした状況からわたしを引きずり出したのがクセニャだ。彼女は渋るロバートとともにわたしのアパート近くにある教会に連れて行ってくれた。わたしたちはそこで、亡くなった男たちのためにろうそくを点した。しかし、それ以上に重要なことがある。彼女は家庭をつくり、本物の家族の居場所をつくることで、わたしを救ってくれたことである。七年前にロンドンを離れて以来、初めてのことだ。わたしは独身時代のアパートを引き払い、ズヴェニゴロド近郊のモスクワの森に深く入り込んだところにあるダーチャを借りた。クセニャの両親の別荘があるニコリナ・ゴラからもそう遠くない場所だ。部屋は明るい色のペンキを塗り、ダゲスタン製のキリム、中古の家具を買いそろえた。応接間にあったロシアの古びたストーブは取り外し、その場所に分厚い昔風のタイルを利用して暖炉をつくった。暖炉前の鉄格子に取り付けるため、以前、二人で買った真鍮製のノブは、クセニャの手づくりによる小さな粘土製の顔二つと取り換えた。わたしと彼女の肖像だ。小ぶりな粘土の二人の顔が暖炉を挟んで互いに向き合った。

エピローグ

記憶にとどめて悲しむよりは、
すっかり忘れてほほ笑むほうがはるかによい。
クリスティーナ・ロセッティ

霧雨の降るどんよりとしたロンドン。ミラとマーヴィンはそんな天気のヒースロー空港に着いた。タクシーでは料金が高すぎるため、ヴィクトリア駅行きのバスに乗った。ウェストウェイに入ると、ロンドンのたたずまいがミラを驚かせた。わたしに語った言葉によると、「とても貧しく、見るからにみすぼらしい」と映った。ウールのコートを羽織り、スカーフをかぶった老齢の女性たちを見て、新郎に「まるでロシアのバーブシュカとそっくり」ではないかと言った。

ピムリコ地区のベルグレイヴ通りにあるマーヴィンの一間だけの部屋は苦行の場だった。ぼろぼろのカーペット、それに茶色の大型蓄熱ヒーターも節約のため温度が低めの設定なのでちっとも暖まらない。母の記憶では、マーヴィンのシングル・ベッドは約七十五センチの幅しかなく、軍の余剰物資で手に入れた薄っぺらな毛布が重ねてあるだけだった。釈放されたばかりのジェラルド・ブルックがちょっと立ち寄って何か必要な物があるかとミラに聞いたとき、まず思い浮かんだのはまともな毛布だった。たっぷり暖房を利かせたモスクワのアパートを知るミラにとって、この部屋はぞっとする寒さなのだ。体を温めるため、ミラはピムリコ地区の街頭をあちこち早足で散歩することにした。ロンドンで初めて過ごした冬。今でも忘れられないのは、「骨身に染みる凄まじい、湿気のある冷気——ロシアの冬に比べてはるかにひどい寒さ」だ。

わたしの両親はセント・ジェームズ公園に散歩に出かけ、上院でブロックウェィ卿とお茶を飲んだ。卿はマーヴィンがミラ救出の活動に助力を頼んだ人物だ。マーヴィンの友人がミラを《ハロッズ》に連れて行ったが、彼女は驚きもしなかった。ソ連からの訪問客には西側の豊かさに度肝を抜かれる人もいるが、ミラにはそれがない。「ここにあるものなら、ロシアにすべてそろっています——ロシア革命の前からですよ」。《ハロッズ》の食品売り場フード・ホールズに恭しく案内されたとき、そんな冗談を飛ばした。マーヴィンはミラを車に乗せ、オックスフォードに途中立ち寄った後、スウォンジーまで行き、彼の母親に紹介した。マーヴィンには恋人救出の闘いはもういい加減に諦めてと何年も懇願してきたにもかかわらず、リリアンはミラを温かく抱き締めた。

わたしの母は父の部屋をできるだけ居心地よくしたいと、直ちに作業に着手した。ロシアから携えてきた年代物の磁器を並べ、自分の本を書棚にそろえた。頭に思い描いてきた完璧な妻になるため大変な努力を払い、ソビエトの主婦には料理のバイブルとなっている『おいしいレシピ千種』という使い込んだ本を元に夕食を作った。近所付き合いにも励んだが、隣人たちの多くは冷たくあしらい、玄関ホールで会っても挨拶すらしなかった——英国的な冷淡さゆえなのか、それとも敵対する帝国の市民だからか、彼女がうまくいったためしはなかった。着いて半年は故郷喪失のショックに打ちのめされ、声を上げて泣き出すこともしばしばだ。少しでも収入を得ようと翻訳の仕事でタイプに向かっていると、寒さから涙がこぼれ、タイプライターのキーの間にしたたり落ちた。マーヴィンはどうしたら慰められるか途方に暮れた。結局、泣くがままにしておくほかはなかった。

「まるきり不幸だったとは言えないわ」と母は振り返る。「でも、モスクワでの暮らしが長かったので、トラウマを抱えずに済むとはいかなかったのよ」

彼女は友人たちが懐かしくてたまらない。あの反体制的なライフ・スタイルが醸し出す熱気ある雰囲気と高揚した気分――サミズダート（地下出版物）を交換し、文芸誌『ノーヴィ・ミール』（同誌は一九六二年、大胆にもソルジェニーツィンの『イワン・デニソヴィチの一日』を掲載した）の次の号が出るのを心待ちにし、彼女にとっては家族同然だった気心の知れた仲間たちの大切なグループに加わること――がここにはないのである。さらに、金銭的に恵まれていたわけでは決してないが、ソビエト生活のささやかな贅沢ならば、いつでも手の届く範囲にあったのだ。しかし、ロンドンではマーヴィンの俸給は彼の必要を満たすのが精一杯と言うところで、ミラの分どころではなかった。彼女は地下鉄駅の外で泣きながら立ち尽くしたことを覚えている。モスクワの何人かの友人用にちょっとしたプレゼントを買うため、ウォーレン通りの雑貨店で手持ちの金を使い果たし、帰りの電車代に事欠く有様だったのだ。わたしの父は思い切って気前良さを発揮し、彼女を《ウールワース》の店に連れて行き、一ポンドはたいて緑のウール製ワンピースを買ってやった。最初の年にミラが手に入れた唯一の衣料品だった。

ミラは生涯で初めて鬱状態に陥った。幼少時に病気にかかって以来、ずっと闘いを鼓舞してきた不屈の意志を奮い起こすことができないのだ。彼女はモスクワの姉に手紙を送り、ひどく気分の落ち込む望郷の念を伝えた。母は大っぴらに、帰国したいとは言わない。しかし、レーニナは心配になった。はっきり言えないのは、頑固な妹としてはこれまでの闘いがおしなべて間違いだったと認めることには耐えられないからではないかと。レーニナが手紙をサーシャに見せると、彼は台所のテーブルに座って返事をしたため、「愛しいミラ、君はもう後戻りはできないのだ」と書いた。「君は自分の運命を選んだ。だから、その運命とともに生きていかなければならない。マーヴィンを愛しなさい、子供をつくりなさい」

あれほど期待に胸を膨らませ、あれほど理想化し、犠牲に耐え、燃えたぎる高邁な目標を掲げながら、現実は失望とは程遠いものであり得ただろうか？　いったい、西側のお伽の国でのいかなる結婚、いかなる生活が六年も憧れ続けた期待に見合うものなのであろうか？　両親にとって、あの闘いは双方のどちらかが気づくよりもずっと早い段階で終止符が打たれていたのだと思う。勝利が訪れたとき、両親のどちらもが物語を紡ぎ続ける術を知らなかったのだ。何年間にもわたり、マーヴィンとミラはお互いにとっての超人的な存在であり、幾多の山や谷を飛び越え、天国の扉を叩き続け、歴史という巨大装置《ジャガーノート》に立ち向かってきた。しかし、二人が本物の生きた人間として晴れて一緒になった途端に、双方ともこれまで知り得なかったものを生み出す必要性に思い至る——幸せな家庭がそれである。たいそう立派なドラマの役者としての人生を経て、最大の難題とは再び人間らしく生きることにほかならないと悟るのだ。

一九七〇年の春、リュドミラはロシア語を教える講習会を終えてブライトンから列車で帰る際、またも憂鬱な思いに襲われ、突然泣き出した。ロシアにいるときと違って、乗り合わせた乗客が寄り添って慰めることも、何があったのかと声をかけることもない。しかし、彼女は車窓から英国の緑野を眺めた。「わたしは何て馬鹿なのか」。母はそう思ったことを記憶している。「わたしは六カ月間も泣き通しだった。このロシアの漆黒の世界は断ち切らなければならない」。ミラは次第にロンドンで自分の人生を築き始める。父はいつものことながら社交が苦手だった。大勢の親友と付き合ったためしがない。そこへいくと、社交的なミラは間もなく、彼女の思いやりやウィットを愛する英国の友人をつくり、彼らと連れだって劇場やバレエに出歩けるようになる。母が若かったころの親密な、家族代わりの仲間付き合いとはならなかったものの、以前のモスクワ暮らしを失なった痛みを和らげる一助にはなった。

母はさらに多くの翻訳の仕事をこなし、サセックス大学での非常勤講師も務めた。オーバーシーズ・パブリケーションズ（海外出版）という組織はミラにロシア語のサミズダート文学を編集する仕事を持ちかけた。これは、以前からの反体制的なものへの強い関心を保ち続ける機会を提供してくれた。彼女は、異端の歴史家ロイ・メドヴェージェフが詳細に分析を加えたスターリン主義告発の書、『歴史の審判』〔邦訳『共産主義とは何か』〕や、海外出版が出したほかの書籍を編集した。こうした出版物は欧州各地のロシア人亡命者団体のネットワークを通じ、ソ連に小包で送られた。驚いたことに、送った本のほとんどが規制をかいくぐってソ連に流入し、先を争うように回し読みされたほか、モスクワのミラの友人たちによりタイプで複製版が作られた。組織の理事長はミラに、米国のある富裕な実業家が資金提供していると話したが、実際はＣＩＡの反ソ活動予算からこっそり資金拠出されていた。ラジオ・リバティー（自由放送）もそのひとつで、母はここでも編集者としての仕事に就いていた。この放送局は番組案内役まで持ちかけたが、母はさすがに断った。いずれ祖国再訪の機会が訪れたときの支障になりかねないと考えたからだ。

ミラは間もなく、夫が衣類や本の購入用にと回してくれたわずかな家計を内緒で補てんするだけの収入を得るようになった。二人とも恵まれない境遇で育ったが、母は父には全く身に着かなかったやり方でお金を使うことを楽しんだ。美しいものが常に大好きだった彼女は金銭的なゆとりがあればすぐ、アンティーク家具や絵画を購入した。

ミラはサーシャの助言に従った。一九七一年夏までに身ごもったのだ。わたしは一九七一年十二月九日、ミラが「クレムリンのクリニックと同じくらい豪勢」と評したウエストミンスター病院で生まれた。母の臀部変形により難産だったが、わたしはカリパスを用いて取り出された。医師たちはミラに「可愛い赤ちゃんですよ」と告げた――彼女はいたく感動し、この言葉をわたしの子供時代に頻繁に繰り返した。ソビエトの医師たちは通常、意見があっても自分にとどめおく。父はオルダニー通りに建つ一万六千ポンドのヴィクトリア調テラスハウスを購入するため、貯金すべてを取り崩した。母は《ピーター・ジョーンズ》のセールで見つけたペイズリー模様を施したオレンジ色の壁紙で家を飾った。ミラはようやく自分自身の、真っ当な家族の一員になれた。物心のついたばかりの幼少期以来、初めてのことだった。

出国から九年後の一九七八年の冬、母はわたしと生まれて間もない妹エミリーを連れてソ連に里帰りした。わたしたちはレーニナのアパートに滞在した。わたしは、玄関ホールで涙する訪問客がひっきりなしにやって来て母と抱き合う姿を覚えている。彼らは二度と会うことはあるまいと思っていたのだ。わたしは、パン屋の行列から巨大な雪の塊、宮殿のような地下鉄駅に至るまで、何もかもが英国とは全く異なることに気づいた。プーシキンがロシアの匂いについて指しているのはまさにこのことだと分かる気がした。際立った匂いなのだ。一部は安物の消毒剤、ほかに(説明もつかないことだが)、鼻にツンと来るソビエト版ビタミンC錠剤の匂いが混じっている。ロシアの民衆も匂う。その漂い方たるや、英国の人々が全く発散しない類いのものだ。抗しがたいほど強烈な体臭である。肉感的な匂いは何かいかがわしく、上品とはいえない感じがするが、不快ということではない。

わたしは世界中でさまざまな教員職に就いた父を訪ねるため、子供時代に各地を旅して回ったが、ロシアでは人生で初めて自分が異邦人であることに戸惑いを覚えた。だれもが「ウ・ナス」(こちらでは）、フランス語で言えば「シェ・ヌー」を語り、当地では物事はこうなっていると教えたがる。わたしに英国のチョコレートはロシア製の「クマのウエハース」と同じくらい美味しいのか（答はイエスだ）とか、英国にはシャンパンやおもちゃの兵隊はあるのか、雪は降るのか、さらに（これは従姉妹オリガの、ばかみたいな愛国的気質のボーイフレンドが尋ねたことだが）英国の車はソ連製と並ぶ性能があるのか、と質問を繰り出す。わたしは当時七歳だったが、ソビエトの車はがらくただ、と言おうと思えば言えた。ロシアの生き生きとした暮らしはわたしの想像力を刺激した。にもかかわらず、ロシアとは決して奇妙にして異質な国ではないとは、そのときですらどうしても思えなかった。

失われた祖国に対して抱く望郷の念はとりわけ、ロシア人には心身ともに苦痛をもたらすものだ。ロシアから亡命した母の友人たちが催したパーティーに出ると、ホスト役の夫人たちがロンドン郊外に、喪失したロシア的なるものの世界を再現しようと試みる。会食する人々はチョウザメ、キャビア、ピクルス、ウォッカに悲嘆のうめき声を上げる。その場の空気はロシア製の紙タバコの煙でむっとする。話題はロージナ（故郷）再訪の報告か計画のことでもちきりだ。しかし、母は激情に突き動かされる性格なのに、祖国に対しては一度も感傷的になったことがない。彼女が一度でも本当にロシアを恋しく思ったことがあるとは思わない――少なくとも、英国到着の直後に襲ったすさまじいホームシックの発作を乗りこえたあとは、そうした気持ちはないのだ。わたしの子供時代を通じて母は、時間に正確なこと、徹底ぶり、品位といった英国特有の美徳と思えるものを称賛しきりだった。唯一、彼女を苛立たせるのは英国の倹約だった。卑しい精神と見なしたのだ。亡命者仲間と見解が一致したことがひとつある。ソビエト体制を心底、軽蔑していることだ。ロシアから届いたばかりの冷笑的なアネクドート（政治小話）が好きなことも共通している。彼女のお気に入りの小話は一例を挙げると、ブレジネフの母親が登場するネタだ。この老齢の母親が党のボスになった息子を豪華な海岸沿いの別荘に訪ねる。そして、不安そうな面持ちで絵画や家具、何台もの車を褒めちぎる。「倅よ、素敵だわね」と彼女は言う。「でも、もしアカが戻ってきたら、あんた、どうするの?」

ミラの先例は感染を引き起こす。一人ずつ、彼女の友人、親類のほぼ全員がロシアを出国するか、外国人と結婚するのである。一九七九年、レーニナの長女ナディアと、ミラの結婚式の際に写真記者を罵倒したユダヤ人の夫ユーリーは赤子の娘ナターシャを連れて出国し、西ドイツに亡命する。サーシャは空港で取り乱して泣きわめき、ナディアが旅券審査を通過する際、義足を引きずって後を追おうとした。「お前とはもう二度と会うものか!」と彼は叫んだ。

六カ月後、サーシャは司法省の上司から呼び出しを受けた。上司は机を前に立ち上がり、サーシャに向かって、義理の妹ばかりか、娘までが西側に出国したことを党組織に知らせなかったのは何事かと怒鳴りつけた。サーシャはその大臣室で激しい心臓発作を起こして倒れ込み、その日の夕方、入院先の病院で息を引き取った。ナディアは葬儀出席のための帰国を許されず、父親の早すぎる死はわたしのせいだと一生自分を責めた。

母の友人で、内気なバレエ愛好家ワレリー・ゴロヴィツェルは両親を引き合わせた恩人だが、彼は九回か十回も申請を繰り返した後、ついに出国ヴィザを得た。一九八〇年、数千人のソ連系ユダヤ人とともに、家族を伴って米国に旅立った。彼は間もなく妻ターニャの元を去り、ようやく同性愛者であることを表明した。長年の恋人だったスラヴァとニューヨークで暮らし、ロシア人アーティストによるバレエ公演のツアー運営に当たった。

ワレリー・シェインは、マーヴィンとは青年祭典のときからの友人で、自由な生き方を貫いてきたが、劇場運営で広く認められる業績を達成した。裕福な著名人となり、一九八七年にロシアびいきの英国人女性と結婚した。この女性はワレリーの仲間うちでは有名だった。というのも、バナナ入手のために一時間も行列に並びながら、わずか一キロ分しか買わなかったからだ――普通のソビエト市民なら持てるだけ買い占めてしまったところだ。

ジョルジュ・ニヴァのフィアンセ、イリーナ・イヴィンスカヤは一九六三年末、釈放され、グラーグを出た。彼女は著名な反体制活動家と結婚し、その後、パリに亡命した。彼女の母親で、パステルナーク作品でララのモデルとなったオリガはモスクワにとどまり、一九九五年、そこで亡くなった。

ミラの姪オリガは一九九〇年、英国人と結婚したことで出国、自分の姉に倣ってドイツに向かった。自分の娘マーシャはモスクワに残し、祖母に、つまりわたしにとっての伯母レーニナに育てられることになった。マーシャも学校教育を終えると、ガンの手術のためドイツに出国、その地に滞在していたが、最後はガンのため死亡した。レーニナはモスクワに独り残され、二〇〇八年五月、心臓発作で亡くなった。本書がちょうど出版されようとする時期だった。

父の旅行熱は相変わらずで、一向に衰えるところはない。わたしの子供時代にはハーバード、スタンフォード、エルサレム、オンタリオ、オーストラリアと客員教授の仕事に就くため、一回に数カ月も家を空けた。わたしは父が送ってくれる手紙を宝物のように大切にした。オーストラリアのトカゲ、海賊、おかしな場面――ボートから落ちる、道路の反対車線を車で走る――に自分を登場させた小さな似顔絵を添えて彩色したスケッチの図解入りなのだ。わたしは父が恋しくてたまらず、手紙の届くのが待ち切れないほどだった。何度か、独りで飛行機に乗り――「付添なしの未成年者」として名札を備え、パディントン・ベアといったわたしの目印になるものをコートにしっかり取り付けて――ケンブリッジ、マサチューセッツ、サンフランシスコ、ロサンゼルスで父と会った。男だけの住まいだ。わたしたちはパジャマ姿でピザをほおばり、夜遅くまで起きてテレビでゴジラの映画を観た。父はボストンのチャールズ川流域でゴムボートの操り方を教えてくれた。

家庭での状況は円満とばかりは言えなかった。わたしは全面的に愛情を注いでもらった。それ以外の気持ちは一瞬たりとも抱いたことはない。それどころか、大げんかはなかったものの、母は最も身近な存在に心血を注いでくれたのだ――夫と子供たちに。その結果、威圧的になることがしばしばあった。ピムリコのテラスハウスは、感情のほとばしるエネルギーの噴出力を受け止めるには、あまりも狭すぎた。しょっちゅう起きる家庭のドラマに対する父の反応と言えば、自分だけの私的世界に引きこもることだった。ささいな諍いがあると、涙する母を残して夕食の席から無言で立ち去り、避難場所の書斎に閉じこもってしまう。家の中の緊張が霜のようにひび割れるときがあったのだ。

父は一九八八年十二月、定期的なロシア再訪を開始する。ミハイル・ゴルバチョフが打ち出したペレストロイカのおかげである。彼の目に映ったソ連末期のモスクワは外面的には以前から知る都市と変わらない。しかし、トロリーバスに最初乗ってみて、KGBの車も、ならず者も姿を消していることに気づいた。

三年後、東ヨーロッパの共産主義が崩壊する。わたしは一九九一年の夏期休暇を東欧で過ごし、ガールフレンドのルイーズと旅行していた。わたしたちは偶然、一九九一年八月十八日の夕方、レニングラードに到着した――ソ連共産党に最後のとどめを刺したゴルバチョフに対し党強硬派がクーデター未遂事件を起こした前夜に当たる。目が覚めてテレビをつけると、レニングラード守備隊司令官の将軍サムソノフが険しい表情で現れ、三人以上の集まりは非合法になると市民に警告を発した。一日経って、古色蒼然たる冬宮のバルコニーに立つと、宮殿広場は民衆で埋まり、市民の顔やプラカードが波打っているのが見えた。聖イサーク広場の近くでは、学生たちが道路を遮るようにベンチや鋼の棒でバリケードを築いている。わたしたちも手伝った。次の日、ネフスキー通りは双方向とも見渡す限り五十万の民衆が埋め尽くし、三世代にわたり生活のほぼ全般を形づくってきた体制に抗議の声を上げた。デモ参加者が掲げる手づくりのプラカードに登場したスローガンは、どれも「自由」や「民主主義」の言葉が並ぶ。モスクワでは、ボリス・エリツィンがホワイトハウス——ロシア・ソビエト社会主義連邦共和国の政府庁舎——から姿を現し、戦車の上に立って群がる民衆を前に演説し、この庁舎は反動勢力の攻撃から守ると言明する。レニングラードではクーデター派が国営テレビを押さえたため、見ることができなかったが、この演説が決定的瞬間となる。七十四年に及ぶ共産主義支配に終焉を告げたのだ。KGBに忠誠を誓う軍部隊がホワイトハウス襲撃を試みたが、クーデターはその日夕刻、失敗に終わった。

不思議なことに、とてつもない規模に膨れ上がった民衆の集まりは、彼ら自身の集団的人格を帯びるようになる。わたしが気づいたことだが、サンクトペテルブルクの巨大な群集を鼓舞した力とは圧倒的な正義感、歴史が味方しているという感覚だった。むしろ、素朴なソビエト的感覚があった。理性にかなうものなし、というものだ——こんどばかりは、事は単純。正しいのはわれわれだ、共産主義は間違っている。わたしはその日、至高の幸福感を味わった。わたしが思うに、おそらくこの国に巣くう悪のすべてが、ロシアを蝕んできた毒物がようやくにして、何十万という民衆によって悪魔払いされているのだ。決して訪れることのなかった輝ける未来の名において、数百万人もの命を奪った体制に幕引きを迫って街頭に繰り出したのが、これらの民衆たちだ。後年、あの八月の日々にデモに打って出た人々の大半は、民主主義の果実にいたく失望することになる。しかし、わたしの両親の世代の多く——少なくとも、スターリン体制下で苦しんだレーニナのような人々——にとって、ソビエト体制の崩壊は言いようのない奇跡的な出来事であり、その思いは今でも変わらない。年来の友人が母にハガキを送ってきた。「ニェウジェーリ・ダジーリ？」とある。見事なまでに簡潔なロシア語表現だ。意味はこうだ。「まさか、この日を見届けるために生きてきたのかしら？」

奇異に思えるが、わたしの母は、エリツィン率いる民主派の勝利に始まり、クリスマスの日のゴルバチョフ辞任で終わる秋以降の激動に、さほど心を動かされていないように見えた。ロシアとは当時既に、彼女にとっては過去の地となっていた。持ち前の頑なさを発揮し、かつての暮らしには身を切られる思いで一線を画し、新しい自分になり切ったのだ。もちろん、喜んではいた。ソ連崩壊は彼女がささやかながら一部貢献した反体制運動の勝利と見ていた。今ではこう言う。ソ連全体が崩壊していく様は、ロンドンでの「栄光ある孤立」の立場から眺めたと。体制崩壊のニュースにも心に込み上げるものは全く感じなかったと話す。しかし、彼女に共感を呼び起こす瞬間はあったのではないかと思う。それはクーデターが失敗に終わった直後の夜のことだ。ルビャンカ広場に面したKGB本部周辺に怒号を浴びせる群集が詰めかけ、反動勢力支持に回ったKGBへの報復を叫んだ。広場中央の台座に立つフェリクス・ジェルジンスキーのおぞましい長身の銅像が、首に鋼鉄ケーブルをかけられ、クレーン車で空中に吊されると、リンチを受けているように群集の頭上に揺れた。ソビエト権力は自分の生きているうちに崩壊する。母は以前からずっと、そう信じていたと言う。しかし、この光景こそ、かねて思っていたことがついに現実に起きたと、本当に実感する瞬間だったのだ。

一年後の一九九二年、父はルビャンカの建物のドアを押し開け、KGBに新設された渉外部局に申し込んでいた面談に訪れた。アレクセイ・コンダウロフが、囚人たちがかつて処刑された中庭を見下ろす豪勢な作りの執務室に座っていた。KGB——エリツィン時代の初期にはFSK（連邦諜報局）の名称で知られていた——は西側のソビエトロジスト（ソビエト研究者）に「橋を架ける」ことに関心を持っており、マーヴィンがレモンティーをすすると、コンダウロフは一気にまくしたてた。マーヴィンには、外国にいてソ連をどのように研究したのか、FSK創刊の雑誌に寄稿してくれないかとまで提案した。父がそれ以上に興味を持っていたのは、かつて自分を操ろうとしたアレクセイ・スンツォフと連絡を取ってみることだ。FSKのこの役人は気軽に応じたが、何の音沙汰もなかった。

一九九八年、これにまさる幸運がめぐってきた。わたしが父の名代で対外情報局を訪ねたときのことだ。口先上手の広報担当である将軍ユーリー・コバラーゼとおしゃべりしていると、国外からの帰還した取引業者でにぎわうモスクワで最高のフランス料理店《ル・ガストロノーム》のランチに誘ってくれた。コバラーゼはスンツォフについて、既に他界しているが、夫人は存命であると打ち明けた。

わたしたちはKGB退役軍人クラブの代表ワレリー・ヴェリチコを介し、インナ・ワジモヴナ・スンツォワと会った。地下鉄駅オクチャブリスカヤの裏手にあるクラブの事務所で、マーヴィンは感じの良い顔立ちをしたふくよかな七十歳の女性を紹介された。彼女はおずおずと父と握手を交わした。どちらも相手が分からなかったが、実は既に二回顔を合わせていた。一回目はレストラン《アララト》で一九五九年に——いいえ、とスンツォワが訂正する。レストラン《ブダペスト》です、と。アレクセイの車に同乗してレーニンの丘まで走り、モスクワの夜景を見に行ったこともある。

スンツォワはバッグの中を引っかき回し、制服姿で撮ったアレクセイの写真を一枚取り出した。アレクセイがKGB将校であることはとっくの昔に知っていたことではあるが、マーヴィンにはショックだった。

「夫があなたにいたく失望し、不満をもらしていたのを覚えています」とインナは父に言った。「『マシューーズめ、扱いにくい奴だ。あいつのためにはさんざん手を尽くしてきたのに、この俺を打ちのめしやがった』とぼやいていていました。あなたのことで行き詰まると、当然、夫の職務遂行上に否定的な影響を及ぼしました」

マーヴィンは自分たちの結婚を阻んだのはだれだったのか、とは聞かなかった。それがアレクセイだとは思えないし、インナが知る立場にもないだろう。マーヴィンが結婚に至るいきさつを話すと、インナは驚いたようだった。インナはややためらった後、一枚の写真をマーヴィンに手渡した。私服のアレクセイだった。

マーヴィンとは一番付き合いの長いロシアの友人で、KGBにいたワジム・ポポフは行方をくらました。マーヴィンはレーニン図書館で彼を捜したが、彼の博士論文を除けば、ほかの出版物はひとつもなかった。

しかしながら、彼が研究していた所属機関、東洋学研究所はとっくに別の機関に吸収合併されていた。最も手っ取り早くモスクワの電話帳をたどった結果、イーゴリ・ワイルは突き止めた――マーヴィンを罠に掛けるためKGBに利用された大学院生だ。イーゴリは赤のセーターの件で詫びようと三十年も待っていたことが分かった。彼は運命の日の朝、ルビャンカに呼び出しを受け、二時間も脅しを受けていたと、父に告白した。KGBはマーヴィンの部屋を盗聴し、イーゴリがマーヴィンを訪ね、取引話をした際のやり取りも録音していた。おとり捜査に協力しなければ、大学から追放する。そう脅されたイーゴリに選択の余地はまずなかった。マーヴィンは優しく彼を赦し、「当時は今とは異なる生活、異なる世界だった」と言った。「それもすべて過ぎ去ったことだ」

一九九〇年代を通じて、わたしは父とモスクワで断続的に会った。話の弾む会合だったことはめったにない。わたしの怪しげで奔放な生き方に、父が承服しなかったのは確かだろう。それに対して、わたしのほうは父を気難しい、他人の興をそぐ人と見ていた。愛することに比べれば、怒りはそれほど込み入った話ではない。わたしの成人期は大部分が、いちいち理由をあげつらうこともなく、父への怒りから選び取ったものだ。青春期における想像上の（現実の）無礼な行為への怒り、父の想像力の欠如に対する怒り、遊びほうけていたときの仕送り拒否がある。父はわたしが甘やかされて育ち、感謝というものを知らないと見ていた、とわたしは思う。「たっぷり冒険をしてきただろう、オーウェン」。そう言って父は子供時代のわたしに説教をたれる。「有り余るほどの冒険を、だ」

世界全般に対する攻めの取材をして、いよいよモスクワでの駐在も終わりに差しかかったころだ。その時点になってようやく、わたしはあえて父を理解してみようという気になり始めた。自分自身の人生が知らぬ間に父のそれと非常に近接してきたのだ。両親の生き方はわたしと何らかの関係があるとは思わないようにしてきたが、ロシアが父に対してしたのと同じように、わたしの内部にも入り込んできた、その時代を記録するときが来たのだとようやく悟った。わたしたちは父子ともに自己のなにがしかをこの地で見いだした。そうした理解がこの先輩との仲間意識をわたしにもたらした。この感覚が音もなくしのびより、わたしの体に染み込んだ。

父は老齢に達してから時間の大半を引きこもって過ごし、孤独の壁の内側に入り込んで仕事に精を出している。両親が政治によって、一見渡れそうにないイデオロギーの分断によって引き離されながら、何らかの意志の力、磁場の力が働き二人を結びつけ、六年に及ぶ別離の間も希望と勇気を与えたというのは尋常なことではない。しかし、半生を経た今、わたしの家族を決定づけた運動の弾みは、わたしたちをその後、物理的にバラバラにした遠心力として働いている。父は最近、知人たちの考えも及ばない遠隔の地である極東で多くの時間を過ごし、ネパール、中国、タイの旅先に滞在した。海岸をのんびり歩き、レンタルルームに暮らし、読書と執筆に励む。ロンドンの自宅では両親が一種の休戦にこぎ着けた——人生は不意に過ぎ行き、互いに闘いを演じた家庭内の小競り合いに勝者はあり得ない。そうした理解に、おそらく基づいているのであろう。

父とわたしは、わたしがクセニャと結婚した後、双方が互いに歩み寄っていると感じ、ある種の和解に達した。わたしたちはイスタンブールに転勤し、そこで息子ニキータとセオドアが生まれた。しかし、毎年冬はクセニャの家族の持つダーチャで過ごすためロシアに戻る。父はわたしの義理の両親が住む広大なアパートを訪ね、滞在していく。そこはアルバート街の裏手に位置し、スタロコニュシェンヌイ小路から角を曲がってすぐのところだ。父は書店巡りで時間を過ごし、新アルバート通りの大型書店《ドム・クニーギ》が文芸書にあふれ、英国のクレジット・カードでも支払い可能なことに驚く。通りには雑誌『GQ』のロシア語版の広告（最新号には戦場特派員だった息子の嬉しいプロフィール記事まで掲載されている）や携帯電話を売るブースがある。

二〇〇二年の年の瀬に、わたしたちはダーチャに出かけた。厳しい寒気が襲い、ニコリナ・ゴラの高くそびえる松の木立が淡い青色の冬空の下で身を固くしている。遠くでは一列に並ぶ黒々とした木々が、雪原を背景にくっきりとした輪郭を描く。空気は刺すように冷たく、肺が焼けつきそうだ。

父とわたしは凍てつくモスクワ川の上を散歩した。わたしは父に重量感のある古いオーバーを貸してやった。父自身が一九五〇年代にオックスフォードで買ったものだ。わたしは毛脚の長い羊の毛皮でできたソ連軍のコートを羽織った。父は目に見えて年を取り、尻に面倒を抱えて足を引きずる。川岸に積もる雪の吹きだまりではよろめいた。非常に冷え込んでいるため、川の氷を深々と覆う厚い雪をブーツで踏み締めると、床板のようにミシミシきしむ音がする。

「激震はなかった、本当に」と父が自分の人生を振り返って言った。「激震は全くなかった。オックスフォードに戻れないと悟って、諦めたのだ。自分の業績を見ると、控えめなものだった。まあまあの出来だ」

「でも、あなたは勝ったでしょう。ロシアからお母さんを連れ出したのだから。それこそ、ものすごい業績ではないですか、違いますか？」

父は素っ気なく頷き、ため息を漏らした。「彼女を連れ出したときは、我を忘れるほど幸せになれると思った。でも、そうはならなかった。ほとんどすぐさま、いろいろな問題が起きた。あらゆるところで、ぎくしゃくしてね。良くなるか見極めるには二、三ヵ月もすれば足りるだろうと思った。実際、落ち着いた。ある程度は、ね。だから、物事は成り行きにまかせることにした。本当のことだ」

「それでは、諦めることまで考えたの？」

「いや、それは一度も考えたことはない。覚悟を決めて、彼女に約束したのだから。そういうことだ。こんなにも長くなるとは想像もしなかったけれど。五年経っても、わたしたちはまだ、出発点にいた。もし、彼女が打ち切ったとすれば、わたしはすぐに立ち直ったのではないかと思う。あのエリックがいたし……。先方でどういうことになっているのかは皆目分からなかった。しかし、うまく行かなくなれば、彼女は彼と結ばれるのかも知れないと思った」

父は、あたかも自身のことではなく、自分の知るだれかについてであるかのように、話した——突き放し、痛みもなく、ただ、仕事面の後悔をにじませて。衰弱した患者を診る外科医のようである。

「彼女が自分の生い立ちや子供時代、戦争のことを話すのを聞いて、わたしはとても心を動かされた。全くひどいことだ。それに心の底から感動を覚えた。彼女がこれほど悲惨な人生を送ってきたからには、しっかりした約束をしたいと考えた。それが重要な点だ。それに、体が不自由なこともあったし」

遠くからスノーモービルがうなりを立てて視界に飛び込んできた。わたしたちのそばを通り抜ける際、排ガスの煙をまき散らしたため、父がたじろいだ。小高い川岸の木々を通して、数百万ドル相当の価値がある土地に、ロシアのスーパー・リッチたちが建てたダーチャの、勾配のある屋根が見える。

クセニャの新しい隣人たちだ。わたしの祖父に対する死刑執行命令に署名した検事総長アンドレイ・ヴィシンスキーの古いダーチャは、フランスのシャトーを模した建物に建て替えられた。新世界の登場である。

「物事がこれほど急速に変わるなんて、いったい誰が思っただろうか。わたしは自分の生きている間にこんなことが起きるとは想像さえしなかった」

その晩、ダーチャの台所で、父がお守りのようにして旅先にはいつも持ち歩いている、昔から愛用の同じ穴あきスプーンでティーをかき回した。わたしたちは妹のことでちょっとした口論になった。父はティーカップを持ち、わたしに向かって手を振りながら二階に上がっていった。三十分後に、父が戻ってきたので、話題を変えて、いろいろと話し込んだ。父がそろそろ寝ようと立ち上がり、離れ際に不意に立ち止まり、台所のテーブルに座っているわたしを抱き締め、頭に軽くキスをした。

最後に浮かぶイメージがひとつある。イスタンブールに住むわたしたちの庭のテラスで、母が四歳のニキータと一緒にいる。彼女は七十二歳になった。臀部は今も問題があって、杖を使って歩く。しかし、わたしが書斎の窓から眺めたところ、杖を捨てているのに気づいた。母はハサミで古いロープを短い長さに切っている。ニキータが嬉しそうに見ていると、母がスキップを始める。スキップのリズムを数えながら、目の前のロープをゆっくりと、それから速めに飛んでいく。ヴェルフネ・ドニエプロフスクの遊び場で覚えたものだ。ニキータが喜んで、自分でもリズムをつけて唱え始める。はしゃいで両腕を宙に振り上げ、ぐるぐる走り回りながら。「一–二、一–二–三、ウサギが木の後ろから覗いているよ」。母が節をつけて歌う。ニキータと同じ年ごろの、スターリンの子供たちの一人だったときに習い覚えたのとそっくり同じようにして。ロシアの子供たち用の、数あるリズムのように、それは素晴らしく快い調子だ。それも、不条理で、残酷なのだ。

狩人が銃砲で狙いをつけて、
ウサギを撃つ。バン、バン、バン。
ウサギを病院のベッドに運び込め！
わたしたちのウサギはもう息絶えたらしい。
家に持って帰ろう、三－四－五。
見て！　可愛いウサギは生きているよ！

謝辞

本書は執筆段階で随分と長い時間がかかった——実は、今から遡ること一九九八年に『モスクワ・バビロン』のタイトルにするつもりでいた本の草稿を初めて書き留めて以来、既に自分の成人期の半分はたっぷり経っている。関係者全員の皆さんにとっては幸いなことに、その本は日の目を見なかった。代わりに、この企画は歳月を経て今日見る回想記に姿を変えた。わたしは、執筆者の悪戦苦闘ぶりにずっと耐えてくれたうえ、書き綴るべき（そして理解しようと努める）対象は自分ではなく、ロシアなのだと思い知る手助けをしてくれた友人、同僚たちにたいへん感謝している。

親友の多くはこの十年間、さまざまな草稿に目を通す機会を得た。アンドリュー・ポールソンは年を追うごとに、書かれた内容が素晴らしいと言い続けてくれた。あらかたはその通りではないにせよ、励ましになった。メリク・ケイランはお世辞たっぷりに、作品が「驚くほど見事だ」と言った。チャーリー・グレーバー、アンドリュー・マイヤー、マイケル・フィッツジェラルド、マーク・フランケッティおよびマーシャ・リップマンは親切にも、本書が形を整えたところで、全般にわたり詳細に目を通しコメントしてくれた。彼らの助言と友情は計り知れないほど貴重なものだった。マーティン・デヴァーストは親切にも、初版の際の技術的かつ綴り面の誤りを多々手直ししてくれた。

この企画をいち早く提案したのはミア・フォスターである。「オーウェン、本に書いてみたら？」。

ニコリナ・ゴラにあるチャーリー・バウスマンのダーチャの暖炉脇でそう言ってくれたのだ――そして、実際に執筆に取りかかる気にさせたのがチャーリーだった。しかし、わたしが歴史に関する、まして個人史に関わる著作をまとめようと真剣に考えるに至った唯一の理由と言えば、（オックスフォード大学）クライスト・チャーチ・カレッジで指導を受けた歴史学の教官ウィリアム・トーマス、カーチャ・アンドレーエフおよび故パトリック・ウォーマルドのおかげである。ロビン・アイズルウッドはロシア文学について、母が語り聞かせた感情に訴える子供時代の体験としてよりはむしろ、わたしにとっての知的体験としてひもといてくれた。

ロシアではさまざまな友人、悪友たちこそ謝辞を送るに値する。ひとつのリストに列挙されているのを見てたぶんびっくりするのではないかと思うが、彼らはイサベル・ゴルスト、エド・ルーカスおよびマーシャ・ナイムシナ、さらにアブ・ファーマン＝ファーマイアン、ヴィジャイ・マヘシワリおよびロバート・キングといった面々だ。わたしはマーク・エイムズやマット・タイビと、ぞっとするようなモスクワの裏面に潜む毒気を帯びた魅力――その世界を探るべく行った度重なる旅――をともに味わった。二人ともあの奇怪にして殺伐たる歳月をたどる素晴らしい年代記録者であった。

本書執筆のために多くの時間を割いたイスタンブールでは、グンドゥズ・ヴァッサフが賢明かつ常に変わらぬ良き友人となってくれた。ノーマン・ストーン教授も同様である。アンドリュー・ジェフリーズはわたしの最も身近な親友であり続け、モスクワ時代以後の冒険を共にしてくれた。ジョージアナ・キャンベルはわたしが執筆に取りかかるためドーセットの別荘を貸してくれた。ジャン＝クリストフ・イズーはほかの誰よりも、と言っていいくらい長い付き合いがあり、わたしのことを知り抜いている。彼はわたしの知る限り自ら選択した人生を誠実に生きる数少ない一人であり、そのことがある日、わたしにも同じことをするように駆り立てるのだ。

『モスクワ・タイムズ』紙のマーク・チャンピオンとジェイ・ロスはわたしをジャーナリストにしてくれたが、二人にはひどい目に遭わせたのは疑いない。というのも、仕事については実際以上に自分の力量を過信していたと思うからである。『ニューズウィーク』誌においては、ビル・パウエルは理想的な上司にして師でもあり、ニュース雑誌の記事にかけては、わたしが出会った「一段レベルの高い練達の職人」であった。クリス・ディッキーは一貫して強い影響を及ぼし、忠実な味方となってくれた。マイク・マイヤーとファリード・ザカリアは、常に本書執筆との掛け持ち状態にある特派員に数年間も何かと都合をつけてくれ、しかも一度も小言をこぼすこともなかった。かつてはボスが務めた『ニューズウィーク』誌モスクワ支局長として奇妙な立場にある今、わたしには新たな特派員アンナ・ネムツォワがいる――ただし、彼女は特派員としては二度目であり、わたしが部下だったときと比べればはるかに良い仕事をしている。

　しかし、何よりも重要なのは、ブルームズベリー社のマイケル・フィッシュウィックが、期待していた以上に本書に絶大な信頼を寄せてくれたことである。「わたしを待て、しかし、ただひたすらに待て」。コンスタンティン・シーモノフは当てもなく愛する人の帰還を待ちわびるソビエト女性たちについてそう書いた。フィッシュウィックは彼女たちの気持ちがいかほどか分かっている。わたしに対する彼の信頼がなければ、本書のどれひとつとして実を結ぶことはなかったであろう。チャン＝アイン・ゾアンとエミリー・スウィートはこれまでずっと忍耐と効率の模範となってくれた。

　地元チームを挙げると、米国での代理人であるダイアナ・フィンチは本書が軌道に乗るに際して膨大な時間と心のこもった労力を投入してくれた。彼女は誰にも増して、わたしを作家にしてくれたのである。ロンドンにおける代理人のビル・ハミルトンは筆者ののっぴきならない計画、日程の変更、状況の変転に直面しても頼れる人間であり、沈着さの手本を示してくれた。

最後に、本書は両親に捧げるだけではなく、二人の人生に関する物語を書く際に支援を与えてくれたことに多大な恩義を感じている。わたしは父の回想記二巻、『マーヴィンの運命』と『ミラとメルヴーシャ』を大いに活用した。母は自らの回想を事細かに語り聞かせただけではなく、最終稿に詳細なメモを書きつけてくれた。伯母レーニナは親しい友人として接してくれ、長年にわたりわたしを鼓舞する存在だった。本書の校正刷りを見せてやる段階を迎えながら、そのわずか数日前に彼女が永眠したのは無念でならない。わたしの妹エミリーは、本書がさまざまな形で具体化していく際に、あらゆる点に知的で恐れを知らない批評を加えてくれた。わたしの義理の両親であるアレクセイ・クラフチェンコとアンナ夫妻は、数年に及ぶ散発的な不機嫌、アルコール依存症、絶望、作家生活を気取ったさまざまな見せかけをそつなく無視してくれただけではなく、家族が輩出した「作家」として隅々に至るまで叙述するよう日ごろから強く主張した。十年にわたる努力の結果、このことは最終的にほぼ実現できた。

しかし、間違いなく最大の負担をかけたのは妻クセニャに対してである。彼女と知り合って以来の歳月は、ずっと本書の執筆に取り組んできた。二つの戦争があり、二人の子供が生まれ、その後は別の国に転勤したが、わたしは依然として執筆に当たった。本書がようやく上梓され、世に送り出すことになった以上、彼女は今後もっぱら、わたしと暮らすことに何とかして慣れていかなければならないだろう。彼女を抜きにして本書は完成できなかったのである。

訳者あとがき

本書はオーウェン・マシューズ（Owen Matthews）著 *"Stalin's Children : Three Generations of Love and War"* の全訳である。二〇〇八年に出版された後、読書界で高い評価を受け、政治分野を扱ったすぐれた著作を対象とする〇九年のオーウェル賞候補作に挙げられた。

副題にあるように、恐怖政治と独ソ開戦後の戦乱が荒れ狂うスターリン体制下に生きたソ連市民の家族を中心に展開する物語だが、翻訳では「離別と粛清を乗りこえて」とした。登場人物それぞれが過酷な運命に翻弄されながらも、自らの生を生き抜く闘いぶりが生き生きと描かれる内容を踏まえてのことである。その闘いを終始一貫支えたのが、著者の言う「愛の偉大さ」であったことは言うまでもない。

著者オーウェン・マシューズは英国出身のジャーナリストである。原著の略歴によると、ロンドンに生まれ、幼年時代の一時期は米国に滞在。英オックスフォード大学で近代史を学んだ後、ボスニア・ヘルツェゴヴィナ内戦を取材し、これを機にジャーナリズムの世界に入った。ソ連崩壊後の一九九五年、モスクワの英字紙『モスクワ・タイムズ』の記者となり、エリツィン政権下の第一次チェチェン戦争をはじめ、新生ロシアの実情をつぶさに取材した。一九九七年に米誌『ニューズウィーク』のモスクワ特派員に転じ、プーチン政権登場のきっかけともなった第二次チェチェン戦争も現地取材を重ねた。体制転換後のロシアで勃発した戦争を二度にわたって取材したことが、著者のロシア理解と自らの人生観に大きな影響を及ぼすことになる。現在は同誌モスクワ支局長として、健筆をふるっている。

本書の特徴は家族三世代のたどった運命を当事者の証言、回想、秘密警察文書で後付ける作業を縦軸とすれば、横軸に時代背景を随所に織り交ぜ、家族の人物像を立体的に浮かび上がらせた点にある。さらに家族史といえども、著者は努めて距離を置き、ときには、あえて批判的な目を向ける。そうした冷静な眼差しもあって、単に悲劇の物語に終わらせない深遠な人間ドラマを提示することに成功しているのではないかと思われる。時代を経ても読む者に感動を呼び起こし、国家と個人、政治と人間について考えさせずにはおかないのは、そのためだろう。

物語は家族のルーツをたどる旅でもある。著者にとって母方の祖父に当たるボリス・ビビコフに関する秘密警察のファイルをひもとくことから旅は始まる。ビビコフの「最期」をたどる唯一の手掛かりなのである。著者は孫の立場からビビコフ一家を襲った暴力装置の本質解明を試みていく。資料を駆使して再現される叙述内容は極めて説得的で臨場感がある。

ビビコフはウクライナにおける共産党組織の地方幹部だった。ソ連建国の初期段階を経て、スターリン独裁体制が確立していく時期だ。ビビコフは有数の工業都市ハリコフで工業化のモデルともなったトラクター製造工場の建設、生産に手腕を発揮し、理想の人間像「ホモ・ソビエティクス」たらんとする根っからの共産主義信奉者。長女にレーニンにちなんで「レーニナ」の名を与えたのは、その証しだ。家族は特権身分を享受するが、それも不意に暗転する。大粛清の嵐にビビコフが巻き込まれたためだ。

ビビコフは帰らぬ人となった。でっち上げの罪状を突きつけられたうえ、自白を強要され、処刑されたのだ。家族の離散が始まる。妻マルタは「人民の敵」の一員として遠くカザフスタンの収容所送りとなった。両親と生き別れた長女レーニナと幼い二女リュドミラは孤児院に送られる。そこでは筆舌に尽くし難い過酷な生存競争が待ち受けていた。ナチス・ドイツの進撃が迫る中、疎開先の姉妹も離ればなれになってしまう。

しかし、運命は彼らを見捨ててはいなかった。文中の表現を借りれば、「神の業」としか言いようのない奇跡に救われ、母子は生還を果たす。しかし、決して無傷というわけではなかった。ビビコフが大粛清の犠牲になったためだけではない。極限状況下での恐怖の体験により深いトラウマを負っていたのである。著者は幼いころ、おもちゃの拳銃を突き立てたときの、祖母マルタの反応を象徴的に描いている。そうしたエピソードの一つひとつが読者の共感を誘うはずだ。

物語はこの後、新たな幕開けを告げる。孤児院で良き教師に恵まれ、利発な文学少女に育ったリュドミラはソ連の最高学府、モスクワ大学に進学する。これが運命的な出逢いに導く。リュドミラは英国から留学中だったロシアびいきの青年マーヴィン・マシューズと出会うのだ。二人はたちまち意気投合し、愛を育む。著者にとってマーヴィンは父、リュドミラは母である。しかし、著者が生を受けるのはたいぶ先のことだ。

冷戦時代の東西対立が立ちはだかり、二人を引き裂く。KGBとの協力を拒否したマーヴィンは出逢いから八カ月ほどで国外追放処分を受けるのだ。以後、六年に及ぶ別離を強いられるが、その間に交わした膨大な手紙のやり取り、政治の壁を突き崩していく二人の闘いが本書の大きな主題を成している。これもスターリン時代とは切り離せない。リュドミラのトラウマの根底には両親の愛を知らずに育った事情がある。それゆえに、人一倍、愛を渇望していた。これが苦痛に満ちた別離を乗りこえ、マーヴィンの不屈の精神をも支える大きな力となったのだ。

やがて、著者自身もロシアに赴任し、ロシア人の伴侶を得たこともあって、両親の足跡を追体験していく。これによって当時と現在とを比較する視点も加わり、家族三世代の物語がより重層的に紡がれる効果を生んでいる。

それにしても、悲惨な境遇にさらされながら、なおかつ前向きに生き、微動だにしないかに見えた「歴史という巨大装置《ジャガーノート》」を突き動かしていくリュドミラの原動力はどこから出てくるのだろうか。国家の神話に寄り添って生きてきた政治的人間、ビビコフが自らの運命を狂わせるきっかけは、ウクライナ大飢饉をきっかけにふと芽生えた健全な批判精神だった。そうした心をリュドミラも受け継いでいるようだ。体制の欺瞞を見抜き、公式のイデオロギーには染まらない免疫力を体験から培ったのだろう。反体制的な同僚たちと知り合う勤務先で、水を得た魚のように生気を取り戻す姿が印象的だ。老境に達した彼女が口ずさむ歌もそうだ。したたかに生きる庶民と反逆魂。そうした寓意が感じ取れる。これこそ著者の最も訴えたい点かもしれない。全体主義の社会に紛れもなく存在したロシア人の姿なのだ。彼女が著者に語った「善良な人もいた」という言葉とともに、忘れてはならない側面だろう。

本書のもうひとつの特徴を挙げれば、ソ連全体主義および現代ロシアの病理や深層心理に迫ったすぐれた政治・社会論ともなっていることだ。例えば、ビビコフの死刑執行をめぐる深い考察だ（第3章）。ソルジェニーツィンの著作を引用しながら、死刑執行人と犠牲者が紙一重の関係にあった大粛清の「陰湿な特質」を指摘する。「双方に殺人が崇高な目的にかなうと確信させる」からだ。ソ連崩壊後のロシアについては、よりどころを失った「漂流」を見て取り、大半の人々にとっては「貧困と混乱への穏やかな沈下であった」と喝破する（プロローグ）。

本書の底流に貫かれたテーマは歴史と記憶の問題である。ここで描かれたスターリン時代の負の遺産を語り継ぐのが著者の意図するところであろう。しかし、現実の政治ではいかに克服の対象として継承されているのだろうか。事実上、政治の実権を握るプーチン首相は、二〇一二年春からの大統領復帰が確定的となった。そのプーチン氏は、第二次世界大戦中の一九四〇年にソ連領内でポーランド人将校が大量に虐殺された「カチンの森」事件から七十周年の二〇一〇年、事件がソ連秘密警察の仕業であるとの認識に立ち、スターリン体制を「全体主義」と位置づけた。さらに、その体制が犯した「犯罪」を「書き換えることはできない」とも明言し、真相究明の姿勢を力説した。重要な変化である。ことし八月には、スターリン体制を「繰り返してならない」と語った。

しかし、第二次世界大戦における対独戦勝の記憶は、依然としてロシア国家にとってよりどころの要であり、スターリンの功績とする評価は揺るがない。そのため、大粛清をはじめとする歴史の見直しは限定的なのが現状だ。ロシアの政治学者リリア・シェフツォワ氏はそうした当局の姿勢を「ポチョムキンの村」と断じる。脱スターリンの言動は見せかけに過ぎないというのだ。当局が戦勝神話に依拠し、忌まわしい「過去」には踏み込もうとしないのであればなおさら、本書には読まれるべき価値がある。あの時代を家族史を通して把握し、ロシアの今後を見据えていくためにも格好の書物だからだ。ロシアに関心を抱く若い世代の方々には特に一読を勧めたい。

本文中、著者の誤記と思われるところは、訳者の判断で適宜手直しした。また、一般的に定着したと思われる「ソビエト」や「ボリシェビキ」などを除き、「V」の原音に沿った表記とした。ウクライナ関係地名は主な舞台がソ連時代であることを踏まえ、ロシア語名とした。

最後に、本書翻訳に際して訳語などに適切な助言をしてくれた編集者、藤波健氏にはたいへんお世話になった。ここに記して心から感謝を申し上げたい。

二〇一一年秋

山崎博康

訳者略歴
山崎博康（やまざき・ひろやす）
一九四八年、千葉県生まれ。
東京外国語大学卒業後、共同通信社入社。
七八年から外信部。旧ソ連、東欧地域を主に担当。
八一―八六年、および八九―九三年ワルシャワ支局長。
九五―九八年モスクワ支局長。その後、編集委員、論説委員、論説副委員長を経て、二〇〇八年から共同通信客員論説委員。法政大学、東京情報大学非常勤講師。
主要著書：『東欧革命』（岩波新書、共著）
主要訳書：ナゴースキー『新しい東欧』（共同通信社、共訳）、セベスチェン『東欧革命1989』（白水社、共訳）

スターリンの子供たち
離別と粛清を乗りこえて

二〇一一年一〇月二〇日 印刷
二〇一一年一一月一〇日 発行

著者 オーウェン・マシューズ
訳者 © 山崎博康
装丁者 日下充典
発行者 及川直志
印刷所 株式会社 理想社
発行所 株式会社 白水社

東京都千代田区神田小川町三の二四
電話 営業部〇三（三二九一）七八一一
編集部〇三（三二九一）七八二一
振替 〇〇一九〇-五-三三二二八
郵便番号 一〇一-〇〇五二
http://www.hakusuisha.co.jp
乱丁・落丁本は、送料小社負担にてお取り替えいたします。

松岳社 株式会社 青木製本所

ISBN978-4-560-08180-8

Printed in Japan

■サイモン・セバーグ・モンテフィオーリ　染谷　徹訳
スターリン　赤い皇帝と廷臣たち【上・下】
「人間スターリン」を最新史料から描いた画期的な伝記。独裁の確立から最期まで、親族、女性、同志、敵の群像を通して、その実像に迫る労作。亀山郁夫氏推薦！　英国文学賞受賞作品。

■サイモン・セバーグ・モンテフィオーリ　松本幸重訳
スターリン　青春と革命の時代
命知らずの革命家、大胆不敵な犯罪者、神学校の悪童詩人、派手な女性関係……誕生から十月革命まで、「若きスターリン」の実像に迫る画期的な伝記。亀山郁夫氏推薦！　コスタ伝記賞受賞作品。

■オーランドー・ファイジズ　染谷　徹訳
囁《ささや》きと密告
――スターリン時代の家族の歴史【上・下】
スターリンのテロルを生き延びた、数百家族の手紙、日記、文書、写真とインタビューにより、封印された「肉声」が甦る。胸を打つ「オーラル・ヒストリー」の決定版。沼野恭子氏推薦！

■エレーナ・ルジェフスカヤ　松本幸重訳
ヒトラーの最期
――ソ連軍女性通訳の回想
ドイツ語通訳として従軍した独ソ戦最前線での体験、兵士と市民の様子、ベルリン陥落までの苦闘の日々を描く。ヒトラーの遺体と歯形X線写真探索にも関わり、意外な真相が明かされる。

■ヴィクター・セベスチェン　三浦元博、山崎博康訳
東欧革命１９８９
――ソ連帝国の崩壊
現地取材したジャーナリストが、ソ連帝国の落日と冷戦終結の真実を明かす。ワレサの連帯、ビロード革命、チャウシェスクの最期まで、東欧六カ国が徐々に決壊していく緊迫のドキュメント。